如果你生而为女人

ORIANA FALLACI

SE NASCERAI
DONNA
〔意〕奥里亚娜·法拉奇 著
李书竹 译

人民文学出版社

著作权合同登记号　图字 01-2023-1887

SE NASCERAI DONNA

by Oriana Fallaci

ⓒ 2019 Mondadori Libri S.p.A., originally published by Rizzoli, Milano, Italy
The Simplified Chinese edition is published in arrangement with Niu Niu Culture

图书在版编目(CIP)数据

如果你生而为女人/(意)奥里亚娜·法拉奇著；
李书竹译. —北京：人民文学出版社，2023
ISBN 978-7-02-018235-0

Ⅰ.①如… Ⅱ.①奥… ②李… Ⅲ.①访问记-作品集-意大利-现代 Ⅳ.①I546.55

中国国家版本馆 CIP 数据核字(2023)第 173898 号

责任编辑　胡司棋　潘爱娟
封面设计　李苗苗

出版发行　人民文学出版社
社　　址　北京市朝内大街 166 号
邮　　编　100705

印　　刷　杭州钱江彩色印务有限公司
经　　销　全国新华书店等

字　　数　220 千字
开　　本　889 毫米×1194 毫米　1/32
印　　张　12
版　　次　2023 年 10 月北京第 1 版
印　　次　2023 年 10 月第 1 次印刷

书　　号　978-7-02-018235-0
定　　价　69.00 元

如有印装质量问题，请与本社图书销售中心调换。电话：010－65233595

目　录

选自《给一个未出生孩子的信》.....001

之后，才有了夏娃.....005
　　您的口红，法官大人！.....007
　　那个解放了时装的女人.....014
　　让我们废除性别.....030
　　迷你裙诉讼.....041
　　妇女想要什么.....059
　　为什么爱因斯坦不是女性呢？
　　　　——凯特·米利特访谈录.....078
　　女性的拒绝.....102

如今，女性更自由了吗？.....111
　　多大的勇气啊，米莉·蒙蒂.....113
　　女人的前线.....129

男人很脆弱.....149

瑞典神话.....167

女人不善变.....186

生为女人，如此令人着迷.....205

哭喊的妈妈.....207

杰奎琳不会落泪.....221

女参议员与传统美德.....232

比起去月球，我们不如留在这里跳一支双人舞.....249

苦涩的原子.....264

斯大林的女儿.....281

一种名曰"不顺从"的美好品德.....295

果尔达·梅厄.....297

英迪拉·甘地.....343

选自《给一个未出生孩子的信》

我怀着你，去看了医生。与其说是去确认，我更想得到一些建议。医生却对我摇了摇头，说我的耐心不够，他还不能跟我确认你的存在，我需要两个星期后再来和他确认，到时候就能知道：你是不是我幻想的产物。到时候我会再回来，只为让他知道他自己多么无知。他所谓的科学都不如我的直觉，一个男人怎么能理解一个女人，提前感知到自己怀孕的感受呢？男人是不会怀孕的，说到这个，请告诉我：这对他们来说是优势，还是局限？到昨天为止，在我看来这还仿佛是一种优势，更确切地说，是一种特权。而今天，我开始觉得，这是一种局限，或者更准确地说，这是一种缺陷。在自己的身体里蕴藏着另一个生命，知道自己身体里有着两个人，而不仅仅只有一个人，是一件让人骄傲的事情。有时，你甚至会被一种胜利的感觉冲昏头脑，在这种胜利感所带来的宁静与安详中，什么都不会让你担心：既不担心那些你将要面对的身体痛苦，也不担心你将牺牲掉的工作，更不担心你将会失去的自由。孩子，你将会是一个男人，还是一个女人呢？

我希望你是一个女人。我希望你有机会去经历我现在正经历着的事情：我一点也不同意我母亲的看法，她认为身为女人就是一种不幸。我的妈妈，在她感到不幸福的时候，总会感叹："唉，我要是个男人就好了。"我明白：我们生活的世界是一个由男人为男人创造的世界，在这个世界，男人们的专权无处不在，以至于根深蒂固地体现在词汇里。"男人"（uomo）这个字眼同时代表着男人和女人；而"男孩"（bambino）这个词语可以同时用来指代小男孩和小女孩；不论受害者是男是女，一律使用"omicidio"（以 uomo 为词根派生而来）这个词来表示"谋杀"。在由男性创作出的传说中，他们是这样解释生命的来源的：第一个被创造出的人类不是女人，而是一个叫亚当的男人。之后，才有了夏娃，她的到来只是为了取悦亚当，并给他带来麻烦。在教堂的壁画中，上帝是一个白胡子的老人，绝不会是一个白头发的老太太。所有的英雄都是男性：发现火的普罗米修斯，试图飞翔的伊卡洛斯，还有那被看作圣父和圣灵之子的耶稣基督：仿佛生育他们的女人，通通只是代孕者或是奶妈而已。而正是因为如此，女性如此令人景仰，生为女人就像一场需要勇气的冒险，一场永不停歇的斗争。如果生为女人，你会有很多事情要做。首先，你需要据理力争：如果上帝真的存在，那么她也会是一个白头发的老太太，或是一个美丽的女孩；其次，你需要去尽力证明：在夏娃偷食禁果的那一天，诞生的并不是人类的原罪，而是一种叫做"不顺从"的美好品德；最后，你还需要去证明自己：在你那光洁圆润的躯体里，隐藏着需要被人们倾听的智慧。做母亲并不是一件差事，更不是一种义务，而是众多属于你的权利中的一项。为此，你需要费尽口舌向人解释。尽管你也许会不断地面临失败，但你不能失去斗志。因为迎接战斗比获得胜利更为可贵，踏上旅程比到达终点更为美好：因为你一旦胜利或是达到目的，内心的空虚便接踵而至。是啊，我希望你是一个女人，请别介意我唤你"孩子"（bambino）。我也不希望你会说出我母亲说过的那些话，那些我从来都没有说过的话。

之后,才有了夏娃

1954年，奥里亚娜·法拉奇开始为《欧洲人》周刊工作。在随后的几年里，关于女权运动的论战达到了最高峰，关于妇女状况的讨论也比以往任何时候都要激烈。如果说，在她之前的职业生涯中，她总被委任撰写新闻类和时尚类的文章，那她写过的这些文章，就不可避免地与关于女性的政治话题产生交集，比如她与可可·香奈儿的访谈。奥里亚娜·法拉奇从这个角度观察着世界的变化：从1955年的意大利，女性前所未有地登上司法界的舞台；到被女权领袖凯特·米利特的话语所震撼的美国；再到由玛莉·官设计出的迷你裙风靡全境的英格兰；最后回到意大利，在近二十年后，这位女记者所说的那场"让她欣喜若狂"的通过了离婚权利的全民公投。

您的口红，法官大人！

　　法庭里弥漫着焦躁的气息，霓虹灯的白光照亮了庭审的最后时刻，听众席座无虚席。隔着栏杆，穿着黑袍的律师坐在长椅上。被告席上坐着即将接受审判的人，他脸色苍白如纸，倚在铁栏杆上。穿着红色披风的领座员摇了摇铃铛，让所有人保持安静。法官走了进来，法庭中所有的目光都集中在同一个人身上。他们注视着的，并不是什么法学权威，也不是那个在下一秒钟即将被宣告有罪或是清白的人。他们注视的对象，是那位优雅地走向审判席的法官大人：在金色流苏装饰的长袍下，法官大人穿着合身的正装，搭配最新的时尚百褶裙，她穿着高跟鞋和轻便的丝袜。她是一位美丽的女士。即使从远处，人们也能看清她那张五官精致、气质温婉的脸，脸上带着淡淡的妆容，头发盘起，显得知性又利落，瘦削的手稳稳地握着写满判词的文件。这时候，被告席上等待着审判的人也出神地注视着她：眼神中对她的好奇甚至多于对自己未来的担忧。法官宣读判决时，最引人入胜的并不是她所宣读的内容，而是她说话时的温柔的语气。然而，以上这样的场景在意大利还没有出现过。但也许我们很快就能见证了。

　　这样的情景，让保守派谈虎色变，让谨慎者小心翼翼，更让反女权主义者发出嘲讽的笑声。1955年将会是意大利的妇女权利赢得最终胜利的一年吗？我们是否很快就能看到她们走上地方法官、法院院长的岗位？总之，大众是否会接受她们来担任裁决司法正义的角色？我们会不会听到法庭的领座员恭恭敬敬地对法官说："您的口红，法官大人？"革命的脚步越来越近，就在这个冬天快要过去的时候，在罗马的司法部举行了一场庄严的辩论。加布里埃拉·尼科拉·曼纳（Gabriella Niccolaj Manna），她是一名著名的刑事律师的女儿，也是一位受人尊敬的法律界人士的妻子，同时还是首都最知名的法律从业人士之一。在高贵的议员们面前，加布里埃拉阐述了"女法官"这一倡议。加布里埃拉很年轻，一头金发，法官长袍加身让她看上去仪表非凡。在两个小时里，她的演讲让在座的女性听众们听得聚精会神，她们的眼睛闪闪发光，就像三十年前的伦敦街头那些毅然高举着写满诉求的标语牌的抗议者，然而后者被粗鲁的警察所逮捕。当这位女律师用温和的声音向大家解释，为什么意大利妇女也必须尽快担当起这项新的社会责任时，她们所有人帽檐上精致的羽毛装饰，都不约而同地颤抖了起来。

在美国，女性可以就职于各级司法机构，就连最开始极为反对女性担任法官职务的南区大法官诺克最近也开始转变态度，不吝对她们的肯定与褒奖。在其他国家——苏联自1917年起，印度自1919年起，法国自1946年起——女性都已走上法官的岗位：她们中有拉加德夫人（Madame La Garde），她是八个孩子的母亲，她担任法国最高法院的参事；在土耳其，很多女性不仅能够参与司法，甚至已经达到了担任上诉法院顾问的级别；在瑞典、丹麦、保加利亚、古巴、巴西，甚至中国、日本，情况也是如此。简而言之，意大利、西班牙和葡萄牙是世界上为数不多的拒绝女性进入司法机关的国家。

然而，妇女们对这样的情况默然接受，从不多言。以至于一位男性地方法官敢大声表述：在意大利、西班牙和葡萄牙这样的国家，司法所犯的"错误"是最少的。一位共产党的女性众议员挺身而出，试图指出以上说法的不严谨之处，虽然引起了听众们片刻的尴尬，但她仍然冷静地继续阐述自己的观点。她向大家介绍，在古罗马，妇女就拥有行使司法仲裁的社会职责，如果不是因为那个叫卡尔普尼亚①的女人的无耻，她为了给法官留下深刻印象，衣冠不整地去讨论案件，那么，在中世纪妇女从事法律工作的权利将得以延续。然而，即使在15世纪，也不乏众所周知的破例典型。在意大利，女性于1919年才重新获得了从事律师职业的权利，那一年，特蕾莎·拉比奥拉（Teresa Labriola）成了都灵律师协会的注册律师；事实上，在1883年，莉迪亚·珀埃特（Lidia Poet）也曾通过了律师协会的注册，然而上诉法院后来取消了她的注册认证。从那时起，勇敢的女性法务工作者就一直勇往直前地为自己的权利而战。仅在罗马，就有一百五十多名女性法律专业人员在执业。一些法学家所说，女律师们"举证平平，偶有例外但也只能达到勉强及格的程度"，这样的说法显然是没有根据的。社会上，有女律师、女医生、女天文学家、女建筑师、女外交官、女警察、女工

---

① Calpurnia，罗马帝国君主恺撒（Julius Cesare，前100—前44）的第三任或第四任妻子，也是在恺撒遇刺时的妻子。

业主管,甚至女军人,为什么却不能有女法官?这位女议员用轻柔的语气缓缓提出这些问题,却引发了空前的讨论:在会谈、辩论中、在客厅里,甚至在议会上。在此之前,没有任何一场论战是由女人以如此优雅的力量引导的。可见,她们的讨伐已经拉开帷幕。

曾几何时,在意大利也有很多女性都希望成为权威的法官。早在1948年《宪法》生效之时,第三条就规定:所有公民不分性别、种族、宗教或政治观点,在法律面前绝对平等。而《宪法》的另一条则吸引了那些更为激进的女性的关注,那就是其中第五十一条,该条法律规定,所有公民无论男女都被赋有"根据法律规定的要求"平等地担任公职和选举职位。《宪法》中的这一措辞似乎已经足够了:事实上,在《宪法》生效的三年后,关于重组巡回法庭的法律获得通过,该法律规定:"身为男性"并不是担任人民法官必需的要求。

矛盾的开端是在一些女性提出担任人民法官的职务时,地区法律委员会拒绝了她们。于是她们向罗马最高法院提出申诉:申诉被驳回。她们继而在上诉法院继续坚持自己的主张,然而上诉法院确认了罗马最高法院的决定。然后,一位比较执着的申请者继续向最高法院提出上诉,她指出,《宪法》第三条和第五十一条给予了男女在法律面前的平等权利,也没有限制女性担任公职的可能性;她继续解释道,《司法机构法》中也未对性别加以要求,因此,司法岗位应当接纳女性,而非将她们拒之门外。然而,最高上诉法院却答复说,《宪法》第五十一条属于纲领性法则,而《司法机构法》无视性别问题，可以说有意把女性排除在外，不把女性列入大众陪审团。最后，从议会的角度来看，立法机关对于该法案的争议，其态度自然是有意去推迟和避免讨论这个微妙的问题。

可以从心理学的角度，为上述的这些法理辩论找到原因。那些不希望女性进入司法机关的人认为，女性身上冲动、不善于反思的特质会导致她们无法胜任法官的工作，他们认为女性太容易因为情感冲昏头脑，她们缺乏作为一个法官所必需的平衡力，因此，永远无法做出冷静的判断。而且，她们缺乏抽象的能力，她们身上没有综合的能力。但主张重获权利的女性则认为，以上的主张缺乏科学依据。女性并非比男性更加感性，女性同样能够做到冷静与克制。如果说她们拥有更多的怜悯之心，但这并不足以导致判断力的失衡。相反，在司法领域，尤其是刑事案件中，敏感不是一种缺陷，而是一种非常有用的长处。法律的执行必须是人性化的，而不能是僵化的。而女性身上独有的特质，比起法学家的权谋诡计，显得更加可贵。家庭是组成社会的细胞，在家庭当中，难道不是由女性来主持正义的吗？至于从事司法工作的综合能力，有的女人已经具备，而有的女人还没有：这和男性没有任何差别。不具备执业能力的女性完全可以通过学习和思考来获得。

从那之后，争议不断，这位罗马女律师所提出的议题让针对是否应当设立女性法官岗位的讨论重见天日。特别立法委员会就此提出两项正在研究的法案：其一，明确要求接纳女性进入民众陪审团，但规定人数限制；其二，修改《司法机构法》，以彻底解决关于法官性别的问题。国会议员们也加入了讨论。而其中最固执的当属那些右派的政客,他们甚至直接指责说由女性做出的司法决断将会是无法接受的。贝拉维斯塔阁下说:"在某些案件只能够,女性的反应是带着她们强烈的参与意识"。另外的政客,比如参议员安东尼奥·罗马诺(Antonio Romano)则担心女性法官散发的女性魅力。如果法官是个美女,会发生什么?她的美貌是否会影响审判的进行?而即使她只是陪审团的一员,"一切都会以喜剧、闹剧甚至是以求婚收场"。然而,在案件审判中,如果是被告者拥有过人的美貌呢?那么,谁又能保证法官可以不受影响?面对这些七嘴八舌的心理学观点,所有有志于从事司法工作的人都会失去耐心。也许,她们反驳说,男人难道不是也会面对同样的问题?男法官们难道不是也会偶尔被自己的情绪所操控?不难想象,法官对于一桩案件的判断都有可能受到突如其来的腹部绞痛的影响;影响最终判决的还有关节炎、黄疸等身体原因。事实上,法官们也是胃疼症状高发的人群,在他们威风的长袍之下,其实隐藏着很多身体的不适与痛楚。

然而,另外一些人在考虑这个问题时,并没有想得那么复杂,比如国家总检察长埃内斯托·巴塔格利尼(Ernesto Battaglini),他认为这个问题可以逐步得到解决,第一步就是让女性进入名誉司法机构,担任调解法官,然后进入少年法庭,相比于男性法官,女性法官在那里能够更加得心应手地做出判决。还有少数的革命派期待彻底的变革,他们认为,宪法必须做出明确的指示,如果相关的运动开展得好,新的法令甚至可以在年内获得批准。革命派认为,现代社会越来越需要女性的主动性和领导力；谁能否认女性在一个国家的政治、经济以及个人生活等领域所扮演的不可或缺的角色呢？相比于她们的影响力，就连男人在体力上的优势也岌岌可危。现代生活逐渐摧毁了男尊女卑的神话，因为驾驶一列火车只要动一下把手就可以，召集一家公司的所有员工只要按一下按钮就可以；在战场上，女人们也能驾驶轰炸机，她们和男人们一样，能够操纵降落伞纵身一跃。

生物学家对此做出了充分的解释。千百年来，男性掌握着绝对指挥权，但这样的权力渐渐地使他们失去了动力，消磨了他们敏锐的神经，也耗尽了他们的想象力。而女性则默默地保存了自己的实力，随时准备着夺取绝对的权力。这样的想法使让·吉罗杜（Jean Giraudoux）兴奋不已，早在战争之前，他就已经向暴跳如雷的男人们和低眉顺眼的女人们说过：女权的时代已经不远了。当时，法国女性还未能进入司法部门。在一次讲座结束时，一位女士走到他面前，问他是否认为女人也能成为法官。"当然了，夫人。"吉罗杜回答道。那位提问的女士沉醉在他的答案中："谢谢您，您是历史上唯一的男性女权主义者。"吉罗杜却回答她："夫人，您说错了。我是个反女权主义者，我只是在阐释不可挽回的事实：就像一个地震学家记录了地震，却无法阻止地震的发生。"

那个解放了时装的女人

有些人说她已经九十多岁了,但她总说自己最多也就七十五岁的光景,我选择相信她的说法……"亲爱的,你知道吗,人变老的标志无非就是把自己的年龄往小了说。"她是法国高级定制时装界唯一的女人,尽管她总是用她那干巴巴的食指指着别人的脸说:"不对,女人们不都是穿着连裤袜的吗。"所以,我们不能说她是一个女人。她是一个恶魔:每个人都害怕她,但又崇拜她,所以他们都忍受着她任性的无礼。当毕加索的一幅画被她嫌弃的时候,这位大画家都不禁红了脸,她毫不留情地说:"我不明白,帕布罗①,为什么你画不出那种可爱的小画了,在你挨饿的时候,你所作的图,腿是腿,眼睛是眼睛。我真想一巴掌打醒你。"而当她用拳头敲打着桌子时,斯特拉文斯基也只能默默低着头,她喊道:"这难道是葬礼进行曲吗,伊戈尔?我还没死呢,天哪。音乐写得能不能欢快点,我命令你,伊戈尔!"让·科克托②也会被她捏着下巴,就像一个听话的学生,听她的教训:"孩子啊,你可真是个八卦的人,但是我在说话的时候,

---

① 西班牙画家毕加索(Pablo Picasso,1881—1973)的名字。
② Jean Cocteau(1889—1963),法国作家、小说家、戏剧家,代表作有《可怕的孩子》《存在之难》等。

你必须保持安静,知道吗?听话。"她甚至不是一位简单服装设计师:她是一个传奇。普隆、伽利玛、弗拉马里翁和格拉斯四家出版商多年来一直恳求她出一本讲述她精彩非凡的一生的传记小说。有一天,她终于下定决心:"行吧,但是我想委托给保罗·莫朗①或者露易丝·德·维尔莫林②来写这部小说。不过最后的标点符号还是得由我来加。"事实上,她确实把这件事托付给了他们,但到了添加逗号时,小说手稿被扔进了垃圾桶:"噗哈!我的人生明明比这个有趣得多。"现在又有人想将她的人生拍成电影,而她不满地跺着脚:她想要凯瑟琳·赫本(Katharine Hepburn)来扮演自己,但凯瑟琳已经上了岁数,无法扮演一个少女一样的角色。她也很喜欢奥黛丽·赫本(Audrey Hepburn),但奥黛丽的皮肤太嫩了,但现在她自己已经老了,所以奥黛丽也无法胜任。"主要是因为没有任何一个女演员能成为香奈儿,因为香奈儿是我啊!"她激动地说道。没错,我刚才说的人就是可可·香奈儿(Coco Chanel):世界上最聪明、最古怪的女裁缝,也是第一个创造出像裙子和套头衫这样功能性的时装、第一个发明出以自己的名字命名的香水("香奈儿五号")、第一个推出低跟鞋和珠宝,引领了短发和华丽妆容潮流的女人;她持续不断地向"世界上所有国家的妇女"宣扬着优雅的含义。可可·香奈儿还是第一个(也是最后一个)敢于斥责一位亿万富婆的女人,只因为富婆对她说:"你不应该这

---

① Paul Morand(1888—1976),法国著名作家,法兰西学院院士,外交官,被誉为现代文体开创者之一。
② Louise de Vilmorin(1902—1969),法国编剧、演员、导演,主要作品有《伯爵夫人的耳环》等。

么民主的,可可。怎么能让穷人们跟我们穿一样的衣服。"

在巴黎,在世界上的许多地方,无数人在行动上或语言上接受了可可·香奈儿的主张,并追随她的脚步。正因为如此,要亲身接近这个女人几乎是不可能的。她的工作人员非常清楚她有多实诚,所以他们让她像幽灵一样难以捉摸。有一天夜里,我给丽兹酒店打电话:她像鬼魂一样在那里住了大约二十年了。但她在那里的公寓连一间卧室都没有。电话接通,我听到一个孩童一样稚嫩、又有些许沙哑的声音:"明天三点,我们在康朋街见。如果楼下那些讨厌的姑娘说我不在,您就让她们见鬼去,自己上楼来就是了。"就这样,我去了康朋街的香奈儿之家,自从1918年以来,她就一直在那里工作。我们赴约时,她的那些工作人员果然很不高兴:"什么?!跟香奈儿小姐约好了?她是不接待任何人的!你边上那个人,他拿着个什么可怕的机器:他是什么人?摄影师?!叫个摄影师来拍香奈儿小姐?快走,快走!我们要不要叫保安过来?"愤懑的抗议声直达天花板——空气中是一阵七嘴八舌的嗡嗡声。

"你们给我闭嘴!请他们上来。"还是那个沙哑而稚嫩的声音——是可可·香奈儿。这时,七嘴八舌的嗡嗡声停止了,其中一位工作人员毕恭毕敬地送我们上楼,她告诉我们:可可小姐的公寓位于香奈儿之家的顶层,要先经过一条走廊,两旁陈列着莫里哀、卢梭、普鲁斯特、马拉美等画家的经典作品,可可小姐说,她对这些作品了如指掌,她认为:"法国的学者们从来没有把它们彻头彻尾地研究透彻,但我做到了。"就这样,我们进入了一个服装设计师所能拥有的最豪华的工作室。"豪华不是贫穷的反面,而是庸俗的反面。"香奈儿小姐说道,"尽管我追求奢华,但在我的生活中,我一直努力不显得庸俗。"在她的工作室里,有科罗曼德木制的屏风、水晶吊灯、纯金清漆的桁架、雷诺阿和毕加索的画作、乌木雕刻的真实大小的鹿、青铜雕像。在这个博物馆一般的空间的正中央,她将双手骄傲地放在臀部,她的头藏在帽子的阴影中,绝不露出丝毫皱纹:这就是传说中的可可·香奈儿。

在整个画面中,她是一个很小的焦点:小到你可以用你的小手指把她举起来。从下往上看,她穿着一双白色的鞋子,在脚踝处收紧,类似于过去下雨时人们穿的橡胶套鞋;再往上,是一双美丽的腿,直到膝盖处都没有遮挡,一条深蓝色针织裙的下摆轻抚着她的腿,裙子紧紧地贴在臀部,宛如窈窕的少女,裙子上方是一件同样颜色的深蓝色针织外套,非常短,上有金色纽扣和四个口袋。外套敞开着,露出她瘦弱的胸膛,里面是一件象牙色的上衣,再往上,随意地搭着一条价值四亿法郎的名贵珍珠项链。在珍珠项链之上还有一条宝石项链,吊坠是由一颗红宝石和一颗钻石组成的,珠宝项链的叠加宛如蜿蜒的尼亚加拉河,在那之上是细长的脖子,脖子上轻轻地搭着一缕黑色的小鬈发,在黑色的鬈发之上,是一顶白色的圆形礼帽。"所以,面试结束了吗?"可可小姐问道。我走到她的帽檐下方,她将上半身往前倾了一点,把脸放在灯光下让我慢慢端详。她的脸庞瘦削又犀利,灯光残酷地照亮了那些被精心遮盖的皱纹,嘴唇上涂着紫红色的唇彩,宽大扁平的鼻子,鼻孔跳动着,鼻尖微微上翘,大大的眼睛古灵精怪,浓密的睫毛上涂满睫毛膏,上面是一对炭笔勾画出的眉毛。这是一张几乎令人生畏的脸庞,可可小姐却毫无顾忌地骄傲地展示着这张面孔,因为在某些方面,它让人想起她曾经的辉煌。让·科克托这样形容她:"你们想象一下:那是一个拥有黑色眼睛、灰黑色头发和晚香玉色皮肤的玛琳·黛德丽(Marlene Dietrich)。我曾见过男人为她自杀。"

可可小姐的脸上滑过一丝苦笑,她调整了一下帽子,说:"一个女人要是不戴帽子,就永远不会优雅。所以我在家里也戴着帽子。"然后,她又把衣领往上提了一点,"我的喉咙有点疼,我该把自己包得严实一些。但我讨厌一直到喉咙的高衣领,那样会显得很老气。"我试图表达赞美。"安静,"她忽然大声说,"我不喜欢被打断。您不用向我提问,因为我明白您想知道什么。"(事实上我并没有向她提问,我一次也没能开口。)"孩子,你会抽烟吗?吸烟的人寿命更长,但一定要用烟嘴。一个优雅的女人不应该不用烟嘴直接抽烟。或许,男人也该用烟嘴的。你先别说话!首先,我不会画画,我从来没有画过任意一件衣服。我的铅笔只是用来画眼线和写信的。我拿着布料把需要的部分剪裁下来,然后钉在一个人体模型上,如果合适的话,自然有人来缝制它。我甚至不知道如何缝制,我,连一颗纽扣都从来没有缝过。如果不合适,我就把布料拆开,然后把它剪掉。如果还是不合适,我就把它扔掉,重新开始。喜欢这件衣服吗?别说话!不要打断我。它能穿四个季节,它的面料不会起皱,任何女人从十五岁到九十岁都可以穿。你多大了?别说话!不要打断我。你应该照着这身衣服穿。当别人模仿我时,我不会感到不高兴。我之所以与工会联合会决裂,就是因为他们不让报纸刊登我的设计图片。让工会见鬼去吧!"

她忽然起身，像一只生机勃勃的小老虎，贝雷帽斜着遮住她的脸庞，然后她又拿一只拳头支着下巴说，"抄吧，尽管抄吧！如果我的作品被人模仿，那就意味着我是对的。我们这个行当里面，总有些人摆出天才的架子，但时装定制并不是哲学书上的大道理，甚至都不能算是一门艺术，时装只是一门手艺。我不是天才，也不是艺术家，我只是个手艺人：一个'小裁缝'。我创造能够被穿在身上的衣服。所以，肩线就是用来贴合肩膀，腰线就是要显出腰部线条，而口袋就放在它们应该在的地方。我那些'天才'同行们，他们什么时候才能明白这些最简单的道理：所谓时装，它的袖子就是装手臂的，口袋就是装手掌的，扣眼就是装扣子的，而腰带就是用来系在腰间的。"她又转身坐下，整个人陷进沙发里，气愤地抓着自己的短外套，几乎都要把这件衣服撕破了，"看到这个口袋了吧？它竟然被缝在了靠近屁股的位置。上帝啊，在这儿安一个口袋到底要干什么？"

她又站了起来，把臀部周围的裙子褶皱抚平。"你过来看看这套衣服，没错吧，这衣服的剪裁完全吻合身体的曲线：这是多么合理啊，女性身体的曲线就是这么独一无二。而我们面对的现状却是，我那些自作聪明的同行，总是将人的身体看成一个圆柱体，一个梯形，或者是一个三角形，总之是一个不存在于现实中的物体：反正就不把人的身体当作人体本身来对待。还有一件事儿我想说给你听听：有一天晚上，我要去参加一场鸡尾酒会，当时我穿了一身我认为得体的套装，戴了一顶我自认为是帽子的帽子。在酒会上，我见到了巴黎最富有的几个女人：她们的身体，有的被装在一个圆柱体里，有的被装在一堆梯形的布料里，还有的被放在一个三角形的袖子里。一位女伯爵向我走来，她叫加布里埃尔，她问我：'可可，你喜欢我的衣服吗？'我看了看那件衣服：衣袖的缝线从腰部才开始，腹部还有足足十米长的丝带。我强忍着自己想朝那繁琐的丝带上吐口水的冲动，问她：'是哪个混蛋给你打扮成这个样子的？！'女伯爵眼里噙着泪问我：'你不喜欢这衣服吗，可可？'她郁闷极了。'那个混蛋设计师是谁？'我又问了一遍。她最后还是告诉了我设计师的名字。当天晚上，我就给她那身衣服的裁缝打电话过去，我会跟您坦白到底是谁，但答应我别把他的名字写下来。我跟那位裁缝说：'克里斯托瓦尔①，我亲爱的孩子，你为什么要做出这种玩意儿呢？为什么要给后人嘲笑你的机会？你觉得好看吗？'他还以为我是在开玩笑。他不明白我的意思。我要怎样才能让他们明白自己的问题呢？"

可可小姐无奈地摇了摇头："他们的衣服是建筑师、雕塑家、艺术家的作品，却并不是裁缝做出来的东西。这些'杰作'有着艺术品的各种优点：和谐、平衡、大胆，唯独不能被称为'衣服'。这些人创造出的所谓的衣服只能被穿戴在人体模特的身上，那些雌雄同体、没有人味儿的生物体也能穿戴它们，因为它们恰恰就是后者创造出来彰显自己的男人味的。然而，一般的女人穿不了，一旦穿上就只能等着被别人嘲笑吧。但我的那些同行是故意想要让她们看上去滑稽可笑，您知道其中的原因吗？先别急着

---

① 此处应指 Cristóbal Balenciaga（1895—1972），时尚品牌"巴黎世家"创始人。

打断我：因为他们憎恨女人，因为他们从未真正渴望过或是去爱过任何一个女人。"她说最后这几句话时，一字一顿，斩钉截铁，眼中闪过一丝亮光，右手坚定地向前指着，做出指责的姿态。说着她低下了头，无奈而愤怒，声音也低了下去："他们用萨尔瓦多·达利（Salvador Dalí）作画的风格与方式去制作衣服，不惜一切代价地将自己轰轰烈烈、标新立异的想法表达在衣服设计上，因为他们害怕一旦作品不再抓人眼球，那么自己也就无异于普通的裁缝们了。他们并不关心现实世界，他们所谓的时尚只是为了那二十来个钱多无脑的女人准备的，她们自以为高贵优雅，因为她们才有钱花在那些一生仅穿一次、且只有在无人敢嘲笑她们的场合才会穿的衣服上。你能够在大街上看到这些有钱的傻女人吗？当然不会啦！她们只会去鸡尾酒会、去戛纳、去比亚里茨的度假胜地，去见那些和她们一样钱多到花不完的人。但真正的时尚，属于千千万万不同的女人；真正的时尚，是能够在大街上、公交站旁、电影院里接触到的；设想一下，那些坏小子看到女孩儿胸前的大蝴蝶结丝带、屁股上的口袋，会嘲弄地吹起口哨。如今的时尚，是能够装进手提箱里随你一起走南闯北的衣服，如今的女人四处闯荡，总不见得她们个个身后都背着大衣柜吧。时尚必须兼顾大幅度的动作的舒适度，必须是合理存在的设计；时尚的目的是要让人发自内心地微笑，而不是让人被嘲笑。时尚是一种恩赐，而不是一个笑话。这些话，我会一直坚定地说下去，直到我离开这个世界的那一天。"说着，她一把将帽子从头上扯下，朝旁边的科罗德曼板屏风扔过去。四十年来，眼前这位暴躁又固执的女士一直坚持着她与"高级定制时装界设计的反智风潮",还有与那些"仇女者"的战争,尽管如此,这些被她反对的人里,有很多也是她的朋友。她一生致力于实现"用优雅与智慧去装饰女性"的理想,为此,她牺牲了自己的爱情。她接着对我说:"亲爱的,上帝可以作证,我是多么向往爱情。但是,在爱男人和爱衣服两者之间,我毫不犹豫地选择了衣服。工作像毒药一样让我上瘾,尽管我也常常自问,如果不是因为男人,我是否会成为如今的香奈儿。"事实上,恰恰是因为一位英俊的军官,她才开始称自己为"可可小姐",她为了他离开了故乡伊索尔,如果没有他的出现,她现在也许还生活在那里,嫁给一个平凡的农夫,过着那种在农场给母牛挤奶的平淡人生。在成为如今的可可·香奈儿之前,她只是一个普普通通的农家女,和两位没有结婚的阿姨一起生活在乡村。"亲爱的,你知道吗?我曾经也有一个父亲,但某天他没有回家,他连同他生活的所有痕迹,就这么消失了,而我的母亲在我七岁的时候就去世了。"她跟我说。那时候的香奈儿只有十六岁,拥有少女撩人的苗条身形和蜂鸟一般欢快的生命力,就在那时候她邂逅了富有而英俊的中尉,雅克·巴尔桑(Jacques Balsan),他甚至拥有一个属于他的赛马场。"那是一场典型的一见钟情,"她说。雅克带她到了巴黎,送给她一匹赛马。她幸福地轻吻马儿的脸颊,呼唤它:"我的小可可。"中尉好奇地问道:"你刚刚叫它什么呢?"她答道:"我叫它'小可可'"。他对她说:"那我就叫你'可可'吧。每次说这个名字,我都会想起你,你的奇思妙想,你的与众不同。"可可满心欢喜地接受了这个名字。

没错,她的决定总是下得匆忙,她与她的中尉一起,四处周游:他们一起去了尼斯、维希……在巴黎,她会穿维奥纳①的衣服,还会时不时光顾马克西姆餐厅,她那写满欲望的眼睛,开始环顾起出现在她周围的丝绸和天鹅绒等布料。有一天,她来到中尉的面前,面不改色地跟他说起自己的决定:她要离开他,专心去做帽子。中尉伤心极了,那个可怜的男人问道:"为什么?去做帽子为什么要跟我分手?"可可毫不留情地回答道:"因为我需要自由自在地去追逐自己的幻想。"

那是1914年的春天,当时街上的女子还都戴着那种笨重得像雨伞一样的帽子,不仅如此,她们的帽檐上还装饰着仿真水果和假花。她看在眼里,忍无可忍地说:"脑袋上戴着这么多乱七八糟的东西,还能正常思考吗?"于是香奈儿开始尝试着用天鹅绒材质的小帽子来搭配路易十六式的黑色耳畔鬈发,使用燕子窝大小的小圆框,配以别致的花朵、一颗樱桃的妆饰,面纱从中垂下。"轻如无物,但别出心裁,这样的帽饰重量只有两盎司。"六个月后,她的帽子铺在法布尔·圣奥诺雷街开张,她赚到了在这个领域的第一桶金:七万法郎。几乎所有人都听说了"可可"这个名字,他们说:"你们想要戴的帽子,都能在可可家找到。"可可她自己也因此开心极了,她跑去教堂感谢造物主的恩赐。"就当我在造物主面前虔诚祈祷的时候,我感到身后有一束灼热的目光,几乎能够穿透我的身体。那又是一次典型的一见钟情,

---

① 应指 Madeleine Vionnet(1876—1975),有"时装界的欧几里得"之称。

我亲爱的孩子。"而这次让她一见钟情的人来自英国,他的名字是博伊·卡佩尔(Boy Capel)。

即使是在她的英国爱人离开她去打仗的时候,他们之间的感情都从未消失:"只有小情小爱才会害怕分别。"然而,就在爱人不在身边的岁月里,她果不其然感到厌倦了:于是她又钻进了自己的制衣坊。她设计的衣服就如她本人一样,穿着走在街上会让人不禁转过身多看一眼,但也被大设计师简奴·朗万(Jeanne Lanvin)不齿,他评价说香奈儿设计的衣服"寒酸得令人无法忍受"。与朗万的风格截然不同,香奈儿家的服饰很简洁:裙子、衬衣、夹克,几乎都是针织品。当时,能叫得上名字的女装设计师都是看不上针织布料的,然而可可却在海军的制服中得到灵感,注意到了针织元素。为了弥补布料的朴素,可可在衣服上搭配了各种各样的项链:珍珠项链,黄金项链,白银项链,还有珊瑚项链。

她的首个系列在不到一个月的时间里就完成了,可可·香奈儿在她位于康朋街的新工作室里进行了展出。展览带来了前所未有的革新感。可可想通过这些衣服告诉女士们:"不要鲸鱼骨,不要只为视觉满足的束腰,不要蓬蓬的长裙。"她告诉她们:"你们难道从没有觊觎过那些只有男人才能做的工作?你们难道不想试着去从政?你们难道从没想过自己坐上驾驶位开车远游?想想看,穿着那些让人喘不过气的束身衣,我们怎么可能去胜任这些工作呢?去他的完美曲线,少吃点瘦下来才是正经事。你们也不必留长头发、梳繁琐的发髻,就算为了那从窗户外爬进来与你们私会的情人,解开来也是麻烦,你们自己房间的钥匙自己掌握。"就这样，女人们纷纷抛弃了束手束脚的内衣裙撑，像香奈儿那样剪掉了长发，也开始减重塑形把自己塞进针织衫里，再佩戴起别致的珠宝，化上最精致的妆容，来补上那些从衣服材料里减掉的心思。然而，就是从此开始的时装轻便、随意、别出心裁的风潮开始渐渐征服整个世界。就像邓南遮①带着敬畏写下的那句："狂欢节结束了。是可可·香奈儿创造了战后那些高冷又精力充沛的巴黎女人。"

不仅如此，她也为自己创造了很多的财富。在那之后的几年中，可可·香奈儿陆续在康朋街购置了五处房产，在诺曼底购置了一栋别墅，还在加布里埃尔大道添置了一所房产，她管理着一个由两千五百位员工组成的时尚王国（如今，迪奥公司也仅有一千四百个员工）。她在六个月内就卖出了三万两千件衣服，仅靠她的"香奈儿五号"香水，就赚了三千二百万法郎，她成了巴黎最富有的女人之一。她资助迪亚吉列夫的芭蕾舞剧，投资学术借钱给法兰西未来的院士，养活了像皮尔·雷弗迪（Pierre Reverdy）这样的穷诗人，还有像莫里斯·萨克斯（Maurice Sachs）这样不得志的小说家，她购买那时候还无人问津的达利的画作，还设置了每月发放的奖学金，发放给需要资金的学子，这笔钱被出版商伽利玛称为"大小姐给的赏金"。那时候的可可·香奈儿的确仍是一个单身大小姐，博伊·卡佩尔向她求婚时，她不愿放弃自己的事业，拒绝了他，她说："我一直是个比我的欲望更强大的女人。"

就这样，她在康朋街的公寓逐渐被博物馆式的家具填

---

① Gabriele d'Annunzio（1863—1938），意大利诗人、记者、小说家、戏剧家和冒险者。

满，里面摆满了她的收藏。但晚上，她住在家附近的丽兹酒店，她解释道："因为你不应该睡在那样的房子里，感觉不卫生。"她的传奇故事开始四处流传：纽约的大商人们邀请她去美国展示她设计的新款服装，她到了纽约，他们又专门为她安排了一列火车，让她前往好莱坞。在洛杉矶车站，风华绝代的葛丽泰·嘉宝（Greta Garbo）正拿着一束玫瑰花等待着她的到来。高大帅气的男人们为了获得她的青睐，甚至争相要为她自杀。在英国，她还鼓励贵族夫人们扔掉那些老气的貂皮外套，换上轻便的羊毛上衣和针织裙。后来，她遇到了威斯敏斯特公爵，他们为彼此神魂颠倒。"亲爱的，这还是一次典型的一见钟情。我一直很鄙视那些在接受别人的求爱之前，犹犹豫豫、靠占卜做决定的女人。"威斯敏斯特公爵那时候已经四十多岁了，但他还是像一个热情的小伙子一样，拜倒在这个极度优雅的女人的石榴裙下。尽管她毫不顾忌地说着粗话，肆意喷洒香水。他为她准备了一艘梦幻的游艇"飞鹿号"，在罗克布伦给了她一栋拥有四十个房间的别墅，他专门雇了四个人，只为了确保当可可不在他身边的时候，为他们俩"建立永久的联系"。最后，公爵恳求她嫁给他。"我的爱人，世界上有很多公爵夫人，但香奈儿只有一个。"尽管她的面容已不再年轻，和面前的风华正茂的公爵相比，她脸上的皱纹甚至更多，她还是坚定地说："我是不会放弃康朋街的工作去当威斯敏斯特公爵夫人的。"公爵悲痛欲绝，步履蹒跚地离开了她。然而，就在几年之后，1939年，这个满脑子奇思妙想的女士结束了自己在康朋街的工作，关掉了那里的香奈儿之家，那时候的她已然富可敌国，但疲惫不已，她告别别人："现在，我要用我所有的钱来换取自由。"

"上帝啊！那绝对是我最不堪回首的几年。那些可恶的厌女设计师们趁着我关门歇业的机会，又把高级定制时装变回了低能儿的秀场，而那些女人们也忘记了我曾经教过她们的事情。"1947年，迪奥推出了"新风貌"系列，香奈儿眼看着曾经的追随者们纷纷穿上她嗤之以鼻的拖地长裙，还有那摇曳又累赘的裙撑。她痛心疾首地说："你们这些无耻之徒，贝拉尔！你们这帮人让法国女人和法国时尚变成了一个笑话！"香奈儿对迪奥前主管克里斯蒂安·贝拉尔（Christian Bérard）毫不留情面。贝拉尔耸了耸肩说："我亲爱的可可，别急着唱《马赛曲》。女人们早已经厌倦了穿戴衣服和配饰，现在她们想让这些东西来承载、衬托自己。女性需要被支配，也需要被保护，这是她们的天性。"可可气得用脏话来回敬他。人们最后还是明白了，她才是对的。然而，当时时装界的情况愈发糟糕：斯奇培尔莉①甚至决定关掉自己的时尚沙龙，她给上门的客户们设计头戴洋蓟的夸张造型，还开始订购一只红色另一只是绿色的鞋子。

一个叫纪梵希的年轻人将她的话深深刻进了心里。但是迪奥却依然坚持着自己那些诡异的设计。对于香奈儿的批评，迪奥不屑地说："她又不是什么伟大的设计师，妇人之见罢了。"可可愤怒地尖叫："啊，是吗？那看来我还不能退休。"于是，她回到了康朋街，着手重开香奈儿之家。她花了三年的时间将这一切恢复到暂停之前的状态，1953年2月，香奈儿之家重新开张的大日子到来了，这个倔强的女

---

① Elsa Schiaparelli（1890—1973），20世纪最有名的服装设计师之一，也是一位作家，生于意大利罗马。

士展出的服饰一如既往地出人意料，她拿出了自己分别与雅克·巴尔桑、博伊·卡佩尔，还有威斯敏斯特公爵谈恋爱时创作的那些衣服：那些简洁、舒适的裙子，没有飘带，没有多余的装饰，那些曾经被万千女人穿戴的裙子，但她们那时并不知道自己所穿着的就是"香奈儿的战袍"。那一天，在康朋街的香奈儿之家，汇聚了巴黎几乎所有的名人。卡梅尔·斯诺和贝蒂娜·巴拉也不远万里跨越大西洋来到这里，只为告诉《VOGUE》和《时尚芭莎》的美国读者香奈儿之家的消息。

她独自蜷在沙龙通向公寓的楼梯上，就像是在玩捉迷藏，她暗暗地通过一整面的镜子来追踪者客人们的表情、肢体反应。他们是那么的惊讶，在看完服装展之后，有人低声说："不管来过多少次，可可·香奈儿这里总是没什么变化。"这时，她急忙站起身，匆匆跑下楼，用她七十年不变的亢奋语气，还有那干巴巴的食指指着发问的顾客说："要什么变化？难道现在的女人跟原来有什么不一样了吗？"没有，不会变化。永远不会有人能够说服她，让她去接受"衣服衬女人，而不是女人衬衣服"这样的观点；也永远不会有人能够逼着她去设计那种只能穿去参加鸡尾酒会的华丽蓬蓬裙。"我有时候也会梦到那样的裙子，"她说："但我梦里的裙子也比那些厌女者们做出来的要好看得多。但每当我醒来，裁下布料用别针固定在模型上的时候，我一定会拆掉所有多余的东西，最终留下的就是一件香奈儿的衣服。"事实确实如此，来自得克萨斯的有钱女人曾请她为自己制作十二套华丽的酒会裙，她一口回绝："你还是去找纪梵希做吧。"

第二天，纪梵希很隆重地来感谢她，她却笑笑说："不用客气，好孩子。下次如果有人要找你做一套制作精良的女士套装，记住让她来找香奈儿。"

她将双手放在太阳穴上，扶住额头，仿佛那次跟纪梵希的对话一回忆起来就令她头昏不已，她说："亲爱的，你相信吗？这些高级时装定制的'天才们'只有在被挠痒痒的时候，才会笑出来。他竟然还一本正经地回答我，一定会来报答我的"。接着，她吹了一声口哨唤来了摄影师，一边小心翼翼地摆正位置，一边感叹着："年轻人，要给我们好好拍，千万不要拍到我的侧面，也不要往我的脸上打太多的光。四十五岁以后，女人不再是女孩子了：拍照必须要注意姿势。"只见一旁那个害羞的女工作人员，擦了擦额角的汗水。

让我们废除性别

自从造物主创造了夏娃、把她安排在亚当身边陪伴着他的那一天起，没有一个女人（据我们所知）敢于公开抗议自己身体的构成方式，以及由此产生的不便和或多或少的滞碍。因此，我带着惊喜又忐忑的心情，采访了几千年来第一位敢于直面这个问题的女性：维奥莱特·休斯（Violet Hughes）。她曾经是一名教师，现在她住在康沃尔郡的博德明，成为了一名作家。现如今她的理论已然广为流传，而起初我听来却有些尴尬。在畅销书《被束缚的女人》中，她提出了这样前所未有的激进观点：女性作为一种性别应当被废除，她们应被视为无关性别的中性生物，然后才能将其与男性衡量对比，以此来避免她们对于自身种种不如男性的生理条件的过度抱怨。跟她的访谈犹如一场惊心动魄的冒险，而在这趟冒险旅程的终点，我怀着万分惊讶的心情记录下了一个有意义的结论：那就是，在英国这个女权主义的发源地，维奥莱特·休斯可以被看作最受欢迎的人物之一。

在英国，至少有百分之三十的女性会毫不犹豫地赞同休斯的观点，而还有另外百分之二十的女性会大方地表示自己认为休斯的观点"多少有些在理"。无论如何，休斯都是一个响当当的名字：在伦敦我下榻的酒店，当前台女孩听我说要打电话给维奥莱特·休斯时，便猛地抬起头对我说："她是个了不起的女人，我好想认识她，亲口告诉她我是多么崇拜她。"在火车站，我向问询处的女孩要了去博德明的火车时刻表，她羡慕地看着我，难以置信地说："您真的要去找'她'？请代我向她问好，读完她的书后，我下定决心离开了我那不如意的前男友。"在博德明车站出口处，在我问她是否知道维奥莱特·休斯家怎么去时，查票的女孩用几乎被冒犯到的语气回答我："我当然知道啦，她是一个至少应该在上议院工作的伟人。"只有到了出租车上，我才听到了反对休斯的声音。对给我开出租的男司机师傅来说，维奥莱特·休斯这个名字意味着一个个没有性生活的夜晚，还有一场场夫妻间激烈的争吵，他朝地上吐了口唾沫，恶狠狠地说："该死的女人，我真想把她扔进绞肉机绞碎。我真想有人能帮我解决掉这个臭女人，也许她的丈夫能帮我，如果她真的有丈夫的话。"（最引人入胜的细节是：维奥莱特·休斯的确有丈夫）。

维奥莱特·休斯当然知道，有很多英国男人视自己为眼中钉，就像有同样多的英国女人想要为她立碑一样。我到达的时候，维奥莱特带着小狗莎莉和她的丈夫阿尔伯特·帕罗特一起站在门口等候着我的到来：十三年前，为了纠正她令人不安的主张，他挽着她的手走上婚礼的红毯；而十三年后，他却深深认可了她的主张。"我们俩的婚姻是一场精神的交流，无关其他俗事。"他们总是这样来回应那些质疑他们的婚姻为何一直没有破裂的声音。而这对夫妻之间的"精神交流"从他们俩的服饰就可见一斑：两人都穿着绒布长裤，也都是衬衫上套着格子布夹克，而两人的衬衫上都不约而同不见领带的踪影。他们穿着同款的休闲靴,就连姿势也别无二致:两人时时手放在口袋里,摆出随和而自然的姿态。因此,很难在第一时间分辨出这两个人中哪个是维奥莱特,哪个又是阿尔伯特。我的摄影师同事一眼认定,两个人中比较矮小、瘦弱的是维奥莱特,对她鞠躬:"早上好,帕洛特夫人。"不巧的是,他认错了人。

事实上,他们中比较高大健壮的才是维奥莱特,她十分宽容地表示,自己不介意被误认为是阿尔伯特,但我们应该称她为"休斯女士",而不应该是"帕洛特夫人"。她一边伸出右手致意,一边解释道:"我的姓氏,是'休斯',使用夫姓等于默认了不同性别间存在等级差异。"她手劲儿很大,像拳击手一样,握手时她对我说:"您看,我不戴婚戒,因为那也是等级与专制的象征。"一旁的阿尔伯特点点头,看起来温和而谦逊,对妻子的话心服口服。他一直站在她的身后,也许是为了显出她才是主角。休斯女士接着说:"阿尔伯特也不戴婚戒。"她的声音清脆,声线像小女孩儿一样高亢。"在决定向现实中的性别差异宣战的那天,我们就将婚戒扔进了河里。"而她领我们进她家门的时候也非常体贴,像小女孩儿一般的温和,尽管她现在已经四十二岁了,她也非常在意我们确实知道她的真实年纪:"因为隐藏年龄也是女性特有的弱点。而没有人能从我身上找到这样的弱点,如您所见,我从不化妆。"她一边给我看她脸上的晒伤痕迹,一边补充道:"您有没有想过,女人们为何要化妆?"提问的同时,她盯着我嘴唇上的唇彩和脸上的底妆,神情如同是在审问一样。她自问自答道:"为了变得漂亮。为什么需要变得漂亮?因为想要用自己的身体去取悦男性。而为什么要用自己的身体去取悦男性？因为她们是性别观念的奴隶。"阿尔伯特认同地点头，说："但这都与维奥莱特生而为女人的事实不矛盾。"他的脸旁闪过一个凌厉的眼神。

"阿尔伯特，你能帮我们准备点早午餐吗？"维奥莱特理所当然地对丈夫说道，而阿尔伯特便也十分温柔地跑进了厨房。"阿尔伯特总是保有一些浪漫的幻想。除此之外，他是一个完美的伴侣。"维奥莱特接着介绍，"在我写书的时候，都是他来操持家务。"环顾四周，他们简朴的屋子被收拾得一尘不染。厨房外面是餐厅，里面放满了各种各样的科学书籍，再往里是维奥莱特的卧室，不出所料他们俩并不分享同一间卧室，她的卧室旁边是阿尔伯特的卧室。"跟他同居这件事并不是在欺骗自己。事实上，我们在一起非常单纯地起居生活。因此，在这种情况之下，我们也可以避免可怕的相互背叛。亲爱的阿尔伯特，你同意吗？"他烧好了泡茶的水，再把面包片烤好，像家庭主妇一样，娴熟地摆好了桌子。阿尔伯特摆好杯盘和刀叉，看了他妻子一眼，他的眼神就像是一个不敢说谎的孩子一样，说："完全同意，肉体的爱是一件庸俗的事情。我甚至没有想过这个问题。我想在我们家，就算小狗莎莉也不会迷失在那种丑陋的感情中。"

空气尴尬地凝固了，小狗莎莉摇了摇尾巴：它已经有十二岁了，却一直没能知道世界上其他的狗狗都明白的一些事情。它刚刚断奶就被女主人买回家，从那以后一直被主人固执地保存着童贞。"我举小狗莎莉的例子，是为了证明：世界上的爱情并不需要所谓的'物质交换'来实现，"维奥莱特一边说着，一边给自己点了一支烟（阿尔伯特没有抽，因为她曾经跟他说过吸烟有害身体），"莎莉没有和其他狗交配过，所以它比其他狗都聪明。我对它怀有深深的敬意，就像对阿尔伯特一样。有时候比起阿尔伯特，莎莉甚至更能吸引我的关注。阿尔伯特是男性，也就是说他的性别给他带来了一些特权。而莎莉作为一个雌性生物，却是一个不快乐的生物。"她说着，跷起了二郎腿斜倚在椅子靠背上，像是一个准备描述自己旅程的水手一样，"我在十三岁的时候就开始意识到作为一名女性会遭遇的种种不公平待遇：我的身体开始变得圆润，我不能再像同龄的男孩那样奔跑，也不能爬树，不能跟他们一起洗澡。但是我身边所有人都告诉我，这都是正常的，而我也试着让自己平静地去接受这些变化。十八岁时，我也穿丝袜，涂口红，去理发店洗头发，跟同龄的男孩子挤眉弄眼。但最终这一切让我筋疲力尽，精神也到了崩溃的边缘。"

"后来我认识了阿尔伯特：他当时也是老师。他对我说，一个好丈夫是必需的，于是他和我结婚了。而结婚这件事情让我的精神又一次濒临崩溃，那是一段绝望的时光。而阿尔伯特很快明白了我的痛苦，我们一起离开了学校，来到乡下，扔掉了婚戒。我们主动抛弃了社会的惯例。事实上，女性的真正的不幸并非来源于男人，也不怪社会强加的惯例，而是在于她们自己的身体特征。是否有人去思考过这一点，比如在孕育孩子的过程中，女性要承受身体的痛苦，而男性却不需要承受这些。"阿尔伯特忍不住评论："这实在太不公平了。"而她却并不领情地说："亲爱的，我知道你懂，但你可不可以不要打断我的话？"休斯女士叹了一口气。"显然有些女人会对我的观点表示愤怒。她们从小就被教导着围着灶台做任劳任怨的田螺姑娘，像生物界其他所有的飞禽走兽一样，用自己的身体去孕育小生命……这些事情是多么高尚、唯美。世上几乎所有的教育基本上都沦为对性爱的颂扬。美丽的衣服、香水、帽子，甚至男人看似有风度的弯腰致意，都只是为了掩盖一个可悲的现实：女人天生就是一种低等动物；而只要她们不拒绝延续物种这一有辱人格的愚蠢任务，那就任由她们胡闹。"

说到这里，她的声音冰冷，嘴角浮现一丝邪恶的苦笑。听着她的诉说，我也不由得感到背脊发凉。"女权主义者在我看来是一群可笑的存在，当然还有她们提出的那些倡议和需求。事实上，她们最应该去寻求科学家的帮助，像我一样。实现妇女自由的第一步必须是在医学领域。要将女性从她们的生物职能中解放出来，去掉性别的枷锁，让她们能够用同等于男性的身体标准来衡量自己。您有没有思考过，为什么女性在艺术、科学、政治方面不能出人头地？因为她们被自己作为女人的职能所干扰，她们忙着去搭配衣服，挑选香水，打理头发，忙着去服从、去奉献自己的身体。您能想象拿破仑穿裙子的样子吗？或是巴赫、莱昂纳多、爱因斯坦护理自己刚出生的孩子的画面？"

休斯女士对此愤怒不已，以至于很难去跟她解释，其实像巴赫、达芬奇、拿破仑以及爱因斯坦这些男人，也并非从科学家的试管中诞生，是他们的母亲将他们带到这个世界上来的。顺着她那疯狂而一发不可收的逻辑，休斯女士接着说："创造历史的人总是男性，而女性却从未涉足。人一生中最美好的年华，从青春期到初成年的那段人生，男人们都是用这段来完成处理重大事务，而反观女性，她们却被自己的身体特征限制在大脑和身体都欠佳的状态里，无法施展拳脚。我们要让女性有选择的权利,如果愿意,她们可以继续做生育工具;而不愿意的那部分人,可以选择'中性'作为自己的性别表述,这部分人可以随心所欲地上战场厮杀,去登顶珠穆朗玛峰,登上月球。在我的书《被束缚的女人》中,结论就是这样。"

当然,在维奥莱特·休斯的书里,还阐述了其他很多东西,毕竟在报刊上被反复提起的书籍里面,不会全部是失礼和冒犯的内容。但最令人惊讶的并非她得出的结论,毕竟在英国这样一个自由的国度,任何人都可以独立地思考,甚至是在生命起源这样的问题上。真正令人惊讶的是,尽管出版商、报社对她的观点抱有敌意,她却如此轻而易举地将自己的想法传达给了如此多的人,并使他们信服。而《被束缚的女人》这本书出版并流传的历险具有某种自相矛盾的特征。最初,在1957年,维奥莱特这本书刚刚完成的草稿至少被五家出版商拒绝,他们都认为其中的内容很不理性,也很容易惹来麻烦。碰壁的经历并没有让维奥莱特放弃战斗,她带着手稿去找了查尔斯·斯基顿,她最后的希望。当时三十五岁的查尔斯是一个英俊的男人,喜欢美丽的女人,爱看脱衣舞。但他有着一本正经的外貌和异常严谨的处事态度,对于自己工作的领域,他也有着异于常人的理解。他作为编辑署名的书籍只有诸如《陶瓷和瓷器的历史》《蝴蝶的一生》《英国教育》以及《邮票的历史》这类单纯无害的读物。他自己也是作家,写过一本题为《英国的风车和水车》的纯洁小书。

而在托齐斯特姆出版社①(名义上,查尔斯·斯基顿与这

---

① 全称是 Torchstream Books。

家出版社没有任何关系），他只出版性爱书籍，其中大部分甚至有些淫秽下流，从这些书籍的题目就能看出来：《卖淫的历史》《性与婚姻的习性》《性福的女人》。他的苏格兰太太对这些书嗤之以鼻，但查尔斯·斯基顿靠这些书盈利：这些书卖得很贵，有时能卖出几十万册，特别是在乡下。查尔斯说："行吧，反正关于性的书籍我是一定会出版的，这是一笔赚钱的生意。但当维奥莱特·休斯的稿子摆在我面前的时候，我犹豫了。这本书的确太不一样了，说不定会给我惹来大麻烦。"于是他将这本书的手稿放进抽屉里，忘得一干二净。一天，他的苏格兰太太在打扫房间时，偶然翻出了这本书，看得津津有味，敦促自己的丈夫一定要将这本书编辑出版。为了让太太开心，更为了自己的生活安宁，查尔斯不得不将这本手稿印刷了出来。"然而，我始终不认为这会是一笔便宜的买卖。"他说，"没有任何一家印刷社愿意揽下这个活儿。在看了这本书的前几页之后，印刷商们都愤愤不平地闹罢工。没办法，我只能四处求人用钱打点，最后在苏格兰找到一家愿意接下这本书印刷工作的工厂，但印刷真正完成之后，我仍然没有勇气将它装订成册，编辑出版。于是我找到了报社，先放出风声试探公众的反应。担心这本书会引起争议和丑闻，我当时已经做好了全盘皆输的心理准备。"

《被束缚的女人》的草稿在去年的一月初被寄往了浮利特大街上的各家报社，但只有《妇女星期日镜报》——也就是《每日镜报》专门为女性出版的周末副刊——敢对此有所报道。英国的报刊都十分自由开放；同时英国也拥有这个世界上最渴望大尺度新闻报道的一群读者；最近的一项调查说明，去年有六十多万读者写信给报社，要求他们增加性爱和情感方面的内容；但维奥莱特·休斯所涉及的主题却远远超过了他们能想象的尺度。这本书所面临的挑战包括：冒犯德高望重的威斯敏斯特大主教，或者是被安上扰乱公共秩序的罪名。《妇女星期日镜报》的编辑安·布坎南（Ann Buchanan）怀着沉重的心情出发前往博德明。"我觉得自己好像在做坏事。"她毫无顾忌地坦白自己的心情。

安·布坎南是个中规中矩的女人，而她自己也非常在意这一点：她先后结过两次婚，生了四个孩子。第一次与维奥莱特·休斯见面之后，她满脸通红。"她的理论在我看来是不合逻辑的，她的主张也很可笑。我和主编详细讨论了在我们的报纸上刊登这篇文章的可行性。《妇女星期日镜报》至少有一千万读者，我打赌其中九百九十九万人都会在看到这篇文章后破口大骂。而主编的意见是，报纸有责任告诉民众世界上正在发生的事情和正在诞生的想法，无论编辑喜欢与否。"文章最终于2月2日见报，尽管文章的内容很客观，但是老实本分的安心中仍然充满了羞愧与不安。"我们相信，大部分的英国妇女将拒绝维奥莱特·休斯这些偏激的观点，因为生而为女性的意义就在于结婚生子。我们也认为，这本书的出版商在书稿付梓之前最好三思而后行。"文章后的一排斜体字如此愤怒地评论。

然而，真实的反应却和想象中完全相反。这篇文章确实在《每日镜报》的女性读者中反响巨大；但是没有任何人去谴责休斯女士，而是毫无保留地表达了对她的敬佩。八天之后，安·布坎南的办公桌上堆满了来自读者们成千上万的信件，而其中只有很小一部分同意斜体字评论里对休斯的观点的负面评价。贝尔法斯特的一位家庭主妇、有八个孩子的母亲写道:"维奥莱特的观点十分积极而健康,像她一样,我也希望能选择放弃自己的性别。"另一位来自格拉斯哥的女士也在信中诚恳地写道:"我同意维奥莱特的意见,这个世界上如果没有性别的划分会更好,请让我们有机会选择性别中立。""请让我们向解放我们的维奥莱特致敬,"一位来自基尔顿的即将迈入婚姻的准新娘在信中写道:"是时候结束对我们身体的束缚和奴役了。如今已经是1958年,而女性仍然要面临如此不合逻辑的不公平待遇,这太令人沮丧了。"安·布坎南说:"于是在2月8日,我们不得不刊登了第二篇关于这本书的报道,其中承认了本刊对于休斯女士的评价失之偏颇。"

接着,其他报刊也纷纷刊发关于维奥莱特与《被束缚的女人》的相关文章:在伦敦、伯明翰、格拉斯哥、曼彻斯特,这本书都是当地最畅销的书籍,引爆了社会舆论。科学家们也介入了这场争论,他们亲自下场来回答维奥莱特那些忠实的粉丝的各种问题:"性别中立"到底是文学世界中的乌托邦,还是现实中可以实现的事情?科学家们对此回应道:"事实上,任何医生都可以做到对女性的生理机能进行干预,或是通过药物注射、手术干预等措施使其变为中性的生物。"其后,工会领袖们也加入了这场讨论:"在英国,有接近七百万名职业女性,如今的性别差异和以此而来的分配不均,严重地侵害了这些女性职工的经济权益。如果维奥莱特·休斯的理想能够实现,这些现实问题也将迎刃而解。"

谈到这些阶段性的胜利,维奥莱特兴奋不已,她说:"我们女人将会占领议会,去领兵作战,去月球上探索。我们也能够在运动场上与男人一决高下。我们的天地将不仅限于家里的方寸之间，我们也将不仅是传宗接代的生育工具。为了实现这一点，男人们也需要去寻求科学家的帮助。就像赫胥黎在《美丽新世界》里面描述的那样。"艾尔伯特连连点头，尽管他黯淡的眼神还是流露出些许的失望与不甘。小狗莎莉听不懂我们的对话，在一旁打起了鼾。维奥莱特·休斯不禁把它抱在怀里，像抱起了一个小婴儿，开始哼唱："睡吧，我亲爱的宝贝。"而当她意识到我正在用一种获胜的得意眼神看着她时，她的声音在喉咙里消失了，她的脸红了。她也并非如此坚定，怀疑的种子在她心中发芽：或许造物主的安排才是正确的。

迷你裙诉讼

每隔十分钟或十五分钟,书记员就会叫来原告和被告,将他们带上法官席,双方多半会在那里掐架。这里的审判都进行得非常迅速,法庭里人头攒动,就像夏天拥挤的户外,总是会有人互相对骂斗殴,也许是因为夏天时更多的人会喝得醉醺醺的。但我去那里并非是因为与人打架斗殴,而是因为不愿付一份十一美元二十美分的账单,没错,我成了被告,这是我第一次当被告。说实话这事情还挺让人难忘的。我在家附近的小酒吧认识的一个厉害的朋友,乔,他曾经是个黑帮成员,他告诉我,当被告这件事有了第一次就有第二次,但第一次总是最难忘的,他跟我说:"第一次做被告,你会觉得好像法庭里每个人都在注视你,就像你脸上有字一样。这种感觉难受极了。"感觉确实挺难受的,特别是如果你是一个金发白种人,而你被一个非洲裔的人告了,那就更不好受了。法庭上,所有非洲裔的人都会恶狠狠地盯着你,而白种人也会恶狠狠地盯着你,时不时地你还能听到听众席里有人议论你是"没用的南方佬"之类的话。法官面无表情地盯着我,他穿着长袍,用冰冷的声音问我:"您的辩护律师呢?""这些就是我的辩护律师,法官大人。"说着,我在他的案板上摆出三四套裙装。这些裙子都是由原告奥蒂·博伊德（Ottie Boyd）夫人为我裁短的，她自称是名裁缝。摆放裙子的时候，我就像古罗马故事里那位骄傲的母亲，在客人们和她攀比身上佩戴的昂贵珠宝时，她却给他们介绍起了自己的孩子们，并自豪地告诉别人："这就是我的珠宝。"法官显然不与我共情，冷冷地追问："您为什么不愿意支付十一美元二十美分的账单呢？""因为这是原则问题，法官大人。请您仔细看一看这些裙子的下摆包边。"法官戴上眼镜，弯腰仔细端详这些衣服的下摆。法官大人当时的样子也令我印象深刻，如此德高望重的耄耋老人，在"我们相信上帝"的标语下，戴着眼镜仔细研究起几套裙子的下摆包边。这个画面让人动容，这一刻发生在6月16日的纽约，没错，我们的确相信上帝。听众席里传来不怀好意的议论声："看看这个下摆，一看就不对劲。"法官也承认："在我看来，这看上去确实不像是制作精良的裙子下摆。您一贯都这样裁剪裙子吗，博伊德夫人？"博伊德夫人身穿一条黄颜色的裙子，尽管她已经快五十岁了，但仍然穿着这条色彩鲜艳的超短裙。她恶狠狠地盯了我一眼，回答法官的话："我的裁剪没有任何问题。是她把我做好的裙子拆开重做，还不付给我那十一美元二十美分的工钱。"但这并不是重点，奥蒂·博伊德到底是不是一个好裁缝，老天自有定论。这个案件的重点就是刚才博伊德自己所说的那两个字：裁剪。听众席里再次议论纷纷："啊，她自己裁了啊，这就不好说了……"我的思绪回到了博伊德夫人把我拿给她改短的裙子送回来给我的那个下午，看着眼前变成一堆废布料的裙子，我感觉身处地狱。把裙子给她的时候，我明明千叮咛万嘱咐地跟她强调过："拜托了博伊德夫人，给我改短一厘米就好，最多不过两厘米。"但当我拆开她给我送回来的裙子的时候，我才意识到她根本没有将我的话听进去：她走得更高，更远。记得当时的我扯着嗓子从喉咙里发出绝望的呐喊："博伊德夫人！！您都干了什么好事？！"所以……"法官大人，我当时就跟她吼道，我是一分钱也不会付的。她却跟我说，玛莉·官①都会欣赏她的作品，如果我不给她钱的话，她就打电话叫条子来收拾我。""谁？""条子，警察。""不是问这个。那个玛莉……是谁？""玛莉·官，'迷你裙'之母，法官大人。""噢……""所以，法官大人，我当时气愤地抓了一把钞票扔给她，但是她不愿离开，说我给她的钱只有十四美元，账单是二十五美元二十美分，所以她还要我再给她十一美元二十美分。""啊……""法官大人，我是不会给她这个钱的，我就算去坐牢也不会给钱。"这时，听众席里已然鸦雀无声，就连法官自己也哑口无言陷入深思。也许他们都在思考同一个问题：玛莉·官到底是什么人。法官打破了沉默，告诉我们将在第二天通过电话得到判决结果。在纽约就是这样，判决结果是打电话通知的，也许是为了避免在法庭上闹得太难看。第二天我接到电话，得到免罪免罚的判决结果，而博伊德则要承担诉讼费：这样的胜诉是我的朋友乔从未获得过的。无论如何，这件事情都给我留下了一段不堪回首的记忆，那种尴尬与不堪其实和可怜的博伊德夫人无关，而是关于这位玛莉·官。我越想越觉得，那一次的损失并不该由博伊德来买单，而是该由玛莉·官来负责。总之，这位"迷你裙之母"在我心中并非善茬。

---

① Mary Quant（1930—2023），英国著名时装设计师，被称作"迷你裙之母"，1966 年创立同名品牌。

但如今她来到了纽约，就住在她位于阿尔冈昆的公寓里。我的编辑迫不及待地想让我去采访她。于是我便去见了她：玛莉穿着一条迷你裙，就是典型的玛莉·官的样式。当她站着的时候，裙摆在她大腿的中间位置，而当她坐下的时候，裙摆的位置大概就让我想到了那条被博伊德夫人剪废掉的裙子的长短。但她的双腿足够美丽，同时她也是一个足够可爱的女人：小小的个子，体态轻盈，鹅蛋脸，极短的黑发。不得不承认，作为一个三十三岁的女人，她可以说是相当的性感美丽。一旁坐着的是她的丈夫，他拥有典型的英国男人的外貌：个子高大，圆脸，穿着一件有些起皱的衣服，一眼看不出他的想法。他的名字是亚历山大·普伦凯特·格林（Alexander Plunket Greene），他们家与贝德福德公爵是亲戚，也是伯特兰·罗素（Bertrand Russell）的表亲，阿尔伯特·史怀哲（Albert Schweitzer）教他的父亲弹奏过风琴，他的姨妈奥利维亚曾与黑人歌手保罗·罗伯逊（Paul Robeson）眉来眼去，他的叔叔大卫被人下毒、葬身于他曾祖母的别墅附近的一个湖里，而他的曾祖母在世时常常被王太后邀请去皇宫里喝茶。众所周知，这些英国人都挺疯狂的，他也如此，但那种疯狂令人羡慕。十六岁时，他把睡衣当成衬衫来穿，估计他的睡衣都是镶金边的；而他的裤子总是从他母亲的衣橱里挑的，红色的、紫色的裤子，右侧裤兜上还有装饰拉链的那种。而年轻的玛莉就这样爱上了这个人，他们相识于一次学生聚会。在那次聚会上，玛莉半裸着，整个身体倒挂在几个大大的气球上飞来飞去，像一件人型装饰品。就在那次相遇之后，他甩掉了当时的女友，和玛莉在一起了，他们俩一起度过了最疯狂的一段时光。有时，他会和切尔西的几个朋友在大街上装成绑匪，而玛莉就是被绑架的那个，他们造成了交通瘫痪，逼得警察不得不逮捕他们。有时，他们一起去电影院却不愿意排队，就会去租来一张轮椅，让玛莉坐上去，他一边推着她，嘴里还一边嚷嚷着："请让一下，借过，请礼让一下残障人士。"最后到了售票处，轮椅上的玛莉会嗖的一下跳起来，让其他观众气得想冲上来扇他们几巴掌。毕业之后，玛莉成了一名制帽厂的职员，而他成了一名摄影师。接着，他就年满二十一岁了，拿到了成年之后的第一笔钱：五千英镑。他找到了合伙人阿奇·麦克奈尔（Archie McNair），把自己的五千英镑和麦克奈尔的五千加在一起，再找到了另外一个合伙人，就这样三个人一起在切尔西开了大名鼎鼎的百货商场"巴扎"，就在这里，他们把超短的迷你裙推荐给了全世界的人，也把我送上了法庭。阿奇·麦克奈尔曾经是一名律师，平时的装束也是中规中矩的，头戴帽子，手拿公文包和雨伞。但与一般人不同的是，他名下还拥有两家咖啡馆，而摩斯族[①]的年轻人常常去光顾。摩斯们可不是一般人：他们梳好头发，穿好衣服再站在一起时，常常让人雌雄莫辨。他们的疯狂程度连玛莉·官本人也在自传《官家玛莉》中提到过。没错，她才三十三岁，就已经为自己写好自传了。玛莉和亚历山大经常来美国，对于他们来说这里是一个巨大的市场。除了英国以外，超短裙最风靡的地方非这里莫属。这也就解释了为什么我之前跟博伊德夫人之间的矛盾最终会像我的朋友、黑帮分

[①] 摩斯族（Mods），全称是 Modernism 或者是 Modism，20 世纪 50 年代末到 60 年代中期有影响力的时尚文化，起源于伦敦。最早期的摩斯族从工人阶级兴起，很多人都是劳工和"二战"士兵的后代。

子乔那样闹上法庭。我并不是抱怨这里的人轻浮、盲目追逐潮流。只是为了争取那一点空间与清净：在这里，你穿着过膝长裙穿过公园大道，走了两步就能听到后面的议论："她的裙子真长！"你若是不顾议论继续前进，走到麦迪逊大街，在那儿等着你的好朋友一定会惊讶地拦住你说："你穿这么长的裙子是想遮什么啊？你的腿瘸了吗？"你要是内心强大，不理会她继续往前走，有人想跟你在第五大道共进晚餐，终于到了那儿，等着你的那个白痴会混蛋一般地笑你说："瞅瞅这裙子，都快拖到地上了，你竟然是这么个老古董啊。"所以，在这个地方，要怎样才能做到心平气和地过安生日子？没错，把过膝长裙拿去给博伊德夫人改吧。事实上，纽约有专门的裁缝市场帮人缩短裙摆，五美元改一条裙子。唉……现实真让我不愿多想，一多想就恨不得把这位发明迷你裙的玛莉女士痛扁一顿，但我的编辑不希望我痛扁她，他希望我严肃认真地与她进行一场访谈。而她接受了这个邀请，说自己准备好了，还希望与亚历山大·普伦克特（Alexander Plunket）一同受访，他是她的灵感源泉、她的帮凶。行吧，准备好了是吗。录音带转动起来，让我们一起听听他们怎么说。

我：玛莉·官，多亏了您，如今每个月我们都不得不把自己的裙子往上面缩短至少一公分：照这个速度，到圣诞节的时候我们应该会把内裤边儿都露出来了。这事情想来挺令人沮丧的，也让人惴惴不安，最主要的是，裙子并不总是越短越好看。人们不禁要问，情况是否真的如此。
她：新的潮流总是会带来恐慌和不安：四十年前，我们放弃长裙的时候不是也有过同样的恐慌吗？露出脚踝就会被认为是不伦不类；露出膝盖和大腿甚至会被人不齿。然而，我们最终选择了裙边在膝盖以上的裙子，并习惯了这样的长度，以至于我们再次穿上长裙时会感到可笑。我们克服了对自己腿部的各种不安，接受了它的各种形态：胖的、瘦的、长的、短的，各式各样。这是一个关于习惯的问题，不安可以用习惯来"抵消"。而有什么好惴惴不安的呢？你想想看，在海滩上，我们不也穿着让人一览无余的比基尼吗？难道不是同样地露出身体吗？难道在沙滩上不够好看的两条腿，在大街上就变好看了吗？还有多少的女人手臂线条不够好看，仍然大大方方地穿着无袖上衣呢？有人说，这不关好不好看的事，重点是不够体面。那么我只能回复：穿着那种能够显出腿部所有形状的紧身裤子，还有那种领口开到肚脐的低胸上衣，难道就是体面了吗？还有人说，这不关体面不体面的事，重点是不够美观。那么我对此回复：绝大部分的女人都能穿超短裙，只需要按照审美比例，去掉多余长度的裙边就可以了。迷你裙不是紧身的，连身迷你裙也不是低胸的，它们应该是稍微加宽成金字塔形，也即所谓的 A 字形。搭配这些迷你裙的鞋子也应当是平底的：放弃那些可笑的高跟鞋吧，它们让脚部变形，就像是古代中国女人裹的小脚，只为了给人高几毫米的错觉，愚蠢又可笑。迷你裙还必须和连裤袜搭配，扔掉那些用吊袜带固定的长筒袜吧，令人尴尬的并不是露出腿部，而是露出吊袜带：尤其是当你坐下来的时候，那种丑陋至极的粉的黑的钩子，还有那些花里胡哨的花边，包藏着各种罪恶的心机，最终也确实达到了伤害人视觉的效果。随着蕾丝和吊袜带的消失，迷你裙出现了，就像孩子的围裙一样健康、天真。

他：我毫无保留地拥护这个新潮流，并且支持它的发展。对我来说，眼中看到两条美腿敏捷地交错前行，和看到好莱坞特效里的两只轮胎像机关枪一样掐着我的脖子让人反胃地步步逼近相比，前者显然更加使人愉悦。那些波涛汹涌的乳房和线条丰满的躯干是与历史发展相悖的：它们代表着在这个世纪上半叶占主导地位的性别主义，对新一代完全没有吸引力。今天的男人不必为得到一个女人而大费周折，女人也不必为得到一个男人而费尽心机，男女之间的关系被大大简化了：女性不再需要为了得到对方而夸大所谓的性别特质了。我可以进一步解释，克里斯蒂安·迪奥的"新风貌"系列将裙摆无限地延长，也许并不是为了取悦他的面料制造商博萨克①，人们并不在意谁是博萨克先生，所以不会说因为看见迪奥与博萨克狼狈为奸，便开始唾弃这些长裙。"新风貌"系列之所以被人攻击，因为它的出现与多年战争所带来的性压抑和审美匮乏不期而遇。在战火纷飞的年代，女性被剥夺了拥有奢侈品的自由，而男性被剥夺了享受女性美好肉体的自由。那些及踝长裙让女人重新拥有了奢侈品，让男人重新发现了女人的美。而如今的情况与当时不一样了，今天的女人能够自由地拥有奢侈品，男人也能自由地拥抱喜欢的女人。如今，男性和女性是朋友，过着同样的生活，肩负同样的责任，追求同样的舒适，不需要再用身体的曲线和夸张的领口来凸显性别的吸引力。两性无法触碰彼此的年代已经一去不复返，他们不再靠穿衣服来吸引对方。我想说的是，如

---

① Marcel Boussac（1889—1980），纺织业巨头、法国富商，曾资助迪奥成立自己的时尚沙龙。

今人们的穿着，是为了给人留下印象，让人过目不忘。

我：毫无疑问，每一种新的时尚都会被新的性别观念影响，反之亦然。但衣服的功能一直是为了让人看起来更有吸引力。

她：如今的女性想要的不仅仅是要有吸引力，其实吸引力这一点已经开始被男性考虑在自己的着装中，男人的衣服越来越具有装饰的功能。如今的女性不再希望因为自己的身体而被选中，仅此而已，她们也不再把婚姻作为生活唯一的目标。曾几何时，为了觅得良偶，女人们希望展示出自己的身体曲线：只为了找到一个足以在经济上带来足够安全感的男人。如今，女性不再需要在男人身上寻求经济上的安全感，就像男性也不再仅仅从女人身上寻求美貌。因而如今的女性可以自由自在地着装：舒适地穿着她的短裙、低胸装、长裤、头戴司机的帽子。而且，如果我们想说得尖锐一点，这并不会限制她的女性气质，反而将她的女性气质放大了。一个穿着长裤、戴着司机帽的女人看起来并不像女同性恋：这样的服装是夸张惹眼的，如此不同凡响，以至于人们会停下来，观察眼前的这个人，原来她并不是一个男人，而是一个女人。这就是当下的时尚具有挑衅性，甚至有些精神分裂的一面。因为当代女性常常会带有男性化的态度，她们不会刻意地去迎合，因为那样是在羞辱自己，她们也会在口袋里揣着避孕药，但这些并不意味着她们不是女人。当代女性兼具了男人和女人的双重美德：复杂、完整，并因此迷人。

我：这就说到所有人心中的疑问，这种短裙的时尚是否会延续下去?

她：我不明白短裙时尚怎么会不能持续。我也不明白我们怎么能回到紧身衣、过膝裙、高跟鞋和吊袜带给我们带来的痛苦中去。在可可·香奈儿之后就没有回头路了，迪奥的"新风貌"只是一个短暂的闹剧，在那之后，香奈儿的资源比以前更强大，因为她的理念并不是一个空穴来风的念头，而是一个对历史现实的解释。香奈儿是第一个明白时尚的意义的人，她发现了时尚潮流是历史的镜子，它诠释着历史，并随着历史的步伐前进，永远不走回头路。在这个由汽车、飞机、理性主导的时代，香奈儿是第一个顺应潮流装扮女性的人，我愿意且别无选择地继续追随她的理念。同时代的其他人都未曾意识到这一点，因此很明显的是，时尚潮流的变化不仅会引起恐慌和质疑，甚至会引来嘲笑。而且一件事情越是重要，越是要引领历史发展的潮流，越是会遭到耻笑或愤怒的抗议。就像政治革命一样，服饰和革命思想被大众接受都需要时间，一年、两年都不一定够。我已经做了十一年的短裙，但只在最近两三年才获得成功：几乎都是在安德烈·库雷格斯（André Courrèges）①的空前成功之后。在库雷格斯之前，我也涉足过靴子设计的领域，但坦率地说，我只是在库雷格斯之后才为人所接受，并受人尊敬。在此之前，时尚领域的专业人士总是说，我所制造的噱头是一个笑话，是在浪费时间。但我自认为它们是适合年轻人的，适合我们在切尔西的那些朋友，而这就足够了。我从没意识到我的设计对这个世界来说是一个冲击，就像是一种需求：时尚从来

---

① André Courrèges（1923—2016），法国设计师，20世纪60年代时尚圈未来主义的代表之一。

不是由设计师、裁缝来主导的,他们对于时尚潮流来说不过是随机的、可替换的释义者。时尚源于自身,源于已经存在的需求,在人们不自觉地等待新事物的时候形成。

他:当然,这个潮流将持续下去,不仅如此,它还将继续发展。也许设计的细节会有变化,但绝不是根本性的断代,除非有非常严重的事情发生,有巨大影响的事情:或许是一场战争、一场国际灾难,或许是一个新的神降临。玛莉刚才说,时尚的发展与历史同步,我更愿意表述为,时尚的发展追随科学与技术的步伐,有时候时尚甚至会走在人的直觉之前。在美学领域经常出现这种情况。令人惊叹的是,美学对未来的关注多于对过去的关注:试想赖特①,还有勒·库布西耶(Le Courbusier)设计的建筑,他们在人类进入太空时代之前就宣告了太空时代的到来。再设想库雷格斯的设计手法:运用白色的几何图形。换句话说,当人类要去月球上探索时,不得不用到特殊的衣服来保护自己,免受巨大的热量和寒冷。他的作品让人意识到,时尚和美学已经洞察到了这一点,并且已经在设计中加以考虑。短裙的流行也是时代发展的必然结果,除非历史的马车往后倒退,才有可能回到长裙的时代。

或许吧。另一个令人震惊的事实是,这场短裙革命竟然发生在英国这样一个墨守成规、安于故俗的国家,而没有发生在像美国,或俄罗斯,还有瑞典这样激进的具有前瞻性国家。
她:这场变革发生在英国,原因很简单,恰恰由于英国向来

---

① Frank Lloyd Wright(1867—1959),工艺美术运动(The Arts & Crafts Movement)美国派的主要代表人物,美国艺术文学院成员。

是一个循规蹈矩的国家，所以这里的人更容易感知到潮流的逆转。新一代英国人比其他任何一代人都更强烈地有别于自己的先辈们。他们的逆反与先辈们的守旧同样地强烈，他们与自己的父辈之间几乎没有任何的共同之处。在这一代人生长的国度里，早已没有了帝国的踪影，他们生长的国度是一个阶级制度已经崩溃，或者说面临着崩溃的地方，在那里每个人都有机会受教育，没有人会再填不饱肚子，而当人们不再饥饿的时候，他们会变得更聪明、更懂得思考，运用所有的资源与手段进行思考，从而想明白自己先辈们的错误。其实，这并不是英国独有的现象，只是在英国更为明显。在世界各地，新一代通过战争明白了一点，那就是，在恐惧和死亡面前人人平等。这样的共识在战后创造了一种客观的阶级互通，直到各阶层融合在一起，他们的价值观也发生了根本的变化。随着价值观的转变，生活方式也有了变化。公爵家的女儿、医生家的女儿和杂货铺家的女儿有着共同的语言，她们能够聚在一起坦率地谈论共产主义，讨论宗教问题，议论同性恋的现象，她们在一起讨论所有的事情，并不会关心对方来自哪个阶层。自然，这也影响到她们的穿着方式。很久以前，时尚的法则是由富人制定的，服饰是财富或社会地位的标志。如今，时尚的密码掌握在所有年轻一代的女孩手里，公爵夫人与打字女工的穿着可以如出一辙，只要她们都是年轻女孩。也许她们会显得自命不凡，冒冒失失，但她们是那样生机勃勃，她们用独立的态度去感知这个世界，眼观六路耳听八方，不带任何偏见。我非常钦佩她们。我非常钦佩今天的年轻人。

他：这些年轻人的思想与社会主义国家里的那些年轻人的思

想别无二致，同时他们也与任何其他国家的年轻人思想相通，他们能够理解来自意大利、法国、瑞典、澳大利亚的同龄人的想法。他们现在的状态跟他们的父母同样年纪时的状态相比，要年轻得多。他们的父辈大多在战争中失去了青春，十八九岁就上了战场，好不容易返回家乡，却已不再年轻。因此，年轻人与老年人之间的思想鸿沟在方方面面上体现了出来，而其中最唾手可得的体现方式就莫过于衣着。如今风靡的这波时尚潮流，我们要明白，是由年轻人引领的，我不确定需不需要将那些梳着耶稣基督发型的年轻人包括在内：事实上我也想试试这个发型。尽管我不认为耶稣基督的发型与我们所处的工业文明之间存在任何关联，我想到披头士乐队也尽可能地把头发留长，但他们也的确是在表达一些东西。与此相反，短发的普及要追溯到"一战"期间，战壕里的士兵为了避免长虱子而剪短自己的头发。战争结束之后，短发依然盛行，男人们以此来表达战斗的意志，这是一种被误解的阳刚之气：我的父亲是短发，我的祖父就不是。随着"二战"的爆发，短发的流行卷土重来，而如今只有守旧派和美国人仍然继续留着这种发型。守旧派蓄短发是因为他们被禁忌所束缚，而美国人则是因为他们总是在某个地方打仗，如果不是攻打朝鲜，就是攻打越南，要不然就是在打圣多明各。美国人是如此的老土，您看看纽约就知道了，这还是斯科特·菲茨杰拉德笔下的那个纽约。像米兰这样的城市至少比纽约领先三十年。

然而，您所设计出的迷你裙，如今在纽约如此大规模地、甚至可以说是有些令人担忧地热销着。在这里的商店，我们能找到不下一万条玛莉·官短裙。在大街上，也是四处可见迷你裙的身影。

她：没错，我的确是在美国大获成功。因为只有在美国，时尚才不是少数有钱人的特权，而是多数人的权利。在这里，大规模生产的衣物能够满足并提供给各种身形的人：无论高矮胖瘦，无论年轻衰老。只需要知道自己的尺寸，那么买一件衣服就像买一包烟一样容易，这一点我是在美国见识到的。所以必须认识到，我们不再生活在一个时尚只属于特权阶层的时代，时尚的主角不再只是服装设计师，服饰也不再只是手工定制。我们生活在一个大规模生产、大规模销售的时代：时尚是一种大众文化，服饰应当像汽车、电视和鞋子一样实现工业化生产。女性也开始步入职场，她们需要越来越多的衣服，但是拥有越来越少的时间，不可能再像原来的妇女一样，自己做衣服穿，或者购买布料去裁缝店量体裁衣，反复试穿，反复修改……这一点就连香奈儿、库雷格斯这样的天才都未曾预见。现在女性走进商场，挑选现成的衣服，而这些衣服都是由现代化的先进机器批量缝制，价格也一点不昂贵。如果她们穿着卖场选购来的衣服，走进餐馆，参加派对，遇到了与自己身着同样衣服的女孩子，那又何妨呢？她们不会在乎这一点，就像人们也不会在意和别人开同款的汽车。而这是合理的。因为设计师应该为所有人设计衣服，而不是为某个特定的人设计一套特定的衣服一样。我才不会理会某个寻求独家定制的亿万富婆，我的客户是千千万万的劳动妇女。

玛莉·官女士，您是社会主义者吗？

她：我当然是啦！

他：如果我们没有共同的信仰，就不会如此的合拍。那些服务于特定人物的特定需求的人，肯定不相信社会主义，也不属于自己的时代。我们属于大众，也属于这个时代，这一点是无法回避的。我想说，现在的英国是一个社会主义国家，因此，当下的时尚来自英国，不再是来自法国。

我们假设您所说的一切是正确的。那么你们两个是如何开始自己的征程，而玛莉作为这场圣战的先知者，又是如何扮演旗手的角色的呢？

他：我们当时非常年轻，想做一些新的事情，于是我们开了那家精品店。我并不是设计师：我的工作仅仅是准备货物，给有心来到店里的顾客们推销适合他们的商品，还有处理各种财务问题。但这个世界上有两样东西我一直很喜欢：女人和衣服。而开这家精品店，就恰好满足了我的这个喜好。另外，我还有一项不能舍弃的喜好，那就是玛莉，我想和她一起工作。我的姨妈弗洛拉总是跟我说，要像一个贵族那样生活。弗洛拉姨妈总是埋怨我，说我的生活跟自己的贵族血统没有半点关系，而我确实又算是半个贵族。这就是英格兰：如果一个人是公爵的亲戚，所以他自己也算是半个公爵。弗洛拉姨妈总让我找份正经工作……但一切都应该顺其自然。

她：而我的身份跟贵族没有任何关系：我的父母亲都是威尔士的教师，我父亲教历史和文学，我母亲教化学和物理。我一直认为自己应当工作，因为我的父母告诉我，一个女人必须靠自己谋生。而对我来说，工作就意味着要与时尚打交道，因为我坚信时尚不是浮于表面的东西，而是一种非常严肃的社会现象，就像政治一样。还有，我从小到大都不喜欢他们给我穿的衣服。我小时候就会把蝴蝶结拆下来剪短，也会和我哥穿一样的袜子，反抗所谓的规则。我当时不明白，现在也不明白，为什么女人要戴手套，穿高跟鞋，戴帽子，打伞，为什么金发女郎要穿黑色，红发女郎要穿绿色，黑发女郎要穿黄色：这些规则是为那些不愿过多思考，不愿意识到金发女郎也可以穿黄色，红发女郎也可以穿黑色，而黑发女郎也可以穿绿色的懒人制定的。我曾经穿得像亚历山大一样，标新立异、咄咄逼人、夸张浓烈。我原来就不喜欢，现在也很反感那些过于简单的服饰，剪裁得当，色彩适度，永不过时，充满所谓的女人味。选择这些东西的只有那些没有勇气的女人，那些嘴上说着去买点新鲜的东西，却带着大包小包的经典款回家的女人；那些想要穿黑丝袜白靴子却没有勇气搭配，只有等到所有人都这样穿的时候才敢把它们穿出来的女人；那些从来不会改变发型，却会拥有各种各样的珠宝，将寻找丈夫作为解决生活问题的唯一答案的女人；还有那些出现在各种最佳着装名单上，看似最优雅实则最无聊的女人。于是我跟亚历山大商量：我们为什么不为像我们这样的人，这样自由的、没有花招的人开一家店呢？而我们做到了：短裙，黑丝袜，靴子，皮夹克，防水大衣，长裤，各种随心所欲的颜色，还有天马行空的想法，应有尽有。我喜欢生活在当下，我不想回到过去。谁会想要回到过去，回到马车的时代，回到那些把劳动人民与粗俗挂钩的时代，回到一个女人在三十岁就老了胖了的时代！

我明白了。但是，当我们联想到历史上最崇高的优雅的人——布鲁梅尔勋爵曾经说过："优雅在于不被人注意到……"

她：我才不管布鲁梅尔勋爵说了什么。试问有谁不希望被关注呢？被关注到能有什么坏处？只有那些罪犯和小偷才不想被注意到吧。我希望被关注，希望制造轰动：今天的年轻人最健康的一面，莫过于他们渴望别人关注的目光，也希望能够带来轰动。一件成功的衣服需要让人们转过身来多看一眼，在那些没有人注意的东西上花冤枉钱难道不愚蠢吗？如果没有人注意到你，你该如何界定你是谁、你有什么价值、你有怎样的个性、你有怎样的思想？而当一件衣服能够吸引到我们的目光时，我们就该买它、穿它、用它，穿着它来吸引别人的目光：无论别人是否喜欢。如果他们不喜欢，那是他们的损失。我不能理解我母亲的一点是：当她买一件衣服时，她会询问一千个人的意见，最后选择别人喜欢的那一件，而不是她自己喜欢的那件，因为她需要的是穿上不要太显眼。没有勇气按照自己的品位来穿衣服，没有勇气穿自己喜欢而惹人侧目的衣服的那些人，往往也没有勇气去做更多更重要的决定。让布鲁梅尔勋爵所谓的优雅见鬼去吧。我才不在乎优雅不优雅呢？而优雅，到底意味着什么？

他：在我看来，一个女人不按照自己舒服的方式坐着，而是按照别人教她的姿势坐着，是不优雅的。一个女人坐下之后每五分钟就扯一扯自己的裙摆，只为了把自己的大腿多遮住一公分，妨碍别人看她的腿，这也是不优雅的。一个女人，或者一个男人，一成不变，不敢违抗任何的规则，不明白只有叛逆才能带来快乐，也是不优雅的。在我看来，一个敢于推翻重做，甚至重塑上帝给她（他）的脸庞，用整形、化妆等各种方法来塑造不一样的自己,不管别人眼光的人,就是优雅的。那些随心所欲的、自由的人,那些从没有想过要当将军建立帝国,一心只想着用波普艺术、波普时尚享受快乐的人,那些不想要坦克只想要跑车,那些讨厌沉闷的灰,只喜欢明媚颜色的人,都是优雅的。对我来说,披头士乐队是优雅的,当英国还有整个世界都一片寂静、无力困顿、死气沉沉时,他们用全新的方式点燃激情,把世界的眼光带回了欧洲。因为这一切都起源于披头士乐队,如果今后有人想要为这场解放快乐的革命写一本《圣经》,那么开头就应该是:"起初,上帝创造披头士……"

说到披头士乐队,后来女王邀请他们进宫,还将他们封为男爵。您也一样,玛莉·官,您将在今年十月接受这一荣誉。所以,去面见女王的时候,您会怎样着装呢?

她:我会怎么穿?当然是会穿我最习惯的,五几尼①硬币那么长的裙子,就像现在我身上这条一样。或许还会更短。

---

① 几尼(Guinea),英国首款以机器铸造的金币,于1663年至1813年间发行,1几尼等于21先令。最初是用几内亚的黄金铸造的,因此得名。

妇女想要什么

这是一份接近科幻小说的报告，却旨在揭露一个令人担忧的现实：自从有两只胳膊和两条腿的动物诞生在地球上那天起，就诞生了一组不可调和的矛盾，并由此带来了爆发战争的隐患。那就是男性与女性之间的战争。当这位记者（抱歉，这位女记者）着手写这篇报告之时，她遭遇了内心的拷问，产生了各种疑虑：如何向读者介绍这样一个故事？带着半遮半掩的微笑，或是开怀大笑，还是眼含泪水？在这个故事里，有些时候会让人想哭，而有时候又让人想笑，还有些时候会让人无奈地摇头。然而，更多的时候会让人驻足思考。因此，在这些思考之后，她决定尝试一种陌生的态度来撰写报告：客观的抽离。

这位记者（抱歉，女记者）是一个女人。尽管这位记者直接引述她自己的看法让人厌烦，但不得不先承认，她并不同意女性与男性发动战争。不仅因为她与男性相处得非常好，她与他们的关系建立在没有任何正面竞争的基础上，还因为她所认识的男性总是能够公平且温和地对待她。有时她也会被男性所陷害，时而还是真刀真枪地针对，但也不是因为她作为一个女性而被他们针对，而是因为她当时所属的阵营和他们的阵营存在不可调解的矛盾。然而，这只是她一个人的例子。如果你和她相同，那么你是幸运的。而这与大部分人的情况并不相同，更确切地说，这与大部分女人的情况并不吻合。但如果我们仅凭此就否认如今我们生活的这个社会，是一个由男性创造、由他们支配，并由他们占绝对优势的社会，显然是不明智而愚蠢的。正如否认这个社会是建立在两性对立的基础上的，也是愚蠢的：存在一种是被定义为强者的性别（因此一部分人被迫装作强者），与另一种是被定义为弱者的性别（因此另一部分人被迫装作弱者）。一方面是被赋予强权的男性，另一方面是没有权力的女性：这是一个同时限制、压迫着两性的体系。矛盾已经存在了几千年，战争的爆发并不应该太令人惊讶。

首先宣战的是美国的女性。事实上，除了美国以外，在遥远的中国，也有女性的起义正在暗流涌动一般地进行着。不过在中国，一眼望去，女人会被误认为是男人，而男人也被误认为是女人，我们对男性和女性的审美概念在那里将会失去所有的意义。然而中国虽然遥远，美国却近在咫尺；中国的大门紧闭，美国的大门却敞开着。所以在美国，这篇报道要避免被大众读到。总之，事实就摆在这里：在疯狂和理性之间，在真理和谬误之间。在阅读这篇报道时，最好不要忘了，这样的起义正在由美国逐步地推进到欧洲。在欧洲，起义的星火还在蔓延，像一粒种子、一场瘟疫，迅速地传播到英国、瑞典、挪威、荷兰、德国、法国……以及（请抓紧扶手坐好了）意大利。

她们是1848年二百五十名齐聚在纽约塞内卡瀑布①的妇

---

① 指塞内卡福尔斯会议（Seneca Falls），又称《塞内卡瀑布妇女权利公约》，美国早期的一次关于妇女权利的会议，于1848年7月19日至20日在纽约塞内卡福尔斯举行，被视为妇女争取与男性平权的革命性开端。

女的曾孙辈，那一次的抗议是人类有记忆以来，第一次有人站出来正式地要求女性获得财产权、高等教育权、离婚权、儿童监护权和投票权。她们也是本世纪初那些获得了上述权利、并将女权主义输送到欧洲去的那一群妇女的孙辈，尤其是传到了英国和斯堪的纳维亚，剧作家易卜生就曾经在他的《玩偶之家》里，记下了北欧男人对此的哀嚎。最后，她们也是那群在全世界看来最为自由开放，事实上却最为落后的妇女的女儿。要理解她们，需要知道：在美国，许多餐厅都是不允许没有男士陪同的女人单独进入的。所以，在好多酒吧都能看到酒保往外面挂这样的牌子："没有男士陪同的女士请勿入内"。当然也有些地方允许她们入内，但有另外的条件，比如必须是两名以上的女性结伴而行。几年前，女演员琼·克劳馥（Joan Crawford）跟我聊起了她在纽约最豪华的21号酒店的一次奇遇。"那天我一个人，肚子有些饿了，正好路过21号酒店。于是我走了进去，但餐厅经理却红着脸走过来跟我说：'克劳馥小姐，您知道吧，我不能够把这张桌子给您单独使用！'我要求找酒店总经理，总经理走进餐厅满脸尴尬地对我说：'克劳馥小姐，我唯一能做的就是在我的办公室与您共进午餐。'出于好奇，我接受了他的提议。所以那天中午，餐厅的人就真的把我的午餐端到了经理的办公桌上。"

在美国南方的很多餐厅，女人和男人分开用餐，就像以前的黑人和白人一样。这是我亲眼所见，我自己就经历过这样的事情。还有其他的场所，南方和北方都有这样的地方，如果一个女人穿着长裤而不是裙子，就不允许进入。在纽约"商业人生"餐厅，我因为这个被赶出去过两次，在56街一个属于肯尼迪家族的豪华酒吧情形也是如此：这就是传说中的自由主义。好在"商业人生"餐厅后来改变了规定，但隔壁的"橡树屋"却将这一规定保留至今。毕竟，即使在西贡的（美国）军官俱乐部，我也曾遇到过这样的事情。有一天，我刚从前线回来，穿着野战服，去那里要了一杯啤酒。我当时几乎是被一个黑人中士踩在脚下，他大喊道："这里不能有穿长裤的女人！"换句话说，我在前线被允许做的事情（穿上制服，和士兵混在一起，与他们一起出生入死），在公共场所却是不被允许的。但这些只是事情的表象，它的实质还要严重得多，令人无法想象。

在美国，妇女实际上是被排除在政治生涯之外的。那些进入国会或参议院的女人，用一只手都数得过来。唯一的女州长是埃德加·华莱士（Edgar Wallace）的妻子，她已经患癌症去世了。对女性来说，在大学里面任教也非常困难：只有百分之二十的高校教师是女性，而她们的职位总是最低的，工资也通常会低于同级别的男性教职工，她们常常不能保证自己不被解雇或被迫将教职让给男性。至于其他职业，女医生非常罕见，而且找她们问诊的人也是寥寥无几。此外，女工程师、女建筑师和女科学家的情况也并无二致。至于女性记者，通常都会沦为社会新闻、情感专栏或是时尚杂志的写手。女性宇航员就更不存在了，因为美国宇航局明令禁止女性成为宇航员。也从未有人在这里见过女性运动员踢足球、骑自行车，像欧洲女人可以做的那样。正如凯特·米利特[①]所说，除了做妻子和母亲，美国妇女就只被允许做秘书、打字员、商店助理、护士、社会工作者和室内设计师。

---

① Kate Millett（1934—2017），美国作家、激进主义女性主义者，代表作有《性政治》等。

而像琼·克劳馥那样在大企业董事会中任职的女性，则是因为她们的丈夫去世后给她们留下了百事可乐或者可口可乐或者福特汽车的股份，她们才有了一席之地。因此，女性唯一拥有的自由就是性自由了，但在这方面美国女人也远没有我们想象中的那样潇洒：她们的这项自由也只是在去欧洲旅游的时候才能真正实现。也因为这样，在奋起反抗之前，她们早已是一群压抑已久的愤怒的女人。她们的愤怒来自虽然生在一个自由的国度，却仅仅获得了一半的解放，而且这仅有的一半还只存在于她们生命中很短的一段时间。这份自由从她们进入大学开始存在（在大学里她们学会了独自生活、了解性、使用避孕药、勾引男性），而当她们毕业、与自己的男同学结婚时，她们的自由便戛然而止，她们成为了自己的家庭的囚徒。换言之，她们取得大学的学位，只是为了能够找到一个丈夫。所以，这些丈夫不就是社会分配、苛求着强加给她们的吗？没错，美国的妇女通常都对自己的丈夫相当刁恶，她们在家里专制又苛刻。但她们之所以会变成这样，是因为她们深陷泥潭，身边没有任何人能够倾诉自己的失望，分担自己的气馁。没有任何人能够理解，当她们发现自己作为独立的个体变得一无所成时的羞愧。也没有任何人能够体会，当她们意识到她们的女性先辈身为倡议女性获得权利的先行者，而她们却从未体验过这些权利之时的愤怒。第二次世界大战后，当欧洲女性品尝到解放的果实时，她们却错过了这趟列车。原因不得而知。但我觉得是战争造成了这样的差异：她们的国家没有经历过战火，所以她们就没有像我们这样直面过痛苦和考验。

1963年，第一个注意到这些的人是被人们称为"妇女解放运动之母"的贝蒂·弗里丹（Betty Friedan）。现在五十多岁的贝蒂已然是大名鼎鼎的人物，她的照片常常出现在报纸上，人们总能一眼认出她来：因为她的鼻子会让人想起戴高乐的鼻子，而她的嘴则让人想起《白雪公主与七个小矮人》中邪恶女巫的嘴。七年前，贝蒂只是一个拥有临床心理学学位的公关，与库尔特·卢因（Kurt Lewin）共事，同时和自己的丈夫争吵不休。于是她写了《女性的奥秘》，一本关于美国家庭主妇不堪的社会地位和道德窘境的报告文学，其目的是让丈夫对自己更感兴趣，并试图对困扰他们夫妻关系的问题进行解释。结果他们离婚了。

弗里丹先生对这本书嗤之以鼻，他认为这是对每个男性的侮辱。但这本书并不是对任何人的侮辱，反而是一部洞悉父权制荒谬性的绝佳之作。这本书随即畅销全国。而如今已被视为受压迫妇女的救世主的贝蒂，在当时就成立了"全国妇女组织"①，其缩写"NOW"的意思恰好就是"现在，立刻"。"全国妇女组织"呼吁：女性有权进入各行各业工作，与男性同工同酬，修改婚姻法。而且 NOW 还有一首会歌，这首歌从那时候开始在所有人的耳边嗡嗡作响，像黄蜂一样刺耳："现在就要自由，立刻让我们自由 / 让我们打破愤怒的牢笼 / 女性气质，什么是女性气质 / 男性气质，什么是男性气质 / 人性，是我们想听到的词 / 我们是人，我们不是女士 / 你必须叫我们的名字，因为 / 当一个女人自由了，一个男人才能自由 / 世界才能够自由，你明白吗？"

---

① 全称是 National Organization for Women，缩写 NOW。

但是，正如自古以来所有事情的演变规律那样，理性的倡议总会退化为过度的狂热，贝蒂·弗里丹的初衷也被后来歇斯底里的发展进程所淹没。就像意大利社会党的某些集会一样，在一次大会上，NOW分裂成了右派、左派等派别。于是组织里就诞生出了一些极端的小团体，她们有着最为另类的名字、最为荒唐的议程。其中一拨人叫"WITCH"，在英语中是"女巫"的意思，也就是"来自地狱的国际女性恐怖分子阴谋①"的缩写。这群人宣扬对男性进行彻底的灭绝，她们计划在未来进行一场末世决战以达到这个目的。还有一个团体叫"BITCH"，在英语中是婊子的意思，来自侮辱性的"婊子养的"②。（BITCH成员抱怨说，几乎所有语言里骂人时都说"狗养的"，而英语里却说"狗娘养的"。）她们主张不断地对男性进行报复，特别是在男性准备好和自己亲热发生性关系的时候断然拒绝他们。另外一个团体名为"红袜子"③，主张女性能够享有堕胎的自由。还有一个团体名为"激进的女人"，她们将重点放在了性生活上，主张消除所有针对妇女性冷淡的指控。这个团体的宣言被一位叫安妮·科特（Anne Koedt）的女作者纳入了她的论文《女性高潮的神话》，她在其中指出，女人性冷淡的唯一原因就是男性不知道应该如何做爱：他们自作多情地认为女方能够从他们自己的快感中得到同样的享受。

这篇论文开创了一个先例。在一些大学里，很多的女

---

① 全称是Women International Terrorist Conspiracy from Hell。
② 原文是Son of a bitch。
③ 原文是Red Stockings，衍生自英语中的"女学究"（blue stocking）一词。

孩都决定不再与男性发生亲密关系。她们的护道者是玛莎·雪莱（Martha Shelley），她是精神分析学家玛丽·波拿巴（Marie Bonaparte）的弟子，玛丽本人又是弗洛伊德的学生，曾试图证明性爱是一种深深打压女人的方式。在此基础上，玛莎·雪莱宣称，男人和女人之间的爱情是不可能存在的。"男人不爱女人，相反，他们憎恨女人。男人和女人之间的所谓的爱情，只是在表达男性对女性的占有，所以两性之间达到感情平等是违反自然规律的。我们女性要学会彼此相爱：每个爱男性的女人，都是在背叛自己的姐妹。我们要学会用仇恨来回应仇恨；我们不要在和平主义的面具下隐藏愤怒；让我们撕开那些只想拿着体面薪水过安生日子的乖女孩们的真面目。"类似的表达还有："你不需要'他们'的生殖器来生育。如果我们真的想有后代，可以建立精子库来进行人工怀孕。更好的是，我们可以在试管中亲手创造出自己的子女。"而反对这场革命的声音却显得异常薄弱，其中让人注意到的有"小猫咪联盟"[①]提出的一些倡议，这些自比为"小猫咪"的反革命妇女吟唱着"喵喵喵～呼噜呼噜～快睡觉"的小调，提出了女性也应该拥有"给自己的男人唱着歌，亲吻他们的脚来唤他们起床"的权利。"亲爱的，你应该去床上伺候你的男人吃早餐，并告诉他，在你眼中他是一个多么了不起的人。"她们的口号是"一块烤熟的牛排的力量要强过一个空手道的劈腿"。

这一切看上去仿佛一场闹剧，但事实并非如此。就是这些左派、右派、保守派，还有极端派，构成了这场女性解放

---

① 原文是 Pussycat League。

运动。这场革命不断壮大，发展速度之快，以至于伟大的人类学家玛格丽特·米德①（Margaret Mead）曾担忧地表示："我一直都是女权主义者，但我担心这些妇女们没有意识到，她们的行为正在迫使极端的男人们萌生杀心，因为这对他们的挑衅太激烈了。"权威的参议员们担心国家会因此一分为二，"双方之间的敌意比白人种族主义者与黑人种族主义者之间的敌意还要强烈得多。"与此同时，有一部分的女人已经开始草拟《婚姻协议》，规定丈夫必须在哪些日子里完成购物、给孩子喂奶、洗衣服等家务。例如："妻子准备晚餐，丈夫准备早餐。妻子周日自由安排，丈夫周六自由安排。妻子在下午三点至六点半之间照顾孩子；丈夫在六点半至十点之间照顾孩子，等等。"妇女游行在旧金山、纽约、洛杉矶、华盛顿进行着：游行队伍的规模跟反越战游行相比起来有过之而无不及。在反战的抗议中，人们烧掉了入伍通知书，在女性运动的抗议中，她们烧掉了文胸，因为这些都是"奴役的象征"。长久以来，美国的女性没有什么可争取的，长久以来，她们百无聊赖地生活在一个富得流油的社会中：这些积蓄已久、从未使用过的能量，就像燃气罐中的气体一样，喷发、燃烧。显然，刚才说到的那些烧掉胸罩的都是白人女性和中产阶级女性，而经济和政治上受压迫的黑人女性、波多黎各女性和印第安女性，暂时还不允许自己有这样的奢侈行为。但美国的绝大多数妇女都是白人和中产阶级。所对她们的行为一笑置之是不理智的。特别是她们还找到了自己的思想领袖：凯特·米利特。

---

① Margaret Mead（1901—1978），美国人类学家，美国现代人类学成形过程中最重要的学者之一。

这本将被视为女性的《资本论》的书揭露了她们的意识形态,与《资本论》相比,这本书不只是将男性与女性看做两个不同阶层这么简单。这本书叫《性政治》,哥伦比亚大学的乔治·斯塔德(George Stade)教授曾这样评价它:"读这本书的感觉,就像坐在扶手椅上,你的睾丸被胡桃夹子打成了糨糊。"而这本书的作者凯特·米利特所表达的内容,就是这些反抗的妇女想要说的。

我们可以这么说,当人类从史前史迈入文明史的那一天起,人类社会就以父权制组织了起来。也就是说,我们的社会是一个个基于男性绝对统治的成分组建起来的系统:小至被称为"家庭"的小成分,大到被称为"国家"的大成分。除了一些无关痛痒的例外,所有家庭的权力核心都是男人,所有国家的权力核心也都是男人,或者是一群男人。因此,这个社会中所有的权力工具,从经济到文化,从科学到道德,从宗教到艺术,都掌握在男人的手中。所有的规则,不论是审美概念还是法律原则,都是以男人的意志为主导的。女性被排除在社会管理的原则之外,甚至连语言都与男性化的概念紧密相关。在我们的语言中,"男人"这个词语被用来指代所有的智人;"男人的历史"这个表述被用来指代全人类的历史;"人类"这个词,显然既包含了男性又包含了女性,但是确实由"男人"这个词衍生而来;同样的例子还有"人类的"、"人文主义"等;还有像"儿子"这个词,常常也被用在"女儿"身上。同理,还有各种抽象的美与丑、好与坏、正义与不正义的概念;还有被视为造物主的上帝,向来都被人称为"圣父",而不是"圣母"。种种现实,已然使女性的思维被男性强加的观念所制约,以至于反抗这些观念对她们来说，必然是一种精神上的努力反抗：就像鱼离开水生活那样困难。

父权制的基础是男性和女性之间明确而不可逾越的差异。然而最重要的，它之所以根深蒂固是因为人们对这种差异的放大和滥用，即对于男性和女性各自特征的过分使用。前者被称为强势的性别，后者被称为弱势的性别。但这并不是客观事实，而是一种主观判断；而且是没有科学支持的判断。的确，男性的肌肉组织确实比女性的肌肉组织更加丰满，但女性的耐力比男性更强、力量持续时间比男性更长也是事实。那么，这样的判断从何而来？从分配男女性各自角色的需要而来：男性扮演下命令的角色，而女性扮演服从的角色。从一出生开始，性别角色的扮演就开始了，这一份沉重的现实同时压迫这男性和女性。事实上，既存在不愿意服从的女性，也存在不喜欢指挥的男性。然而，所有人都被习俗所迫，不得不逢场作戏。例如，根据习俗，男性角色就需要为自己、为女人做决定；根据习俗，男性也需要为自己、为女人觅食果腹；同样根据习俗，男性需要使用暴力为自己、为女人抵制侵犯。暴力的极端情况便是战争，而挑起战争、上战场厮杀的，也总是男性，从来不会是女性；因为制造战争的人是男性，而不是女性。

值得怀疑的是，在人类历史上，父权制是否一直是唯一存在的两性共处法则。一些非洲和亚洲的部落，其血统仍然是以母系为单位的，这表明曾经存在一个母系社会，或者至少是存在过一个在性别绝对平等的基础上建立起来的社会。但令人费解的是，在人类社会进化的某一时刻，男性获得了绝对的权力，并从此保持了两性之间的主导权。可以肯定且无可争辩的是，所有进化完成的人类文明，都是建立在男性专政的基础上的。纵观历史，埃及文明、中华文明、阿拉伯文明、维京文明、希腊罗马文明、犹太文明和基督教、佛教乃至共产主义，都对女性的权利进行了压迫，并将女性置于两性之中较低的地位。如今的社会状态是数千年来性别专制的结果与累积。而性别专制毫无疑问地造成了人类资源的极大浪费，在这种设定之下，浪费占到了人类总资源的百分之五十。如果女性参与了发明探索、法律制定，总之参与了我们这个星球的治理，人类社会会发展得更快、更好。而人类的错误不会那样轻易地重复。男性疲于掌权，那么他们就从专制的位置上退下来，或者与女性分享他们的权力。

甚至男人们的肌肉也不再是必需品了。不得不承认，在遥远的过去男人们必须要拥有健硕的肌肉，因为当时的社会发展是以体力为基础的，仅此而已。然而现代技术已经很好地取代了他们的体力，从而逐渐抹去了男性占主导地位在生物学层面上的必要性。因此，需要注意到的事实是，随着技术的发展，男性的主导地位不再是存在与身体层面，而是更多地存在于心理的层面。我们也不需要钻牛角尖，举出历史上女性掌权的例子来迷惑自己。这些例子其实都是男性处心积虑营造的假象，这类在他们掌控之中的例外能够帮助他们来证明男性并非人类社会的独裁者，也以此来佐证，如果一个女性想获得成功，那么她就能走上权利的顶端。然而事实上，几乎没有女人能做到，因为女性没有这个能力。毕竟，在政治上，男人也是谎话连篇。其中最大的谎言莫过于，在美国存在着母权制度。只需要看看活跃在职业领域、国会、参议院、社会阶梯各个阶层的屈指可数的女性，就可以判断：所谓存在美国的母权制度只是一个骗人的童话罢了。美国女性并不比其他国家的女性更加自由开放，她们只是比其他国家的女性更加富有。而她们所拥有的财富也是男性委托保存在她们那里，用来维持基于消费主义和物质浪费的社会体制。诚然，我们所看到的美国女人花起钱来就像是没有节制的小孩子，因为在本质上她们就是小孩子：被一个叫做"丈夫"的家长控制。如果她没有丈夫，那就糟糕了：没有丈夫，就意味着她失去了这种"控制"。而已婚和未婚妇女之间的差距也是巨大的：在美国，问女人的第一个问题总是："太太还是小姐？"

因此，我们需要消灭男权专制，或者说是消灭男女有别这个观念本身。那如何消灭呢？需要从根本上攻击这个体系，打破划分两个性别的屏障，消除强弱有别的偏见。不再有所谓的男性气质，或女性气质；也不再有男性方案，或女性方案。每个男人都有阴柔的一面，每个女人也会有阳刚的一面：生理特征不再是一种定数，而性别也不再是一种定义。男人可以不勇猛，女人也可以不胆怯；男人可以不喜欢征服，女人也可以不喜欢被征服；男人可以去体会养育子女的快乐，女人也可以去感受开火车、坐飞船的快感。性别观念给每个人强加的设定，扼杀了他们真正的本心和才能。如果一个男孩喜欢弹琴绣花，那他并不是娘娘腔，他只是具有弹琴和刺绣天赋的男性。同样，如果一个女孩喜欢踢球或射击，她也不是男人婆，她只是有踢球或射击天赋的女性。但是，有什么方法可以从根本上击溃根深蒂固的男权观念，摧毁分隔两性的屏障呢？

第一种办法，是要否定将男权作为绝对权威的两性结合模式，也就是我们所谓的"家庭"。有了它，中世纪的婚姻与奴隶制度无异。试想一个西西里岛的美丽女孩，被迫嫁给强奸她的畜生，想来就荒谬无比：她每一次接触他、看见他，都会感到恶心。是法律把她绑到那个畜生的床上，让她生下仇人的孩子，这是令人不齿的。但同样不可想象、同样荒谬的是，即使在现代婚姻中，妻子也应该像奴隶服侍主人一样，服侍她的丈夫。即使她有一份让她从早到晚忙碌的工作，即使她的收入和她丈夫一样多，甚至更多，妻子还是要为丈夫熨衬衫、擦鞋，为他准备晚餐，让他保持良好的精神状态，在床上满足他。否则他就指责她性冷淡。那男人是否意识到，女性的快感来自一个叫做阴蒂的身体部位呢？当然能意识到，只是他们并不在意罢了。在世界上任何地方，在各种社会制度的国家里，结婚都还是一种合理合法的绑票策略，让一个男人能不费分毫获得一个仆人、一个性伴侣。从法律的角度来看，这场名为婚姻的绑架是从女性的必须更改姓氏开始的。为什么女人要放弃她出生时的姓氏、改用她丈夫的姓氏呢？在盎格鲁-撒克逊国家，这种悖论达到了荒唐的地步，以至于在更改姓氏的同时，妻子还需要放弃她自己的名字。比如，玛丽·史密斯与约翰·雷德结婚后，并没有成为玛丽·雷德，而是成为约翰·雷德夫人。再进一步讲，为什么孩子要随父姓而不是随母姓呢？如果是为了在指明血缘成分的同时，简化家庭成员间的关系，那选择生育孩子的人的姓氏来给孩子命名，显得要合理得多。

而第二个办法，就是要杜绝对性爱的迷恋，以及将女性作为性的象征。我们不断受到被视为性象征的女性美貌形象的轰炸：不论汽车、牙膏或报纸，为了提高销量，广告图上总是会放上一张美女的肖像。难道女性与这些物品一样，仅仅是用来看、用来渴望的东西？或者她们能像牙膏一样涂在牙齿上让其变白？还是像跑车一样给人带来时速两百公里的快感？这还不是最让人难以接受的，最令人难受的是，如果一个女性没有美貌，那么她将毫无价值。而美貌的标准却是由男性来制定的，不是由她们自己来决定。中国古代的女性要裹小脚，以至于让自己的足部变成十五到二十公分长的三角形，是因为中国古代的男性提出这样的审美标准；土耳其的女性要有夸张肥硕的臀部，以至于让自己无法从靠枕上直立起来，是由于土耳其的男性制定了这样的标准；西方女人要身材瘦弱，却同时拥有丰满的乳房，这也是西方男性制定的审美标准。对于我们女性来说，这些审美标准像枷锁一般压在身上，以至于在未达到这样的标准之前，我们自动地就将自己定位成不为社会所接受的人。而为了达到他们的标准，我们不断地自我牺牲，牺牲自己的饮食，牺牲自己的骄傲。于是我们像小丑一样，穿着不舒服的夸张的衣服，涂脂抹粉，描眉浓妆，还不断地变换着自己指甲和头发的颜色。为什么要这样？一个女人拥有掌控外貌的自由，她可以处于任何使自己舒适的样子，丑陋的、肥胖的、原汁原味的。扔掉胸罩，扔掉吊袜带，扔掉高跟鞋，扔掉性感的衣服，扔掉口红，扔掉眼影，扔掉粉饼；不要再在这些愚蠢的事情上浪费自己的时间，它们只能让我们一步一步沦为男性的性工具。

还要摆脱掉那些关于皱纹、白发、年龄的焦虑。当谈及女性时，美总是和青春紧密联系在一起的。一个年老或者成熟的女人，并不能享受一个年老的男人或成熟男人的那种权利。然而，往往却是女性自己首先去嘲笑那些和二十岁男人睡觉的四十岁女人，也是她们自己毫不顾忌地去赞赏那些与五十岁男人上床的十八岁女孩。因为她们首先认为，女性必须受到男性的保护。骑士精神的概念不就是源于这些幻想吗？如果一个男人坐在一个女人的前面，却不给她让座，看到的人就会愤愤不平；如果一个男人不给面前的女人点烟，看到的人就会皱眉鄙视。和上文提到的"家庭"一样，"骑士精神"这个词也应当被否定，以及所有的与阳刚之气相关的字根、词汇统统都应当被抹去。在英语中，抵制被称为"boycott"（"boy"指男孩），可为什么是"boycott"而不是"girlcott"？（"girl"指女孩）。"历史"的英文单词是"history"（his指"他的"），可为什么是"history"而不是"herstory"？（her指"她的"）。更好的解决方案是：为什么不是"itcott"和"itstory"？（"它"和"它的"是中性的）。男人们会说，这样会导致女人的雄性激素增加。没错，恰恰只有雌雄同体，才能让男人消除对性的迷恋。而在社会、心理上的雌雄同体并不意味着身体上的雌雄同体。我们不要忘记，同性恋的形成往往有社会和心理方面的原因，而不仅仅是身体方面的原因。许多同性恋者，不论男性和女性，成为同性恋的原因中包含了对父权制的应激反应：他们的选择来源于异性灌输给他们的恐惧。事实上，在一个排除了定义明确的性特征的世界里，同性恋者也会减少。而且，成为同性恋并没有错。许多天才都是同性恋者，从萨福到达芬奇。反对同性恋也是在加大对人类资源的浪费。

人们错误地低估了某些生物学的现实，或者在想当然地解释着自然规律。在智力上，女性与男性平等，这早已是一个被证实的事实；在身体上，女性有时能比男性更加健壮，这是另一个已被证实的事实。然而，不同的生理构造和机能却以一种令人绝望的方式限制着她们，很遗憾，这是一个永远不会被论证的事实。我指的就是怀孕这件事：在几乎所有的物种中，雌性的自身发展都因怀孕而受限制，特别是哺乳动物。人类也属于哺乳动物，所以在雌性哺乳动物怀孕期间，她们不能够像同物种的雄性一样奔跑运动，保护自己，也不能够像他们一样进行体力劳动。在怀孕的最后时期，她们的状态与生病无异。而在分娩的那一瞬间，她们的身体被牢牢绑住，不能移动。她们哭喊、流血。也许，父权制就是在人们见证了这一刻之后而被确定下来。于是，由于他们心中无端而起的那股邪念，看着已经无法担负任何职责的她们，他们决定取而代之。而他们这样做是为了保证物种的延续，并非是趁虚而入的恃强凌弱。在哺乳期，雌性也渐渐能够恢复正常的生活。但即使在哺乳期，她们是否可以自由地做想做的事呢？只有鱼类和鸟类，才能够做到雌雄合作孕育抚养自己的后代：因为它们是由排出的卵孵出来的。

男权在人类社会中取得了绝对的上风，没有人否认这一点。关于语言和抽象概念的男性化论述也都是客观事实。而其他的事情也顺势发展。女性从小就被这样的概念洗脑，还要加上身体上的羞辱：比如，男性对她们的当街调戏。至于"大男子主义"，就更荒唐了。因为在压迫者与被压迫者的关系中，被压迫者心甘情愿的屈服也是促成这段关系成立的必要条件。没有奋起抗争的人，总是站不住脚的，而女性就从未真正地为此抗争过。相反，她们已经非常适应男性的主导地位。因为在许多情况下，这是她们的舒适区，是她们不愿破坏的安逸现状。女性用了几千年的时间才摆脱了自己的倦怠和懦弱。而当她们发声、为自己抗争时，男人们迅速而轻易地屈服了，并且还带着钦佩，带着尊重。把圣女贞德和居里夫人放在神坛上的是男人，而不是女人；当妇女提出要求投票权的时候，通过这项议案的也是男人，而不是女人。但最终的结果呢？在百分之八十的情况下她们会按照丈夫的建议投票：女性最大的敌人仍然是她们自己。如果不是这样，今天会有很多英迪拉·甘地（Indira Gandhi）和果尔达·梅厄[1]（Golda Meir）。现在几乎在任何地方，女性都可以自由地从事每一种行业，进行各种各样的尝试。除了沙特阿拉伯之外，世界上不会有任何国家的女性会因为自己的性别而被拒绝。在西方世界，将女性拒绝在外的地方应该就只有两个了：一是拳击比赛的广场下的一排座位，二是"小巷"[2]，即斗牛场周围的走廊。这两个地方都不是可以与人类知识的巅峰相提并论的地方。然而，当这些妇女呼吁建立一个雌雄同体的社会时，最根本的错误浮出水面。因为一个雌雄同体的社会是一个违背自然法则的社会，而自然法则既非正义也非不正义：它只是保证生命延续的法则。一个由雌雄同体者组成的世界，并不会减少同性恋的数量；相反，这样的世界鼓励并加剧了同性恋的存在，从而削弱了人类的生存能力，导致人类最终像恐龙一样灭绝。而谁又愿意像恐龙一样灭绝呢？更不用说，在雄性激素高涨导致同性恋者激增后，伟大的文明再一次因此落幕。更不用说，男女之间的爱情不是父

---

[1] Golda Meir（1898—1978），以色列建国元老，曾经担任以色列劳工部长、外交部长及第四任以色列总理（1969—1978）。
[2] 原文是callejón，也指斗牛场周围为斗牛士准备和避难的集合区。

权制的结果：它是一种自发的、被祝福的存在，是即使脱离了男权与女权的狂热，荫蔽中的两棵树木也会萌生的感情。她们总是谈论着仇恨，但仇恨不是暴力的诱因吗？而暴力不正是她们谴责的男性的罪行之一吗？事实是，妇女解放运动是一场极具美国色彩的运动，它的诸多道理只能在美国社会找到答案。换句话说，与滋养它的美国社会一样，这场运动发展迅猛，野蛮又即兴，也是不成熟的。正如鲍勃·麦凯恩（Bob McCane）在《时代》杂志上所写："在某些时刻，人类的灵魂会受到考验，而待此刻过去，人类也许会变得更好，也许会变得更糟。"

为什么爱因斯坦不是女性呢？
——凯特·米利特访谈录

她是个美国人，三十四岁，在康涅狄格大学教授文学和哲学。她曾在其他十所大学任教，但她因为总穿长裤，或是因为想法太激进，又或是因为与男性争夺同一个教职而被开除。作为研究马克思主义、维多利亚时期历史和美国小说的学者，她被视作业内权威。然而，她喜欢称自己为雕塑家，因为她会用空盒子、纽扣、发动机和室内盆景等物品制作造型奇特的波普艺术装置。她的一个雕塑作品是由一排从服装店模特身上取下的女人的腿组成的。另一个作品则是一张纸糊的脸，四周围着细胞一样的物体。另一个作品，一只笼子里面是一个水柜，美国国旗的样子从水柜中不断被吐出来（警方还以侮辱国旗为由将她扣押）。她对自己的定义是一个雕塑家，她的社会身份是一名学者，她在这两个身份定义之间潇洒地做着自己，她的性格是两者的诙谐共生。她戴着近视眼镜，就像那些读了太多书的懒人一样；头发松散，就像那些从不洗头的嬉皮士一样；她关心所有的事情，唯独不操心自己的外表。在外表上看，她有些丰满，还有点邋遢。她的性格有些自闭，有些神秘。她的笑容带着一种讽刺和放纵，因为她确信在这个盲目、满是聋子和白痴的世界里，自己率先找到了真理。所谓真理，在她看来，就是被父权制压迫的妇女的事业。其根源在于她出生和成长的环境：一个贫穷的爱尔兰家庭，信仰天主教，有一个轻蔑而专横的父亲，每次妻子生下一个女孩而不是男孩，他都会表现出不快。

凯特在家里三个姐妹中排行老二，"他总觉得我们仨都应该是男孩儿。"就这样，她将父亲看做家里的食人魔，当他决定抛弃家庭，不再回头的时候，她开心极了。那一天，她刚满十四岁，她的母亲，"一个受过教育的聪明女人，却在结婚后变成了一个用人"，不得不去找工作。但母亲最后只找到了一份在厨房用具店削土豆皮的工作。"她曾经上过大学，却沦为给顾客们演示如何削土豆皮的人。"在叙述母亲经历的时候，凯特带着一种感同身受的苦涩。她说自己在纽约住了一年，靠当打字员谋生，尽管当时她有牛津大学的文学学位和明尼苏达大学的历史学位。作为一个女人，她感到自尊被冒犯的时刻远不止于此。她原来经常去做弥撒，一位厌恶女性的牧师向她解释女人是多么低贱，因为上帝用亚当的肋骨创造了她们，而世间第一个女性夏娃偷食禁果，才有了人类的原罪。此外，修女们却让她迷上了思考关于贞洁和谦逊的问题。她对修女们抱有宽容的态度："都是些可怜人，她们做了太多的牺牲。仔细想想，正是因为明白了修女的人生，我才明白了一些事情的真相。信仰新教的女孩，或在盎格鲁-撒克逊国家长大的女孩，需要更长的时间来理解男性对她们犯下的罪行，因为她们受到的待遇比修女们要优越得多。她们只是在结婚之后，才会意识到自己是这个社会的二等公民。"对此，年轻的凯特迷惑不解，但她也悄悄地叛逆，所幸她在学习中得到了庇护，在考试时，她总是"优等生"。尽管如此，她从未得到过老师们的肯定，老师们认为她不够温柔，神经质，说她"是那种没有女性特质的女孩"。为了逃过这样的苛责，她远赴英国，后来就漂泊到了日本。在那里，她遇到了现在的丈夫吉村文雄（Fumio Yoshimura），一个身形清瘦、性情温和的四十岁男性。他也是一名雕塑家，但是他的作品远没有她的那么犀利：巨大的纸蝴蝶，精致的风筝，用羊皮纸制作、悬挂在天花板上的充满奇思妙想的甲虫。

一位女权主义思想家，却按照父权社会的普世价值选择婚姻，这多少显得言行不一。而凯特对此的解释是：这场婚姻是移民机构逼迫下的结果，否则丈夫吉村会将面临被驱逐出境的窘境。当时，他在美国的工作许可已经过期，而当一个外国人的工作许可过期时，他能够留在美国的唯一方法是与一个美国人结婚。"毕竟，我们已经在一起生活了多年，去市政厅签字结婚对我们之间的关系没有任何改变。我不认为自己从此就该被称为吉村夫人，我不接受这样的称谓。他也对我没有要求。所以在我们的门牌上写着：吉村文雄和凯特·米利特。"吉村是名坚定的女权主义者，他的信仰源于和第一任妻子的婚姻，他的前妻是一位日本画家，在很年轻的时候就因癌症去世。"在日本，女性的地位与西方国家比起来更为不堪，文雄的前妻就因为这样的事实而备受煎熬。对她来说，上大学读艺术学院是难于登天的事情。文雄工作了十年，凑足了所需的资金，准备带她来美国，为了她在那里可以平静地作画、工作。而当钱终于筹好之后，她却去世了。所以我把文雄带到了美国，他是我所见过的最善良的人。我们在所有事情上都能相互理解，他说我与他是生死之交：我们的关系是一种理想关系。以至于我们不想要孩子，因为觉得没有必要。"

一些不怀好意的人说，凯特·米利特之于女性，就如毛泽东之于无产阶级。但这个比喻并不合适：因为她本人很晚才参加到了这场革命的"长征"当中。那是五年前，她偶然听到了一场题为《女性解放了吗？》的专题讲座。那时候的她，只是一个振臂疾呼致力于反对五角大楼、中央情报局和资本主义机构的激进分子，她与男性同胞相处得相当融洽。但听完讲座后的她顿时感到分外迷茫，开始质疑自己坚持反抗的方向是否正确，就像一个突然意识到自己相信上帝的无神论者，她受到了启发。她即刻放弃了原有的抗争，不再去参加那些抗议集会。带着一种古老的女权主义者的热情，她还决定研究"妇女的性革命"这一课题，并用一篇解释这场革命的起源、发展和结局的论文毕业，获得了哲学学位。在她看来，这场革命无疾而终的原因在于英美文学中厌恶女人的基调：于是她开始抨击 D.H. 劳伦斯（D. H. Lawrence）、亨利·米勒（Henry Miller）、诺曼·梅勒（Norman Mailer）的小说。此外，她还发觉，这样的基调并非局限于文学领域：在宗教、人类学、科学领域都能够见其踪影。总之，父权制基于社会文化的各个方面，稳固地控制自己的统治地位。于是，她进一步扩大了搜集论据的范围，渐渐地，聚沙成塔，积水成川。她在短短的一年之内就完成了这篇研究论文，每天工作超过十八个小时，一想到这个，她自己都瑟瑟发抖。而当她完成这项研究的时候，她意识到这篇论文已然有了一本书的体量。的确，她写成了一本书，一本非常重要的著作，那就是《性政治》。

下面的访谈记录是一份简化的摘要，或者说，是对历时七小时的两段访谈的整合。凯特说话时并不像她写作时那样善于表达。她的话有些冗长、反复,又因为包含了过多的哲理而显得颇为晦涩。对于提出的问题,她总是急匆匆作答,似乎害怕被反驳或打断。对于不同的意见,她显得有些紧张,以至于原本有些沙哑的声音变得尖锐刺耳。总而言之,我想表达的是,下面的这段访谈,与其说是一次采访,不如说是一场辩论:一场关于女权主义的弱点的辩论。吉村文雄也参与其中,我们的访谈是在他们纽约寓所的餐厅里进行的。这是一栋没有暖气、设施老旧又喧闹无比的房子,位于地球上最凄凉的街区包厘街的中心,无数醉汉、破产者、失意之人都在这里徘徊,等待别人施舍或是在寒冷中独自死去。可想而知,这些人通通都是男性,在这里几乎找不到任何女性的影子。

奥里亚娜·法拉奇:米利特小姐,我要扮白脸、用不太友好的方式开始这场访谈。世界上已经有这么多的战争与矛盾,亟待人类去面对、去解决,而我所说的人类既包括男人,也包括女人。因此,只有男性与女性携起手来共同面对,才有可能解决它们。而去煽动男人与女人之间的战争,不仅是一场新的战争,而且会成为有史以来最为激烈的一场战争,这样的做法是合情合理的吗?

凯特·米利特:当然。您提到的这个问题,支撑它的伦理无非是正义与自由,而这样的伦理道德无疑也带有男权主义色彩。这是一种虚伪、不全面的道德观,因为它没有考虑到属于女性的正义与自由。诚然,掀起两性之间的矛盾也会给,比方说,一个无产阶级黑人游民造成更多的困难,因为他的肤色和阶级本身。然而，他的妻子会遭遇更加深重的苦难：因为她也是无产阶级，也是黑人，最重要的是，她还是一个女人。她不仅受到自己主人的奴役，被白种人羞辱；同时还会受到自己丈夫的奴役，被自己的丈夫欺压。他要求她做自己的厨子、女仆、情妇、护工，在回家的路上还会对她动粗。贫穷阶层的男性有一种心理需求，就是要创造一个受害者，以便发泄出他们自己所遭受的同等量的虐待。这是一种资产阶级的男性没有的需求，因为资产阶级的男性已经非常强大，不再需要将他们的傲慢外化。哦，我这样说并不是表示资产阶级妇女比底层黑人妇女要幸福得多。以一个生活在法西斯独裁统治下的自由主义者为例，她当然也会受苦。但是，就像那个黑人女性一样，资产阶级的妻子也会比她的丈夫遭受更多的痛苦。因为除了遭受国家的独裁统治，她还遭受丈夫的独裁统治，丈夫在不知不觉中行使了他的男性至上主义：像那个黑人丈夫一样，他要求来自妻子的理解、照顾、服从……因此，对男性宣战是合情合理的。要对所有的男性奋起抗争，包括那些自以为现代、属于先进阶级的男性，事实上他们却是如此的反动。因为他们不约而同都支持几千年来一直作为人类社会基础的父权制观念。

米利特小姐，不过，有相当数量清楚自己所拥有的权利的女性并不认同您的观点。不仅如此，她们还在与那些被您定义为反动派的男性并肩作战。这是否意味着这些女性都是愚昧无知的呢？

不是的。这意味着，她们对自由和正义的看法是从男性的角度来界定的，因此，她们没有意识到自己在一场只为解决男人问题的斗争中被男性剥削利用。我希望在十年或二十年后，能够见证此刻正与她们的男同志们并肩作战的越共女战士们，独立地为了她们越南的解放而奋斗；我想看看在二十年，五十年之后，这些为了巴勒斯坦的独立，和她们的兄弟一起斗争过的"法塔赫"女性，会是什么样的处境。她们也会从这样的独立成果中受益吗？我认为不，我想她们又将回到奴役的角色，就像革命结束后在阿尔及利亚发生的那样。在所有以正义和自由之名发起的革命中，没有一场的目的是给予妇女正义和自由。革命胜利之后，妇女总是又回到孩子身边，回到灶台边。然而，真正的权力又被男性重新夺回手中。一场政权的更迭，是不能够改变这个世界的。只有改变对于权力的认知，才能够真正地改变世界。也就是说，需要转变人们对于父权制社会的认知。因为说到底，这是一种基于武力、暴力、军国主义、英雄主义的普遍认知：道义，或所谓的阳刚与正义。当人们自问为什么历史上包括基督教在内的那些意义崇高的革命，基本都失败了，他们的回答是：因为人性是邪恶的，总是重复同样的错误。不是的，这并不是真正的原因。这些革命之所以失败，是因为男性永远掌握着最高的权力，不愿与女性分享，甚至不愿将权力下放给任何女人。

这样的假设成立就意味着您认为女性比男性更优秀。而这样的观点并不正确。
这个观点究竟正不正确，还需要证据来说明。但是并不存在母权制的先例；而且女性的道德标准也是男性通过父权制强加的。因此，我所说的并非一个假设，而是一个事实：在这个星球上，目前存在的人类社会是男性控制女性的社会。以同样的方式和原则，儿童也被成年人所控制。总之，父权制存在于一切控制人类活动的机构组织之中，首要的就是最基层的、被我们称为"家庭"的组织。不论是民主制还是贵族制，不论是封建主义还是共产主义，在所有过去和现存、西方和东方、发达与欠发达的文明社会中，这一点都时时刻刻被验证着。在所有的时代，所有的国度，统治者都是男性，并将他们自己的法律强加于人：以一种明显厌恶女性的性政治手法。掌权的手段是文化、艺术和语言本身。"男人"就能代指"人类"，"男人的历史"就能代指"人类的历史"，而"人性"这个词也是由"男人"衍生而来。在语言体系中，女性所受到的轻视如此显而易见，以至于连最权威的概念，即"造物主"的概念，也是与男人相关的"圣父"。相信上帝的人不会将上帝的形象想成中性，当然更不会是女性。他们心中的主，是男性，是"圣父"。一个人向上帝祈祷，祈求的对象总是万能的，正义的"圣父"：而不是向善良的，公允的"圣母"祈祷。说句玩笑话：万一上帝是女人呢？

米利特小姐，事实上，在多神论的宗教信仰中，对于诸神的崇拜都是平等的。您只要想想亚洲，特别是印度的那些宗教，还有古希腊古罗马的神话故事，就能明白这一点。
没错，但在这些宗教神话中，当谈到女性神祇的生育能力时，总被男性神祇的生殖能力盖过风头。别忘了，在希腊罗马神话中，万神之神是朱庇特，朱诺只是他的妻子。而密涅瓦，他最喜欢的女儿、战争女神，是从朱庇特的脑袋里蹦出

来的,而不是从朱诺的子宫孕育出来的。至于阿波罗,他说女人是罐子,用来装男人播下的种子的罐子。不用狡辩:在这个世界上,信徒最多的宗教是将一个男人放在金字塔塔尖的宗教。佛祖是一个男人,真主也是一个男人。对于犹太人来说,造物主是圣父上帝;对于基督徒来说,耶稣是圣父上帝的儿子。让我们重读一下《创世记》:上帝赋予生命的第一个生物是亚当,一个男人,而女人夏娃是由亚当的肋骨变出来的。不仅如此,亚当被逐出伊甸园,是因为夏娃偷食禁果,把人类引向了罪恶。自从人类有文字记载开始,女人就一直是罪恶的象征,她们是戴罪之身,低人一等。

在宗教的世界里,或者准确地说,在地中海文化圈中,我们需要指出天主教崇尚的一个女性人物:圣母玛利亚。她显然不可能被放在一个低人一等的位置上。
对圣母的崇拜是天主教文化中值得肯定的一个例外。一些学者常说,在十三世纪对圣母的崇拜开始确立时,"上帝成了女人"。事实上,圣母作为一名女性,仅仅是被人上升到像朱诺或密涅瓦或维纳斯那样的女神级别。这是天主教会在古老的生育女神崇拜的影响下送给大众的礼物,为了证明这个"她"的合理性,神学界还进行了激烈的斗争:当然是在各种教条的辅助之下。至于教会的等级制度,一直在教条认可的范围内。事实上,天主教会一直都被掌控在男性手中:教皇一直是男性,红衣主教、大主教、牧师也是如此,弥撒也一直是由男性主持的。而修女从来都不计较什么。事实上,两千年来,她们一直是教会体系中的贱民。我的意思是,作为一种有影响力的文化现象,对圣母玛利亚的崇拜仍然被限定在天主教世界里，甚至没有延伸到整个基督教世界。随着加尔文教派的传播和宗教改革的进行，人们猛烈地恢复了父权制的严格要求，圣母玛利亚的使命也就此结束。

我们可以更进一步，米利特小姐。我们可以指出，玛利亚不单纯是一个女人，她还是一个处女，贞洁圣母。也就是说，她要与被夏娃所打破的纯洁、谦卑和顺从的美德相一致。但是……

如您所说。在玛利亚被定义为处女的那一刻，男权专制在她的设定中就体现出来了：详细地说，玛利亚在没有经过肉体之爱的情况下生下了圣子。玛利亚代表着人们对母性的崇拜，但是人们所崇拜的是一种贞洁的、不真实的母性，与性无关：她作为一个没有过性生活的雌性生物生下了自己的儿子。这等于是在关于母性的神话中对妇女进行"阉割"，而不给予她们性自由。那么，一个正常女人又该是什么呢？正如阿波罗所说，一个罐子，一个制造儿子的机器。请您注意我的措辞，我说的是儿子，而不是女儿。就连我也受制于男权制的语言习惯……

米利特小姐，我注意到了您说的这个"但是"。您说"但是"也许是因为疲惫下无意的措辞，但我们不能低估它的重要性。事实是，从来没有一个女耶稣基督，也没有一个女佛陀，也没有一个女孔子，也没有一个女穆罕默德。更不用说女荷马、女米开朗基罗、女柏拉图、女巴赫，或者，女爱因斯坦了。

关于您提出的这一点，首先，我曾在民政部门工作过，除了女性议题以外，关于黑人的议题中也常常提到这一点。是的，天才确实会在最极端的条件下诞生，但他们并不是随心所欲地诞生的。天才的诞生，是孕育他们的文化具象的表现；他们是各自所在的社会结出的果实。而您刚才提到这些天才，他们所诞生的环境就是一种父权制的文化背景。也就是说，在这种文化中，所有的概念和价值衡量标准都是由男性来设定的。如果您再想一想，西方有很长一段历史，女性没有机会去学习、阅读和写作，就会明白为什么在西方历史的很长一段时间里，没有伟大的女作家。在日本的平安时代，妇女能够阅读和写作，所以在那个历史时期，日本的许多文学作品都是由女性创作的。而其中最重要的一部杰作就是由一位女性写的——《源氏物语》。我想重申：您所提到的显现，其原因不是生物学上的，因为天才的诞生不是生物学现象，而是社会学现象。

这一点值得商榷，米利特小姐。但我还有别的问题想要求证：如果对权力顶端的追求和军国主义是男权所崇尚的目标，那么您如何解释少数位于权力顶端的女性，比如像英国的伊丽莎白一世、俄国的凯瑟琳大帝、慈禧太后这样冷酷无情而又好战的女人呢？尤其是，如何解释更为纯粹的案例——圣女贞德，这样一位并非通过提出思想，而是通过战争才名垂青史的女性呢？

前三个人的情况可以被理解为在登上权力巅峰之后，女性君主也无法消除王位所带来的男权制意识形态。相反，即便是女性君主，也必须适应男权制度。此外，在我看来，历史上所有的女性君主都是伟大的统治者，这一点很重要。不要忘记还有瑞典的克里斯蒂娜女王和葡萄牙的伊莎贝拉女王，她们爱好和平、充满智慧。她们能很好地证明，当一个女人被赋予最高权力时，她能和男人一样成功，甚至比男人更成功。现在我们来谈谈圣女贞德，她是例外中的例外。圣女贞德是一名出色的女战士，仅此而已。不能够再对她进行过度解读了：她是一个不识字的农家女。她的行为并不是因为渴望权力，而是因为渴望正义，为了正义，她在火刑柱上付出了生命的代价。而说到她没有提过任何思想，却能够与那些伟大的掌权的女性相提并论的指控，让我联想到了刚才讨论到的一点：从不存在女性的耶稣。我跟您打赌：如果耶稣是一个女人，就不会有人听他的话了。在他所处的文化环境中，女性不可能扮演领导者的角色，也不会拥有追随者。犹太文化是如此厌恶女人，用石头砸死通奸的女人，而不是男人；女人在犹太文化中是如此被鄙视，以至于她们在月经期间都被看成被感染的肮脏生物。同样的，佛教文化中应该也有类似的情结。更不用说在伊斯兰教的穆罕默德身上，厌恶女性这一点肯定有更加明显的体现。

米利特小姐，您刚才反复地告诉我，文化也是一种基于父权制的发明，同时您向我表明，女性从来没有反对过这样的文化。这对我们女性来说是非常不利的。那么，我们女性是否应该为亚马逊时代存在的非父权制文化感到欣慰？
我不相信亚马逊人的传说。在我看来，这样的说法也是父权制社会的发明，为了歌颂男权的胜利。我们没有证据表明亚马逊人真的存在，目前研究都没有能确凿地找到他们存在的痕迹。亚马逊人的传说带来的唯一积极的因素是，通过他们的传说,十九世纪的人类学家试图论证母系社会曾经存在,因此父系社会并不是人类社会唯一可能的组织形式。而且,为了回答您关于文化的观点,我倾向于相信,在史前时期,曾经存在一个与父权制社会完全无关的社会。也许是一个母系社会,也许是一个两性平等的社会。

但后来这个社会就消失了。而每个结局都有其原因。只有找到原因之后,人们才能确定这件事物的存在是否合理。而为什么在人类进化的某个阶段,男性会占据上风,获得权力?是出于无端而起的邪念,还是某种特定的必要性,比如,为了确保物种的生存?

当我发现了一个不公正的事情时,它的原因对我来说并不重要。就比如,为什么十六世纪的白人要奴役非洲的黑人?因为他们有更加优越的技术、工具和武器。那又怎样?我更感兴趣的是这件不公正的事情是以怎样的形式存在的,但我们又怎么能猜测史前的事情呢?史前社会什么都没有留下,只有一些工具和涂鸦。然而,可以运用想象,最普遍的假想是,当人类以狩猎为生的时代开始时,男性占据了主导地位。他们的身体更强壮,能够为女性和孩子提供食物,因此他们处于社会阶梯的顶端。但我还是对这个说法抱有怀疑。那是一个游牧社会,那时候的人类淫乱滥交,更有可能处于社会阶梯顶端的,反而是那些具有生育能力,仿佛能够施展魔法一般生育后代的女性。在远古,生育能力一定会被看作是超凡的魔法,一个无法解释的奇迹,而女性一定从中受益。所以我的假设是,父权制是后来才开始的,作为一个研究探索的结果诞生于农业革命期间。当人类意识到自己可以种植作物和饲养家畜时，他们就开始在部落里安营扎寨了，同时开始观察农业生产的过程，于是，或许在观察家畜的交配时，他们注意到雌性动物只有在雄性动物在她体内留下种子后才会怀孕。而男性发现了自己在孕育后代当中的作用，他们就发明了"父亲"的概念，同时准备掌权，男权独裁的统治由此开始。

但不得不说，这样的独裁还是比较温和的。因为并不是所有的女性都像阿拉伯国家的女人那样被锁在后宫里，也不是所有女人都像中国古时妇女那样被捆住双脚。让我们不要忽视那些围绕着她们的尊重、保护和崇拜。例如，您可曾记得但丁、彼特拉克、温柔新体①，还有吟游诗人们的写给女性的赞歌？

吟游诗人们的诗歌事实上是献给贵族的妻子们的，为了讨好贵族阶层。而由于这些贵族夫人实际上属于她们的丈夫，贞操带这个东西就是证据。所以，我宁愿把这些赞歌看作是来自下层人民的逢迎。至于但丁和彼特拉克的温柔新体派诗歌，没错，它们可以被认为是男性对待女性的尊重往前的一小步。但这些作品总是停留在男性对女性虚伪的顺从这一层面上，就像是民主国家中妇女获得的投票权那样，缺乏实际意义，因为最终也是为了让她们投票给男性。简而言之，尊重、奉承、男人对女人的保护这些理念都与骑士精神的理念有关。那么什么是骑士精神呢？无非是施舍，控制，哄骗，这样的手段让女性更加被动。我是你的主人，但看看这是一个多么好的主人：我为你点烟，我为你开门，我帮你背包，

---

① 温柔新体（Dolce Stil Nuovo），诞生于 13 世纪意大利的文学流派。该派别的诗歌创作多以爱情为主，倾向于将对异性的爱慕神圣化。

我给你买珠宝，我问候你时脱下帽子。这都是些糖衣炮弹罢了。令人恼火的是，在一个缺乏正义的社会里，这些行为就像慈善与施舍一样，对人格具有侮辱性。哦，如果我将历史上的女性分析个遍，那么就能找到支撑我的论文的各种证据。古罗马的女地主一度可以自由离婚，这是事实，但她们从未进入过元老院，也没有一个人成为女皇帝。至于古希腊的女性公民，她们甚至连和男人的友谊也被剥夺了。在古希腊，理想的人际关系不是在男人和女人之间，而是在男人和男人之间。

但另一方面，女性一直比男性生活得更舒适。在绝大多数情况下，一直是男人为供养家庭而外出工作，为保卫家园而流血牺牲。我猜您会说，女性的家务劳动也是艰苦的，也是会受屈辱的，我同意。但家务劳动远没有在熔炉或矿井中工作那么辛苦，也没有在战场中成为炮灰那么悲惨。

父权制对于男人来说，就和对女人一样不公平。它是基于这样的假设：男人应该外出劳作供养家庭，而女人就应该留在家里，等着丈夫带钱回来，什么都不用做。当然，前提是他们要有一个仆人。人类为什么要以这种方式分工，这是一个谜。有些人给出了生物学上的解释：男性的肌肉组织更多，力气更大。但男权的优越地位并不在于他们拥有的肌肉，而在于他们拥有更多的政治权力。事实上，拥有这种权力的从来不是那些在矿上或熔炉边流汗的人，而是那些占据着关键责任岗位的人。几千年来，人类最重要的工作岗位并不需要体力。相反，你的社会地位越高，需要付出的体力就越少。因此，如果男人真的认为女人不用付出体力，他们就该顺理成章地把关键的责任岗位交给她们。那他们为什么不这么做呢？为什么他们只让她们做家务，而不做别的？因为他们想要将她们孤立起来，这样才能更好地操纵她们。但是，让我们假设这种男女分工有一个生物学上的原因：如今这个原因已经不再成立了。得益于技术的发展，女性可以操作各种机器：想想在共产主义国家，重工业领域也会雇用女性。得益于教育的进步，妇女可以从事各种职业：包括最高级的那些职业。那么，为什么不让她们登上舞台呢？

米利特小姐，即使在一个经历了完整的革命的社会里，也不允许她们登上政治权力的顶峰。比如在社会主义社会，或所谓的社会主义社会。您怎么解释呢？

我的解释是，社会主义革命跟女性解放没有关系。所有支持社会主义的女权主义者都没有明白，社会主义和女性解放不一定是捆绑一起的。就像资本主义和女权主义并不相配一样。马克思对资本主义的分析是不充分的，资本主义是一个极端的父权制社会。马克思把他所有的注意力都放在了物质原因上，而过于低估了心理原因，低估了父权制所带来的文化价值。他根本没有分析男权文化所带来的性别歧视，马克思的疏忽所带来的后果在1917年的革命中就显现了出来。那是一场完全不充分的革命。当性自由被释放时，在俄罗斯发生了什么？一场灾难。当权者随即告诉了那些自以为被解放的妇女们，她们拥有绝对的自由，但是没有人关心、保护她们，没有人承担这种自由的后果。在经济上、社会上和科学上都没有保障，没有任何避孕措施。因此，许多不被期待的孩子出生了，他们一无所有，没有父亲，只有母亲的怀抱。后来，人们害怕了，所以又回到了父权制的家庭体系中。因为告诉妇女们"你们自由了，你们与男性平等"是一回事，而给予她们经济和文化上的平等，从而使她们真正地获得自由和平等却是另一回事。

在我看来，米利特小姐，您一直在绕着问题转，却没有直面最核心的问题，也就是生理学上的问题。当然，女性的智力并不比男性差：从理论上讲，我怀疑女性的智力更高。事实上，当她们决定要做某件事时，她们能比男人做得更好。但基本的事实仍然是，男性与女性在生物学上是不同的，也就是说，她们仍然会受制于男性得以豁免的生理特征。
几个世纪以来，生理差异一直被男性利用来合理化所谓的女性"劣根性"。掌权的群体总是倾向于在理性层面上捍卫他们的现状。一些种族主义的人类学家利用进化论来证明白人对黑人的特权是合理的，并以生物学的理由将其合理化。那么，女性妊娠就不仅是一个生物学上的话题，从历史学的角度也是值得探究的话题：在狩猎时期，女性也是会怀孕的。然而，这些都是错误的论点，就像那些关于区分男人和女人的不同气质：一方面是男性心理，另一方面是女性心理。一个强，另一个就弱。整个人类的价值体系就是建立在男女有别的神话之上的。而这种对男女差别的强调最为粗暴的后果，就在于所谓的阳刚之气在吹捧中得到了外化：这意味着对暴力、傲慢和战争的崇拜。但是，这些特征在多大程度上属于人的生物学特征，在多大程度上属于人的心理学特征？这就说到几千年来父权制洗脑的效果到底如何了。洗脑开始得很早：我认为是在第十八个月，当一个孩子还不知道如何说话时，就把被教导必须按照"自己性别的规矩"来行事。如果是女孩，就必须是可爱而温顺。如果是男孩，就必须坚强而霸气。如果是女孩，就必须穿得花哨。如果是男孩，衣服上就不用有装饰。如果是女孩，就必须玩洋娃娃。如果是男孩，就要玩大枪的游戏。而如果是一个女孩在玩枪，人们就会说，"这丫头真是个男人婆"。对于一个女孩，这样的议论实为一种称赞，因为人们早已默认，具有阳刚外向比阴柔内敛更好；当一个男人比当一个女人更好。

这些都是事实；但您并没有回答我的问题，米利特小姐。我说女性在生物学上与男性不同，是因为生理事实，而不是心理事实。另外，这个生理现实限制了她们的发展。让我们以怀孕为例：一个孕妇，或一个产妇，是不能完成男人做的事的，对吧？

怀孕真的是对妇女活动的一种限制吗？如果是这样，限制的时间有多长？赛珍珠（Pearl S. Buck）[1] 就告诉我们，中国的农妇能一直耕地，直到生孩子前的几个小时。那如果怀孕只是一种生理机能，就像人的其他所有生理机能一样呢？如果关于怀孕这件事所有戏剧性的想象都是人的心理作用，那么这样的心理暗示是否也是父权制洗脑的结果呢？我来举个例子，比如，怀孕之前的生理机能：月经周期。父权制洗脑说，女人不能上月球或持续登山，或参加一场战斗，因为在某一刻，月经周期会来，影响她的身体和精神状态。嗯，月经确实是不舒服的：我不否认，而且有时会有疼痛感，有时会引

---

[1] Pearl S. Buck（1892—1973），美国女作家，1938 年诺贝尔文学奖，代表作有《大地》等。

起神经衰弱。但这是一种客观事实，还是一种象征意义？几千年来，人们总说，女性"在那些日子里"会更虚弱，更烦躁。那么，为什么越共妇女在"那些日子里"也坚持战斗，战地记者在"那些日子里"也不放弃跟踪一场战争，苏联太空计划中的女性宇航员在"那些日子里"也坚守岗位呢？

但在她们怀孕的时候就不一样了，米利特小姐。母驴、母象没有被父权制洗脑，但它们分娩的时候，也不会动弹了。它们不动弹只是暂时的，而且也不会因此受到公驴和公象的惩罚。我告诉您，即使是怀孕这件事也被男人利用，彰显他们性别的优越性。

米利特小姐，那么我就不过多坚持做魔鬼代言人了，但我还是想要指出，您有没有想过，女性自己是否愿意登上权力的顶端呢？比如我们的社会让大家见证的最糟糕的例子：中产阶级妇女甚至不做家务。她们只靠丈夫养活，像豆子一样只吸收养分，浪费生命和时间。为什么？因为她们生而慵懒，拒绝承担更多的责任。
是的，但这不是她们的错。这是因为，她们自己消化了因为自身性别而受到的压迫。许多被压迫的群体身上都有这样的共性：说服自己确实低人一等，没有能力。压迫向来都是一件需要双方来达成的事情：看看穷人、黑人、被殖民的人。重读汤姆叔叔的故事，这个奴隶为了他的主人而死。您有为男人辩护的奢望，是因为您已经解决了自己的问题，并获得了成功。但您是一个例外，而不是普世规则，当一种体系成为普世规则时，一个女人是否成功并不重要，十个女人、一百个一千个女人的成功都不能说明问题。就像一个黑人发了财，也会被封为男爵，然后成为白人的座上客一样，个别的例子不重要。大多数妇女并不像您那样生活。大多数妇女都在拒绝承担责任。甚至在美国，大多数妇女最可能承担的职业是母亲或男人的性伴侣。为了防止美国人忘记女性的"本分"，斯波克博士用他的育儿书提醒着大众；而现在，休·海夫纳（Hugh Hefner）又带着他的《花花公子》，还有那些摇着尾巴的兔女郎，一遍又一遍地给大众洗脑。正是在美国，不惜一切代价追求美丽的女人，不惜一切代价追求纤细的风潮涌现出来。在这里，男人变丑，变胖是可以的，但女人就不可以。

但男人们也重视外表，不想长胖。他们也会照镜子，节食。也会一心想着买某条领带、某件运动衫，不是吗？

只是到某个程度而已。男人很清楚，自己的外貌并不是很重要，特别是聪明的男人更清楚这一点。一个男人的丑陋不一定会被嘲笑，但如果同等的丑陋放在一个女人身上，那她就肯定会被嘲笑。特别是如果她很聪明：一个女人的聪明如果要被人所接受，那么她必须是漂亮的，或者至少是好看的。现在是时候问问我们自己，是基于什么样的原则，用其价值去评判一位男性，而评价女性却是基于她的外貌。为了被人接受，一个女人必须服从于所谓的魅力值。她不得不用粉底、面霜、口红、各种化妆品涂抹面部，用胸罩、吊袜带突出或暴露出身体特征。为什么？因为男性认为她们是性对象，是取悦他们的事物。甚至一个女性是否能够胜任母亲这一身份，也与她的女性魅力息息相关：如果她太难看，那男人就不会娶她。一直以来，在任何地方都是这样。据我所知，只有现代中国的妇女反抗过这种来自男性的傲慢。我们这里抗争的结果只限于妇女能够自由地穿长裤了。好吧，这也是一个进步：但妇女即使穿上了长裤，她也没有坦然变老的权利。而当一个四十多岁的男人长皱纹时，他反而被认为更具有魅力。但是当一个四十多岁的女人脸上长了皱纹时，她几乎能被看做是一件可以扔掉的过期物品了。一个男人年纪越大，就越受到尊重。然而一个女人年纪越大，就越不被接受。如果一个六十岁的男人和一个二十岁的女人结婚，并没有什么可耻的。但是，如果一个六十岁的女人嫁给一个二十岁的男人，那就是天大的事儿了，她甚至会出现在报纸上，让人嘲笑。

您说的这些都没错，米利特小姐，但这一切都基于对男性的仇恨。而我想知道，通过煽动两性之间极端的仇恨，以至于威胁到人类繁殖与物种延续，如何能创造一个更好的未来。这并不是仇恨，而是愤怒。当被压迫群体奋起反抗时，总会在愤怒中针对那些压迫他们的人。当被施压的一方意识到自己的行为给对方带来的压迫时，反抗者的愤怒就具有了合理存在的条件。也许男性没有意识到他们对女性的伤害，也许他们也是无辜的，因为男性已经在这样的社会模式中成长了几千年：他们也经受了我们女性所经受的同样的洗脑。但这并不意味着他们是无罪的，特别是当他们坚持所谓的"道德"，实则为"恶习"的男子气概时。这种恶习更为人熟知的名字叫做"大男子主义"，也就是无谓地展示男性气概和阳刚之气的恶习。对"大男子主义"的崇拜，对阳刚之气的崇拜，在他们心中是如此根深蒂固，以至于他们甚至在平等对待一个女人的时候都会诉诸于此。但是，他们何曾把她们作为一个平等的人对待？被认为是世界上最现代的美国文学，同样充斥着"大男子主义"的思想和对女性的蔑视：从亨利·米勒到诺曼·梅勒。在他们的笔下，女性总是被描绘成可以被穿透的卑微的肮脏之物。更不用说弗洛伊德了，他直接用性别来注解人类的灵魂，基本上把女性定义为嫉妒男性生殖器的、被阉割的人类。

我并不认为美国人的"大男子主义"观念很强，除了在西部片和或美莱村惨案①这类事件中可以窥见一斑。这里拥有世界上最没有安全感、最胆怯、最软弱的男人。

我认同您说的第二句话，但第一句话我不敢苟同。正因为他们如此缺乏安全感，也因为他们在这个世界上受到了极大的嘲笑，所以他们比别的地方的男性更具有破坏性，以证明自己的阳刚之气。因此，他们挥舞拳头，使用暴力，囤积大型武器，操练海军陆战队。当他们不能在家里对他们的女人展现男子气概时，他们就将大男子主义发泄在战场上，或者在他们的梦中，在梦里写下关于自己的英雄神话。近年来，英雄神话在美国的左派男性中凝结。从黑豹组织到波多黎各独立分子，再到白人激进分子。今天的美国男性的梦想不再是消灭一个印第安人部落，而是像切·格瓦拉（Che Guevara）那样，像他一样穿着打扮，像他一样留着胡子、埋下炸弹。用他的口吻宣布：让一让，孩子们，我来了，以苦难的人民

---

① 美莱村惨案，指1968年越战中间，美军在越南广义省美莱村制造了"美莱村大屠杀"，杀害了500多名手无寸铁的妇女和儿童。

的名义摧毁一切。而另一边的右派同样如此,建制派的海军陆战队将士们:端起机枪,做个男人。这是比你们意大利的"拉丁情人"更糟糕的两种男性形象。其实"拉丁情人"也是父权制的产物,它是地中海地区的女性原罪概念与天主教对女性性自由的剥夺两者共同结出的恶果。"拉丁情人"毕竟是一个无害的角色:他最多是让你怀孕。然而,美国式的大男子主义却是危险的,因为他们会摧毁一切,滥杀无辜。

是的,但让我们面对现实吧,米利特小姐:您不只是讨厌美国男性和拉丁裔男性。你讨厌所有的男人,只是因为他们生而为男性这一简单事实。而你们中的许多人通过不要男人来证明这一点。但也不是像《利西翠妲》中那样①:还有像萨福那样。现在,我们如何处理由此而来的关于生育的问题呢?难道用奥尔德斯·赫胥黎在《美丽新世界》中提出的理论,也就是通过试管繁衍后代,来确保物种的延续?

从事妇女解放运动的人最常听到的指责就是"一群女同性恋"。我不知道我们当中有多少女同性恋者,但我知道我们对同性恋没有偏见。事实上,我们已经公开地站在同性恋解放运动的一边。今天,在美国,一场大规模的同性恋解放运动正在发展,特别是在大学里。这场运动和我们的战斗一样,反对男性主义社会,也反对性别模式化的运行。同性恋者和女性一样,或者说比女性承受得更多,他们也受到迫害,被嘲笑,被法律打压。每个人都不应该因为性别而受到区别对待,或是被社会同质化,更不应该屈服于"组建家庭

---

① 《利西翠妲》(*Lisystrata*),古希腊戏剧。以雅典和斯巴达的战争为背景,主要介绍利西翠妲率领女性同胞发动的女人与男人之间的战争。

是人与人共同生活的唯一解决方案"这一理念。因此，他们呼吁社会不应该因为性取向而歧视任何人；摒弃关于性别的偏见；不将传统的家庭概念作为共同生活的唯一模式。这不仅仅质疑了传统家庭作为两性结合的唯一解决方案的合理性，同时提出了其他形式的共同生活模式。其中一种形式，毫无疑问，就是由他们提出的同性同居的模式，而另外一种，则是组建嬉皮士社区的模式。并不是为了人类的物种延续，就必须维持这种分隔两性的社会障碍和心理屏障。并不需要男性至上、父权制或家长制来确保物种的生存。如今，我们人类并没有那么大的生育需求。事实上，这个星球上的居民数量正在变得过多，而且……

这就是您站不住脚的地方，米利特小姐。我没有办法继续理解您的逻辑了，因为您宣扬的是比原子弹更具毁灭性的东西。

女性的拒绝

主编,您好:

抱歉,我写不出您要求的文章。要写出一篇文章,你必须头脑清醒,必须先想清楚,而今天早上,我根本无法思考。我无法保持清醒:因为我太高兴了。我兴奋得一塌糊涂。昨晚,就在统计票数的时候,我还在赶来罗马的路上,一下火车,我感到不知所措,之前在火车上,我对正在发生的事一无所知,因为这列车没有在任何车站停靠。上帝啊,这是一趟多么漫长、痛苦、艰辛的旅程。但终于,火车到站了,我下了车,知道了这个消息。这样的喜悦如此巨大,以至于我喜极而泣。我就站在那个地方,在站台上,在所有人的面前。我已经三十年没有高兴地哭过了,自1944年以来就再也没有过:那一次是我得知我父亲被卡里塔团伙的法西斯分子逮捕、折磨……但他没有被枪毙,或许他们的目的不是要枪毙他。您要理解我,此刻的我就像那天的我一样迷茫,我告诉自己,我的父亲……我是说,自由的精神,在意大利,还没有被消灭;此刻的我眼含热泪,告诉自己,我们并不像想象中那样愚蠢,我们并不像想象中的那样无知,我们并不像想象中的那样不成熟。在时机到了的时候,我们也有能力说"不",在四百年之后,我们也有能力进行自己的改革。

因为我一直认为我们无法成功。几个星期,甚至几个月以来,我内心一直听到一个声音,它反复地告诉我:抗争只是徒劳,还不如一枪来的痛快。这个声音如此让人焦躁,以至于当时如果有人凑在耳边安慰我说"你错了",我都只能伤心地摇摇头。如果有人鼓励我"你要抱有希望",我也就只能苦笑。我告诉自己,陷入幻想是幼稚的:我的民族并不是一个伪善的民族,也并非反宗教改革的民族,对吗?而那些持反对意见的人不也是这样想的吗?从共产主义者到自由主义者,从社会主义者到共和主义者。我曾经就很多事件采访过他们,而当我把话题滑向公投的时候,他们就只会说着漂亮话,然后让我关闭录音机,凑近我的耳朵,愤怒地说:"等着瞧,会出问题的。教会太强大了,还有南方问题,然后还有妇女问题,例如移民的妻子如何处理。我们有五百万移民,所以大约有五百万个丈夫会担心自己的妻子离开他们,嫁给外国人。他们中只有妇女才会投票赞成。"而妇女总是被低估,总是被侮辱,总是被指控。而我,当自己被冤枉的时候,一定会大喊:该死的——一出生我就是个女人!今天,我为自己是生在意大利的一名女性感到自豪。我还想补充一点,我不是民族主义者,我从不在意护照、国旗以及祖国的概念:但今天我很高兴我是一个意大利女人。在离开火车站的路上,我打的第一个电话,你知道是什么电话吗?我打到了纽约,打给一个美国人,因为有一天晚上,他在第55街的一家餐馆里嘲笑了我,他说现在都1974年了,意大利还在讨论离婚是否合法的问题,而且一个人还可能因为性别为女,就失去离婚的权利。昨天电话里,我告诉他:"我想告诉你,作为一个意大利女人，我感到非常自豪。"我打的第二通电话，与第一个类似，打给了伦敦的一位英国记者：他曾对意大利式的公投颇有微词。他把意大利的公投定义为怪诞、荒谬的行为，而我却无法为自己的祖国辩护。我也不想这样做，因为我比他更清楚意大利的公投有多荒唐和荒谬，我也明白，作为一个意大利人确实无法逃过他的嘲笑和讽刺。要用同样的文明和自由来捍卫一项民法，这让我很羞愧。反对废除离婚不就成了一种反法西斯的方式吗？

而现在，我为曾经那个感到羞愧的自己而感到羞愧，也就是说，我羞愧于当初那个对祖国不够有信心的自己。我想知道我对意大利的这种不信任是怎么来的。因为我们的失败和屈辱的历史？因为我们长期以来的不幸，使我习惯于对它持悲观的态度？因为一种迷信，导致我们出于迷信而自欺欺人？还是因为这个国家过早的老龄化？法案成功地通过，也使得我输了五万里拉的赌注给我的小妹妹伊丽莎白，她今年十二岁。她之前总是跟我说："等着瞧，我们会赢的"。我却不相信："为什么，伊丽莎贝塔？"她说："因为人们又不蠢。如果这件事情是正确的，人们就会支持，不是吗？"我昨晚也给伊丽莎白打了电话。我告诉她："我欠你五万里拉，伊丽莎贝塔。而且我心甘情愿输给你，因为你比我聪明。"然后，我和我父亲聊了一会儿，我跟他说我激动得哭了。他回答说："我的感觉和三十年前一样。在意大利，每隔三十年，民众就要感受一次上刑场的刺激，这真是太遗憾了。"接着，我还与我母亲聊了聊，但她过了好久才过来接电话，因为我打电话时，她正在大门口跟送奶工寒暄。送奶工跟我母亲说，她的婆婆投了反对票，她的婆婆每天早上都去做弥撒。除了她的婆婆，对面别墅的先生也投了反对票。他是个反共分子，选举时还投票给了自由党，1946年，在共和国的公投中，他投票支持君主制。我几乎是怒吼着问她："妈妈，你不知道都有谁投了赞成票吗？毕竟有一千三百万张赞成票呢！"妈妈说："你看吧，我认识的人都是像圣伊拉里奥教区的牧师，还有前法西斯领导人的遗孀这样的人。"

或许是我跟不上国内的时事，因为最近这些日子，我并不在意大利，我在纽约。在那儿，我被美国人取笑，他们说意大利企图想把脚放进欧洲，头却泡在冲刷着利比亚海岸的地中海里。我周五上午才从纽约回来，为了在人民广场举行的大集会，在那里见证了南尼①、拉马尔法（La Malfa）、帕里（Parri）、马拉戈迪（Malagodi）和萨拉加特（Saragat）的演讲。这场集会一方面让我兴奋，另一方面又让我感到有些伤感。因为这场集会确实办得很好，的确，看到那些为自由奋斗了一辈子的前辈们重聚在一起，感觉就像回到了国家解放委员会的时代，看着他们，仿佛回到了那个确信可以创造一个更公平、更先进的世界的时代，因为法西斯主义已经被打败了。感觉就像回到了民族解放委员会②的时代，看着他们，仿佛回到了那个确信可以创造一个更公平、更先进的世界的时代，因为法西斯主义已经被打败了。但令我伤感

---

① Pietro Nenni（1891—1980），意大利社会党前主席，意大利前副总理，20世纪20年代到60年代意大利左翼运动的核心人物。
② 民族解放委员会（Comitato di Liberazione Nazionale，缩写为CLN），是一个意大利政治组织，也是意大利抵抗运动的主要代表，在德国占领意大利期间，该组织领导的武装力量在卡西比勒停战后与纳粹德国的部队作战，同时在意大利内战期间与意大利法西斯分子作战。

的是，其实法西斯主义在意大利并没有被完全打败，为了与之斗争，这些七八十岁的老人仍然在奔走呐喊，在马梅利国歌里站上讲台。据传闻，集会广场上混入了一些极右派组织"Missini"和"新秩序"①的成员，他们决心挑衅，预谋向集会人群扔炸弹。忽然，扩音器让安保人员包围讲台，我心痛而愤怒地看着那些风度翩翩的老者被挤在保镖中间。在二十九年的民主之后，我们竟然还必须以这样的方式来保护正义者的安全？

我从罗马直接去了乡下，我的家人在那里过周末。在这里，发生了一件小插曲，使得我产生了一丝乐观情绪。为了我们在乡下的房子保持干净整洁，我们找了村民内拉帮忙。她是当地的一个农民，对教会和教区神父非常忠诚。她是牧师的信徒，一有空就跑去做弥撒，如果我没有理解错的话，她甚至觉得左派都是些会吃人的怪物，蘸芥末酱生吃小孩儿那种。我们中没有人怀疑过她会投赞成票。但星期六上午，她邀请我去看她刚出生的孙子，我问她什么时候出去投票，什么时候去投赞成票。她抬起两只忿忿不平的眼睛，对我说："赞成票？我、我丈夫、我女儿和我女婿都不会投赞成票！"随后是一阵沉默，就像她之前跟我们说尊贵的范法尼先生要和一个离婚多次的女人结婚时那样。然后我结结巴巴地说："真的吗，内拉？但谁告诉你要投反对票的？"内拉说："牧师。""牧师！？""怎么啦，牧师的母亲也会投反对票，还有他的四个兄弟也是。神父经常跟我们说：反对那些别人可能会需要的权利是不正确的。你们懂我的意思，对吧？记

---

① 原文是 Ordine Nuovo，与 Missini 均为极右派团体。

得投反对票。"好吧，我们村的牧师很年轻，穿的是长裤，从不穿袍子。但在隔壁村子里，有一个穿着长袍的老牧师，他总是利用神职来勒索信徒。"那在拉莫尔呢，内拉？那里的牧师是不是告诉人们要投赞成票呢？""没错。但是上个礼拜天，当他这样说时，每个人都没给他好脸色。管好您自己的事吧，神父。拉莫尔的社会主义者，你知道的，都是些眼睛里揉不得沙子的人。"

除了这件事给我带来的一丝乐观以外，希望也来自其他方面，例如，从共产主义者们所进行的毛细血管式的、明智、文明的战斗中、在马拉戈迪组织的集会中，他向他的选民们解释说，被红色政治力量所带来的恐惧所牵制是可悲的，共产党人与此有什么关系呢，这关乎自由的权利。事实是，权力已经使像我这样的人有了输掉比赛的想法：我甚至无法考虑到，现在的年轻人已经明白自己想要什么。我更多的是被这样的想法所困扰：十八九岁，或者二十岁，当人已经足够年纪结婚生子、甚至足以被送上战场牺牲的时候，却还没有被赋予投票的权利。在意大利，投票的不是年轻人，而是神父和修女。他们是非常值得尊敬的人，这一点我同意：看看我们村里的牧师，还有那位在米兰工作的年轻的修女，她装作询问如何折叠选票，让所有人看到她在"反对"一栏上用铅笔勾画的漂亮的一笔。然而，结婚和离婚与他们有什么关系呢？无论他们有时如何帮助我们，我们胜利的真正原因，并不是这些善良的基督徒。在这里我想说：我感谢范法尼（Fanfani），我感谢阿尔米兰特（Almirante），我感谢加布里奥·隆巴尔迪（Gabrio Lombardi）、公民委员会、高级主教团、Missini 组织的成员……感谢所有这些希望举行公投的人。没有他们，我们就不会知道我们已经不一样了，我们已经成长了。我们不会知道意大利人也能够做到：意大利人甚至可以选择欧洲，甚至可以显示自己的理性，甚至可以将一场关于公民权利的斗争以非政治化的形式提出，或以恰当的方式和合适的程度将这场斗争政治化。没有奥利弗·克伦威尔（Oliver Cromwell），没有法国大革命，换句话说，如果没有流血革命，怎么才能使法国社会成熟起来？即使在和平年代，为何也需要进行革命？当南尼说变革永不停止的时候，为何他是绝对正确的？我也不想做出天真的样子：幸福能使人天真，甚至使人盲目。但有时，天真无邪的感觉真好。有时候，人们已经受够了马基雅维利。

请告诉我，这次公投让我们损失了多少钱？九百亿？好吧，尽管数额很大，但这样的花销也是值得的。而且，也许会让人觉得很幼稚，我还是要坦白一个秘密：每当我去投票时，我总是很感动。即使由于候选人与他的政党都不合我意，我只能不情愿地去投票，但当我进入投票站时，我永远不会忘记，为了这个瞬间，先行者们曾经遭受磨难，流血牺牲，为了这一刻，我们感受到死去的那些战友们所献出的生命的意义。在前几次选举中，我不想去投票，我的父母就一边抚摸着我，一边把我往外推着，说："快点，你也去。为了那些死去的人，我们都要去投票。"好吧，上周日，我比以往任何时候都更感动，就在我拿起选票的那一刻，我意识到我必须感谢范法尼、阿尔米兰特、加布里奥·隆巴迪，还有那些大主教。这是一个如此简单的选择，我心中的决定也如此明确：没有任何怀疑的余地。我的手在"反对"上画上了两个如此骄傲的标记,以至于担心我把纸戳破,还得再来一张。然后,当我把它交出去时,感到如鲠在喉,如坐针毡。我慌乱地寻找着我的包:"我刚刚把它放在这里的啊,我把它弄丢了。"旁人目瞪口呆地指出,我的包就被我背在肩上。我根本笑不出来。后来,唯一能缓解我的情绪的事情是得知马里奥叔叔和伊莫拉姑姑差一点为这件事情跑去坐牢。伊莫拉姑姑总是很健忘,在亭子里给她丈夫打电话说:"马里奥,我不记得了!我是不是投了反对票啊?"

您看到了吧,主编,我这状态真的写不出您要我写的那篇文章。另外,我甚至还没有完成您让我做的采访。可您知道我昨天晚上是怎么度过的吗?我在威尼托大街下了车,四处找出租,但由于没有出租车,我只能拦住一个骑摩托车的人:"你能载我一程吗?""当然,你要去哪里?""我也不知道,就想去看看欢呼的人群。你呢?你要去哪里?""我去纳沃纳广场。所有人都要去那里,我们在那里要开个派对。""好吧,我们一起去纳沃纳广场吧。"在半路上,他转过身来:"你是那个写文章的奥里亚娜吗?""是的,我就是那个写文章的奥里亚娜。""所以你投了反对票。""我当然投了反对票。""我也想投反对。但我投不了,我刚满十八岁。"纳沃纳广场上旗帜飘扬,欢呼的人群在这里像花丛一样绽放,他们中有大胡子的男人,有衣冠不整的女孩儿。他们是否能够意识到,如此多的喜悦,都归功于周五晚上那些在人民广场上振臂疾呼的老人,归功于那些坚持自己立场的民间人士,归功于那些带着解放运动英勇无畏的精神坚持斗争的共产主义者,归功于那些像内拉一样投票的善良的基督徒,归功于那些早在他们出生之前就为自由而牺牲的人。我并不知道。但在那一刻，这对我来说已经不重要了。我并不知道。但在那一刻，这对我来说已经不重要了。我甚至不屑于分析这场令我震撼的胜利，不屑于去解释除了我在其中看到的和想看到的之外，它还意味着什么：总是有时间来推理，来推翻，来发现即将到来的威胁。而人也有权利享受一点幸福。我对所有遇到的人报以微笑。然后，我微笑着回到摩托车上，和那个男孩一起，投入到杂乱无章的车流中，在十字路口欢快地按着喇叭，穿过举着火炬的游行队伍，融入 PCI、PRI、PSI 和 PSDI① 总部前的人群。但是，五十三万八千一百五十六名投赞成票的罗马人在哪里呢？在格萨尔广场（DC② 的两个总部之一）和四河喷泉路（MSI③ 的总部），那里只有黑暗和寂静。骑摩托的男孩大声喊道："这里太黑了，也听不到声音！"他不得不提高音量，因为风声盖住了他的音量，那股狂风将鼻子和耳朵都冻僵了。今天的风，把我的鼻子和耳朵都冻僵了。我已经有多少年没有在风中骑摩托车了呢？也许从我的童年起、从我的梦想落空那天起。但今天，我的梦想重新被点燃，没错，过几天我就会仔细考虑这个问题。

  此致

  敬礼

奥里亚娜·法拉奇

---

① PCI、PRI、PSI 和 PSDI 分别为意大利共产党、意大利共和党、意大利社会党和意大利社会民主党的缩写。
② 意大利天主教民主党（也称天民党）的缩写。
③ 意大利社会运动党的缩写。

如今，女性更自由了吗?

1965年4月至5月间,《欧洲人》刊登了以"如今,女性更自由了吗?"为主题的五则访谈。这些文章的灵感都来自法拉奇对歌手米莉·蒙蒂(Milly Monti)的采访。在那次采访中,"她(米莉)的几乎每一次回答都提出了这样的问题,简而言之,就是我们当代文明的问题。以至于我认为自己似乎有责任继续论证,向其他女性提出这个问题,看看她们将如何反过来评判米莉、如何评述我们的时代、如何看待自身。"因此,五位不同工作、年龄和出身的女性向法拉奇讲述了当今女性的生存状况,尤其是女性之间对彼此的看法。

多大的勇气啊，米莉·蒙蒂

那些一开口就能赚取数百万的孩子，直到下午三点才有人能打扰他们，耀眼的光如同神圣的权利，落在这些年轻的女生身上，这荣耀注定是要消逝的。而这些年轻人，都不知道她是谁。人们每周六晚在电视上可以看到她，听她唱歌，这些歌与他们如今唱的歌有很大的不同，他们称她为"三十年代穿越来的女人"。甚至，三十岁到三十五岁之间的人也都不知道她是谁。因为当她离开亚历山德里亚时，他们还没有出生。她十几岁的时候，就与她的妹妹米蒂和弟弟托托一起，在都灵演唱那首风靡一时的《旋转吧女孩，生命与爱情是用来享受的啊》。当时她的魅力征服了皮埃蒙特王子翁贝托：每次晚会，他都会送给她中间镶着萨沃伊盾徽的艳丽的花束；大导演德·西卡（De Sica）也上了当时的综艺节目《卢多维科，你是如此甜美》，朝着风华绝代的她吹着口哨。在如今三十岁到三十五岁的人开始读书识字的年纪，她来到了巴黎，在约瑟芬·贝克[①]（Josephine Baker）和谢瓦利埃[②]经常光顾的谢拉泽德俱乐部，唱着那首《哦，吉卜赛小提琴手，请只为我演奏》。然后，在三十岁到三十五岁的人开始

[①] Josephine Baker（1906—1975），美国黑人舞蹈家、歌唱家。
[②] Maurice Chevalier（1888—1972），法国歌手、演员。

明白罗莫洛与雷莫建立罗马的传说时，米莉又搬到了纽约，在洛克菲勒中心的彩虹厅首次登台亮相，然后在蓝天使剧场，她进场时，背景音乐是那首《今天我的心充满了乡愁，渴望亲吻，渴望爱情》。那一年，珍珠港事件还没有发生，希特勒对欧洲的战争却一触即发。那一年是1937年。接着，战争爆发了，只身在纽约的她被迫与欧洲切断了联系，住在萨顿广场一栋漂亮的房子里，而当她十年后再回来时，已经没有人记得她，没人记得米莉·蒙蒂，或者说"米莉"。时过境迁，沧海桑田：成为了国王的翁贝托又一次失去了他的王位；德·西卡（De Sica）拍了《擦鞋童》；这里的一切都百废待兴。然而，她却更愿意留在罗马：在纽约，她经历了一段持续八年却无疾而终的爱情（与一个重要的男人，她从未提起过他的名字，有的女人总是懂得三缄其口）。在罗马，她住在妹妹米蒂的家里，她妹妹嫁给了导演马托利，过着冗长无味、倦怠又充满遗憾的生活。记得吗，米莉？记得吗，米莉？她靠出演贝尔托·布莱希特（Bertolt Brecht）编的戏剧《三毛钱歌剧》复出，这部戏的观众们都是些知识分子，导演是乔治·斯特雷勒①（Giorgio Strehler）。那时候的她尽管枯瘦却魅力非凡，与我们当时习惯的女明星不同：她们如此年轻、鲜嫩却平庸。在布莱希特的戏剧之后，在克里维利举办的朗诵会上，又出现了这个低沉的、略带沙哑的声音，吟诵着绝望而讽刺的句子。一个瘦小的身影，穿着镶有亮片的黑色长裙，棕色头发似头盔一样，掩着那张惨白、痛苦的脸庞。只有成熟、有些阅历的人才能体会她的气质。

---

① Giorgio Strehler（1921—1997），意大利戏剧大师、导演、编剧，1982年担任第35届戛纳电影节评委会主席，一生创造约200部戏剧。

而在这里，随着电视行业的发展、第一演播室的涌现，她也被挟带着出现在各种意大利节日晚会或足球比赛里；她也成为了一开口就能赚到几百万的人；像那些在文章开头提到的年轻人一样，我们这个时代的歌星：米娜、凯斯勒、潘利、卢塔齐——直到下午三点才有人敢来打扰他们成为如今这个颓废时代的英雄。我不知道这样的形容对她有没有好处。但对于那些上流社会的人来说，这种危险而鲁莽的比喻能给她增色。她毫无顾忌地展示着脸上的皱纹，带着玛琳·黛德丽那样的魅力用咄咄逼人的步态带着轻蔑的眼神向观众袭来，唱完两三首老派的歌曲，然后转身离开：肩膀向后，昂首挺胸，总是让人目瞪口呆。她似乎在说：如果你们喜欢，感谢；如果你们不喜欢，阿门。有些人喜欢它，有些人不喜欢。然而，人们总是充满敬意地凝望着她，不自觉地想知道她到底在做什么，为什么她会落入这个不适合她、不属于她的世界，她也这样问自己。导演安东内洛·法尔基（Antonello Falqui）锲而不舍地邀请她演出，她却一再婉拒；而卢西亚诺·萨尔切（Luciano Salce）认为米莉最吸引他的，是她评论自己所做的事情时带着的那种自嘲的口吻。我特别想知道她在用那不屑一顾的嘴唇和挑起的眉毛评价自己时，到底在想什么。而这就是她的想法：这个在周六晚上来我们家的一本正经的女士，她一定在想她在这次采访中该说点什么。在她排练的中场休息期间，我开始了对她的采访，结束时却意犹未尽。于是在她妹妹家，点燃壁炉泡上热茶，继续跟她聊。在那天的排练中，扮演吉利奥拉的女孩抬起她的小手指对戏里面的卢塔齐说台词，声音很大，我也能听见她说"我不是虚张声势，我不是虚张声势"。我们的聊天就从那里开始，从那些年轻人、从那两个像两个星球一样遥远的世界说起。她给人的感觉如此年轻，我觉得相比之下自己很老。天哪，我多希望能够像她一样，在她这个年龄。

奥莉安娜·法拉奇：刚才看着那个小女孩，尽管她看上去只有十七岁的光景，还在上学，却能歌善舞，获奖无数，而且还能赚几百万美元的演出费。我也能感受到她的勇敢、不疑，还有她指向前方说着那句"我不是虚张声势"时的谦逊。她让我想到了您，米莉，想到了您的，怎么表达才好呢，您的……

米莉·蒙蒂：想到您的勇气。需要多么大的勇气啊，米莉，在你这个年龄，满脸都是皱纹，需要多么大的勇气啊。米莉，在你这个年龄，这样的一张脸，面对电视摄像机，电视观众，面对电视行业的残酷，面对电视机前的意大利人。一遍遍地从头开始，你不厌倦吗，米莉？不，不，不！我真正厌倦的是坐在沙发上，做做针线活儿，逗逗鹦鹉，给猫咪擦擦屁股……无所事事，因为反正你有钱吃饭、睡觉、时不时买件毛皮大衣。你不缺钱，而且脸上已经长出皱纹了，所以你最好什么都不用做。但我已经习惯了重新开始，在意大利，你总是需要重新开始，成功只有一瞬间，永远不会保持下去。在意大利，成功会来到你身边，然后离开你：我总是告诉那些不幸的家伙，他们其实是如此幸运。最可怜的是那些自以为成功的小年轻！没有任何艺术感，也没有演过什么好角色，没有做任何准备，他们就直接被推上顶峰，不管是球星、歌星还是影星，他们一下子就赚了几百万，然后像过熟的苹果一样，会在一瞬间重重摔落。我总是说：伙计们，光有天赋是不够的，你们需要基础，没有什么比成功突然降临，你却没有底气更危险的了。如果有突如其来的痛苦，伙计们，你们可以逃过一劫，因为人永远不会死于痛苦；但如果成功突然降临，伙计们，你们就完蛋了，因为突然的成功比突然的痛苦要残暴得多。我记得在1929年，《百老汇》杂志找我做访谈的时候，我感觉自己事业风生水起，那时我不得不稳住自己，米莉……

所以，这就是您的感受吗？当您和这些年轻人共事时，您会觉得"这些不幸的家伙是如此幸运"吗？当与他们平等合作时，当他们举着小手指说"我不是虚张声势"的时候，您也有这种感觉吗？

我的感觉是：我理解他们，也谴责他们。我与年轻人的关系既甜蜜又无情。我理解他们的不幸，因为他们从不知道饥饿是什么感觉，他们同时拥有太多的物质，比我们这些老人拥有的东西多得多——唾手而来的荣耀，甚至在他们自己获得成功之前，父母们也给予孩子不属于他们的物质，汽车，房产，甚至权力……上帝，这错得太离谱了，多么不可挽回啊。成为一名歌手，不是通过获奖，或是赚得数百万美元；而是通过一天天地去舞厅里免费地为别人唱歌。在舞厅里，你如果唱得不好，人们是有可能把啤酒瓶扔到你脸上的。或者像我、我妹妹米蒂和我弟弟托托那样，顺利地进入演艺行业。另一方面，当他们不可一世的时候，我就会谴责他们。我明白有些时候他们为所欲为。有一次，一个叫鲍比什么的男孩出差到德国汉堡，他不允许别人下午一点钟之前叫他起床，要到下午三点之后才开始录音。面对这样的事情我会变得毫不留情。亲爱的，多么可悲，多么可耻啊！对我来说，这些可怜的东西让我想起了《偷自行车的人》里面那个主角，他如今只能四处乞讨工作机会。

这不仅仅发生在演艺界。如今的一切都发展得很快，交通提速了，成功之路也提速了。因此，更多的人被淘汰，被毁灭，在各种意义上。

不，不：这主要发生在演艺界，如今我的职业不再是一个职业了，而是变成了中彩票。一个人只要符合角色的外貌，导演就能把角色给他，而他就可以成为一个演员；一个女孩儿只需要捏着嗓子录一张唱片，她就能立即成为一个歌手。这个女学生不尊敬师长？没关系，来吧，来吧：我们这里总有一首歌等着她来唱。我不明白。在我们那个时代，这需要好几年的时间，一开始还需要讲段子，说自己的表演是"午餐特供"。而如今，则直接变成了……赌博。但是，赌博有时能帮到你，也更可能会毁了你。伙计们，我告诉你们，还剩多少家庭没有被赌博输掉的数百万美元毁掉？如果他们听了我的话！听了我话的人他们很聪明，亲爱的，今天的年轻人并不是真的白痴，他们比人们想象的要聪明、深刻和狡猾得多：他们的弱点在于没有野心，或者不知道如何奋斗……

那他们和您一起工作的时候，表现得怎样？
比老一辈更好，这也许听起来很奇怪，但比起老人，年轻人更喜欢我。我在文化青年俱乐部举办过独唱音乐会，听众的年纪都在十八岁到三十五岁之间，我看到他们都非常喜欢我的歌曲。他们从中发掘了布莱希特、普雷弗特的艺术，还有那些更简单的东西，比如我移民到美国时唱的歌。他们很亲切，也很殷勤："夫人，我要给您带十二朵玫瑰，第十三朵是您。""我从未见过像您这样的人，您的动作，您的穿着，您的歌声。夫人，如果您那个时代的女人都是这样，那一定是个美妙的世界……"哦，并不是说他们总是庸俗，亲爱的，也不是说他们总是肤浅，他们是会去剧院看戏的人，是去听音乐会的人。我对他们只有一点不理解：他们都很想结婚，他们都很早就结婚了。如今的人结婚时男方二十岁，女方十八岁。但这是为什么？生命很漫长，我的上帝，当他们感到厌倦时，他们该怎么办呢？我不明白。我从来没有想过要结婚，尤其是在二十岁的时候。也许是因为我一直认为，人不能同时拥有两样东西，事业和家庭；也许是因为我一直有太多的责任，我是长女，是一家之主；也许是因为我一直有男孩一样的性格，有很多的能量和保护欲，我从来没有要求任何人保护过我……如今的年轻人难道没有意识到，他们和父母在一起要自由得多？父母允许自己的子女做任何事，他们会听子女的话，而不听自己配偶的话。那么，人为什么一开始就结婚呢？

我不知道，也许是因为没有安全感。选择孤独需要很大的安全感和勇气。两个人在一起，事情就容易多了。
或者出于一种性别自负，谁知道呢。不知您是否注意到，其实他们并不是那么现代，您知道吗？这些年轻女孩时刻离不开连裤袜和胸罩。她们有着非传统的气质，保有各种情结、时刻谦虚谨慎的态度，这些是我那个时代的女性没有的，我们那时候并不像她们这样谦虚。我们会使用吊袜带,但不穿连裤袜,也不穿胸罩。我们穿着这些女孩连想都不敢想的大领口上衣,前面到肚脐,后面到骶骨。在爱情关系方面也是如此:我记得在都灵的斯瓦茨女郎①们,算了,别提她们了……可口可乐和性爱,是意大利人从美国人那儿学来的两样东西。从前在意大利,性爱情结从未存在过,但如今它存在了。

换句话说,您的意思是,如今的我们比三四十年前的意大利人更清高、更克制吗?那些大声疾呼,反对当今年轻人道德堕落的那些人,是在哪里弄错了呢?
当然了!我那个时代的女孩,我说的不是演艺界的女孩子,从不会质问何为道德、何为不道德!我想说的是,在我那个时代的女孩中,有很多都是有道德观念的查尔斯顿时代女孩——我就是其中一个,尽管电视上的人坚持认为我是一个属于解放时代的女士——没有那么多清规戒律。而且,亲爱的,更能体现当时女孩优雅的事情是:当一个女孩怀孕,她不会像现在这些女孩子一样打电话给摄影师来拍照,而是自己安安静静地去生孩子。这不是因为羞耻,亲爱的,是出于良好的品位,出于她们的优雅。有些事情做起来并不潇洒,比如说,对一个男人说他与你只是一种类似亲情的友谊,然

---

① 斯瓦茨女郎(le Schwarzine),得名于1930年代活跃于意大利北方地区的奥地利籍舞台剧制作人施瓦茨兄弟。他们除了推出舞台剧及现场综艺节目之外,还在维也纳创办了以自己的姓氏命名的男性杂志。在他们所策划的节目中,以及杂志的封面上,均以妆容精致、衣着性感的女性为主角。后为躲避对犹太人的迫害,两兄弟从意大利逃往美国,但事业未能发展。

后与他进行着这段像亲情一样的友谊,却被搞大了肚子。例如,召开新闻发布会,广而告之:我,这个年轻的母亲,生下了一个孩子,他的父亲是谁你们自己心里有数。我不认为这是世界末日,就像那些虚伪的人说的那样:从亚当和夏娃的时代开始,女孩们就一直在怀孕,而没有得到市长或教区牧师的许可,只要地球还在,这种情况就会继续下去,因为这是生命的一部分。但我觉得把你的事实扔到别人脸上是不礼貌的。我不知道,我一直在做自己想做的事,但我总是优雅地做,不夸夸其谈。然而,今天的人们总用自己的私事作为噱头:为了宣传。而害羞,谁还知道什么是害羞。想想看,当年在都灵,翁贝托亲王每天晚上来听我唱歌,而报上只写"昨晚皮埃蒙特王子去听她唱歌"。

因为当时没有娱乐版周报。因为当时也还没有狗仔的带着闪光灯的相机。当时的人们也是会谈论这些事情,只是比例问题。今天,一切都被放大了:建筑物、运输工具、八卦……我知道,我明白,亲爱的。但当他们来征求我的意见,问我是否同意用漫画来展现我的人生时,我毫不犹豫地把他们赶走了。当他们来采访我,想要把我列入那篇叫《翁贝托的女人》的新闻报道时,我也毫不犹豫地赶走了他们。这个时代的女性会有同样的反应吗?当然不,公主们都在沉迷于写回忆录!那些不需要钱的当代公主!我不支持君主制,即使当时我也不支持,王子殿下来听我唱歌,我一点也不会受宠若惊,他是和其他任何人一样的听众。但我绝不允许自己对一个已经足够不幸的人失礼。况且在年轻的时候,我们曾经是朋友,我们一起听艾灵顿和阿姆斯特朗的唱片,我们一起去朋友家跳过几次舞，仅此而已。我对写回忆录有戒心，即使是关于这么小的事情。今天人们对于界限感有着非常奇怪的认知。不只是没有界限感，而是粗鲁无礼、是虚张声势。我从来不是一个这样的人，我是实实在在的。我一直认为，当我们站在公众面前时，光戴着珠宝是不够的，光穿上迪奥和巴黎世家的衣服也是不够的。只有内心的优雅才让人足够坦然：当一切都像赌博输掉的数百万那样随着青春消逝，能够笑傲风霜的，是像玛琳·黛德丽这样的女性，还有像葛丽泰·嘉宝、杰拉尔丁·佩吉（Geraldine Page）、让娜·莫罗（Jeanne Moreau）这样的女人。另外，即使是长皱纹，也要变得很美，至少自己可以坦然接受。

事实上，如今电视台已经是意大利的中央舞台，但当我看到您出现在电视屏幕上，在我看来，您总是有些格格不入的，米莉。我当然不是指您的年龄。在电视上，您看起来总是，我也不确定，像一个路过的客人，甚至一个走错地方的、不那么受欢迎的客人。甚至说，您看待我们的方式、说教的口吻、居高临下的态度，已然是一种责备。

这只是因为我是一个死硬的无政府主义者，一切都不合我意。我想生活在一个银行的保险柜大门敞开的世界里，我想生活在没有锁的房子里，如果我可以，我甚至会把他们都杀了，点一颗漂亮的炸弹，"砰"的一声！我曾在独裁时期生活过，但我可以说，如今的情况比独裁时期更糟糕：在独裁时期，坏人有那么几个，你可以立即认出他们；但如今有很多的坏人，几乎都不是好人，而你永远也认不出他们。我不是因为自以为是才这样认为，我对自己所做的事情从不满意。比起小偷，我更讨厌自以为是的人。我这样认为，是因为如今我面前满是肤浅、业余、毫无畏惧、胆怯怕事、讽刺挖苦的人，这让我痛不欲生！我听到的声音总是："不，这首歌不行，它太有暗示性了，太尖锐了，太具有社会气息了。不，六分钟太长了，五分半钟就够了。不，在你的头脑中，你必须是一个古老的括号，而不是别的……因此，自从……"今天我的心里还是充满了当年的歌曲中唱的"怀念，想念亲吻，渴望爱"。我也确实在唱那些东西，这很好。也必须要能够表达出这些东西，我有足够的智力来消化一首歌，并以某种方式将它输出：用脑子去理解和表达。我有很多这方面的经验，亲爱的，我不是由电视创造的。是我妈妈创造了我，在很多很多年前。

我不仅仅是指这些，我是指您身上的某种修养、某种气质。这种彬彬有礼的气质有时显得不合时宜，甚至反而显得有些傲慢。

没错，是的。所有人都告诉我，我是多么高雅，因为我以特定的方式行走、着装。我用独特而低沉的声音唱歌。不过在传统意义上，太低的声音并不高雅。这是因为我生来声音就一直很低，在布莱希特的《三毛钱歌剧》中，导演斯特雷勒让我把声音再压低一些。我穿特定的衣服，是因为我身高一米五四，体重四十七公斤。我从来撑不起过于华丽的衣服，即使是巴黎的夏佩雷利或纽约的华伦天奴也只能把我打扮成这个样子。我从来都不是漂亮女人，那些把我和玛琳相提并论的人让我发笑，想到她的那张脸、那双眼睛，甚至连斯特雷勒说"你是有魅力的，你这个傻瓜"时，都让我发笑。我身上的那种魅力来自舞台，我是一个舞台动物，我是那种在舞台上即使矮小也会变得高大，即使丑陋也会变得美丽的人。实际上，我只是一个饿了就吃意大利面的皮埃蒙特女人，比起鱼子酱，更喜欢意面的皮埃蒙特人。

还有，我特别喜欢红酒，如果可以的话，我想要在脖子上挂着酒壶到处走；不喝红酒的话，我就会偏头痛，尽管我身体好极了，我却吃了二十年偏头痛的苦头。另外，我还会说脏话，给人和东西起外号，自己洗头发。您知道，我的修养是什么吗？我的修养是：从不向任何人要求任何事情，从来不会对粗俗的东西做出任何让步，从来没有给过任何男人钱，也从来没有让他们给我钱。我从未花钱雇过保护自己的骑士。我从来没有得到过任何形式的保护，只有对我喜欢的男人会稍有亲近，但如果我稍微靠一下他们的肩膀，说我累了，就能发现他们其实是靠不住的。嗯！事实上，我和男人的关系一直都很令人失望。当人们问我：你为没有结婚感到遗憾吗，米莉？我说没有。只有一次，我有过一丝遗憾——当我从美国回来，看到我妹妹米蒂与马托里结婚时，他们相敬如宾。我想，我没有这样的关系真是太可惜了。而现在，我觉得这样也挺好的。

美国很适合您，不是吗？还有法国。这两个国家都比意大利更适合您。在那里，传奇不会随时间消逝，随着时间的推移，他们会成为国家的纪念碑，人们会继续热爱和尊重他们……总之，没有必要从头再来。

我很喜欢在美国生活，也很享受在法国生活，而且不仅仅是为了这个原因。我喜欢这两个国家，因为那里的戏剧是一项技艺，人们会尊重优秀者，他们从不取笑你，不要求你唱《你看那高高的罂粟花啊》之类庸俗的歌曲，当你唱布莱希特或普雷弗特，他们会觉得更好。我很喜欢这两个国家，因为那里的社会更适合我这种独立、现代的女性，也因为没有人给我年龄焦虑。而意大利男人都有年龄情结，还企图以此来影响你。他们就像是谷仓里的猫头鹰那样老土又自负，好像只有女人才涨岁数一样。当他们说美国男人的坏话时，我就笑了！他们对美国男人了解多少？我回到意大利是因为我母亲去世，否则我就不会回来了。我当时是美国公民，我在纽约萨顿广场保留了我漂亮的小房子，我在蓝天使剧场和彩虹厅唱我的歌，总之我在那儿很高兴。我回来的时候是1947年，从那时起，只有一件好事发生在我身上：与斯特雷勒合作《三毛钱歌剧》。我甚至不知道布莱希特是谁，我甚至告诉斯特雷勒：对不起，但我不知道谁是布莱希特。在美国那段日子，我唱的歌是《你让我难忘记》《比爱我自己更爱你》《爱人啊请给我很多很多的玫瑰》。而我刚去美国时，一直唱的是《啊，吉卜赛小提琴手，请你只为我演奏》。斯特雷勒给了我从头再来的底气，他是我的恩人。在他之后，我遇到了克里维利，我开始办独唱演唱会，我大方地展示着我的皱纹：如果你喜欢，很好，如果你不喜欢，那就算了。毕竟在我这个年龄……

但为什么您总是记得自己的年龄，米莉，为什么您总是坚持说自己的岁数？艺术家没有年龄，不是他们的出生日期决定了一个人物更伟大或不伟大、更可爱或不可爱。所以您还是有这种情结。

我的孩子，我希望你在我的位置上看待这个问题：世界上没有任何药物、没有任何理论、没有任何学说，可以治愈这个疾病。这种人们在你十五岁的时候就传染给你的疾病，它会一直跟随着你，直到进入坟墓的那一天。我当时二十四岁，有一个二十二岁的情人，请注意，我当时就对这两岁的差距感到羞愧，年龄情结从那时期起就像虫子一样啃噬着我。二十六岁时，我躲在门后，因为我担心人们会看到我的皱纹。而三十五岁的时候，我开始绝望，哦，我的上帝，我变老了，现在我还变胖了：我一直都有身材焦虑。于是我在三十五岁的时候就开始盖洛德·豪斯节食法。对一个男人来说增长的一岁，对我来说变成了十岁；我最后的那段感情，也是因为年龄问题而被我放弃了。假设我能够拥有真正的感情，因为在处理感情问题的时候，我总是很精明。我们之间有四岁的差距，对我来说跟相差四十岁无异，我所需要的也许只是那一段插曲，所以这段感情只有一个特征：短，非常短。我记得我们当时正在谈论一本杂志，我对着某位女演员的照片感叹道"她怎么能这样，真是个婊子"，他却回答说："但亲爱的，她还年轻！"她很年轻。她很年轻。她还年轻！我看着他，心想：你不会再这样形容我了。我头也不回地离开了他，没有一个电话，没有一封信。如此的情节说出来，也许你会笑我，多年后我也会笑自己，但当你身处其中时只会哭泣。当然，我有年龄情结：我承认我有，而且我一直有。但不是出于不甘心，而是出于良好的品位。我还活着，不是吗？而这足以让我为自己所拥有的岁月感谢上帝。

因此，如果我问您，现在您在山顶回头看，看着那些小路和

山谷、春天、秋天和冬天，如果我问哪个季节最美，您会怎么说？

我会回答说，我的青春没有遗憾，我永远不会想回去重新再活一遍那些岁月，再次成为十六岁、十八岁、二十岁的人，永远不会！绝不！青春是由焦虑和饥饿构成的，是由不确定和焦虑交织而成的。青春是一个小剧场，我在那里唱着《转圈圈吧金发女郎，让我们享受爱情和生活》，唱着《当我看到你时，我的心总是在跳动》……青春也是痛苦的，痛苦到你甚至没有意识到你拥有过它。我越想越觉得，我年轻时，从来没空意识到自己是年轻的：那时的我就像老去之后的我一样忙碌。我当时没时间照镜子，也没空去留意自己长得还算漂亮，拥有苗条的身体和光滑的皮肤、美丽的棕色头发和一张可爱的脸庞。因为那时的我不能够在这样的自恋中迷失方向：那时候并没有如今像中彩票一样的事让人可以一夜成名。不，我不想去翻阅年轻时的痛苦、年轻时的无知、年轻时的天赋，因为有一天你转过身来，你已经在不知不觉中失去了它，岁月已经流逝，你找不回那时的自己。而关于当下的岁月，您能让我怎么说呢？这是对遥远的苦难的总结，是自由的甜美滋味，是从欲望中获得自由的岁月，是摆脱长期的野心终于获得的自由，也是认清注定要失望的幻想，终于获得解脱。多年来，我一直把自己的欲望放在一边，我甚至过早地放弃了这些欲望，我不后悔：人到了一定的年龄，就能明白，为了一个能在早晨一起喝咖啡的人，必须一起走过很长的路。共同的真心是不能凑合的。不过，只有一个季节让我感到遗憾，并希望能再次拥有——成熟的岁月，即三十到四十岁之间的季节，这是很美妙的一个季节。一个处在三十岁、三十五岁、四十岁的女人是很美好的：我在四十岁的时候比二十岁的时候拥有更多的情人，那是自由而充实的岁月：我多么想让那些没有意识到这一点的傻女孩快明白这一点。但既然不可能回头，那我就在这里，接受我的季节，带着这个季节赠予我的皱纹唱歌。只遗憾我不是芭芭拉·哈顿（Barbara Hutton），不能把所有我爱的人聚集在人间天堂：动物、怀孕的女孩、老人、可怜的人和妓女。她们也都是些可怜的家伙。

女人的前线

这个话题的构思因米莉的一句话而起。当时，米莉笑着感叹道："您知道吗？这些年轻女孩时刻离不开连裤袜和胸罩。她们有着非传统的气质，保有各种情结、时刻谦虚谨慎的态度，这些是我那个时代的女性没有的。"于是我问米莉，她的意思是不是说我们今天比三四十年前更清高了，那些高呼批判今天年轻人道德堕落的人是错误的，米莉说是的，她的意思就是这样，我们的所谓的开放是片面的、形而上的，她那个时代的女孩甚至不问自己道德或不道德的问题，我们不知道如何利用自由，或者不会很好地去利用这个时代带给我们的自由。然后米莉又对我说了许多其他迷人且令人费解的事情。她指责今天的女孩子为将非婚生子女作为噱头而夸夸其谈，"我不觉得那是世界末日，我觉得那很失礼"。她指责今天的年轻人因早婚而放弃独立，迷恋性爱情结，把成功当作中彩票或在赌桌上赢钱。她的几乎每一次回答都提出了这样的问题，简而言之，就是我们当代文明的问题。以至于我认为自己似乎有责任继续论证，向其他女性提出这个问题，看看她们将如何反过来评判米莉、如何评述我们的时代、如何看待自身。

本周接受采访的是一位年轻女演员，一位现居意大利的英国女演员，她以坚持言论自由、敢于说出自己的想法而闻名，但名气和美貌并不妨碍她思考：她就是芭芭拉·斯蒂尔（Barbara Steele）。芭芭拉喜欢阅读、写作，她常常收拾行囊，周游世界。在旅途中，她的目光超越了她的工作领域，超越了她的同行们小心翼翼维持的虚伪。她向来都直来直去，所以，这篇访谈不是为那些忌惮后果、有所保留的人准备的：那些总是对敏感话题避而不谈的人最好不要读它，因为"性别平等""性爱情结""做爱""同性恋"等表述会不止一次出现。尽管我们对这些措辞并不自豪，但不得不说，我们的目的非常纯洁。而没有顾虑、希望一探究竟的人最好读一读：你们会在其中发现，那些时刻在他们心头，但不是每天都会挂在嘴边的事情。这些东西就像一块压在我们身上的大石头，因为我们没有勇气反抗，也因为它们会让我们感到忧郁。一些日常的真相难道不就是会让人感到忧郁吗？承认米莉在许多事情上是对的，这难道不需要勇气吗？而发现我们对多年来赢得的胜利，对男女关系、亲子关系、年轻人和老年人之间的关系一点也不满意，难道不是一种负担吗？芭芭拉·斯蒂尔出生在利物浦，她在伦敦的一所进步学校接受教育，在好莱坞、罗马和巴黎以一种完全有别于资产阶级的方式长大；但在我看来，她的很多看法与一个在天主教体系和资产阶级环境中长大的意大利/德国/法国/西班牙女孩的观点没有什么不同。每一代人都会拥有超越国籍和信仰的共通之处。

采访是在巴布伊诺大街的一间公寓里进行的，芭芭拉住在顶楼，和她一起住的还有一只猫、一只乌龟、三条鱼、四只水晶吊灯、一把乡村风格的椅子、一只十九世纪的沙发、一个没有画的相框、一只阿拉伯香水瓶、一只印度香水炉、一排旧时钟、几台打字机、一些爬到天花板横梁上的常青植物、好多没用的物品，以及无边的想象力。在那些没有心理准备的人看来，这样的房子应该是女巫的巢穴或童话中逃难公主的庇护所；相反，这是一个现代女性近乎痛苦的真实写照，她的言论自由、独立自主还没能够带给她幸福，她浪漫而愤怒地为自己失去的枷锁感到遗憾。芭芭拉说得对吗？她说错了吗？她说的是真的吗？不是真的吗？答案都在这里。下面这份访谈录来自1965年某天录制的两盘磁带：当时她正用她那不熟练的意大利语跟我讲话，一边喝着红酒，一边用那张她自己形容"奇丑无比"的绝美面孔摆出各种夸张的表情，敞开心扉，畅所欲言。

奥里亚娜·法拉奇： 上周，在类似今天的采访中，米莉对今天的年轻人提出了一些非常值得关注的指责。我认为，芭芭拉，你是和我讨论这些问题的合适人选。因此，让我们从最令人不安的一条指责开始。米莉说，今天的年轻人，或者说今天的女孩，根本不是他们想让我们相信的那样自由开放：摇摆舞时代的女孩更自由，更现代。

芭芭拉·斯蒂尔： 恐怕米莉说的是真的，事实上，凭直觉，我非常羡慕她的时代：她的时代充满勇气、敢于讽刺、轻松而又没有道德枷锁。简而言之，是如同菲茨杰拉德所形容的世界。人与人做爱没有心理负担，而且那时的女性比我们更现代，更叛逆，更不拘小节。但米莉忽略了或没有提到一个重要的细节，对她们来说，言论自由要容易得多，她们当时有要反抗的东西，有要实现的目标，有要做出的选择：穿短裙，扔掉胸罩与束胸，获得与男人平等的权利，获得选举中的投票权。我们不再有什么可反抗的了，米莉那代人为之奋斗的目标都已经实现了，对我们来说，除了坚持言论自由，不再有任何选择。换句话说，在米莉年轻的时候，这个世界上仍然存在着神话：性别平等是一个神话，成为国王的情妇或领主的妻子也是神话。另一方面，我们已经揭开了所有神话的面纱，剩下的只是成功的神话，而且甚至不是指真正的成功，只是金钱的成功。甚至不是拿着钱去买墨西哥的白房子，还有冬天的白玫瑰；只是把钱放在银行里，作为权力的工具。如果他们不给你任何可以反叛的东西，那么反叛又有什么意义？米莉的时代的主题是斗争，而正是在斗争时期、在战争年代，人们才会行动起来，高举起自己的梦想。

如今自杀者比例最高的地方是和平的文明国家，这并不是偶然的，因为在这些国度，所有的神话都已然被打破了。但我不相信，在我们的时代就不存在斗争和梦想。最重要的是，我不认为言论自由对我们来说是可以轻易实现的。恰恰相反，我相信这仍然需要我们付出勇气、努力和痛苦。也许您这样说，是因为您出生在像英国这样的自由国家，一个人出生的国家对于他（她）的言论总是不可忽视的影响因素。
并不是这样。除了创造了清教徒之外，英国与其他的国家别无二致。在当今世界，除了工会问题，以及捍卫黑人公民权利之外，已然没有什么值得斗争的了。性别的问题也已经解决了。我们现在的心态是如此开放，以至于我们甚至不再认为性别是一个问题。针对这一点，有现成的证据，那就是我们这一代人远不如米莉和玛琳这样的女人性感。我曾经和一个二十三岁的男孩一起去见过米莉,他为她神魂颠倒。他说他从未见过如此性感的人,他说她的智慧也很性感,她一点也不虚伪。而他说的没错,我们的思维是男性化的,我们的真诚也是男性化的。然而,像米莉和玛琳这样的女人……我不知道:她们有像斗牛士那样勇气和优雅,"性"在她们身上取得了胜利,正如在斗牛士身上一样。就像一种武器,一种财富,一种我们不再拥有的恩典。

芭芭拉,我不认为"性"对我们来说是一种下意识的、被遗忘的东西。如果说对米莉这样的女人来说,性是一种武器,那么对我们来说,"性"是一种痴迷:如今,我们所做的一切归根结底都是围绕着它。甚至广告也是基于"性"的:从凉亭广告到农业拖拉机的广告。我甚至认为,对于米莉这代人来说,以前从未出现过这么多的性爱情结。

在男人身上是的,而女人并非如此。这个问题的根源也出在男人身上,而不在女人身上。因为今天的男性没有其他方式来显示他们的阳刚之气和个性。无论是从身体还是思想上,他们都没有勇气去展现自己的阳刚之气和多样性,因为科技的发展禁止他们这样做。这对所有人都是一样的,所有人都是住在同样的房子里,使用同样的椅子,犯下同样的罪孽,面对同样的风险。于是,他们用性来安慰自己,但是他们不明白,阳刚之气不是性的问题;阳刚之气是对事物的品位,对事物的渴望,对事物的勇气;阳刚之气是欲望,是对某种事物的信念,它不在你的下半身,它在你的脑袋里!而且,我更看重男人而不是女人,无论如何我都喜欢男人,我认为他们比女人更好,不过他们必须花四分之三的时间来向你证明他们是男人，这合理吗？尤其是意大利人，您懂的。我喜欢他们，真心话，我觉得他们很有吸引力。但是，老天爷啊！从第一时间开始，从第一晚开始，他们心中只有一个念头：向你表明，他们已经准备好了，他们是男人。好的！你们是男人，好吧，我相信的，而且这一点不需要你们脱衣服就能让我信服！否则，我会更喜欢和变性人共进晚餐，无论好坏，他们也是男人。但是真的，在他们与我们交谈时，不必急着给予示范、展示自己的男性特征啊！不，不能总是想着这些，这很无聊！是的，作为一个男人是一件天大的好事，"男人味"是世界上最棒的形容词。但在某一点上，我要为女人辩护，如果说女人虚伪，往往是男人的问题，他们要求女人假惺惺；如果女人愚蠢，往往也是男性要求她们看上去不那么聪明；如果女人迷恋追求性感，因为性感的概念也是由男人创造的。而如今，坚持"性"理念的也是男人：当然，"专业处女"除外。在英国，"专业处女"是那些出于方便而不是出于信仰保持处女状态的女人。

在意大利也是如此，这些人无处不在。但在性的问题上，芭芭拉，责任永远不在一方，应该一分为二。因为人不可能独自生育，对吗？事实上，为色情广告摆姿势的是女人，而不是男人。在某些别扭的电影中，脱衣服的是女人，而不是男人。我们不要把性这个问题说成是一方犯罪，而另一方受害的问题。

是的，就是这样一个问题，因为是基于男性的要求而出现的问题。因为是男人在追逐那种女人味，或者说是粗俗的感觉。如今男性眼中的女性气质是非常庸俗的：那些给

《花花公子》拍裸照的女孩子至少有五公斤重的乳房。谁在喜欢布娃娃玩偶、穿连衣裙的洛丽塔,还有穿面包师制服的?我们有吗?如果面包师卡罗尔是性的象征,那么我就是伊丽莎白陛下的军士。所以到底是谁创造了对于性的迷恋,难道是我的祖母吗?她说脱衣服的总是女人,反正我不会这样做:如果一部电影是为了追求艺术与品质,我准备好了为艺术而裸体出镜。但肯定不是为了取悦那些西西里人,或是让制片人多赚一辆法拉利。但我不评价那些人:我不知道她们为什么这样做。如果她们这样做,是为了能买一个游泳池,那也没有问题。如果这样做是为了……您为什么不问她们呢?

因为我知道她们的答案,而且我对她们不感兴趣:她们就是米莉所说的那种被"性别自负"的观念所累的人。我更感兴趣的是与您交谈,我判断您是一个典型的当代女孩。这是我们之间的讨论,目的是为了理清思路。

我不知道我是否可以认为自己是典型,我宁愿将自己列为一个边缘案例:我是在英国五所进步学校中的一所以特别非传统的方式接受的教育。进步学校是那种允许孩子们在绝对的自由中成长的学校,其中就包括性自由。没有强加的纪律,男孩和女孩平等相待,如果一个男孩想和一个女孩睡觉,他就和她一起睡觉。男孩女孩一起洗澡,学生绝对不会受到任何惩罚。我九岁时进的这所学校,之前因为我曾当众脱光衣服惹老师生气,被英国最高级、最严格的学校开除。也许只是为了逗别人笑,也许是这样,谁知道呢。当你让别人笑的时候,你更能感受到自己是被爱的。

好极了。正好摆脱了性压抑的噩梦,我们当时是世界上最没有性别意识的孩子。例如,我经常和一个男孩睡觉,他是我最好的朋友,而且我从未,绝对没有,与他做爱或发生类似的事。我在那里的四年,只有一个女孩怀孕了。她十六岁,他十七岁。我们在学生大会上讨论了这个问题,所做的决定也没有什么奇怪的地方,这两人就地结婚了,因为他们相爱,而不是因为他们会共同拥有一个孩子。今天,他们已有三个孩子,是我见过的最幸福的夫妇。那是一所浪漫的学校:我在那里学会了不畏惧性,而是畏惧没有爱的性;我在那里学会了拥有想象力,也学会了诚实,但我不认为我的环境比其他人更优越。

不吗?难道您宁愿在清规戒律的束缚中长大,从小就被告知"这样做是不对的,这样做是不好的,这是一种罪过,一种耻辱,你会下地狱,你会和你的罪过一起被烧死"吗?我很羡慕你,芭芭拉。我认为你非常幸运。
就像一个年轻的西班牙人,他梦想着自由,所以他会羡慕我,因为我可以投票给工党。但我羡慕那个年轻的西班牙人,也羡慕您刚才说的那个在教条中长大的女孩。我羡慕他的梦想,羡慕她的罪恶感:在无视地狱的情况下成长并不是一种巨大的幸运,相反,这是一种巨大的缺陷。对于她来说,还有一个伟大的天赋:努力,将自己从某些禁忌中解放出来的努力。相反,我拥有一个巨大的缺陷:那就是不必去克服困难,因为它们已经被克服了。有些学校就像如今的世界:没有风险,没有危险,没有斗争。啊,我多么理解甲壳虫乐队、摇滚乐队,以及所有那些被迫而成为"泰迪男孩"①的可怜虫，他们编造出危险的情节，制造无用的噪音，只为了我们不因无聊而死亡！

有句谚语说，提出问题不算什么，给出答案才是意义所在。我们的时代提供了所有非凡的冒险，包括复活死去的生命、去其他星球探索，我真的不明白为什么我们要浪费时间去忍受或重新建立性禁忌。芭芭拉，有很多方法可以让人不感到无聊。无论如何，我们继续讨论来自米莉的指责。米莉说，今天的年轻人中有一种令人不安的狂热，就是很早结婚——十八岁、二十岁、以及他们立即适应一段关系，立即开始承担责任的冲动。

这是一种反应，一种因为无需再争取自由而百无聊赖的反应。婚姻在任何情况下都是对自由的放弃，否则就无法解释为什么那些已经获得了经济和性独立的女性会放弃自由而结婚。在过去的二十五年里，很多女性选择了在大城市生活，在大城市里，她们找到了能够独自生活而且坦然地选择独身的方法，也找到了能够与男人一起生活、与之体面相处的方法，她们找到了替代传统的"家庭"与"家族"的方案。然而，她们来到大城市后做的第一件事，还是寻找丈夫。甚至可以说，她们移民到大城市是因为在那里寻找男人的范围更广，选择更多。您回答米莉说，人们早婚的原因可能在于没有安全感，独自面对生活需要很大的自信。其他人会说是经济或道德上的原因。而我想说，这是一种逆潮流而生的道貌岸然。我也不赞成她们的选择。我讨厌那些只顾着房子和家

---

① 服饰花里胡哨的年轻人。

庭的女人，那些只为孩子而活的女人。从艺术的角度看，我可能会喜欢西西里母亲的形象，沉默、顺从、一身黑衣；但从实际的角度看，她们让我很恼火。当今的女性必须有和男性一样的事业心与好奇心：她们怎么可能满足于每日围着孩子丈夫转呢？我没有结婚的愿望，但是我有爱的愿望，这是不一样的。在我看来，婚姻的唯一理由就是生育后代，但我对生孩子不感兴趣。生孩子是女人一生中签下的唯一的真正的契约，是唯一不能解除的契约：一个被带到世界上的孩子会一直留在这个世界上，直到永远。而他或她又会把他或她的孩子带到这个世界上。我暂时没有做好准备，去签订这样一份永恒的契约。

婚姻的唯一理由是把孩子带到这个世界上，我非常同意这个观点。那么您如何看待那些非婚生子的女性，她们没有中断自己所孕育的生命，而是把这条生命强加给这个世界？米莉是个现代女性，她接受非婚生子的现实，但她谴责这种事情，怎么说呢，她认为这样的做法与暴露癖无异。

我不这么看。我尊重那些没有结婚就生下孩子的女性，她们没什么好丢脸的。我想到爱斯基摩人的例子：当一个外族人来到他们家里，他们会把自己的妻子分享给他。自己的妻子要是怀孕了，他们不知道这个孩子是自己的，还是那个外族人的。但无论如何他们都会以同样的感情来爱这个孩子，以同样的心血来养育他。一个小孩应当被视为一个有人性的造物，而不是我们自己的镜子。我一直不明白，对一些人而言，为什么一个孩子必须要长得像他们，他们才会真正地去爱这个孩子。但我认为，非婚生子女对女人来说是公平的，但对被带来世上的孩子来说则是不公正的。我认为这是对孩子的一种虐待：这种情结会一直阴魂不散地伴随着他，妨碍着他成为一个好人。我说得对吗？

不对，达芬奇就是个私生子，但他为人类做了这么多好事。像他一样，世界上还有许多没有父亲却很伟大的人。不过那是另一回事，让我们回到婚姻问题上：像米莉一样，她不赞成年轻人早婚。

我并不是不赞成，但是我对早婚这件事抱有异议。例如，婚姻规定了双方互相忠于彼此的义务，但我认为一个人不应该以忠诚的名义放弃一些有意义的东西，生命如此短暂，所以主动放弃一些机会反而是不纯洁的。我非常理解，比如说，那些同时爱着两个人的人，这是很有可能的会发生的事情，不管别人怎么说。有多少男人同时爱着自己的妻子和外面的情妇，就有多少女人同时爱着外面的情人和自己的丈夫。两段关系相互滋养，并不存在什么背叛，这是一个以嫉妒为本能的女人所说的。几年前我写了一本书，后来我把它藏了起来，因为写得不好，我其实也会写小说，但我非常受自己所读的东西影响，所以一直没有自己的风格，也永远不会有。但这本书的主题挺有意思：是一个女人与她的三个情人的故事，每个情人对她都是不可或缺的。事实上，如果她失去了其中一个，她就失去了另外两个；如果她放弃了其中一个，她就放弃了另外两个。第一位情人是个医生，他理性而有控制力，她与他的关系主要是以家庭为纽带的；第二位是一个雕塑家，一个怪异而不安分的人，她与他有一种世俗的关系；第三位情人是同性恋，感情丰富，有父爱，与她之间是柏拉图式的关系。最后这个情人估计会让您觉得奇怪，其实关于最后这个主题，我可以写一本百科全书，我有过很多段柏拉图式的爱情。

在我看来这一点也不奇怪：今天的女性，或者说经历了性解放的女性，最有趣的特征之一就是她们能够沉溺于一段柏拉图式的爱情。她们拥有与那些遥不可及的男性建立亲密关系的能力。许多人不理解或不相信这一点。对于我们这些相信并且认为这样一段感情可行的人来说，只想要确定，这是否也是某种情结的反映，或男性思维的结果。事实上，我认为这样的感情在米莉的时代是不存在的。

我不知道。根据经验，我知道友谊，或柏拉图式的爱情，比爱情更有尊严，而且也更高尚，因为这是一种平等的关系，不是像爱情那样是吃人的、自私的、占有的关系。爱情是一种矛盾和冲突，我不可能在没有冲突的情绪下做爱，因此我也不可能和朋友做爱。请注意，我所有的柏拉图式爱情的朋友，都是对我有肉体吸引力的男性，出于偶然或由于种种原因，他们没有成为我的爱人，但我们的友谊不能改变。通常，两个人都是在做爱之后，而不是在做爱之前互诉衷肠。我曾经非常喜欢过一个男人，旁人都知道，他就是安东尼·奎因（Anthony Quinn）。他是我离开进步学校后经历的最深刻的一段感情，我们的关系发生在大学期间。我从他那里学到了极致、叛逆，以及让你为上帝在地球上点亮的每一天而感恩的宗教意识。但他从来没有成为我的朋友。有四个男人我很喜欢，他们对我有极大的吸引力，我甚至会毫不犹豫地和他们一起私奔：第一个是毕加索，第二个是埃尔·科多贝斯（El Cordobés），第三个是俄罗斯舞蹈家努里耶夫①（Nureiev），第四个是老伯特兰·罗素（Bertrand Russell）。但是，行吧，我永远不可能与他们四个交朋友。或者说，如果他们成为我的朋友，我永远无法和他们上床。更糟的是，我绝不会为他们放弃一个朋友。现代女性非常需要朋友。

因为如今的女人的思维就是男性化的思维。但我相信，像米莉这样的女人，像玛琳这样的女人，会毫不犹豫地放弃朋友去找情人。现在让我们回到由米莉而起的话题，这次是关于与父母的关系。那么，芭芭拉，您和他们关系密切吗？您爱他们吗？

我爱我的母亲：因为她的失败，她的柔软，她的脆弱。另一方面，我与父亲的关系冷漠、疏远。不能像父母爱我们那样爱他们，不能把他们当作朋友，这是多么悲哀啊！我想，这也是我的责任。我想知道这是谁的错：也许是他们的错，他们在教会我如何爱他们之前，应该先教会我尊重他们。实际上我从九岁开始就不再与他们一起生活，也就是我在之前提到的那所高级而森严的学校里当众脱光衣服被退学之后；而从十五岁起，我正式离开了他们，去和一个朋友住到一起，我开始自己养活自己，也开始学习表演。基本上，可以说，从那以后我再也没有回去找过他们。不，他们并没有拖我后腿，他们只是试图让我感到内疚，而他们确实做到了这一点，以至于我今天仍然对他们感到内疚。例如，我们互相通

---

① Rudolf Nureyev（1938—1993），苏联舞蹈家，史上最著名的男芭蕾舞演员之一，出生于俄罗斯西伯利亚的一个鞑靼人家庭，1961年叛逃至西方，原文为意大利语拼法。

电话，有时我们也会见面，但总是非常尴尬。难道与自己曾经非常爱的人重逢，不是一件尴尬的事情吗？巨大的爱意总是会以悲剧收场，以仇恨收场，以敌意收场。当人们说，你怎么能把这个你爱了两年的男人当成一个卑鄙的陌生人，这让我感到好笑。这是合理的，也明显是必要的：当一段感情结束，为了活下去，你必须用敌意、用仇恨来反击，否则你仍然会被束缚，无法承受因为失去而带来的痛苦。如果一个人后悔自己怀孕的事实，可以通过一刀两断，也就是堕胎来补救，对父母的关系也是如此。如果爱消失了，没有其他选择：我父亲令我失望，我也令他失望，所以我们互相憎恨。我们对父母的要求和父母对我们的要求，也与我们对恋人的要求相同：他们要比他们实际的样子，还有我们自己更优秀。因此，我们最终会让对方失望，成为对方失败的镜子，所以我们分开了。

这可能也是对米莉关于早婚现象的解释。今天的年轻人结婚早，因为他们与父母的关系不是朋友关系，而是相互失望的关系。在失去了一种爱后，他们会寻找另一个爱来填补。接着，我们来谈谈米莉的最后一项指责：如今的成功来得太快、太轻易。您父亲希望您成为一名医生，是这样吗，芭芭拉？

是的。原因也是老生常谈的那个问题：子女是父母的一面镜子。普通的父母总是试图通过自己的孩子来实现他们因为缺乏勇气、运气或能力未曾实现的梦想。我父亲曾梦想成为一名医生，但他没有成为医生，所以想通过我这个唯一的女儿来帮助自己完成理想。我会晕血，看到病人也会晕倒，我从来没有胆量去学习医学。我一直喜欢演戏,我一直坚信演戏是适合我的工作,这份工作适合这样的人:没有受过系统的专业训练,落魄潦倒,做什么都是三分钟热度。我想即使到了六七十岁,我也会继续演戏,即使到时候我不得不做一个群众演员。这是一个棒极了的职业,您知道吗?

这也是一个不需要太累、不需要等待太长时间就能带来成功和金钱的职业。但是米莉说:在我那个年代,要想成为一名歌手,你必须在舞厅里唱上几年,被啤酒瓶砸脸,而如今,录制一张唱片、获得一次大奖就足够了。米莉还说,在她的时代,要想成为一名演员,你必须从"夫人,午餐准备好了"这句台词开始,而如今你们只需要拥有适合那部电影的外形。

我完全同意米莉的观点,在这里我不为我的年龄和我们这个时代辩护,与米莉的年龄和她的时代打擂台。然而,对我来说成功并没有那么简单:为了能有钱上表演课,我不得不在小吃店当服务员,在莱斯特广场的电影院卖节目单。我的戏剧处女秀也只有一句台词:"夫人,午餐来了"。但是,当我想到十九岁时我已经在好莱坞拍电影;二十一岁时我已经登上周刊的封面,我不得不得出这个结论:与坚持到今天依然拿着微薄报酬、被人忽视的演员相比,我的成功也来得太快了。甚至我都这样觉得:我并没有大获成功,也没有赚大钱。我十七岁入行,现在已经二十五岁了,而目前我在这里拍恐怖片与古装片。电影界的成功人士通常要么是在选美比赛中胜出,要么受到制片人的保护。而我,从没有制片人特别保护过我,因为我只和我想要和他上床的人上床;我也从来没有赢得任何选美比赛,因为我不漂亮。我有一张滑稽的脸:下巴太短,嘴太难看,鲨鱼一样的牙齿,畏畏缩缩的耳朵,平庸无奇的鼻子,而且这鼻子看起来还像是整过的。该死的,事实上我总是被别人问到是否做过鼻子;该死的,您知道最悲哀的是什么吗?其实玛丽亚·卡拉斯(Maria Callas)也可以整出像我这样的鼻子,但我不能拥有一个像玛丽亚·卡拉斯那样的鼻子;该死的,您知道更悲哀的事情是什么吗?我总是如此严肃,然而我却有一张滑稽的脸,该死。而且您绝不能把我和李斯或卡迪纳尔相提并论。现在,我想说的是:我非常清楚,一张漂亮的脸蛋不足以让人成为一名演员。莫罗不漂亮,但她是伟大的女演员;马格纳尼(Magnani)不漂亮,但她是伟大的女演员;莱亚·马萨里(Lea Massari)不漂亮,但她是伟大的女演员,她和马格纳尼一样,她们都是意大利最伟大的女演员。贝蒂·戴维斯(Bette Davis)很丑,但她是一个伟大的女演员;丽塔·图辛汉(Rita Tushingham)很丑,但她同样是一个伟大的女演员。然而,那些通过走捷径而成功的人中,有百分之九十九是美女,其他的人需要几年时间才能小有名气,赚到不菲的报酬。

但我们还是得承认,艺人的成功总是比医生、工程师、律师、画家、作家、钢琴家、设计师们更加容易,后者需要多年的学习、工作、痛苦、等待才能到达这样成功的水平,赚取足够的钱。而要成为一名演员或歌手,一般来说,哪怕在最糟糕的情况下,都不需要这样的付出。他们在十六七岁、十八岁就成了百万富翁,功成名就。

我真想感受一下您问别人问题时的满足感，尝试一下让您尴尬的乐趣，就像您让对方手足无措那样。

请吧，不用客气。我准备好了。
很好。事实上，您可以被看成是这次讨论的对象——当代年轻女性之一，对不对？因此，打起精神来：当米莉否认年轻人拥有成功的权利的时候，您同意她的观点吗？我希望听到您清晰、周密、精确的答案。

好的，我来回答您的问题。我不同意米莉的观点。我观察到，成功是年轻人的事情。我认为，年轻是一件适合年轻人的礼物。我认为，坐骨神经痛、中年中风、更年期这些不年轻的因素不应该成为成功的条件。为了等待成功，一个人不得不浪费他的年轻岁月，最好的、最具活力的岁月，这是令人遗憾的事情。我不明白，一个人为什么要至少年满四十才能够获得入场券，他的意见才能被认真对待，才能获得成功的资格。拿破仑在二十七岁时就已经成为名镇四方的拿破仑了；亚历山大大帝三十二岁就英年早逝；兰波在十六岁的时候就已经写出了他最好的作品；莫扎特八岁时就在维也纳宫廷举办音乐会。但亲爱的芭芭拉，我们讨论的是拿破仑、亚历山大大帝、兰波和莫扎特……即使不是天才，我知道，一个人也有权利获得成功，但那样的话，一个人必须配得上他所获得的成功。而要配得上它，需要的不仅仅是一首小歌和一种声音，需要的不仅仅是一张漂亮的脸蛋和一对上镜的乳房。对于只有一对漂亮的乳房、一丁点声音，且对输给自己的数百万人没有负罪感的人，我坚决否定他们成功的权利。

我同意您第一部分的回答：成功是一个在正确的时间瓜熟蒂落的事情，而正确的时间，可能是一个人十岁的时候，也可能是五十岁。有些人在十二岁的时候出类拔萃，但到了五十岁就泯然众人。这种被称为"成熟"的和谐感可以来得很早，也可能很晚，而成功的荣誉加身最佳的时机正是一个人的年轻时期。但我不同意您回答的后一部分，因为演艺界与其他行业领域——诸如医生、工程师、律师、画家、作家等——并没有什么关联。在我们这个行业，成功和名气不是一种认可，而是一种条件。它们不像学位那样，是必须经过奋斗才能获得的东西，而是必须事先具备的东西，像一个工具。我在纽约有一个非常好的建筑师朋友，我很清楚，他要等上不知道多少年才能建成一栋特别出色的楼，获得成功，但我也知道，他仍然是一个非常好的建筑师，只是还没有成功。演员或歌手就不一样了：我需要成功，不是为了穿上昂贵的栗鼠皮大衣去马克西姆餐厅，我需要成功来证明我应得的一切，是为了成长，而不是在痛苦中变老。所以，我不明白为什么必须等上五十年，等到满脸皱纹，才有机会证明自己应得的一切，来向拒绝自己的人证明他们是错误的。我不明白！我不明白这一点，因为今天，作为一个人，作为一个女人，我已经准备好了，我已经就位。如果没有成功，我就无法证明自己已经准备好了，证明我已经就位。一个演员、一个歌手不能通过他的个人技能获得成功：一个演员、一个歌手的成功取决于一个集体，而他只是其中的一个环节。如果他单打独斗的话，那么完全没关系！对于他来说，成功是一种推动力，一个起点！因此，不应将他们的成功归咎于十五到二十岁的年轻人。我们也不能去质问，他们是否有资格得到它。我们绝不能把演艺界的成功看成一个功利性的问题。我们绝不能否认年轻人的这种好运气。

准确地说，米莉并不否认他们成功的权利。她只是观察到，他们拥有的东西太多、太早，因此在失败的时刻，他们会缺乏基础。他们将不能接受失败，他们的结局反而会很悲惨。不。苦难和磨砺总是好的因素，这我知道，但打基础不一定伴随着痛苦和疲劳：成功也可以是打基础的方式。我不认为年轻人会对第一次失败没有反应。他们的反应反而会比米莉更敏捷，因为现在那些在十五岁时成功、二十五岁时一败涂地、三十五岁时东山再起的人，比起在十五岁时受尽磨砺的米莉更能体会到痛苦的滋味。因此，在五六十岁时，他会比如今的米莉更强大，也更坚韧。因此，年轻时的好运对一个人来说是积极的，而非消极的。此外，您也看到了：我更喜欢年轻人，至于男人，我也更喜欢年轻一点的。但今天年轻人和老年人已经没有明显的区别了。今天，六十岁的人可以显得年轻，二十岁的人也可能显得老态。例如毕加索，他那双几乎要从眼眶里跳出来的有力的眼睛，他那愤怒的身体，那清醒的大脑，比我们更加年轻。还有……但是真的，您认为做这些年龄区分是合适的吗？你真的相信世界会随着一代又一代人、一个又一个时代而改变吗？我不觉得。我真的相信，世界一直都是这个世界，没有什么比"在我的时代"这个可恶的说法更让我烦恼的了。这样的表达毫无意义，毫无逻辑。我认为毕加索没有说过"在我的时代"。我也永远不会这样说。

他会这样说的，我们都会这样说的：我们完全有权利这样说。因为世界在变化，世界上没有什么是静止的。地球会变冷，种族会消亡，新的物种会诞生，每个人都会消逝，为其他人腾出空间。一代又一代，植被在变化，兽群在变化，人类也在变化，他们的身体在变化，他们的大脑在变化，他们的道德观念也在变化。我们所说的事情证明了这一点：我们的善，我们的恶，不再是我们祖父母们眼中的善与恶。而我们的自由也是如此。特别是我们女性的自由。然而，言论仍是开放的，讨论也不会停下。

男人很脆弱

她是一个畅所欲言的女人,一位当代女性,一个不畏惧今生磨难、也不害怕来世地狱的女人,当那篇采访出现在《绅士》杂志上时,连美国人都意识到了。她引起的轰动是如此"不可思议",如此"令人不安",如此"激起公愤",以至于编辑们都感到不知所措,闻所未闻,他们不得不以一种开玩笑的方式乞求清教徒的宽恕,把一个美丽的中产阶级家庭放在封面上:妻子、丈夫和八个孩子。封面上的妻子打扮成新娘的样子,头戴面纱,手拿百合;丈夫打扮成新郎,拿着一束白色康乃馨,蓄着小胡子;孩子们穿着礼拜天去教堂的衣服,笑容满面,看上去天真无邪,胖得像小猪。然而,在那期杂志的第九十二页上,她出现了:赤身裸体,瘦得像只羚羊。她一丝不挂地坐在书桌前,不知写下了什么无礼的东西。在第八十八页,她没有裸体,而是在床上,穿着睡衣,看起来既落魄又迷人。在其他页面上,她的照片也依次出现:只穿着一条内裤,其他什么都没有穿;或是拿着一条几乎遮不住多少身体的大流苏;最多是穿着晚礼服,但光着脚,失魂落魄地被躺在凌乱的床单上。这组照片的标题是:《里佐眼中的马蒂内利,因为只有他看得到她的隐私》。而访谈的题目是《意大利式的留宿》。采访是这样开始的：“威利和我一起在坦噶尼喀住了下来。”她说。"不，是在圣特罗佩。"他纠正她。"哦，是的。"她说，停顿了一下，几乎是惊讶于自己竟然忘记了自己身在"圣特罗佩"。她接着说："埃尔莎·马蒂内利（Elsa Martinelli）坐在她的情人、摄影师威利·里佐（Willy Rizzo）身边，在中央公园的一家优雅的酒店的白色锦缎沙发上。"他接着她的话："在第一夜之后，我们就决定永远不分开。""这都是他的决定。"埃尔莎说。"第一个夜晚就下了这个决定？"威利问道。"嗯，是第二个夜晚。"埃尔莎说。她继续解释道，对一个生在没有离婚权的国家的女人来说，与她自认为第二任丈夫、在共和国检察官面前却是通奸共犯的男人生活在一起，是多么困难。"在法国，他们不会对你做什么，"艾尔莎说，"在一个法国的房间里，你完全可以和一个男人或一个女人，两个男人和两个女人，三个同性恋和一条狗，四条狗和一头大象住在一起。"但在其他地方就不一样了！在日本，有一次他们不愿意给我们两个相邻的房间。我告诉他们：这不是睡在一起的问题，而是行李箱的问题。我和威利的东西被放在同一个箱子里。但他们还是把我们分开了：一个在二楼，一个在四楼。除了畅所欲言之外，这个女人还很聪明；除了聪明之外，这个女人还很勇敢：由米莉开启、芭芭拉·斯蒂尔在一周后继续的关于当今妇女的道德和自由的讨论，找到了正确的接棒手。

此外，我们不用看《绅士》杂志就知道这一点：十五岁成名的她现在已经三十岁了。她曾经在罗马做模特，在纽约做封面女郎，在好莱坞做演员。她曾作为沃尔特·奇亚里（Walter Chiari）的未婚妻被人议论；也曾与佛朗哥·曼奇内利·斯科蒂伯爵（Conte Franco Mancinelli Scotti）结婚，当过伯爵夫人；她在每一段关系结束时的那些争吵、分居，都被我们作为茶余饭后的谈资；人们还关注过她义无反顾地投入对里佐的爱情，关注过她被所有巴黎人所崇拜的世俗胜利，关注过她在电影行业的成功：她最新的电影《关于爱情》大获好评。我们也知道，她过往的三十年、她的错误、她的古怪、她的悲伤、她的势利和她的奢靡，都只为一个目的：从一个罗马小女孩蜕变成有思想的成熟女人。她是八姐妹中最小的一个，对她而言，梦想的荣耀是从修修补补的拮据日常中艰难幸存并奇迹般成就的。总之，她经历过生活的谷底与巅峰。所以我们可以得出结论，她的讲述值得一听。以下就是她的故事。我们的访谈发生在巴黎，在她与里佐在亨利·马丁大道上的公寓里。我们的对话持续了两天，在餐桌上，在晚饭后，在早上我们喝咖啡的时候，在她为莫斯科的行程收拾行李时——她要去那里参加吉尔伯特·贝考（Gilbert Bécaud）的独奏会。换句话说，这是两个朋友之间长时间聊天的记录，我们的讨论或多或少地达成了一致：所以，我不应该判断马蒂内利所说的是对还是错。对她的评价取决于你们这些读者。

奥里亚娜·法拉奇：虽然你是一个意大利人，但实际上你的生活半径已经转移到了巴黎；你出生在一个有八个姐妹的家庭，但拥有足够的自由，以至于可以当着牧师或市长的面与一个不是自己丈夫的男人一起生活；你还是一个小女孩的母亲，她将会在一个全新的世界里做女人：这与我们系列访谈的主题高度吻合。那么埃尔莎，我们就从最后一个细节开始谈起。你是否或曾经因为生的是女孩而不是男孩而为她担心过呢？你是否认为，如今女孩们的生活更加艰难，所以，最好生个男孩？

埃尔莎·马蒂内利：一点也不会。而且这是一个原则问题，做女人不会也不应该比做男人差。谁还会对生女孩感到恐惧？现在，人们如果生了一个女孩，就会像过去生了一个男孩一样高兴、自豪：人们会因为来到这个世界上的新生命是女孩而感到羞愧或失望的时代早已过去，那时候的人才会认为，自己的孩子是女孩这一点会让自己显得很悲惨；才会认为，太倒霉了，她怎么生来就是一个女孩。除非父母是穆斯林，或者是遵循萨利克法传承王位的君主，或者是关心家族姓氏和数十亿家产继承的大企业家。就个人而言，生女儿而不是生儿子，并不会因为这些原因而困扰我：我不是穆斯林，我不是波斯国王，我不是洛克菲勒。我也不会为其他的因素而担心：教育或道德方面。我知道，在十六七岁时，我的女儿也会像我一样做她想做的事：而我将发现这非常公平。养育女儿并不比养育儿子更困难，我所要做的只有两个字，就是像我的父母对我那样：真诚。十二岁的时候，我就非常清楚一个小孩是如何诞生的。有一天，我的女儿正要进我的房间，而我当时一丝不挂。我当时不得不迅速地作出决定：我应该让她进来，还是锁上门？我最后决定让她进来：如果我把门关上，她反而会发挥想象，谁知道她想象出的东西会是什么。相反，她亲眼看到了，很简单，自己的母亲有两个乳房，因为她是一个女人。她也知道了，她长大后也会有两个乳房。而且，生命不会因为有两个乳房而成为不幸。我并没有因为有两个乳房比男人遇到更多的阻碍。不是吗？

是的，我也认为如今的人生对女性来说，甚至要比对男性容易得多。我知道，这可能听上去像一个悖论，一句玩笑话。但我认为，如今女性能走的路，要比男性能走的路更多，她们有更多的选择，更少的痛苦：所以我反而会更担心生男孩，而不是生女孩。

毋庸置疑。如今，没有什么工作是女人不能或不知道如何承担的；如果由我来指挥，我甚至会用女性出兵征战。我发现，其实女人比男人更有效率、更决绝，比起男人，她们对身体上的痛苦更不敏感，而且在没有人怜悯的情况下，她们更不容易失去理智。不仅如此：有事业的女性比男性更早确立自己的地位，因为她在生理和心理上都比同样年龄段的男性更成熟。十八岁的女性已经是一个成年人，而十八岁的男性还是个孩子，所以她们才能在二十五岁时获得成功，最多不超过三十岁。另一方面，男人在四十岁之前很难或几乎不可能获得成就。不仅如此：一个没有一技之长的男人很难找到工作。没有一技之长的女人，却总是能找到自己的位置。至于道德禁忌，它们已经不存在了。我说的不是现代圈子或特权精英，我说的是所有人，店员、秘书、服务员，总之，那些在十五年前还对他们有道德宵禁的人，不再有富人的道德和穷人的道德。我和一个并非我丈夫的男人生活在一起，富人和穷人对此都无动于衷。

然而，仍然存在一个枷锁：那就是处女膜的问题。我想说的是，这是唯一阻止女性拥有与男性同等自由的东西了。

不，绝对不是。我不认为今天的女性仍然还抱有"贞操"情结，或纠结于结婚时必须拥有"纯洁"的身体这种无谓的事情。而且我甚至不认为我的女儿会想到这样的问题：因为我自己就从来没有过这样的顾虑，我非常高兴地放弃了处女身份，我感到非常欣慰。我反对这种枷锁，而且我坚定地认为，如今的每个女人都应该反对这种枷锁。不要在意少数人写给报纸专栏的信，"我很绝望，我的男朋友要跟我'试一试'"，"我很不安，我在车里失去了我的第一次"。啊哈哈！绝大多数是那些保持沉默的人，而绝大多数人都比自己口中所形容的更加厉害：他们懂得控制生育的方法，在学校里，老师们在课上企图传授"婴儿不是像鸡一样通过孵蛋来创造"的知识，也会遭到他们的嘲笑。

换句话说，米莉说今天的年轻人，或者说今天的女性，远没有摇摆舞时代的女孩那么自由大胆时，她说得并不对。然而，米莉所说的"假正经"确实存在。
当然存在，想想伊丽莎白·泰勒。她是一个非常优秀的女人，她每次恋爱都会结婚。她谈了五次恋爱，我们当中谁没有谈五次恋爱呢，然而她却在这五次恋爱之后，都选择了婚姻，只为了在不断变化的宗教环境、战火纷飞的外部环境里，生下合法的孩子，拖着这些孩子一起生活。她是一个真正的老式的女人。但是，除了像伊丽莎白·泰勒这样的道德倡导者之外，毫无疑问，今天的女性比以前的人更加为所欲为。这一点从我们的谈话的内容中可以得到证明。三十年前，谁可能问类似于你正在问的这些问题，谁又会给出类似于我正在给出的这些答案？我想看看米莉三十年前接受的采访。在优雅、礼貌的外表下，她们隐藏了一切：从年龄到私生子。对我来说，所谓优雅和礼貌，就是要敢于直言，说到做到。比如他们打电话给我，问我是否真的已经三十岁了。就像他们在《绅士》的那篇报道中问我，我是不是真的因为没有和威利·里佐结婚而感到伤心。是的，先生们，我已经三十岁了，我应该说二十八岁吗？不，先生们，我不为当不了里佐夫人而伤心，我有必要为这种无稽之谈而痛苦吗？是的，我读了你对米莉的那篇采访，我觉得挺想哭的。因为米莉她不明白，在她的时代，畅所欲言的人是例外；而今，这却变成了绝大多数。正如芭芭拉·斯蒂尔所说，今天，除了言论自由，没有其他选择，而在以前，言论自由反而要容易得多：只要剪掉长发看上去像假小子那样，或者通过成为克莱奥·德·梅罗德（Cléo de Mérode）[①]那样的人物，独自引人注目就可以了。但如今哪里还有克莱奥·德·梅罗德那样的人物呢？现在这个时代的人物，是像伊丽莎白·泰勒这样选择不停结婚的人，而不是那些不结婚的人。有数以百计、数以千计的现代人，都与我一样，认为做自己是一件再平常不过的事情，以至于不必特意做一些事情去展现自我。他们有什么理由特地去做呢？他如今都是坦荡自由的，这从他们的父母那一代人就开始了。我母亲快七十岁了，她说话的方式跟我一样。

说到我们的父母，是我们改变了他们。我们引导他们接受了新的现实。他们原来不是这样的。他们观察了我们的言行，埃尔莎，他们曾经推崇着与我们这一代不一样的东西，在我

[①] Cléo de Mérode（1875—1966），法国芭蕾舞者，是当时法国出镜率最高的女子之一。

们十四五岁的时候，我们和他们之间有一堵墙。

这堵墙今天还是存在，以后也不会消失。那是一堵关于自尊的墙，一堵关于羞耻的墙，并不是障碍，也不是敌意：如果没有我们父母的支持，我们就不可能自由成长。当我决定去纽约做封面女郎时，我才十五岁。而我父亲眼睛都没眨一下，就接受了这个新事物，他鼓励我在纽约独立地生活。而且他从未离开过罗马，我的父亲，我和他之间有很大的年龄差距。当我的女儿十七岁的时候，我四十岁，我更容易能理解她。而对我的父亲来说，当我十五岁时，他已经开始变老了，这就很不容易了，但是他懂我。他也能理解我的母亲，这个一手带大了八个孩子的女人，一个典型的叛逆型性格的女人，从未抱怨过自己生了八个女孩，而不是八个男孩，相反，她帮助我们找工作，安排我的生活。她总说，是我们使他们适应了新时代，而且很顺利。但他们适应的方式非常好，他们适应了飞机，适应了新的道德准则，如果我们不听话，他们从不把自己的意志强加给我们。你在对芭芭拉的采访中说，他们把对地狱的恐惧传承给了我们：这是天主教教育所带来的滞碍。我不确定自己是否同意这个说法。他们送我们去教堂，让我们在晚上做祷告，但我们每个人都从中得到了有益的教诲，这让我相信魔鬼的干草叉不会刺伤我们，邪恶的炭火也不会灼伤我们的智慧。

然而，要想创造出这种铠甲，这种太空服一样的保护层并不容易；而且我们多多少少还是被灼伤了的，埃尔莎。毕竟，这是合情合理的。他们在支持我们的过程中，比我们感受到了更多的痛苦，因为他们支持了我们；我们对他们的感恩永远不够，我同意。那么，又说回我们这个时代的道德问题。当恶趣味占据上风时，我们的道德规范就会动摇，例如，像米莉所谴责的那样：如今，非婚生子不再像三十年前被小心地隐藏，而是被广而告之的恶趣味。

我最尊敬和最佩服的女人是凯瑟琳·德纳芙（Catherine Deneuve）。她很有品位，也是一个非常文明的女人。她的文明恰恰体现在她没有隐藏她的儿子：她把他大方地带到所有人面前。当瓦迪姆先生不愿意娶她时，尽管他本可以，她仍然保持冷静，毫无愧色。我想米莉不喜欢她这样的人物。但如果我丈夫没有娶我，我也会像凯瑟琳·德纳芙那样做。结婚不在我的计划之内，也不是我的愿望。有一天早上我醒来，当时我和佛朗哥的关系已经持续了两年，我明白我怀孕了。我平静地先把这个消息告诉了我母亲，然后告诉了他。听到这个消息，我母亲眼睛都没眨一下，而他的反应是：我们结婚吧。就算他当时的回答是"你自己留着这个孩子吧"，我也会留着这个孩子；我甚至没有想过不去生下这个孩子，我生这个孩子的时机已经成熟。但我不是为了避免丑闻而结婚，我结婚是因为我们都爱着对方。我们的爱情是伟大的，我感谢上帝让我拥有了这份伟大的爱情，那四年仍然是我生命中最美丽的时光，我一刻也不后悔，即使这段婚姻以这种方式结束。我不会后悔成为一个单亲妈妈，并且向所有人坦白这一点：一个女人是否结婚，不再是她把孩子带到世界上的必要条件。

在我的采访中，芭芭拉·斯蒂尔说非婚生子是不公平的。或者说：她认为这对女人来说是公平的，但对孩子来说并不公平。她说，一个没有父亲的孩子长大后会有理由恨他的母亲，除她之外，还有很多人这样想：总之，他们认为我们没有权利这样做。

他们真有意思。如果我们要把这个孩子藏起来，我们确实没有这个权利；但如果我们把这个孩子放在世界的眼前，用爱把他养大，不缺任何东西，我们为什么没有这个权利呢？在我看来，不能满足孩子基本的生活需要、让他吃不饱穿不暖的人，确实没有这个权利。一个衣不蔽体、食不果腹的小孩，是的，有权利责备他的父母。一个没有鞋子和面包的孩子，是的，他可以责骂他的父母。但是一个没有父亲的孩子，并没有这个权利去指责。每个现代女性现在都明白这一点；如果说有谁不明白这个道理，那就是男性。因为这就是今天的世界正在发生的事情：女人已经成长了，而男人还没有。女人已经向前走了一步，而男人却还在后面看着。

确实已经向前走了一步，但埃尔莎，这往前的一步也有男性的配合。他们所提供的配合的重要性堪比我们父母给予的支持。是男性接受了女性进入职业领域，也是男性投票通过了给女性的投票权、给女性平等的社会地位、给我们性自由的权利。

不，我遇到的大多数男人都对我的自由和独立感到恼火。如果有他们提供过任何帮助，那也是在女性的要求之下：她们找上了门，他们不得以才给予的帮助。黑人的遭遇也是如此。如果说白人帮助了黑人的进步，那是因为黑人的反抗，并强烈要求如此；而不是因为白人突然意识到黑人应该与白人平起平坐。相信我：男人已经被抛在后面。他们在性方面也如此。例如，他们没有理解，现在是女人在征服男人，是女人在选择男人，是女人在掌握主动权。在我的上一部电影中，就是根据司汤达的《关于爱情》改编的那部，有一个小插曲。这部影片在意大利上映时用了《冷漠的灵魂》作片名。里面有一幕，当男人和女人走到酒店，站在门前时，女人让到一边，给男人让路，让他先进去。马里奥·索尔达蒂（Mario Soldati）将此看作一个致命的姿态：证明局势已经逆转。好吧，这个姿态书里没有写，也不在剧本里，是我自发地想到的；因为，是这个女人掌握了主动权，是她征服了这个男人，在我看来，她应该是那个让他先过去的人，这是合乎逻辑的：她是那个保护着他的人。还有时间方面：男人没有时间观念。比如，他们如果迟到还会以开庭为借口，但他们还没有意识到：如今这个借口是不合时宜的，现在开庭只需要十分钟就可以知道判决结果。开会也是如此，决定任何事都是如此。如今的一切都是快节奏的，甚至是一段感情的确立。两个人可以很快就结婚，不需要在订婚之后等待多年（出于经济原因，因为女方也在工作，所以很快就能置办房子，这里是对米莉的回答）。他们也会很快地爱上了对方，他们……

他们同样也会很快地背叛彼此，还有这一点，埃尔莎，还有这一点。

因为遇到的人比以前多，因为女人可以认识更多的男人，男人也可以认识更多的女人，所以机会更多了，保持对同一个人忠实的难度也更大。因此，我们很快就爱上了对方，正如我所说的：不会沉迷在冗长的序言中。不再浪费时间了。但男人们还没有意识到这一点，还在自顾自地上演猎艳和征服的喜剧。这是他们为了维护性别优越感的幻觉而做出的绝望尝试：我是一个男人，我的性别更优越，我将征服你。他们没有意识到，不，即使在爱情中，唯一可能的关系也是平等的：作为父母，作为同伴，都是如此。

如果我说得没错的话，我觉得女性在生活、思考和行为方式上越来越像男性了。我觉得，现在男人和女人之间唯一的区别，恐怕只剩生物学上的区别，这已经不是一句玩笑话了。谈到那部电影和女主角，索尔达蒂将你的优雅定义为"雌雄同体"，并补充说"未来的女人"。他说得似乎是对的。今天女性的理想身材也有一点男性化的倾向，或者至少是拥有雄性化的因素：柔软、圆润、奶油般的身体不再被视为女性的理想身材。苗条、充满活力、健美的女性身材更受欢迎：没有任何多余的东西，无论是身体还是服饰，都简洁干练。穿着西装的女人，直视着男人的眼睛，在做爱前懂得思考，并用头脑享受着性爱。

十年前，当我还是一个模特时，他们就告诉我我的身形很现代。我认为确实如此：我这种类型的女人是与时代同步的。首先，必须消除多余的东西：肥胖、懒惰的女性无法跑步，也无法工作。然后，女性气质的概念也发生了变化：性感的女人不再意味着拥有硕大的乳房和臀部。女性的性感是在头脑中，而不是在体重秤上。甚至男人也意识到，一个女人可以超越她的外形而变得有趣，他们也都能够意识到，一个女人绝不仅仅是一个可以与之做爱的工具，而是一个可以与之交谈的、超越身体需求的人。因此，聪明的女人总是更受欢迎；也因此，男性与女性之间的友谊是可以真实存在的。以前，一个女人口中所说的"男性朋友"会让别人以为是她的"情人"，而如今，一个女人口中的"男性朋友"，就意味着她的朋友。

然而，这似乎使我们的性感大打折扣，像米莉这样的女人比今天的女人性感得多。

当然，因为我们在这个方面做出的努力要少一些。我们之所以这样，是因为我们已经发现除了用身体展现性别魅力之外，超越性别的思考、做事、说话同样重要。像男性一样，我们不只在乎快乐。我们也在乎被尊敬，被看重。简而言之，我们适应了更需要脑力的时代，我们的智力更高了，而女性最伟大的能力就在于此：适应力。我们的穿衣方式也是如此：摒弃了鸵鸟毛，拆掉了蝴蝶结，裁掉了花边，弄平了褶皱。简而言之，明显的简化，西装——我们时代的衣服，是另一种女性气质的体现。显然，这是一件现代的衣服。香奈儿在发明夹克、裙子、上衣的套装时，就很明白这一点。我可以告诉你关于女士套装的一切，我很少对事物有深入的了解，但女士套装除外。当我做模特和封面女郎时，我其实最想成为时尚编辑。而且，如果我离开电影行业，我相信自己仍然可以做时尚编辑。今天的女性会不自觉地像我一样穿得很实用、很运动，以至于即使在一些看似不合适的场合，也坚持穿长裤。服饰中多余的东西正像身上的脂肪一样渐渐消失。帽子的潮流难道不是正在退去吗？甚至那些过时的帽子该怎么办呢？我们只在冬天把它们戴出来，也只是为了御寒罢了。大多数时候，戴帽子的女人看起来很滑稽。而且高跟鞋不是也已经过时了吗？我们现在也穿不了高跟鞋了：当你开车时，鞋跟可能会断裂，它们会钻进人行道的缝隙，会使脚踝疲劳。我们需要坚实、低矮后跟的鞋子。还有那些复杂的发型？坐飞机、坐火车、追电车时，不就散掉了吗。所以现代女性都留直发，洗了就走。

还是不要取笑她们，埃尔莎，其实我们应当思考，某种发型、某种穿着方式是否会投射出某种道德规范。
你觉得呢？

我觉得是的。比如说，还是刚才提到的那个，如今一切都变快的问题。一个女人如果穿着精致，化着浓妆，梳着复杂的发型，正襟危坐地坐在客厅里，她对进入一段感情犹豫的时间会更长。除了直接的实用性之外，这也是一个心理的投射。
显然如此。以一个戴假发的女人为例，那种只有美发师才知道如何做出发型的假发。不是有更多的女人洗完头就走了吗？从各种意义上讲，假发都是不舒服的。在第一次拥抱时，就有可能被扯下掉在地上。事实上，她们的努力失败了。化妆品呢？女性化的妆越来越少：现在谁还涂口红、抹胭脂、擦粉底、贴假睫毛？最让男人厌烦的莫过于被女人脸上的粉蹭到，而如今，最美丽的女人就是刚洗过脸的女人。我经常想，这些化妆品公司是如何保持业务的，我们甚至已经学会了优雅地展示我们的皱纹。然而，这些时尚潮流的现象中只有一个例外：长裙的时尚。但我们在家里穿长裙，每年一两次去看戏的时候穿长裙，没有特别的规矩，只是为了好玩，最多是以男人戴上领结和装饰品的频率来穿长裙。长裙对美国人的吸引力并非巧合，美国女人是世界上最不现代的女性，她们只在经济层面上暂时处于先锋地位。事实上，她们特别注重化妆，衣服上也满是装饰，用道貌岸然的虚伪来掩饰自己，我从来没有听说过一个美国女人非婚生子，并把孩子留下来，而不是把孩子捐给孤儿院收养。世界上最现代的女人不是美国女人，是法国女人。是让娜·莫罗，这个女版的奥森·威尔斯（Orson Welles），她总是设法做自己想做的事，并为人接受。

事实上，她是一个戏剧性的女人。在这一点上，她没有自满也没有受到伤害，让我们承认这个事实吧，埃尔莎：她是一个现代女性，但同时也是一个完全自由、拥有毫无疑问的特权的、充满戏剧性的女人。也正是因为她背负着所有的选择，所有的承诺，作为男人或女人的选择，作为男人和女人的承诺，有家庭和工作，有孩子要教育，有事业要追随……而我清楚地知道，她有权做出两种选择，两种承诺；但我也知道，调和这些选择、调和这些承诺是很不容易的。
所以呢？

我也不确定。最终还是需要有一个解决方案，必须要一个结果。也许机器和技术会带给我们。也许在2000年，这样戏剧性的女性将不复存在。
你会愿意生活在2000年吗？

我愿意。非常愿意。

我不愿意。我喜欢我所处的时代，我不愿意在之前或之后出生。我同意，我们的时代是一个困难的时代，因为它是一个过渡的时代，而过渡总是痛苦的；但正是因为这个原因，它是一个神话般的、迷人的时代。在这个时代，我们拥有一切，从马车到导弹，在这个时代，我们看到了一切，过去和未来，历史的和希望：因此，必须坚强地面对它。今天的女人不是戏剧性的，她是坚强的。她之所以坚强，是因为她必须承担家庭和工作的重任，不放弃任何一项，而且她做到了。男人却尚未做到。男人通常只有一个专注点，他只能做一件事或一次做一件事：你只需要在他回家后看到他，在床上疲惫地躺下。他疲惫地躺在床上，等女人准备好晚餐。然而，这个女人却是强大的，因为她不多愁善感；她现实而睿智，变通而灵活，拥有极强的适应能力。而男人确是多愁善感的：男人常常不会那么正经严肃，只要看看他在失恋的样子就知道了，可怜的家伙，其次，男人不能认清现实，总是抱有幻想，而且他们大部分都忠诚于同一种类型。告诉我，为什么男人总是爱上同一种女人，而女人从不会爱上同一种男人。男人不喜欢离开习惯的选择；女人却不愿意被传统所束缚。而母亲与儿子之间的关系都已经不同于以前的年代，这一点也是由女性体会到的，男性对此仍是一无所知。如今几乎所有的母亲都是职业女性，而一个有工作的母亲，是不可能一整天都和她的儿子在一起的，不管她是文员、服务员还是演员，她都不得不在清晨告别自己的儿子，晚上再去接他。但这并不意味着她的儿子不快乐。今天的孩子们不同了，他们非常清楚地知道他们的母亲不得不外出工作，而且因为她必须工作，所以她不能一直和他们在一起：他们的母亲已经向他们解释了这一点。他们也非常清楚地知道，幸福并不取决于他们的妈妈总是待在自己身边。我的女儿并不是每天都能见到我，尽管她见到我的次数比那些文员、服务员或女工的孩子见到自己母亲的次数多得多，但她是一个非常快乐的孩子。当别人跟你说，孩子应该一直和他们的母亲在一起时，他指的是另一个世纪，而不是这个世纪。世界不一样了，彻底改变了！而这样的改变不是在限制人类的自由，而是使我们更加自由。

总之，按照你的说法，今天的妇女没有一刻是不自由的。
并不是这样，当然会有不自由的时刻。只有一个时刻，女人会愿意完全放弃自己的自由，回到从前那种的被奴隶的状态：在爱情中。恋爱中的女人自动成为奴隶，成为男人的奴隶，因为她在恋爱的那一刻就明白，她不能取代男人，生命的防线是男人，信任是男人。我知道这一点，因为我曾经恋爱过，现在也在恋爱中。威利不如我现代：他会因为读到或听到我表达的这些东西而恼火。因为我知道他不喜欢，所以我将向他道歉，并告诉他我并不真的这样认为的。换句话说，我将把自己从一个自由、独立、现代的女人，变成一个平庸的奴隶，这就是我陷入爱情的样子。但也许我并不现代：现代女性不会坠入爱河。现代女性非常在乎自己的独立性，她不想失去它。为了不失去独立的自己，她们甚至会禁止自己谈恋爱。一个又一个的男人像走马灯一样在她身边，但她永远不会选择任何一个男人，或任何两个或三个男人。没有戏剧性。就像唐璜一样，而唐璜就是现代女性的写照。

至此,我们终于得出了这样一个了不起的真相。最根本的真相。接着,我们会就此展开讨论。

瑞典神话

三四年前，我在斯德哥尔摩见到她时，她正在为女性能够担任牧师而四处呼吁。"如果生而为女人，就不能穿上长袍，就不能在讲坛上布道，这是不公平、不合时宜、荒谬的。"她宣讲着，美丽的绿眼睛里闪烁着光芒。然后她站起身来，我看见一个穿着长裤、被太阳晒得黝黑的美丽金发女郎，在大厅中来回踱步，向人们诉说她如何关注这个问题，可事实上她并不是一个信徒。她的丈夫哈里·谢因（Harry Schein）是个英俊的年轻人，也是企业家和作家，自豪地笑着。"你们看到的是欧洲最现代的女人。比起她的美貌、她的智慧和她作为演员的无可置疑的技巧，英格丽以她深入骨髓的现代主义吸引着人们。"后来我在罗马和巴黎又见到了她，为了这次采访，我跟随她的脚步来到巴黎，在这里待两天。而她支持女性获得牧师职位的战斗也已经取得了胜利：在瑞典，相当多的教堂，当然是新教的教堂，允许她们主持仪式，管理教区。但英格丽却一点都没变。她刚刚完成了英格玛·伯格曼（Ingmar Bergman）的电影《沉默》的拍摄，那是一部能让最激进的人和最随遇而安的人都感到不安的神奇作品。而面前这个女演员对演员职业以外的许多事情都充满兴趣，勇敢而固执。她想发起一场运动，倡导妇女在四十岁之前不要生育："只有到了四十岁，当一个女人满足了自己对世界所有的好奇心之后，才真正地为物种延续做好了准备。"毫无疑问，关于当今的女性、自由和道德，她是最适合继续和我讨论的人。这个瑞典女人出生在拉普兰的城郊，一个冰天雪地的城市，坐落在一个没有日落的峡湾边缘。关于我们的话题，这个女人能写出一本她自己的书。"夜晚像猎枪一样射向水底的人，让他们浮上水面。那是一个很可怕的瞬间，有很多人在那个时刻死去，那些没有死去的人则会陷入忧郁，怀疑生命是否值得继续下去。而人们的手中能够慰藉那份寒冷与黑暗的，只有爱。"她小时候经常从峡湾出发游泳去远方，她不为自己的裸体感到羞耻，也不为别人的裸体感到惊讶，"罪恶并非裸露的人体"。她在十九岁时离开家乡去斯德哥尔摩学习表演。

在斯德哥尔摩，她的第一个结婚对象是个摄影师，后来她嫁给了现在的丈夫，他目前是一家电影公司的总裁。她成了戏剧和电影界举足轻重的人物：英格玛·伯格曼的电影几乎都有她的身影。她还成了一名导演，导演了许多喜剧，最近还导演了一部非常短的电影，另一部电影即将在意大利拍摄。与此同时，她还在做其他事情，她是妻子、社会民主党的成员、工会成员：人们常常看到她在五一劳动节集会上发言。她和每个人交谈，谈论一切。在这篇采访中，她谈到了瑞典的道德准则。

瑞典式的道德标准如今是被讨论、研究得最多的命题。两位美国记者汤姆和爱丽丝·弗莱明（Alice Fleming）将瑞典式道德体系比喻为一种试验田，在那里正在测试一种生命系统，一种未来的文明中我们都必须遵从的系统。瑞典女性也常被讨论和研究：这些传说中的瑞典女人让拉丁男人带着贪婪和幻想魂牵梦萦，幻想着只要在斯德哥尔摩登陆就可以和她们上床。那些被我们一本正经地称为婚前性行为的事情，在那里就像在河里裸体洗澡一样正常。生下私生子的女人不会受到惩罚，而是受到国家法律的保护，国家甚至给她发养老金。在那里结婚的妇女可以放弃丈夫的姓氏，毕竟有许多人忘记了结婚。然而，还是有少数人会被"坏名声"所困扰，"国外的人会怎么看我们？"主教们像在索多玛和蛾摩拉一样保持警惕，道貌岸然者假装谴责现行的道德体系不卫生……但革命终究是有成果的。但是，这些瑞典妇女是怎么想的，这些传说中的瑞典女人多年来一直在用她们的神话取得胜利。她们中很多人的想法或多或少与英格丽·图林（Ingrid Thulin）一样。因此，请听她用你永远无法想象的声音，以及那张魅力非凡的脸庞，讲述她所知道的令人不安的真相。她声音很小，好像有些害怕，那是我听到过的最女性、最温柔的声音，也许五十年后，我们的孙女辈也会用那种声音，讲述那些事情。

奥里亚娜·法拉齐：那些不害怕进步的人将瑞典视为是一种承诺，或者至少是一种我们都必须达到的生活方式：或早或晚，以这样或者那样的途径。纯粹的民主，没有强迫，世俗主义，财务自由，性自由。让我们谈谈最后一项，图林夫人，让我们特别谈谈瑞典女性享有的性自由。对于那些不是瑞典人的外国人来说，这就像是在谈论他们的未来。

英格丽·图林：几天前，在斯德哥尔摩，我遇到了一个朋友，她是一个二十多岁的女孩的母亲。她非常高兴，她说：

"你知道吗，我当祖母了，我们有了一个小朋友。他父亲不在瑞典，但他是一个漂亮的孩子，有一双黑色的大眼睛和黑色的鬈发，因为他的父亲是黑种人。"她的快乐是如此真实，如此纯粹，如此不拘一格。我很自豪，为生活在这个社会而自豪。在斯德哥尔摩，我还看了一部有趣的电影。在影片的某一时刻，男孩和女孩去她的公寓里做爱。男孩和女孩的车驶过一个大牌子，牌子上面是一个人在问："她能相信你吗？"这是某种节育产品的广告。车子停了下来，男孩下了车，走到我们买避孕产品的那种投币机前。他没有找到零钱，于是就问女孩："能不能借我两克朗？"女孩笑着说："不需要，你可以相信我。"这样一个精美、坦率、优雅的场景，我不禁再一次为自己生活在这个社会而自豪。但是你不能简单地以为瑞典是一个允许一切发生的国家，尽管每个人都是这样认为的。其实，这场关于道德准则的革命是最近才发生的，许多人还没有适应它。例如，仍然有女孩坚持在结婚前要保持贞洁，仍然有在丑闻中苟延残喘的宗教协会，也仍然有老年人生活在自己的坏名声带来的噩梦中。瑞典人走得很远，但同时他们又害怕走得太远，害怕被其他国家的人评判为不道德，我很清楚当这个采访被翻译成瑞典语时会发生什么。他们会说，有个三流女演员，她到处说我们没有道德，我们对性爱很随便，我们生下私生子，我们购买香烟，滥用节育药物。

我明白。我清楚地记得十三位主教谴责婚前性行为是弥天大罪的宣言。我还记得由一百四十名医生共同签署的文件，谴责放宽性道德规范是"对国家活力和公民健康的威胁"。当英格丽·褒曼与罗塞里尼结婚时，某些瑞典报纸抨击她的言辞对任何人来说都不是秘密。颠覆性的变革总是会带来遗憾和恐惧。

是的，他们花了十年时间才意识到褒曼其实做出了正确的选择，然后走到另一个极端，把她奉为圣人。一代人不足以克服几个世纪以来的循规蹈矩，克服在意别人会说什么的习惯。我不能责怪瑞典人，他们之所以害怕坏名声，是因为我们经常被评价为不道德。我与英格玛·伯格曼最近一次合作的电影《沉默》在挪威收到了六百多名愤怒的女性的签名抗议。在德国，一家报纸邀请读者表达对我的抗议。您知道这个故事吧，讲的是两个女人之间的爱情故事。在影片的结尾，主人公死了，孤独终老，唯独不能放弃的是对自己的爱。德国记者问我："您看到自己出现在这样的场景中，难道不感到羞愧吗？"我回答说，为什么，我为什么要感到羞耻，我是一个演员，如果演戏时必须使用我的身体，我就用我的身体；在那场戏中，我讲述了一个女人的故事，她临死前没有任何人可以爱，所以她爱自己，这会发生在许多内敛或者胆怯抑或生病的人身上：爱自己。而记者说："你拍那场肮脏的戏，是不是得到了更多的报酬？"我说："我拿报酬，就要完成对应的工作：拍电影。而你所说的场景并不肮脏，只是很悲伤。"她又说："当你在工作人员面前拍摄那场戏时，难道没有脸红吗？"我回答说："我没有这方面的禁忌，所以我没有脸红。拍摄成功后，我反而笑了。"记者似乎非常惊讶，没有在我身上发现任何负罪感。最后，她那篇文章的标题也在鼓动大家反对这部电影——《那个玩世不恭的瑞典女演员说：我没有禁忌》。我们经常遭受误解，相信我。

那些不习惯自由的人总是害怕自由，"为所欲为"这个词就是他们不习惯的，许多人认为这是一个肮脏的字眼。瑞典是罪恶之国的神话必须被揭穿，正如瑞典女孩总是准备为来到斯德哥尔摩的意大利人提供色情之夜的神话也必须被打破。我曾经见证过一次有趣的邂逅：一个瑞典女孩与一个法国建筑师的相遇。他们在一家餐馆相遇，她先对他笑了笑。因为她觉得想笑，我不知道，或者因为她喜欢这个人。他却把她的微笑当做了一个承诺，一个正式的表白，所以当她转过身去背对着他时，他脸上的表情看上去生气得要命。阿尔贝托·索尔迪（Alberto Sordi）拍摄了一部形象相当生动的影片，讲述了一个意大利人在瑞典的经历，特别是在女孩跟随他到房间喝威士忌的那段。喝完威士忌后，女孩说了声"晚安"就离开了。也许她在喝完威士忌后改变了主意，也许她无意与他上床，也许她想在决定前还想再考虑一下，但他怎么也想不明白。因为他是意大利人，他不明白我们的道德观是这样的。为什么女孩会去一个男人的房间喝威士忌，而不和他睡觉，或者不和他上床，谁知道呢。今天，明天，或永远不会理解。但是我们的男人知道这一点，但是我们这儿的人就能够理解，他们甚至想都没有想过一杯威士忌需要用一晚上的性爱来支付。与他们约会不是一个任务，也不是一个承诺。

现在要问的是另一个问题，英格丽：这种对性的合理化，将其视为生活中的普通事情，是否会带来幸福？这样做很明智，很诚实，但真的能帮助我们活得更好吗？

我知道，许多人都想知道这个问题的答案。人们总是喜欢将事情复杂化，谁也不知道为什么，同一件事，当你试图把它简化时，你就不再喜欢了。在我看来，您所说的这种性的合理化，导致了或至少增加了幸福的可能性。总体上，我是一个快乐的女人，我很幸福，因为我已经克服了许多不确定因素，因为我感到自己的生活已经达到了平衡。就是这样：万事顺意！我无法想象自己以其他任何方式生活，那样会让我无法呼吸。您不要以为，这是我作为瑞典公民从小在餐桌上就能获得的状态：我是自己挣来的，是一种选择，我出生在我们国家的北方，大人们教女孩的第一件事就是找丈夫。如果我留在那里，而不是在十九岁时坐火车去斯德哥尔摩，我就会像当地女孩那样嫁给当地驻军的一个英俊的中尉，而我现在说话的方式也会不一样。

英格丽，我不认为您从小到大接受的是清教徒式教育。
清教徒，不。像所有瑞典儿童一样，我在学校里开始对性有所了解，从生物角度而不是从道德角度。每周生物老师会来两次，在黑板上向我们大声解释那些我们私下小声学习的内容。我有一对明智的父母，他们教导我不要以裸体为耻，赤裸的身体并不是罪恶。我记得我七岁的一天，在我家附近的河岛上看见了一个男人和一个女人，全身赤裸。于是我跑回家问我母亲："我看见小岛上有一对裸体男女。这样做正确吗？"她说："这是他们的决定，与你无关。"但我也是作为一个教会成员长大的，每个瑞典公民出生后都自动隶属于某个教会，每周有两次牧师到学校来上课，他们所传授的内容与生物老师所说的截然不同。我不知道意大利、法国或西班牙的情况，但在瑞典，教会总是设法让你在性爱的问题上感到内疚。

所以，这就是您为什么离开了教会吗？
也并非完全因为这一点。我离开教会主要是为了抗议不允许妇女担任牧师的规定。从两三年前开始，这项规定就被取消了，在瑞典，许多新教牧师都是女性，他们甚至为她们设计了一种特殊的袍子：黑色的外衣，下面是裙子，而不是长裤。我还可以告诉您：由女牧师管理的教区，信教的人数往往是最多的。但当我二十一二岁时，成为女牧师是女权主义者的梦想，离开教会时我说："我拒绝与那些落后到阻止女性成为牧师的人一起讨论信仰，如果我喜欢这份职业，我才会去相信它"。你知道，爱的问题对我来说从来都不是一个核心的、决定性的问题。而且我不认为对今天的女人，对一个真正自由的女人来说，这会是一个核心的、决定性的问题。爱和其他问题是一样：和贫穷一样，与正义一样。对我来说，对如今所有的女性来说，真正重要的事情应该是能够调和大脑与心灵。这两个部位的需求是如此不同，几乎不会协调：有多少次，我们喜欢一个有头脑而没有心的男人，或者有心而没有头脑的男人。但这也是一个让男人担心的问题，不是吗？

没错。您让我想起了我在某篇关于瑞典的调查中看到的一句

话:"生活的问题比性问题要复杂得多。"瑞典人似乎经常重复这句话,同时还有他们最讨厌的虚伪这个词。我们要不要讨论一下虚伪的问题,英格丽?

但这个问题是如此简单明了,例如:我不明白,一个女人怎么能在没有见过其他男人的情况下,选择某一个男人。我一直不明白一个女人怎么能在出嫁的那天还是处女,一个男人又怎么会娶一个处女。算了吧!没有和一个男人在一起过,就和他结婚,这是不诚实的行为。婚姻是一件严肃的事情,一件应该持续到生命尽头的事情。如果结婚之后,她才意识到和他在情欲上相处不来,那该怎么办?

当然。而且对于一个如此没有虚伪的女人来说,远离自己的社会,生活在其他国家,肯定是更尴尬的。相比之下,其他国家的道德结构已经远远落后于此。

不仅仅是尴尬,而且相当不舒服。以我自己为例,当我在瑞典境外时,总是有一种无力感,因为有很多事情我不明白。例如,外国没有直呼其名的习惯,有时候还会在称谓上进行复杂的转折,总让人产生误解。还例如,人们习惯于隐藏一切,从不说实话。比如有一天,我走进巴黎的一家药店去买避孕药。"不。"药剂师回答说。"为什么不呢?"我惊讶地问。"不。"他坚持说。"为什么不呢?""因为……"他就陷入了顽固的缄默状态:他是如此尴尬,我是如此愤怒。当他们让我觉得自己是个呆头呆脑的瑞典人时,我就会非常生气。我最近在英国待了两个月,无论我说什么,他们看我的眼神都很奇怪,就像我讲那个故事的时候。您听说过吗,在瑞典,一个未婚的少女母亲可以要求她孩子的父亲抚养小孩到十六岁。政府将提供赞助，但是需要明确孩子的父亲是谁。好极了。前段时间，一个瑞典女孩生了一对双胞胎，但不知道孩子父亲是谁，因为她同时和三个不同的男性在一起。她向政府医生指出了三个人，要求进行血液测试、指纹测试等等。医生们无法确定这三个人中哪一个是父亲，有一个人甚至说，双胞胎中的一个可能属于一个父亲，而另一个属于另一个父亲。于是女孩生气地对报纸说：这是一个什么样的社会，它声称自己是如此先进，已经克服了贫困和失业的问题，却找不到我孩子的父亲。很有趣，不是吗？事实上，当我向英国人讲述这个故事时，我会笑起来，但当我说完后，迎接我的是一片冰冷的沉默。为什么？

因为您是一个女人。如果讲这个故事的是一个男人，他们会笑着接受。在一些国家，一个女人公开地谈论某些事情，仍然被认为是不恰当的。如果从原则上看，两性平等已经实现，但从形式上看，还没有实现。做了却不能说——这就是虚伪的旧道德，是需要去战胜的。

这里还有一个我不明白的词："平等"。对我这个自由的女人来说，与男人平等对我而言是显而易见的，以至于我认为去刻意记住平等这个概念也是多余的。当我在瑞典时，我觉得自己更像一个自由的人类，而不是一个自由的女人：这两者是不同的，而且是非常不同的。我的意思是，如果晚上我独自走在街上，在瑞典，我只是一个在晚上独自走在街上的路人。而在其他地方，我却成了一个晚上独自在街上行走的女人，因此我是一个罪人，至少是一个可以被侵犯的人。为什么有这种差别，为什么？有一天，在罗马，我去理发店，一个人进来推销《妇女百科全书》。"您想要吗？"他问我。"不，我想要《男性百科全书》。"我回答。"但我这里没有。"他说。"那么关于一个男人的各种知识，我们从何而知呢？"我问。他说："夫人，要了解男人，整个文明都是关于他们的。"我不知道，我不明白。一个女人最终会因为生而为女人感到内疚。这种不断提醒自己是个女人的做法就会造成如此的后果。在瑞典，人们只会叫你的名字，而在其他地方，人们总是需要提醒你是什么性别。先生，夫人，太太，小姐，女士……

对，还有更糟糕的。有夫人和小姐，太太和姑娘，女士和小妹，糟老太和老姑娘……各式各样来给女性分门别类的标签。例如，一个女人去买机票，当要报上自己的名字时，一个像是来自最后审判的声音就会问她：夫人还是小姐？几乎就像是否结婚、是不是处女这件事会影响到票价一样。有一句万能的回复："随便，都是一样的"。不过，如果你说出来，他们看你的眼神就不对了，也许还会想：无耻的荡妇！既然说到这里，英格丽，那么你相信婚姻吗？
我认为婚姻对于那些不能独自生活的人来说，是个好方案。因此，与其说是相信婚姻，不如说我相信两个人能在一起生活。但我已经结婚了，您也许会这样说。嗯，我的婚姻故事非常有趣。我们之前根本没想过要结婚，在现代人的关系中，仪式并不算数。我有至少三对朋友，他们在一起生活了很多年，有孩子，但没有结婚。其中，至少有两对我认为他们已经结婚了，但当我跟他们说起时，他们回答说"我们从未准备要结婚，尽管我们总是在思考这个问题"。所以我现在的丈夫当时就和我住在一起，但没有结婚。从某种程度上说，我们在一起，但是我们各自有自己的公寓，有时我去他那儿睡觉，有时他来我这儿睡觉。然后我们一起去了伦敦，去了伯克利。为了能够住在一起，我们总对别人说我们结婚了，结果第二天发生了什么？一如既往地，有一个记者来采访我，问道："您结婚多久了，图林小姐？""昨天结的。"我这么说，只是为了让他满意。这个消息飞到了斯德哥尔摩，那里的报纸以极大的篇幅报道"英格丽·图林结婚，在伦敦度蜜月"。回到斯德哥尔摩后，哈里和我收到了许许多多的电报、礼物和鲜花，哈里说："我们必须真正地结婚，亲爱的。"于是我们真正结婚了：与其说是为了我，不如说是为了他的名誉。他有很多雇员，您知道怎么回事吧。但我们并没有立即搬到一起，我们继续隔三差五地去对方的公寓留宿，有时我睡在他那里，有时他睡在我那里。事实是，我更喜欢我的公寓，他更喜欢他的公寓，而我们都不想放弃其中任何一个房子而选择另一个。当我们最终下定决心时，解决方案是所罗门①式的：我们同时放弃了这两个公寓，寻找第三个不会改变我们各自习惯的地方。

但是确实有一件事情彻底改变了：姓氏。在结婚之前，您的名字是图林（Thulin），而在结婚之后，就变成了谢因（Schein），也就是您丈夫的姓氏。而这一个细节，无论多么形式化，都有其意义，它限制了当今女性的独立性。毕竟，我们已经习惯了顺应某些规则，出于惯例去尊重某些习俗，

---

① 根据《圣经》传统，索洛蒙王是古代以色列联合王国的第三位也是最后一位国王，以其智慧、多产的著作和建筑成就而闻名。

我们甚至不会过问这个细节是否正确。

在我们国家,事实上,如果提出申请,已婚妇女是可以保留自己的姓氏的。她所要做的就是向法官提出请求。我已经这样做了,所以我没有用我丈夫的姓氏,我总是使用自己的姓氏。我以我的姓氏签名,我以我的姓氏出席活动,我的名字也在电话簿上。或者说,我的名字与我丈夫的名字在电话簿上都能被找到。虽然电话号码相同,但名字还是各写各的。在我们家,前门上既有我的名字,也有我丈夫的名字。最有趣、最有意义的事情是,如果我愿意继续申请的话,可以要求我的丈夫跟我姓。但他想想还是算了,因为他没必要在很多法律的复杂问题上浪费时间,但他说自己喜欢哈利·图林这个名字,反而没那么喜欢哈利·谢因。换句话说,我们之间没有任何征服与被征服的等级区分:无论是从我的角度,还是从他的角度,我们一直是两个自由平等的个体。甚至我们的财务也是分开的。我自己买衣服、支付旅行和工作的相关费用。有时,他会给我买机票订酒店,有时,我也会给他做同样的事情。例如,当他来美国时,他是我的客人,但我们的账目总是分开的。我们两个人都有各自的车,购车费用也是出自各自独立的账户。家庭的开销,我支付三分之一的日常费用,他支付三分之二的日常费用。我付三分之一,因为我不常在家里,我总是在世界各地旅行,而他总是在家里。事实是,我永远不可能在经济上依赖一个男人:经济独立是今天女性自由的首要条件。如果一个女人向她的丈夫要钱,她怎么会有自由?他会有权利说一个女人必须打理屋子。而我会觉得,凭什么是家里的女人来做这个事情呢?如果需要,你就雇一个女仆、一个仆人,衣服脏了还有洗衣店可以洗，衣服旧了干洗店可以熨，肚子饿了有餐馆可以去。几个世纪以来，我们女性一直被告知，待在家里看孩子、为丈夫洗手作羹汤是好的，也是正确的。但如今我们发现，如果孩子们学会在成长过程中不再紧紧抓住母亲的裙子，他们会更快乐；在餐馆吃饭也不是什么坏事。我知道这听起来像女权主义者的大道理，但我不会绝对宣扬女性就应该在家做家务。如果她们觉得洗碗有意思，那就洗；如果她们觉得在外搞事业更有意思，那么她们不洗也无妨。于是，关于有工作的已婚妇女的二元论也得到了解决。当然，这需要男人的支持和理解；但我的丈夫向我提出了支持，并首先对我说："如果你既当我的妻子，又当我的厨师和服务生，那我该不知道怎么与你相处了。"

所以说，如果您与一个男性朋友，或者男性熟人、男性同事一起出去吃饭，谁付钱呢？

有时我付钱，有时他付钱，这取决于谁发出的邀请，也取决于谁更加宽裕。或者，我们也可以平分账单；或者，我付晚餐的钱，他付看戏的钱：瑞典女人一般都会这么做，这也不会是对方感觉有损自己的男子气概。有男子气概并不意味着你一定要抢着付账单。此外，如果妇女在这个问题上享有特权，那么又何来的平等呢？要享有同等的权利，就应当对应相同的职责：不论是好是坏。在瑞典，两个人如果离婚，并不一定是丈夫向他的前妻支付金额；相反，如果女方赚得更多，她反而会付钱给这个男人。孩子的分配也是如此。这看起来矛盾，但在瑞典，更多的是男人在争夺抚养权，而不是女人。在这种情况之下，法官也会将孩子判给他们，只要不是一个新生儿，因为一个男人也可以把一个小孩很好地抚养成人，和女人一样。我看来这是正确的，我也不能想到有谁会提出异议。另一方面，关于小孩，我有一个理论：我坚信，如今的社会体系是一个不适合女性很早就生育的体系。一个女人在四十岁之前不应该有孩子：生活的重担已然让她们疲惫不堪。到四十岁时，一个女人才足够成熟，足以让她留在家中生育后代，并以自己的人生经历去教导他们。

英格丽，这是一个既不能由我们、也不能由社会解决的问题：上帝已经通过对生育力施加一个精确的期限来给出了答案。没有其他什么办法：四十岁的女人已经过了最适合生孩子的年龄，或者是生第一个孩子的年纪。一个人在四十岁时已经开始变老，这个障碍或许真的是无法克服的。

哦，我们要是能停止这些惯性思维，不再恐惧变老，那就好了。这种一个人只有在二十岁的时候，才更可能被认可，年轻至上的神话为什么会存在呢？我认识很多女性，她们四十多岁时生下了第一个孩子，在充分地过好了自己的人生之后。而您所说的最后期限，是一个医学问题：让医生们来操心这件事吧。一切，都会迎刃而解；只需要思考，动动脑子。我将坚持去说服妇女们，不要在四十岁之前成为母亲，不要浪费她们的青春岁月为孩子哺乳，不要过早地变老，要为自己而奋斗。我也将为女性拥有选择做母亲的自由权而奋斗。

但这在瑞典已经实现了啊！

哦，不！远远没有实现。在瑞典，一个女性要终止妊娠，需要得到两名医生和一名精神分析师的许可,如果这三人中有一人说不,她就得把孩子生下来。国家和社会都不会让生下私生子的女性感到难堪,她们最常听到的是:"你年轻力壮,挣钱多,把孩子生下来吧。"诸如此类,不一而足。如果这个可怜的女人侥幸逃脱违抗自己的意愿生孩子的命运,去堕胎,而她一旦进了医院,她就会被当作杀人犯对待。许多人去了波兰,因为那里没有人责备你所做的决定,这不是偶然的。但是,承认吧!把孩子带到这个世界上是一个艰巨的选择、一个非常严肃的决定,而不是方不方便的问题。你应该用怎样的方式爱一个自己并不想要的孩子?但这对每个人来说都是如此,不论瑞典人、中国人、刚果人、意大利人,还是美国人,如果不明白这一点,那么谈论其他事情就没有意义了!您知道吗?当我四十岁的时候,我想有个孩子,我希望是个女儿,在她懂事后马上告诉她这些道理,教她不要犹豫。因为当今的女性最大的错误就是犹豫不决。

您自己也说过,英格丽,要摆脱几个世纪的教育,摆脱我们与肤色、血型、疾病一起继承的信仰,需要不止一代人。我首先要说的是,世界在变化,我们也随着世界的变化而变化,运输工具在变化,道德也在变化。但是,蜕变是缓慢的,正如您之前说过的,调和大脑与心脏是非常困难的。让我们换个话题,让我们回到婚姻的问题。因为结婚这个事实,也许您今天应该在丈夫的身边。然而,工作是否迫使您在婚姻关系中长期缺勤⋯⋯

这一点毋庸置疑是包含在女性自由的范畴之内的。而且当代女性也不能忘记,家庭意识在我们身上已经变弱了很多。对我们来说，家庭从来都不是一道枷锁，我们能够很快地从中抽离：独立地面对生活，享受自由，付出着，也有所牺牲。至于我，可能是因为我身上拉普人①的血统，游牧民族的血统。我喜欢旅行，喜欢看新的国家，我丈夫也知道这一点。当然，他是一个聪明人，也是一个很容易相处的人。要找到一个能和你一起生活的男人并不容易。我认识很多男人，很多。而且几乎所有的人都很聪明。有些我喜欢，有些我不喜欢，但要生活在一起，让我想想：只有两到三个。

也许是因为您很难坠入爱河，因为现代女性不会轻易地投入一段感情。

我不同意这一点，因为即使在瑞典，也有很多女性因为感情问题自杀。如今谈恋爱更难了，这一点我同意，因为如今的女人更有文化，经验更加丰富，对男人的要求比我们祖母那一代的女性要高得多。所以投入一段感情，就像我一样，成了一个缓慢、甚至有点疲惫的过程，其中充满了迟疑。而当爱情的热度减退，感情会持续下去，对于我们的生活，感情就像救生圈。在我出生的峡湾，没有夕阳。突然间，太阳消失了，被山挡住了；黑暗像猎枪一样射向水边的人们。那是一个很可怕的瞬间，有很多人在那个时候自杀，而那些没有自杀的人则会陷入忧郁，怀疑生命是否值得继续下去。在这场危机中，一个人独自走了几十公里、几个小时，没有遇到一个人，也没有看到一间房子。不仅仅在非洲才有沙漠，在北方也有，为了在黑暗、寒冷和荒凉中得到慰藉，人只有

---

① 斯堪的纳维亚原住民，北欧民族，自称萨米人。

爱。性和爱。现代生活是一个太阳突然消失的峡湾，而爱是唯一的救赎。但是，如果如今的某个女性对感情专一，自由而忠诚，这意味着她生活在爱中，她不是一个花心的人。我认识很多不三心二意的女人。

有人说，女人已经向前迈进，而男人却落后了，以至于如今的男性继续沉迷于求爱这种不合时宜的习俗，而女性却早已不为所动。
我从来没有关心过圣诞节，我并不重视这个节日的意义，但我一直在庆祝它。大家都在庆祝。因为这是一个无害的习俗，一个无害的乐趣，一个温和的仪式。求爱就像圣诞节，我不认为男人已经落后了，就像我们都会庆祝圣诞节，男人们也庆祝，而他们也会继续求爱。像我丈夫也不例外，他们也在驳斥男人落后的教条：别再纠结该死的平等的意义，这样才能看到女人的进化与男人的进化是同步的。今年，斯德哥尔摩对中学生进行了一项调查，对象是所有十四五六岁的学生。他们被问到的问题是："你觉得你长大后想娶一个处女吗？"他们听到问题一个个都笑了出来，回答："那是什么，瑞典有这种生物吗？"哪个先进的现代男性还会要求自己的配偶保持处女之身？哪个进步的现代男性还会要求女性只能待在家里煲汤呢？

还有很多，英格丽，很多。绝大多数男人都还有这种要求。而很多女人，很多，也都很乐意去取悦他们。
是的，您说得没错。但也确实如此。当我们谈论某些事情时，我们从自己的直接经验出发，举我们认识的人为例，而我们却忘记了大多数情况。您认识的大多数妇女都像我一样，我认识的大多数妇女也都像您一样：我们很幸运，但与我们这样幸运的女人不同，直至今日，仍然有成千上万的妇女受压迫。我们不要忘了，在詹姆斯·邦德的电影中，也就是今天最受人欢迎的电影中，女人从来不是人类，而是男人的装备。性自由或许已然实现，但仍缺乏尊重。大多数妇女仍然活在各种枷锁之下，举步维艰。她们没有爱好，不看书不读报，羞于在公共场合发言，不出远门。有多少次，我意识到自己是满是男人的飞机上唯一的女人，您在飞机上一定也遇到过这种情况。为了鼓励女性乘坐飞机，瑞典的国内航线对女性的收费比男性低。是的，在瑞典，妇女享有优惠票价，就像火车上的儿童一样。但是，没错，您说得对。我们的处境与黑人类似。关于我们，还存在一个大大的困惑。

女人不善变

她对我说话的样子骄傲得像个女王,她的身边环绕着三个儿女,肚子里怀着她的第四个孩子。她担心会失去这个孩子,所以尽量保持一动不动的姿势:孩子是神圣的,他们值得一切牺牲,包括保持静止。而这样的姿势对她来说,似乎比一件铠甲还重。她坐在柳条扶手椅上,时而披着她从迪奥买来的宽大的红色睡衣,时而裹着她在波托菲诺买的蓝底黄花纹的毯子:那张宛如木头雕刻出的脸庞像印第安人一样;那头黑色的头发齐刷刷垂下,也和印第安人一样;那长方形的、闪亮的黑眼睛,同样带着印第安人的韵味。她的形象充满母性,如同敞开胸膛的平静土地,孕育着树木、小麦和生命。她的国王,也就是她的丈夫,走在环绕山上房子的草坪上。山下就是马德里,一片寂静,一片白色。很快,他就要去出差了,他的王国包括数千公顷的土地,数百头公牛,需要管理的巨额资金,所以他将离开两三天之久,她解释说。很可能他会再迟一点回来,但他不是那种在事业中失去自我的人,她补充道。在她跟我说话时,还会夹杂这一些破碎的西班牙语:"I miura...nel ruedo...corrida..."

访客络绎不绝,没有多余的寒暄。女仆、厨师、管家像勤劳的蚂蚁,在房间里、阳台上忙前忙后,电话铃声不绝于耳。毕加索打来电话,希望能让女王陛下前往瓦劳里做客。艾娃·加德纳(Ava Gardner)来电,想参加即将出生的孩子的洗礼,并准备好成为一名天主教徒。还有来自国务部长的来信,他希望这对夫妇能参加瓜达尔基维尔河上某艘船的下水仪式。格蕾丝·凯利(Grace Kelly)也很乐意在下一次聚会上见到他们。翁贝托·迪·萨沃亚(Umberto di Savoia)向他们致意。还有不知道哪里的大君邀请他们去狩猎。这就是她的生活,阿门。你真的可以称他们为这个国家的君主,这么多人渴望他们的地位。但她转过那双黑亮的长方形眼睛,瞳孔中亮起一道犀利的光。所有这些都使她受宠若惊,但她并不关心。她只关心肚子里的这个孩子,不久之后,如果顺利的话,这个孩子就能再长大一些,撑起她瘦弱的身体。她在乎自己九岁的儿子,像他父亲一样叫米格尔;在乎自己八岁的女儿,她也叫露西亚;也在乎另一个四岁的女儿宝拉。她还在乎自己那个过于帅气、过于英俊、过于引人注目的丈夫,即使他夺走了她的独立、她的自由、她的成功,他是那种要求妻子只做他的妻子,而不是别的身份的西班牙男人,他叫路易斯·米格尔·多明戈(Luis Miguel Dominguin)①。与他结婚后,这世上就再无露西亚·博塞(Lucia Bosé)。她扔掉了自己的身份、自己的事业、自己的一切,成为多明戈夫人、多明戈先生的私人财产。为了他,她学会了他的语言,毫不犹豫地接受了他的国家,无论好坏。从那时起,十年过去了。还记得她宣布结婚的时候喜笑

---

① Luis Miguel Dominguin(1926—1996),西班牙斗牛士,其父是西班牙传奇斗牛士多明戈·多明金(Domingo Dominguín, 1895—1958)。

颜开，喜极而泣的样子吗？十年的时间向她解释了婚姻不是一个甜蜜的梦乡，但她没有后悔自己的选择，每次生孩子的时候她都会重复肯定这个选择，一切都在表明，她永不后悔。

她与我们最近在关于妇女、道德、自由的访谈中所倾听的那些女人截然不同：这就是为什么我选择以她来结束这个单元。她说这只是一个出生在安波拉街20号的普通米兰女孩的观点，而这世界上到处都是安波拉街。所以呢，难道我们和其他女性所说的都不是真的吗，都不正确吗？如果说她认为绝大多数的人都会站在她这一边，她们不会有根本的改变，只会有缓慢的进步，那么我们所得出的结论，是否就该不一样了呢？因此，我们不下结论，不说现实是瑞典那样的极端，也不是西班牙这样的极端，现实是像意大利、英国、法国这样的妥协。我们意识到，眼前这位平静幸福的女士向我们提出了令人不安的问题。我和她待了差不多一个星期，路易斯·米格尔没有回来，每天她都邀请我去吃饭，在山上的那片草地中央晒太阳。我们一直安静地待着，聊天，直到太阳下山。她的丈夫和她的孩子应该感谢她，感谢她所说的那些话。也许，在我们内心深处，也会感激她的那些话。

奥里亚娜·法拉奇：您是意大利人，但嫁给了一个西班牙人，如今您是西班牙人，住在马德里，还是三个孩子的母亲，婚后不再参与演艺界的事务。所以从各种意义上说，您和此前那些与我讨论当今妇女的自由和道德的嘉宾相差甚远。我不知道您是否读过我之前的访谈，露西亚，以及……
露西亚·博塞·德·多明戈：没有，我不想读，我宁愿不读。我的眼睛立刻看到了诸如"今天的一个女人等于一个男人"、"现代女人是花花公子"、"对我们女人来说，性自由是个既成事实"这样的表述，我感到很难过。我会觉得，如果我读完这篇采访，会更痛苦。我的观点与她们不同，太不同了。而我所说的，是一个传统女人的观点，也就是一个选择了家庭和孩子，且对此不遗憾，也不认为自己放弃了什么的女人。您所说的自由，对我来说是一种暂时的自由，这种自由仅当我拥有它时存在，也是一种期望：所以我不理解放弃这个词。我在寻找一个可以和我生孩子的男人，而不是寻找独立和所有这些意义。我找到了，他问我："你愿意嫁给我吗？"我没有犹豫：两个月后我成为他的妻子。许多人不理解，还有人不相信。但我出生在一个老式的家庭，一个简单而团结的家庭，有祖母、姑姑、表兄弟和姐夫；而现在我身处的这个充满各种鬼怪传说、蚊蝇遍地、有七大姑八大姨表兄弟姐夫的国家，还有米格尔，正好为我提供了我所寻找的东西、就像我的原生家庭一样。我记得我见到他们的那一天，那个互相爱、互相恨、互相下毒、互相送医院、互相殴打、互相拥抱的波吉亚部落：我看着他们说，就是这样，我找到了，我现在回家了。我知道西班牙男人霸道、占有欲强、嫉妒心强，而这非常适合我。我知道露西亚·博塞会老去，终有一天会死在他们中的一个人身边，这很适合我。今天，我只是德·多明戈夫人，是三个孩子的母亲，很快就有四个，我很满足，我很好。既然我很满足，我也很好，所以我不理解那些想改变我们女性，那些谈论反生育、避孕、堕胎的人。您也看到了，我甚至对您说的一些话很困扰。我打赌，这也会困扰您的母亲。并不是说我认为这些话很肮脏，只是我觉得这些话侵犯了一个秘密，亵渎了一个奥秘。

没有人想改变女人，露西亚：是她们自己在改变，连同这个世界一起。无论您是否赞同。我在那些采访中已经说过了：交通工具在改变，穿衣和生活方式在改变，道德观念也随之改变，不论今天的现实，还是明天的现实，都是既定的现实。
机器，纽扣。按下一个按钮，一个孩子就会消失。按下另一个按钮，另一个孩子就会消失。不可以。树、花、鱼、鸟、苍蝇和老虎都不能控制生育后代这件事。不能去和一个肚子里有孩子的女人谈论地球人口的增加。我不关心地球人口的增加，我想要孩子，所有的孩子，我没有一次因为怀孕而懊悔。多年来，我一直梦想着去印度，去日本，然而我没去成，因为当我要收拾行李的时候，又有了一个新的孩子。好了，我拆开行李，感叹道："你终于来了，欢迎，你来了。"我不觉得肚子胀得不好看，我觉得完全没有问题。而我是在尖叫中生下我的儿子的，感觉到一种巨大的痛苦，这种痛苦和我们的祖母和曾祖母体验到的是一样的，我不需要现代科学的无痛分娩，我认可米格尔的说法：无痛分娩是违反自然的，孩子应该是在尖叫中出生的。而他们出生了，就必须有父亲，不管其他女士怎么说，我相信这是大多数人的观点：即使今天在1965年，在人类登月前夕。

这是不正确的。今天另一个不争的现实是，婚姻不再是生孩子的必要条件，而且在任何情况下，未婚妈妈也不应该再被社会拒之门外、被乱石砸死，也不应该让她遭遇良心的谴责。

一个没有父亲的孩子，这说明什么呢？没有祖母、姑姑、表妹或姐夫，这又说明什么呢？但是，如果一个孩子没有父亲，那么这个女人与另一个男人一起将孩子带到这个世界上，又有什么意义呢？还不如把他装在试管里，带去实验室，在蒸馏器和电脑中把他创造出来。然后等他长大了，问："妈妈，谁是我的父亲？"你给他看试管，说"这是你的父亲，儿子，向爸爸问好，对这个管子问好"，你看着他对那个试管说"爸爸好"。这不就是进化、文明吗？想一想，从头到尾思考一下这件事，就能意识这一点。这样的话，我还是更喜欢不文明、落后的方式。我不喜欢反叛传统，我想要扎根于传统，扎根于规则。这些规则已经存在了几千年，如果它们流传到我们这代人，就意味着它们是正确的，从而就意味着它们已经经过我们的验证，被确立下来，我们没有发现新的规则，更好的规则，家庭也不能有代孕者；因此，当看到这些女孩没有结婚就生下孩子时，我都会感到巨大的痛苦，我问自己她们为什么会这样做。而我对自己说，她们做错了。您会问，那是不是就该让这个孩子消失。不，因为让一个孩子消失就等于谋杀。那么他们应该怎么做呢，您会问。她们应该自我约束确保不去生这个孩子。现在，让我们听听您怎么说。

我想引用英格丽·图林的论点来回答，就如我之前写下的那样，在图林女士生活的国家，人们正在实验着一种新型的社会文明，而那样的模式对于我们来说，也是将不得不去经历的阶段。她说，婚姻是一件严肃的事情，应该是持续一生的……

她这样认为？是的，婚姻必须持续一生。它必须永远持续下去。

即使两个人意见不一？
即使两个人意见不一。

即使他们在一起不开心？
即使他们在一起不开心。

即使他们的孩子也被迫看自己的父母争吵不休？
人们不会在自己的孩子面前争论。不要因为自己的不开心而让家人不高兴。因为家庭是神圣的，是唯一真正神圣的东西，如果那两个傻瓜不能和睦相处，那是他们的损失。但他们之前就应该想到承认两个人在一起不合适很容易。但如果已经错误地结为夫妇了？无论如何，永远待在一起，不抱希望，不大惊小怪。

就像无期徒刑一样吗？
没错，就像那样。所以，图林女士是怎么说的？

她说，婚姻是一件严肃的事情，应该持续一生，所以在没有了解其他男人的情况下，与一个男人结婚是不道德的。这样不能够确保做出的选择是正确的。
啊，是的。所以你试过与一个男人在一起，要是不喜欢他，就把他扔了。然后你尝试另一个男人，你还是不喜欢，就又把他扔掉。这有什么意义？为了寻求完美？完美是不存在的，人无完人，当你失去一个有缺点的男人时，你会找到另一个有缺点的男人；所以你还不如和第一个人在一起，是或不是？还不如避免浪费自己的时间，避免变得心灰意冷，避免迷失自我；因为男人就像樱桃，一个接着一个，永远都挑不完。或者你最终停下来，与他结婚，但你还是充满了比较、懊悔。如果你不想欺骗你的丈夫，就和他离婚。不应该是这样，尝试过与十个男人或二十个男人在一起，并不能保证一段婚姻就是靠得住的，持久的婚姻一般都是那些没有过多挑选的婚姻。这样反而更好：持久的婚姻发生在一个除了她丈夫之外没有其他男人的女人身上。这是我们的长辈教导我们的。他们的脑子里没有那么多想法，男人与男人都一样，他们总是这么说，女人与女人也都一样，于是男人和女人在一起，直到死亡。哦，我知道很多人会嘲笑这一点，在罗马，我似乎能听到他们的声音。他们说：露西亚疯了！他们还说：她在骗谁呢？他们觉得我已经变成了一个偏执狂。他们还觉得，西班牙的生活让我失去了理智，我学会了像安达卢西亚农家女一样说话。

也许是的，露西亚。
不！我是作为一个出生在安波拉大街20号的米兰女人跟您说这些话的。您去安波拉大街，找找那些和我少女时代的朋友，她们会告诉您同样的话。你们所谓的革命涉及的是少数人，世界上大多数人都像安波拉大街上的那些女孩一样，都是些像我这样的女性。我十六岁时就这么认为，二十岁时也是这么认为，现在我三十四岁了。当我离开安波拉大街20

号，独自去罗马成为一名演员时，我就是这样认为的。在罗马，我在那些您在我之前采访过的女士中间生活了多年，我了解这个世界，也了解这些情况。但我从未改变过我的想法，我从未让自己受到她们的影响。我那时候一下子就爱上了米格尔，我如今仍然爱着他，但如果我不能嫁给他，我就不会以今天的方式去和他一起生活，我就会直接离开他，就像我十八岁时离开当时爱着的男孩那样。一个理想中的女人，幸福的女人，是属于她所爱的男人的女人。我不相信这世上有像换丝袜一样换男人的女人。

但这不一定是爱情，露西亚，还存在一些不那么感性的关系。这个系列访谈所得到的结论之一就是，今天的女性发现越来越难谈恋爱了。

是的，今天有一些女性羞于说"我恋爱了，我爱你"。对她们来说，上床睡觉比说"我恋爱了，我爱你"更容易。这太恐怖了。但如果这是真的，如果您得出的结论是正确的，那么男人和女人之间的关系会变成什么？完成进化的高级动物之间的兽性关系？我认识一个瑞典女人，她说她每天都会做爱，因为这对她的皮肤有好处。她说："我感觉变成了一朵玫瑰。"我没有因此而感到羞耻，我接受每一个人，我不要求我的朋友像我一样思考。我认为这个世界是好的，因为每个人都以自己的方式思考，但你不能因为对你的皮肤有好处，而和一个男人在一起。就像意大利人常说的那样，"我不是卡拉拉大理石"，我是一个完全正常的女人，但我从来没有过刚认识一个男人就和他上床的情况，甚至和我丈夫也没有。我在暂时自由的时期做了自己想做的事，但不是在这个意义上。

我可以照顾好自己，我通过户外活动和骑自行车来保持我的皮肤年轻。我也不认为自己是个例外。今天的女性总是在表达，但她们也是说说罢了，或者说，她们说的比做的多，就像男人吹嘘只存在于他们想象中的成就时一样。

妇女已经觉醒了，露西亚，她们所做的比她们所说的要多得多。
哪里的女人呢？瑞典？法国、意大利、英国？有可能。但世界很大，还包括西班牙。在西班牙，像您这样表达的女人简直是不可想象的，至少，会被认为是"轻浮的"。在这里，人们对穿长裤的女人不屑一顾。我花了好几年时间，才习惯了在这里的市场上看到只有自己一个女人穿着长裤，甚至今天我还被认为是"muy rara"，怪女人。在西班牙，在没有必要却仍然坚持要上班的女人被认为是"muy tonta"，蠢女人，而且一个女孩很难独自远行，也几乎不可能有单独居住的公寓。她的家庭保护着她，把她锁起来，就像一个修道院，而父母拥有这个修道院的钥匙。你只有离开这个修道院，才能结婚，在一个庄严的宗教仪式上。米格尔和我在拉斯维加斯结的婚，为了避免穿白纱，但一直到我们在这里的教堂里重新结婚之前，他们都不认为我是他的妻子。他们没有邀请我参加舞会、狩猎或晚宴，而是只邀请他，并补充说："露西亚，不，你明白的。如果你想带她，你必须和她结婚。"如果碰巧我被允许去朋友家做客，他们甚至不会请我跳舞。几乎就像我是他的情人，一个小妾。

然而，妇女已经觉醒了。她们已经意识到，男人的权利就是

她们的权利，而且她们正在行使着这些权利。她们已经意识到，性别平等不再是一个梦想：它已经实现了。

平等？！

是的，平等。

什么平等啊！男女之间不存在、不能存在也永远不会存在平等。

为什么呢？

因为男人高人一等，而女人低人一等。因为男人可以买得起他想要的任何东西，而女人不能。男人可以有很多女人，女人却不能有很多男人。男人可以欺骗他的妻子，女人不能欺骗她的丈夫。男人可以离开房子，两天后回来，六天后回来，女人则不能。米格尔两天前离开家去工作了。他应该今晚回来，但他很可能不回来，因为他要去塞维利亚看弗拉门戈舞，然后去赫雷斯打猎。我觉得这很正常，因为米格尔是个男人。但如果我离开三个小时去吃饭或购物，我至少要留下一张纸条：因为我是一个女人。出于同样的原因，我不能打我的儿子，但我确实给过我的女儿们狠狠的巴掌。男孩不会羞辱自己，即使在母亲面前，也要觉得自己是个男孩，女孩必须习惯于被打耳光。所以当她们的丈夫打她们耳光时，就不会大惊小怪了。她们不会说，哦，我的上帝，他打了我，我要跟他离婚。她会知道，男人有权利打女人的耳光，但女人没有权利打男人的耳光。虽然我打过男人，但我对此感到羞愧。

您说什么,露西亚?!?

我就是这样认为的。我知道您不喜欢这些话,但事实就是这样,女人只是一个女人,和男人不一样。即使我比男人更聪明,比男人更勇敢,比男人更有活力,我也从未忘记,男人就是男人:在生物学上、生理学上、历史上都比女人优越。因此,我尊重和重视男人。我相信他,因为他是个男人,这个简单的事实。而且我希望生下的都是男孩,尽管我同样喜欢女儿。每次我怀孕时,我都生活在生下女孩而不是男孩的焦虑中。从理论上讲,我甚至不会送女孩去学校。如果她们想学习,很好;如果她们不想学习,那也没有关系。总之,一个女人越是无知就越是幸福。因为当她对任何事情都一无所知时,她甚至没有任何怀疑或后悔,她会毫不犹豫地做她必须做的事情:成为妻子和母亲。就像在阿拉伯,在那些妇女戴面纱的国家那样。那都是些明智的国家。

您说什么,露西亚?!?

这也都是我想说的。女性都有过哪些成就?请告诉我一位伟大的女画家、一位伟大的女音乐家、一位伟大的女雕塑家、一位伟大的女科学家的名字。也请不要给我说居里夫人,她是与她丈夫携手合作的,作为他的合作者,才有所成就的。作为辅助者,或者从事女性化职业的女人都很优秀。包括您,无论您怎么说,您的职业都是女性化的工作。我的工作也是一个典型的适合女人的工作。无论是您还是我,如果我们的专业是航空航天,都不可能把火箭送上太空。没有任何一个女物理学家,没有任何一个女工程师在航空领域有突出表现。唯一值得一提的只有那个可怜的瓦伦蒂娜①,俄国人像玩弹弓一样把她送了上去,就像他们把小狗莱卡送上去一样。但是,看到她被锁在头盔里,我没有感到骄傲:相反,我感到无限的怜悯。然后呢?她现在要去火星了,去那儿生孩子吗?不,尝试抗争是没有用的。即使世界改变了,我们仍然低人一等。

我一点也不觉得低人一等。而且我相信瓦伦蒂娜也完全不感到低人一等。

那又怎样?能证明什么呢?难道您的个人观点会改变历史的现实吗?今天的现实,明天的现实?明天吧,因为一百年、两百年、五百年会过去,但现实仍然会是我说的那样。人类将继续产生伟大的母亲,而不是伟大的女性。不会改变,只会改进。而且,即使我们有所改善,妇女将始终处于下方,而男性处于上方。而如果女人变成了男人,男人又会爱上谁?其他男人?而当我们都是一样的时候,我们该怎么办呢?

我们平等地爱着对方。

我想其他女人也有跟我一样的感觉:很难爱上一个与自己平等的男人。这样的男性对我来说并不奏效。我不喜欢以我为中心,总是讨论关于我的事情。但我接受了这次采访,或者说是这次辩论,所以我才不得不跟您谈论与我有关的事情。我举一个例子:沃尔特,他是一个特殊的存在,善良、聪

---

① Valentina Vladimirovna Tereshkova(1937—1993),首位女性航天员,苏联空军少将。

明、举止文雅。我欠他的太多了,我一直怀疑自己伤害了他,所以常常感到难过,我将永远爱他。当他来西班牙,给我们打电话时,米格尔和我都非常高兴。但沃尔特和我是平等的。因此,我把他视为朋友、兄弟,一个我永远不可能与之结婚的人。在您的定义之下,沃尔特就是一个现代的人物。嗯,没错,太现代了。事实上,我爱上的是那个叫路易斯·米格尔·多明戈的贵族,因为他并不现代,他比真正的贵族更加老派。多明戈先生没有把我当作一个和他平等的人,他握着我的手腕让我顺从,他不会说"我爱你",他也从不知道如何说"我爱你",他从不沉溺于温柔,他用他的男性力量支配着我。每过一年,这些既是优点又是缺点的特性就会增加。无论是坐马车还是坐火箭,女人都在寻找属于她的这个人。而这并不是一个受害者的言论。我一点也不觉得自己是个受害者。相反,我感到自由,因为当你做出选择且不后悔时,你总是自由的。这也不是一个西西里人或西班牙人的言论,这是一个现代女性的态度,她会跳摇摆舞、会冲浪、会开汽车,也几乎总是穿长裤。但是,即使是现代女性也需要感觉到被男人的力量所保护!一个现代女性也需要感到心悦诚服,认定的男人是高自己一等的!一个现代女性也需要有被征服的感觉!另外,如今由女人主动出击的事例有哪些呢?

这不是一个故事,而是事实。在西班牙,男人们仍然习惯于非常主动地追求女性,为她们献上狂欢曲和小夜曲,并等上很长时间;但在其他地方,这一习俗已经不合时宜,谁还会遵循它?也许有几个顽固的人,想自欺欺人地认为他们正在征服猎物。但现在女人们都会一笑而过。
女性事实上非常在意这个,她们来到这里时带着她们的理性主张,但当一个西班牙人开始追求她们,说"你的母亲从天上偷了星星,放在你的眼睛里,你的母亲从麦子里偷了一把金子,放在你的头发里",她们就会像傻瓜一样把持不住。但这些事是美妙的,也是崇高的!还能怎么做?在一个对你说这样的话,给你递上一朵花,对你跪下的男人面前,您不觉得感动吗?

谁感动?我吗?
是的,您。

他跪着吗?
对啊。

老天爷啊!
"老天爷"是什么意思?

这意味着我会非常尴尬、害怕,我会问他是不是有病,我都他叫医生,或者我会疯狂大笑。
可怜的我,可怜的您,可怜的我们。我们都已经忘记了默默相爱的感觉有多好,如果他不告诉我们,我们也不告诉他。然后抱怨,没人追是因为我们不再性感了。我们并没有!我们去圣特罗佩的时候,二十多个女孩和男孩走过,他们都很瘦,穿着长裤和T恤,我们分不清他们是否都是男孩或都是女孩。他们甚至看起来不像人类,看起来像树、像芦苇。

像是无性的、行走着的树。当我们想象着让·哈洛（Jean Harlow）、丽塔·海华斯（Rita Hayworth），想象着他们的狐皮毛衣、黑手套、大帽子，还有那令人难以置信的身体曲线时：他们在这里，向我示爱。一个人难道会向一棵树，一棵会走路的树求爱？

不会，但一个人不被人追求，也能好好活下去。这棵树不再拘泥于自己身形的约束，这棵树也可以在您的观点和我的观点之间自由选择，也可以自由地向前行走，只想着自己要做的事情。露西亚，告诉我：您从来没有后悔过，怀念那些像一棵没有根的树那样活着的时候？一棵靠自己的叶子妆点、自力更生的树木……

从来没有。有时，我在电影院里看到曾经的自己，我多少有些怀念：露西亚·博塞很好，但真是个可怜的家伙：独自一人，只能靠自己。但我没有一次想过要回去那些日子。钱……为什么？我花我丈夫的钱，那是他工作挣来的，我不介意在经济上依赖他。我觉得这是符合逻辑的，因为我管家，我养他的孩子。当丈夫能够支持一个家庭时，女人就不必工作了。对女人来说，工作只是一种经济需要，而不是一种出路，或成功的手段。一个有丈夫和孩子，甚至两个孩子的女人，怎么可能连续几个月不回家，通过电话与丈夫和孩子保持联系？如果她的孩子体温到了三十八度，她人却在好莱坞，该怎么办？我们难道通过一个电话就能解决所有问题？这该是一个什么样的母亲，只在电话里爱着她的儿子？他们告诉您，当孩子们学会不再紧紧扯住母亲的裙子时，他们会更快乐，母亲时不时地见到他们就足够了。胡说八道。

母狗、母狮和母鸡都会把自己的幼崽紧紧地揽在怀中。他们告诉您，这个时代的小孩子也不一样了。胡说八道。孩子们的真实模样就和石器时代的孩子们别无二致：如果他们的母亲不在，他们就会哭。两个解决方案只能二选一，有事业的女人或者称职的母亲，这是无法调和的，而且永远也不能。

在这一点上，您也许是对的，露西亚。但是您不能剥夺一个女人工作的权利，不能剥夺她在家庭之外做人的权利，不能剥夺她在有能力的情况下投身于其他事情的权利。
不，的确不能，而且我也确实不会剥夺我的女儿们自由选择的权利。我的女儿们可以做她们想做的事，就像我一样。我甚至不会向她们解释我的选择就是正确的，她们必须自己去理解这个道理，就像我自己悟出来一样。如果她们不理解，那她们就惨了。但有些事情让我相信，她们以后将遵循我的思路。她们会问我："妈妈，你真的是意大利小姐吗？妈妈，你真的是个演员吗？为什么？"我会回答说："这和我小时候冒着被呛死的危险爬到下水道里一探究竟一样，为了去看看安波拉大街以外的世界，为了到这里来，你们父亲在那里等我。当我到达时，我遇到了你的父亲，我带着我的成就，把这一切献给了他，就像献上自己的嫁妆。"

因此，这些老生常谈的独立与自由，还是有一些好的用处。因此，它们才会存在，它们可以存在，无论人们用它们做什么。
当然存在。甚至在西班牙也开始出现：如果你在十八岁时离家出走，他们不会像以前那样把你关在修道院里。如果追求自由的想法没有萌生，那是父母的错，他们从来没有设法与子女成为朋友，他们像刽子手一样让孩子闭嘴，质问他们到底想知道什么，哪里来的胆子，命令他们沉默。他们对二十岁、二十三岁、二十六岁的年轻人还说这样的话，对女孩同样说这样的话，他们听从了，呆呆的，脸上暗淡无光，眼中充满恐怖，在这样的迷惑中，他们似乎失去了所有的欲望，不敢做，不敢活。因此，他们早早地结婚，以摆脱那些他们永远也摆脱不了的枷锁，啊！我将永远记得父母做的不好的地方，但做父母是如此困难。这是世界上最难的工作、最如履薄冰的工作。我知道我的父母给我一巴掌是对的，我也明白是他们给了我一个良好的基础，总是给我正面的教诲；但是想到当我去骑自行车去伊德罗斯卡洛，独自躺在草坪上，然后高兴地回家，他们却打了我，大喊"你去哪里了！你是不是去电影院了，和一个男孩？"这将永远伤害着我。

所以，您看，女人变了，道德观念也不一样了。
唉，好吧。不是改变，只是改善：我还是这么说。而要继续地改善，女人们必须要正确地抚养她们的孩子。而为了养育好孩子，女人们必须待在家里。而待在家里意味着对丈夫的服从，相信丈夫是高人一等，仅仅因为他是一个男人，而且不要出轨，不要离婚，不要反对生育。这就是正确的选择。

等上十年或二十年，露西亚。先把这个采访放在一边，十年二十年后，当你的女儿们成为女人时，再把它拿出来。她们会说："妈妈，你错了。"
也许吧。但紧接着，她们也会说："想想妈妈，她从来都没有过一个情人,我们的好妈妈。"她们或许会有两个情人、三个情人,我还是会打她们的耳光。

没有必要打她们的耳光,露西亚。因为她们会受人尊敬:与众不同,更自由。有情人并不会意味着她们不受人尊敬。她们会有体面的人生,她们也会说出我今天说的这些话。
或许吧。但她们中也会有人能够救赎自己的。自求多福吧。

生为女人，如此令人着迷

歌手米娜在她的巅峰时期。杰奎琳·肯尼迪在哀悼时刻。斯大林的女儿在美国旅行。莫斯科波斯奥大剧院的首席女性芭蕾舞蹈家。议员安吉拉·梅林在成功废除卖淫合法化的法案之后。以及，劳拉·费米——最接近曼哈顿项目的女性。通过奥里亚娜·法拉奇敏锐的目光拍下的六幅女性肖像。

哭喊的妈妈

奥里亚娜·法拉齐： 我们之前见过，马志尼小姐①，两年多前在圣雷莫音乐节，当时您唱了一首《我爱着，你爱着》。那时候您似乎不明白"爱"这个动词的含义，以至于每一次高声呐喊出它时，都会调动整个口腔的力量。事实上，您还说过，您喜欢抱着一只玩具熊睡觉，也喜欢《米老鼠》漫画、肥皂泡泡和一组标题是《一个大胡子杀手，我叫他菲德尔》的照片。您忽略了或似乎在忽略许多其他的事情：例如，南尼是一个社会主义者，五线谱是用来写音乐的，以及穆罕默德曾口述过伊斯兰教教义。"这个穆罕默德是谁？这个名字不错，如果有一天我有了一个儿子，我想叫他穆罕默德。"对于这次会面，我事实上充满了各种疑问，马志尼小姐，噢对不起，我是说夫人……

米娜： 夫人？这又是为什么呢？我还没有结婚，因此不是夫人。由于我不是夫人，所以没有什么比被称为夫人更让我烦恼的了。对我来说，当人们说"夫人"的时候，总觉得他们好像在互相肘击，这句话总是带着一种共谋的气息，好像他们想让我明白某种错误。不过与您的感觉是不同的，我明

---

① Mina Anna Maria Mazzini（1940—　），意大利国宝级传奇歌手，流行乐坛女神。

白,如果没有这种不同,我就不会在您在这里让您采访我;但请不要叫我夫人。叫我米娜,好吗?

好的。所以我是说,这次见面其实让我感到困惑。因为我发现您并没有给自己的儿子取名字叫"穆罕默德";我同样感到困惑:您在两年内,发生了如此大的变化。不仅因为当时的您瘦弱、一头金发、局促不安,而现在的您丰满、棕发、平静坦然,而且还因为……

因为我已经不再是那个人了。那时的我是一个被宠坏的孩子,如今的我是一个成熟的女人,现在的我七十三公斤。我那时不知道自己想要什么,而现在我知道了。我错过了很多东西,但现在我什么都不后悔了。我发现了平凡简单的事情才是最重要的,这时我感到宁静:去爱一个爱你的男人,并与他有一个孩子。简而言之,两年前,我还没有达到处变不惊的状态:打开一个抽屉,我对里面的东西都感到惊叹。现在我还没打开一个抽屉就知那里面是什么:我孩子的父亲和我的儿子。这两件事才是我真实的生活,而不是我想象出来的生活。您知道,那时候的我每天急匆匆片刻不得空闲;而现在我每天可以无所事事。最多看看电视,即使我不在意我在看什么,我也会保持那种状态,面对着一个正在说话的人,即使他并不是在对我说话,也足够了,我终于可以做我自己了:一个喜欢待在阳光下睡觉的动物,一个对什么都不关心的人。我甚至不关心工作。也不是完全这样,因为那会很愚蠢,但我差不多就是这样的人。

这是否意味着您不再在意出名、受欢迎、被人崇拜;换句话说,不再在乎歌手米娜的身份与拥有的成功?

事实是,我从未寻求过成功:我从未渴望过成功,也从未为之奋斗过。因此我从未在乎过成功。在某个年龄段,成功就像男人长胡子一样,来到我身边,我接受了它,作为一个理所应当的事情:没有为此付出痛苦或努力,没有意识到自己是多么幸运,收到了一个怎样的礼物。我一直保留着它,就像你保留着不知道价格的礼物一样;但如果我失去了它,我也不会失去自己的平静。不,我从不在意成功,在街上认出我拦住我的人总是让我感到害怕,现在在他们更让我后怕:他们让我有一种感觉,一种在他们向我索要签名的同时,他们也有事情要告诉我、问我的感觉。也许他们甚至从没有想到这一点,但我总是希望他们能与我交谈,以某种方式分析我的"近况",这让我很困扰。还有那些站在我这一边的人,但他们实在是太不害臊了,把局面搞得像我站在自己这边一样。似乎他们想把所有不像我、不像他们那样思考的人都痛扁一顿:这也让我很烦恼。"我们永远支持你!"但我很清楚,这不是真的,他们这样说是因为当事人在跟前,而那种情形下说的话从来都不是真诚的。

他们是为了自己辩护,他们的支持只是以一种简单的方式来对抗这个世界,对抗规则,而不需要承担风险。只有同意您的观点,他们才能够为自己的罪恶或不可征服的梦想辩解。然而,也有一些人误判了您。许多人认为,您的儿子的出生是一种厚颜无耻的炫耀主义,是对公众的鞭挞。

他们真的很愚蠢。孩子是如此的重要,比世界上其他任何事物都重要。他们怎么能认为,一个女人想通过利用孩子把自己的意志强加给世界呢？他们的确这样说了，我知道。他们还说，我这样做是为了获得杂志封面，我是因为收了极高的报酬才拍的这些照片。他们甚至编造谎言，说我策划了一个新闻发布会来发布消息。但是您知道这个消息是怎么传出来的吗？两名记者去找我的母亲，说：我们十分肯定地知道，米娜要生孩子了，您是想向我们确认这个消息，还是想让它直接出现在小报上？我妈妈很天真，她没有这个魄力，上了他们的当。她回答说，是的，是真的，米娜正怀着一个孩子。因此，有一天早上，我走出家门，感到仿佛置身地狱：所有的报纸上都写着我正怀着一个孩子。我不知道我说得是否清楚，我不知道您是否明白这种处境：你带着你的秘密平静地离开家，你带着你的秘密默默地经过报刊亭前，而你看到你的秘密却被黑体大字昭告在全天下人面前。然后你带着你那不再是秘密的秘密跑回家，发现有四十个摄影师在等着你，包围着你，让你眼花缭乱。我认为在中世纪，这种情况就是……就是……叫什么名字来着？

叫"迫害"①。但米娜，在那之后，您好像并没有做太多的努力来防止这件事被人议论。相反，我想说的是，您反而聊得很频繁，而且跟太多的人说起。
说起来很容易，我希望看到您在我的位置上。告诉我，面对从您的车里、从您的床下，甚至从热水瓶里偷窥您的生活的记者和摄影师们，您会怎么做？我说一句话，他们就会在报纸上发挥一篇文章。最后我认命了：如果我生下儿子对你们

---

① 原文是 La caccia alle streghe，字面意思是猎巫。

来说如此重要,请便。

而您没有想到可能会引来这样的后果吗?或者说,您是否觉得,自己是歌手米娜的事实是一张免罪牌,别人无法左右您:反正我生活在一个让女人可以做自己想做的任何事、想生孩子就生的时代?

我从未想过这个问题,更没有想过因为我是米娜就拥有免罪牌。一个女人怀孕时,她不会去想:我是米娜,我可以做到的;或者,我不是米娜,所以我肯定做不到。哦,上帝,别人会怎么说,他们会怎么想?我做出的决定与别人无关,不管他们是否同意,也根本不必在意别人对我怎么评判,如果有评价的话,我想每个人都会对我不满。比如,我当时就确信我的唱片销量会大幅下降,我甚至和我的唱片公司谈过这个问题。但销量没有下降,像以前一样:我运气一直不赖。但是,如果事情没有按照之前的方式进行,或者我的好运终于用完了,我也根本不会在意。一个一心想着一切归零的人,做了自己想做的事:即使我活在三十年前,我也会这么做。

好的。但您从来没有过恐惧或尴尬的感觉吗?我不知道,例如,您在克雷莫纳的旧相识……毕竟,您来自一个小地方,尽管您如此出名,你仍然是一个乡下女孩,在那里上的学……

面对克雷莫纳人的恐惧和尴尬?不,我不会有。因为我知道他们会有什么反应:好的和坏的,尤其是坏的,因为当一个人在自己坚持的原则下生活了这么久,你不能指望他们突然改变主意。我也会有恐惧和尴尬，但只是面对我的亲戚，或者更准确地说是面对我的父母，或者更准确地说，面对我的父亲。不是说我会认为自己会被他斥责"你这个孽障，你滚，我没有你这样的女儿"，而是说，我知道我在伤害他。所以我等了很久才告诉我父亲：等着有一天，他自己得知这个消息。您想知道他是如何知道的吗？您确定想知道？嗯，像这样：我把他叫到我的房间：爸爸，我必须告诉你一些事情。于是他进来了，同时我却突然控制不住自己，开始疯狂地笑。我无法阻止自己，不停地大笑着。而爸爸则用痛苦和惊讶的眼神看着我，于是，我仍然笑着说："爸爸，你想想看，多么可笑：我必须笑得这么开心，而且我要告诉你，我怀孕了。"我爸爸连眼睛都没眨一下，他坐在床上说："我现在告诉你我的想法，已经没有必要了，你也清楚我的感受，我们还是来看看怎么解决这件事吧。"

您父亲多少岁？
他四十六岁。

他很年轻。如果他是上一代人，也许就不会有这样的反应。
我不明白这与代际有何关系。人不会因为是某一代人而改变，他只会随着自己的年龄增长而改变。当你二十岁时，你的想法和行为就是你二十岁的样子；当你四十岁时，你的想法和行为就是你四十岁的样子；而当你六十岁时，你的想法和行为就是你六十岁的样子。我父亲的反应就是一个四十七岁的男人对于这件事情的反应，但每个人都是不同的。不能说您是这样的，所以和您同时代的每个人都是这样的。您写过类似的话,在采访我之前写的另一篇文章里,但在我看来,您错了。与我父亲那一代相比,我这一代人有什么特别之处?我父亲那一代人经历了一场战争,我这一代人也可能会见证另一场战争,世界就是这样。而在任何情况下,不管有没有战争,我相信自从亚当和夏娃的时代以来,世界都是这样的。在我和我父亲身上没有任何象征性的东西。但为什么您总是想证明其中的象征意义呢?

我不想证明什么,您的观点是值得商榷的,可能是正确的,也可能是错误的。我只是想采访一个叫米娜的女人,所以我只是对米娜,而不是对您这代人提出这个沉重的问题:您有没有想过不生这个孩子呢?

这个孩子是我想要的,他的诞生不是偶然的。我想要生下他,是因为我爱这个孩子的父亲,这个孩子的父亲也同意我生下他。这些事很难解释。您应该在恋爱的时候才能理解我:像我和克拉多一样的恋爱。我可以告诉您关于他的故事吗?

当然,如果您愿意的话。

嗯,克拉多其实与其他人所以为的样子刚好相反,他也与其他人不一样。哦,请别笑我!我知道人们在恋爱的时候,都会这么说。但是克拉多……比如,他绝不是那个在演员工坊里模仿詹姆斯·迪恩(James Dean)的人。他是一个老派的家伙,但他自己不知道这一点。他是一个藏不住秘密、有话一定得说出来的直肠子。他和我不同,他一点也不懒惰。他只要两天不工作就会感到很难受。几天前他整个人崩溃了,像安娜·福格兹（Anna Fougez）一样晕倒。想想看，我之前几乎没看过他的表演，他那时也不知道我是谁。每次听到伊奥兰达·罗辛（Iolanda Rossin）或威尔玛·德·安吉利斯（Wilma De Angelis）在收音机里唱歌时，他会问："是你唱的吗？"他根本不在乎我是不是米娜，事实上，我是女歌星这件事让他恼火得要命。克拉多像一件合身的衣服一样适合我，当我意识到他很适合我时，我想为他生个孩子。我一直很喜欢小孩子。

但你们的儿子不仅仅是一个小孩子，他是一个不断成长的个体，最终长成一个男人。您对他有无限的责任，应该是您最大的责任：把他带到了这个世界上。您当时是否意识到了这一点？

是的，但只在一定程度上，或者说，并没有。直到我看到他在我面前，我才很清楚地意识到这一点。责任只有在孩子出生后、你接触到他时才会体现出来，而不是之前。当我意识到我怀上他的时候，没有想到这件事带来的责任；我只知道，我想拥有我自己的孩子，自私地把他当成我自己的。然后，他出生了，我突然意识到了一切：以后他会去上学，可能会患猩红热，可能会成为一名战士……总之，之后的一切……

一切您带给他的生命。他会运动，他会呼吸，他将在邪恶和善良中生存：您都要对此负责。这对您有什么影响呢？这难道不会让您充满恐惧吗？

突然间感到的……一种巨大的恐惧。这也让我觉得自己变老了。我直接从天堂掉到了地上，我当时哭了整整一天一夜。我想到他以后要离开我去上学了，想到他得猩红热了，想到他以后去当兵了，想到我和他之间将爆发的第一次误解，想到我将不得不责骂他，教育他思想和感情，我当时哭得停不下来。然而，与此同时，我意识到我是如此爱他：一种不合常理的爱，那么多的爱甚至超过了我那一刻流下的眼泪。您知道，当一个人非常爱另一个人时，不会意识到自己在做错事，我对我儿子也是如此。我爱他，我非常爱他，我甚至不去考虑我把他带到世界上是对还是错。而这是唯一重要的东西，就像万物的真理一样重要，等他长大后问我时，我会像向他解释什么是苹果、梨子、书本那样解释这件事。

但他要是要求您进一步解释给他听呢？您什么时候才给他解释比苹果、梨、书更深入的事情呢？
这一点确实让我非常担心：在我的一生中，最让我不安的事情，也许就是我儿子的出生证明。因为当时我不得不写上马西米利亚诺·马志尼（Massimiliano Mazzini），而不是马西米利亚诺·帕尼（Massimiliano Pani）。我只是希望当他长大后，这一切都会水到渠成：三年后，他就可以改姓。您怎么想呢？

一切都会好起来的，但就算没有，您也应该同样为他感到骄傲，并且更加爱他。
是的，是的，您这样说是为了鼓励我，但我希望我能够试着让他明白：你看，孩子，我爱你的父亲，我想要生下你，是因为我爱你的父亲。我没有嫁给你的父亲，并不是因为我不想嫁给他。无论如何,你有一个父亲,我和他住在一起……听着,我不理解那些决定生下孩子,但不和孩子的父亲一起生活的女人,她们看起来愤世嫉俗,甚至比我更自私。如果我可以,我会非常愿意结婚。不是为了被称为夫人,而是为了让我的儿子合法化。既然我不能和克拉多结婚,我至少想给我的儿子一个家庭,让他能够正常成长,像其他孩子一样长大。您知道什么事情最让我煎熬吗?

嗯……我想应该是,没有家庭,你们不能够一起生活在同一个屋檐下,只能一起住酒店。这很难,我理解。
不仅仅是困难,还很羞耻。许多没有结婚的人住在同一个家里,即使是在意大利。我们不能这样做,不然他会被控告为婚内包养情妇;如果我们住在同一个家里就坐实了这一点,我们会进监狱。我的上帝,如果我拆散了一个家庭,我可以理解;但我没有破坏任何家庭。在我出现之前,一切都已经不存在了,克拉多和他的妻子已经分居一年,离婚的法令已经在进行中,他的妻子同意了,她说根本不在乎我们是否在一起。然后,我有了这个孩子,她反而起诉了我们。我的上帝,我想对她说,你很美丽,你很富有,你很年轻,你有你的生活,我已经生了一个孩子,为什么你不想让我和他,还有我们的孩子一起生活?

你们可以去另一个国家一起生活。许多人这样做了。
去国外?做什么?我们并不像人们想象的那样富有,我们的工作在这里。我的合约已经签到了1965年,如果我不遵守会被起诉。我必须要工作,看在上帝的分上。我现在唯一不去做的工作，就是去意大利的剧院唱歌。他们会来看我，不是听我唱歌，而是把我看成游乐园里那个戴着大胡子的女士，但我不是一个怪人。毕竟，这种情况是我自己选择的，而因为这个选择，我必须忍受它的所有后果。我并不害怕经常分居的生活，如果我害怕，我就不会把自己置于这种境地。我会没事的，即使出了问题，我也会不后悔当初的选择。

是的，米娜，您已经长大了，这一点毋庸置疑。两年前，我听您说话时，觉得自己已经一百岁了，现在我反而觉得您已经一百岁了。我还记得您对我说："我今年十八岁，在这个年纪，不幸患上了一种叫做'成功'的毛病。我想把这十八年算做我的起点，从这里开始长大"。

但您知道吗？我如今的感觉是，我不知道自己是否曾经拥有过十八岁之前的年华。我从来没有作为一个小女孩生活过，我从来没有做过小女孩做的事情：去跳舞，去游泳。当我离开家时，各种工作就会像魔鬼一样爆发。我的朋友们说："米娜，今年我们为什么不一起去海滩度假呢？"我不得不对他们说不，因为我会毁了他们和自己的假期。我从来没有和同龄人一起玩过，我与他们从未有过共同语言。二十岁的人，我不知道：他们要么是忙着自己的那点事情，要么他们只想着去跳恰恰舞，他们要么是共产主义者，要么是法西斯主义者。我不能只想着恰恰舞，也不会只忙着自己的一点事情，我不是共产主义者，也不是法西斯主义者；我是一个自由主义者，我喜欢长着黄鼠狼脸的马拉戈迪（Malagodi）。和我同龄的人都是二十三岁，和他们交谈时，总有那么一刻我会感叹：天啊，你们太年轻了。即使是我约会过的男人，也总是四十多岁的人。克拉多今年二十七岁，他是我交往过的最年轻的男人。我喜欢年长的人，因为他们很安详，从来不操心琐碎的问题。与您第一次见面的那一天，您记得的，我其实在扮演着一个角色，说实话，那是一个我不喜欢的角色。

我其实已经猜到了。我当时还写道："我怀疑她非常清楚菲德尔·卡斯特罗是谁、肯尼迪是谁、穆罕默德是谁，她知道的还有很多……"
不，不，我那时候真的不知道他们是谁。我为选举投票准备着，所以才多了解了些东西。顺便说一下，我有没有告诉您我投票时那一幕？就像夏洛特人一样，特别搞笑。我当时在医院，刚生完孩子，他们拿着一张床单来，把我遮挡住，让我在床上投票。我大声喊道：你们挡住我干什么，我就是要告诉别人，我投给了自由党。但他们还是把我遮得严严实实，小心翼翼地避免看到我投给谁，然后有人忽然说了这样一句话："现在你都在投票了，你竟然都已经成年了。"我说，我都有一个儿子了，我和我的儿子在一起，他们却来告诉我已经成年了，因为我投票的场景像是喜剧电影里的一幕。

所以是谁给您传授了这样的政治觉悟呢，克拉多吗？
不，不是的。他算是半个共产党员，或者说，他就是一个共产党员。我从不谈论这些事情，否则我们会吵架。我自己学习的：多听，多读。

那么您现在也不看《米老鼠》了。

不，我还是要看的，这能让我分散注意力，让我放松。但不仅看《米老鼠》，我也看书，我喜欢的书。您知道吗，我不理解那些人读卡夫卡，却只是为了在餐桌上，当其他人说起卡夫卡时，他们也有发言权。没有什么比那些装模作样地吊书袋、只为了在正确的时刻说出正确的句子，更不诚实、更荒谬的人。您之前对我还有什么疑惑？

我怀疑您非常清楚什么是爱，什么是五线谱；我怀疑您认为肥皂泡一点也不好玩，和您一起睡觉的玩具熊其实是个热水瓶。它真的是您的热水瓶吗？

就是我的热水瓶。我带着它是因为那年在圣雷莫的天气很冷。至于五线谱，我确实不知道它是什么，但我唱过一点抒情女高音，我的祖母是一个伟大的歌唱家，您知道的。

我知道。但我对那只玩具熊更感兴趣。所以您并不是大家说的那个天真的小姑娘，您其实是个早熟的孩子。

天真……哦不，上帝！总是要小心使用这些表述。但是我想说不是的，真的不是。的确，我那时候在谈恋爱，但有所保留。如果最后没有结果，又有谁在乎呢？换句话说，我把爱情作为假装相信的东西保留下来，当我不再相信时，可以随时扔掉。那是一件假装的事情，就像在电影里演一场爱情戏，也许我看着在痛哭，但就像一个人在电影里痛哭一样，那只是一场爱情戏的一部分。但每当我哭的时候，我都会照镜子，看我哭起来是什么样子。只有当我因为儿子出生而哭的时候,我没有照镜子。

米娜,您庆幸吗,自己生的是男孩,不是女孩?
为什么?

因为……嗯,今天的世界,确实女孩看上去比男孩更占优势,特别是如果她继承了您的美貌,但我想她应该也会面临跟您一样多的困扰。如果不出意外的话,您应该不会让她那么急匆匆地长大,也不会让她那么快明白一切,也会不让她那么快结束一段关系。

为什么?我不觉得我已经耗尽了我的未来,即使我年少成名。我也不认为自己被欺骗了什么。现在的情况很好,二十三岁做母亲也不算太早。我已经二十三岁了,我不可能一直留在舞台上。哦,也许您不理解,我明白。此外,您自己不是说过,您第一次跟我聊天时,您觉得自己已经一百岁了,而这次您却感觉我才是那个像已经一百岁的女人?我们注定无法理解对方。事实是,我很浪漫,浪漫得像个女人,也很愤世嫉俗,愤世嫉俗得像个孩子。我甚至继续写关于米娜的文章,即使我知道并不值得这样做。

谁知道呢,也许您说的有道理,米娜。我们的闲聊就到这里吧,走,我们去喝杯咖啡。噢不,您喝咖啡,因为您还年轻,我喝杯拿铁就是了。

杰奎琳不会落泪

她看着他，在枪响之后向后倒着，慢慢地滑下汽车座椅，这一切就这么发生，就在她旁边。在车内，前一分钟他还活着，对人群挥手致意，笑着，而现在他就快死了，就在她旁边，他的喉咙和后脑勺被自动步枪的子弹刺穿，他的眼睛因惊讶和怀疑而睁得大大的，鲜血浸透了他的胸部，背部和整个身体，现在几乎是冰凉的。然后，她扑向他，遮住他的身体，但一切为时已晚。他们看见她跳了起来，大叫："哦，不！"她身上也沾满了鲜血。1963年11月22日星期五下午十二点三十分，太阳照耀着达拉斯，这座得克萨斯州的城市因目睹了美利坚合众国第三十五任总统约翰·菲茨杰拉德·肯尼迪遇害而被载入史册，就是这位总统，曾向我们承诺将和平维持至今。汽车在拥挤的街道上行驶，人行道上的人们欢呼雀跃，许多人甚至没有听到枪声，因为伴随着游行队伍的混乱，喧闹和欢快，只有那么一瞬间，也许只有她一个人意识到，意识到自己身边这个男人正在死去：因为谋杀，年仅四十六岁六个月又六天。即使不是杰奎琳·肯尼迪，即使不是美国的第一夫人，美国的前第一夫人，都完全有理由惊恐万分。看到他在自己眼前被害，而他就在她旁边，坐在同一辆车里，抚摸她的手臂，对她说些什么，好好呼吸着；在一个阳光明媚的日子里，年轻，健康，幸运，充满活力，充满热情，嘴唇微张，唇边带着笑。而现在，他已经死去，离开她了，就在她嫁给他十年之后。她失去了他，即使他不再有当年的魅力，即使习惯、尊重、情感、常规和钦佩在他们之间已经织成了一道不同于当初的那种令人兴奋的温柔纽带。她的丈夫，那个与她生了两个孩子的男人，她的伴侣，那个她指望着和他一起共度余生的人，在她眼前逝去。就在三个多月前，当她刚出生的儿子去世时，孩子的父亲，就是这个男人，还在她身边，和她一起哭泣。即使他不是杰克·肯尼迪，即使他不是这个世界上两个最有权势、最受爱戴、最令人畏惧的人之一，也有理由保持沉默和沮丧。也有人为她的行为感到震撼，这位受人尊敬、万众敬仰的著名女士，这位野心勃勃、饱受争议却一直被效仿的女士，这位亿万富翁的女人，这位享有特权的女性。她的每一次冒险都一帆风顺，就像她嫁的那个男人一样，她同样也拥有一切：美貌，财富，威望，荣耀，孩子，爱情，尊重。的确，我们很清楚，故去的人是最悲惨的。但更悲惨的是留下来的人。现在他被杀了，剩下的不仅仅是我们；我们带着各种怀疑、恐惧、无助和不安，还有她，她也留下了。他曾经的妻子，一位备受瞩目，也遭无数人妒忌的女人。

在纽约，天很冷，街道上的灯都熄灭了，酒吧空无一人，扬声器也寂然无声。在纽约，就像在美国的任何其他城市或村庄一样。在纽约，就像在世界任何其他地方一样，成千上万沉默地站在人行道上的人，在他们的喉咙里，呼吸变得冰冷。人们的眼睛在潮湿的眼皮下变得模糊，闪闪发光。在那样加倍的寒冷中，空气是沉默的。但任何一个沉默的人都不会只想到华盛顿国会大厦圆形大厅下面那具长长的尸体，也不仅会想到将要发生的事情，它可能会发生，它可能会发生在我们每一个人身上，现在肯尼迪去世了，就像一百年前亚伯拉罕·林肯去世一样。有那么一瞬间，至少每隔一段时间，人们就会想起她：在那一声尖叫和泪水之后，她振作起来，把他的头抱在怀里，温暖他，亲吻他，紧紧地抱着他。汽车向公园医院疾驰而去，到达，刹车，有人出来拿着担架跑出来，用担架将他抬进去；人群跟着担架沿着通往外科手术室的走廊移动；急诊室里至少十个医生等在那里，在他的喉咙附近打开一个洞，试着让他呼吸，再呼吸，然后打开他的胸腔，揭开他的心房，试着让他的心脏跳动，再跳动；接着，听到有人的声音说："他死了。无能为力。"那一刻，离人们听见她的一声大喊"哦，不！"的那一刻，只过去了四十分钟。四十分钟，纽约，整个美国，整个世界都仿佛都冷却、僵硬了，就像那具长长的尸体。十个绝望的外科医生将它拆开，试图把他活着还给我们，但只是徒劳。

人们贪婪地从报童的包裹里面扯出一张张报纸，她那张破碎的、精疲力竭的脸再次浮现在人们眼前：那一刻被无情地拍了下来。她和她姐夫鲍勃站在一起，他甚至都没有搀扶她，因为她不需要。他们站在新总统约翰逊身旁，在那架刚刚运回他那故去好友的棺材的飞机的见证下，后者戏剧性地宣誓就职。她俯身在棺材上，脸颊上不再流泪，嘴唇上还涂着口红，头发梳得干干净净。但是这场悲剧改变了那干枯的脸颊，改变了涂着口红的嘴唇，还有那双镇定的眼睛，通通变成心碎的样子。突然间，每个人都发现了，几乎同时感觉到了自己爱她、钦佩她：这种感觉在那些总是嫉妒羡慕她的民众心里，似乎是第一次涌现。虽然许多人都爱肯尼迪，但并不是所有人都爱杰奎琳。虽然许多人尊敬肯尼迪，但并不是所有人都尊敬杰奎琳。通常，对她的恭维和奉承都是出于权宜之计，出于势利、世俗或政治上的礼尚往来，并不总是出于真心。她不输女演员的体形和容貌，她的优雅和她的衣品总是被人瞩目；她的发型、外套、妆容，以及骄傲的法国口音总是被人模仿；人们为她写传记，用最甜美的名字来命名，却充斥着冰冷的言辞。他们刻薄地描述她："这个女人的一生，就是为了到达她想达到的那种地位而不断准备着。"他们谴责她："她在巴黎买衣服，在意大利度假，使用正确而无用的措辞，只为了在外交场上，能不惜一切代价炫耀自己的优雅。"也许他们说得对，直到得克萨斯州那条街上枪声响起的那一刻，她真的是这样：一个极致的天后，对扮演美利坚合众国总统夫人的角色有着过分的追求，一个比明星更耀眼的人物的配偶。她是一个领袖，一个神话，一个未来。我们自己的未来，不仅仅是帽子、法国口音和意大利假期这么简单。

从世界这台戏中，杰奎琳·肯尼迪的个人戏开始被勾勒出来：她是一个被人幻想出来的幸运儿。事实上，她总是被死亡所困扰：第一个儿子死于1954年，第二个儿子死于1956年，第三个儿子死于1963年，现在她丈夫也去世了。除了死亡，还有什么我们不知道的？比如，她的丈夫付出过多少努力与辛劳，她也付出了同等的努力和辛劳；比如，她丈夫肩负着多么大的责任与负担，她的身上也就肩负了同等的责任与负担。1960年，埃利奥诺·罗斯福对她说："亲爱的，你很快就会知道，当你的男人成为总统时，你就至少失去了四分之三个丈夫。"埃利奥诺·罗斯福所说的留给她的那最后四分之一个丈夫，也被一枪打中了喉咙。她那个太年轻、太英俊、太聪明、也太重要的丈夫，从来不做任何事来避免自己喉咙中枪的可能性，而且他总是坐着敞篷车旅行，总是和人群混在一起，总是避开保镖的身影，有时甚至一个人走进电影院看彩色电影，就像一些赌徒总是喜欢把一切都押在一切上，生命本身也是他们的赌注；或者像一些空中飞人从一个平台飞到另一个平台，从不屑于用安全网接住他们的坠落。是的，杰奎琳当然喜欢当总统夫人，但有理由怀疑，她其实并不像人们想象的那样在乎。她会欣然放弃荣誉，她也会欣然满足于一个富有女人的角色，她夏天在比亚里茨度假，冬天会去百慕大游玩，秋天一定是在纽约或巴黎，只要她能负担得起。或许，在第一次竞选时，她所说的那句话是因为害怕，而不是轻率；也是因为本能，而不是突然想起，她说："现在是好好玩耍、旅行、独处的时候了，哦，政治！"她也为这场古老的战争付出了沉重的代价，这场名为政治的斗争，对那些参加这场战争的人来说，这是一个没有硝烟的战场：这场战争里牺牲的往往都不是热血青年，而是耄耋老者，留下白头寡妇。但他的头发还是棕色的，直到11月22日星期五凌晨一点，他一根白发都没有。

没有人会梦见自己为一个寡妇哭泣，仅仅因为她是一个有名的女人，而一场刺杀使她更加有名。所有人也都有衡量轻重的能力，即使是有权势的人、著名的人，也有权得到基督教的怜悯，因为怜悯教导我们要公平，正义要求我们为她感动。她无疑是个名女人，总是被奉承、褒奖、批评、模仿，她的任何冒险，都那么轻易地到达终点，包括爱情。我们知道肯尼迪和杰奎琳结婚不是为了算计，不是权宜之计，而是因为他爱上了她，她也爱上了他。我们知道，这不是一个平淡无奇的爱情故事。他们相遇时，她是一名记者，他是一名参议员，她并没有在找丈夫，她那时候已经订婚了；他也不是在找妻子，他说自己不想结婚。也许他自认为不会成为总统，而她也根本没想过他会成为总统。一位记者朋友查尔斯·巴特勒想让他们互相认识，最终他成功了。他组织了一次情侣之夜，带着自己的妻子，邀请肯尼迪和杰奎琳一同见面，而杰克（肯尼迪总统的另外一个名字）和洁姬（杰奎琳的昵称）都不情愿地接受了，他们或许都是出于礼貌。而见面之后，两人之间立即建立起来的相互理解和吸引力使他们害怕。"我之前并不想的，"洁姬对她的一个朋友说，"但是，事实违背了我的意愿，也许也违背了他的意愿，从那天晚上开始，杰克出现在了我的生命中。"所以从那之后，他们开始经常见面。我们不介意想到，二十二岁的杰奎琳·布维尔——这个在奢侈、富贵与雍容中成长起来的女人，继续从事一项她并不重视、也不需要的工作（"我挣的钱只够坐出租车"，她说），只是为了遇见肯尼迪。事实上，她被任命为驻华盛顿的记者兼摄影师，负责一个叫《女孩调查》的小专栏。在国会大厅里，那时还是布维耶小姐的她采访了国会议员和参议员们，而肯尼迪从来没有缺席过任何一次会议。当他开始因为一轮选举而缺席时，布维耶小姐和参议员杰克已经非常了解对方，经常互通电话来填补了这一距离。"他每天给我打电话，一天打几次电话，总是在酒吧里，听筒那边还会传来觥筹交错的声音。"她说，杰克是个糟糕的追求者。在婚宴上，洁姬向众人展示了她在订婚期间从他那里收到的唯一一封信，上面写着："真可惜你没有和我在一起。"

他们的婚礼在新港的圣玛丽教堂举行：杰克不情愿地穿着西装和马甲，到场的宾客还被赠予了一把雨伞作为纪念。只能容纳三百个人的小教堂里挤进了七百多人，教堂外面还有四千人。"请大家可怜我吧，"杰克说，"我是不得不屈服于她，因为这个女孩有可能成为一名优秀的记者，从而威胁到我的政治生涯。""请大家可怜我吧，"杰奎琳回答说，"这个男人连一束玫瑰花都没给我买过。"他们俩性格开朗，风度翩翩，不墨守成规，不走寻常路。所以他们彼此相配，不仅仅是体现在审美上：他们都很喜欢书，喜欢聪明人的陪伴，喜欢认真的事情。有传言说，他们本打算在选举前离婚，老肯尼迪曾在灾难发生之前警告过自己的儿媳，没有人出来否认这些传言，但他们并没有分居，当肯尼迪获胜时，美国和世界建立了有史以来最伟大的联盟，这是之前的美国总统任期内从未有过的事。他们两个看着对方的眼神是如此愉快，如此热情，以至于没有一对明星夫妇能够与他们相提并论。至于她，几个世纪以来，白宫不乏值得敬佩的中年女性，但是她们却带着深深的皱纹，在洗手间布置可疑的装置，习惯有点像乡下人。看到她代替了之前的那些女士，对民众来说似乎是一个奇迹、一个出乎意料的礼物。在年轻人代替老人的近乎令人恼火的寓言中，他们是从天而降的、令人难以置信的人物。

然而，杰奎琳并不满足于仅仅是一个装饰性的角色。她的确是一个完美总统的完美妻子。他是美国人所说的"超自然男孩"，每分钟能够读一千二百个字。而当他陷入这种状态的时候，或许是在早餐的餐桌上，或许是在社交聚会上，只有她知道不去打扰他，如何谅解他。他过去常常全神贯注于读一些他非常感兴趣的报纸，或者研读一本书，而忘记了他周围的人。因此，也只有她———一个在好学校接受过良好教育的女孩，才能够把注意力从她那古怪的丈夫身上移开，把他的注意力带回自己身边，这时他会从报纸上抬起头来，对她喊道："哦，听听这个！"因此，尽管发生了个人风波，但在重要的事情上，这对夫妇基本上达成了一致，建立了一种人们在白宫从未见过的东西，一种被所有人接受，甚至尊重的"复杂"。不久，波兰华沙的《世界》杂志刊登了一篇文章，其中写道："洁姬的优雅外表，不仅表现在衣着的时尚中，还表现在她从不对任何种族抱有偏见的优秀品格，她开放的心态，她对艺术、文学、戏剧的兴趣，以及通常被忽视的高智商。"在被称为政治的战争中，尊重是一种非常罕见的东西：肯尼迪的敌人对肯尼迪的非凡尊重不仅归功于他的聪明才智和力量，而且在一段时间内，也归功于她的婚姻智慧。和杰克·肯尼迪这样一个非凡的人在一起并不是一件容易的事：需要在物质上与之比肩，也需要在思想上与之平等。但是，让我们面对现实吧，她知道如何适应这些，她所做到的已经远远超过了体面和优雅。有了杰克，有了杰姬，白宫才不仅仅是一个家，而是成了一个政治符号、一个阶级的榜样。他们却没有在那里住第二个四年，这是多么可惜。多么可惜，多么罪恶，他们没有能在那里多住四年，一切都在本该结束之前仓促结束了：从仓库里射出的一枪，那里甚至是用来装书的仓库。他生前是那么喜爱看书，而如今，他冰冷的身体却被放在了棺材里。

在华盛顿的大圆形大厅里，杰奎琳穿着血迹斑斑的袍子,回到屋子里准备告别,收拾属于他的东西:他的摇椅,他沉思的时候挠过鼻子或脑袋的铅笔,他徒劳地用来收拾他那头桀骜不驯的头发的梳子,他深色的双排扣外套,每一件的价值都没有超过一百四十美元,却使他成为为数不多的衣着优雅的美国人之一。此外,还有一个在筹备中但不会再举办的派对,以及它带来的深深的遗憾。三天后是他们的儿子约翰的生日,七天后是女儿卡罗琳的生日;他们为他筹划了一个生日聚会,在公寓里摆满了蜡烛、装饰品、花饰和礼物。没有人想过要把这些藏起来或者扔掉,也没有人思考过洁姬看到这一切时会不会心烦意乱。而她看着自己眼前的一切,就好像一巴掌打在了深深的伤口上。远离外面的纷纷议论,我们不难想象她回来时的感受,她一定会回忆起那一段不同寻常的共同生活,温柔又令人心碎:春天的阿卡普尔科,他们在那里度蜜月,他穿着水手的衣服,他黝黑的脸庞总是少年模样;还有那年夏天的梅里伍德,他拄着拐杖微笑着,同时忍受着脊椎手术带来的病痛(某次踢足球时的意外受伤让他在战场上的伤口恶化了);还有秋天的乔治敦,她报名参加了关于美国历史的课程,因为她说与丈夫相比,自己还是太无知了:"当我听到他在国会发言时,谈论劳伦斯河问题,我就意识到了这一点。"她比那些苦难的人更讨厌苦难,比那些受到冤屈的人更讨厌不公,比那些受到压迫的人更讨厌奴役。

就像他的同胞们沉迷威士忌一样,杰克对于书籍也是同样痴迷。在那个几乎所有人都筋疲力尽的国家里,杰克总是不知疲倦。他的工作决定着全世界的命运,但下班之后,他还有时间画画,做运动,和孩子们一起玩,给他们细致地解释核动力系统，守护着他们长大后去火星一探究竟的梦想。杰克拥有少年般的精力，也有着老人般的智慧，这使他能够去面对所有最危险的情况。他就是那个无所畏惧的人，一年三百六十五天，把他那健壮却毫无盔甲保护着的身躯展示给三百六十五个可能的杀手。他是那个被所有人需要的人，本应该会在华盛顿这座宫殿一般的房子的二楼再住上四年。也许只是那该死的自动步枪瞄准错了目标。我们没有任何理由不去相信杰奎琳说的话：她宁愿当时被瞄准的人是她自己，最后也是她中弹。作为一个女人，即使在最发人深省的灾难面前，她也能面容优雅、举止体面，也能说明这一点。而她的那一声呐喊"哦，不！"也许她是唯一意识到他要死了的人。当汽车沿着拥挤的街道行驶时，人行道上的人都在鼓掌，人们甚至没有听到枪声，有那么一瞬间，也许他是唯一一个意识到自己快死了的人。

他走了，她不是不存在了吗？这个世界将会永远记得约翰·菲茨杰拉德·肯尼迪，他在四十六岁六个月零六天的时候，像亚伯拉罕·林肯一样被谋杀。但是，这个世界将一点一点地不再去谈论她，她将一点一点地被遗忘——被爱她的人，也被恨她的人所遗忘。而此时的白宫即将迎来一位新的女主人：一位四十九岁的女士，有一头棕色的头发，敏捷的身体，羞涩的脸庞，总是有点胆怯的样子。她有两个女儿，一个十五岁，一个十二岁，一条叫小比格·约翰逊的狗。她拥有一家广播电台，是一个穿着高跟鞋和套头毛衣的女商人，她喜欢学习俄语，说得也很好。她的朋友们都叫她伯德夫人，她叫伯德·约翰逊，是美国新总统林登·贝恩斯·约翰逊的妻子。和她丈夫一样，伯德夫人也来自得克萨斯，她在得克萨斯州出生长大。这一切如同命运的玩笑，同样在那里，约翰·菲茨杰拉德·肯尼迪在自己夫人的眼皮底下，在一次游行中，光天化日之下被人开枪打死，就像在西部片中一样。一场杀死了我们所有人的谋杀，一次深入美国人灵魂中的死亡。这就是为什么纽约，为什么整个美国，即使在夏日里也寒冷如冬。所以，为了他，所有的灯都熄灭了。在纽约，在我们的心中，在我们的未来，从未见过如此的黑暗。但杰奎琳不会落泪。

女参议员与传统美德

奥里亚娜·法拉奇：在蒙特西托里奥，我碰巧去那里的时候，当时您还是国会议员，也是意大利社会党的成员。我常常充满幻想地仰视着您，梅林参议员，并不是因为您的名字让人联想到了关于那条关闭妓院的法令①，而是因为您的一切，都让人想起了一个即将消失的世界：一个属于古老的社会主义者的、浪漫的、有点无政府主义的绅士而纯洁的世界。我看着您花白的头发，看着您明亮的眼睛，让我回到了那个我从未见过的时代：自由的，世俗的。我觉得自己很想与您谈谈，或者更确切地说，听您说话。这种情况从来没有发生过，在我看来，现在您不再是参议员，也不是议员，更不再是社会党的党员，您满腹苦水（据说），甚至生病（据说），坐在亚得里亚海边一栋布尔乔亚风格的房子的小客厅里，窗外是一片遮阳伞和游客的海滩，来打扰您似乎是不礼貌的。但您关于禁止卖淫的法案……

丽娜·梅林：首先，我没病，我很好，有病的人或许是您。

---

① 意大利《梅林法案》：上世纪50年代，意大利首位女参议员丽娜·梅林（Lina Merlin，1887—1979），即本文中的受访者，为禁止合法卖淫奋斗十余年，由她起草的《禁止卖淫法案》最终于1958年通过并颁布生效。

我有一颗您这种年轻人做梦也无法拥有的心，我不是来海边养病，而是因为我每年都有来海边的习惯。然后，我并没有满腹苦水，此刻我的状态是平静安详的。如今我退休了，那是因为我不想在退休前就死去；每个人都有权尽可能晚地死去。我苍老的皮肤对我来说是珍贵的，如果我在政坛多待一天，我就会更早地被埋进墓地里。如果您愿意听，我会告诉您一切。我从没有什么见不得人的事情。同时，要知道，当不诚实的人获胜时，诚实的人就会离开。至于我那条关于妓院的法令……他们难道还在谈论它吗？！

当然，参议员。您的法案再次成为了意大利人如今最关心的话题之一。他们认为这条法令是一种羞辱。他们抱怨、哀嚎，惊惶不安；他们如此难以释怀，仿佛离这条法案的通过仅仅过去了两天，而不是两年。

呵！这个国家里的"大男人"们，他们自认为是世界上最有求偶天赋的男人，他们却无法靠自己的力量去赢得一个女人的心！如果他们不能赢得女人的心，这些混蛋就穷途末路了。他们为什么不像我在海边认识的朋友那样做呢？有一天，我来到亚得里亚海这边度假，跟他们说："同志们，你们似乎从来没让我给你们讲解过法令，这是怎么回事？""因为我们不在乎，丽娜。"他们回答。现在我想给您讲另一个故事。一天，我去米兰社会党的研究所讲课，一进去就有人把一只黄色的信封塞到我手里。我打开它，上面写着："同志，想想你用你的法令所做的恶事：一个又老又驼背的鳏夫，除了那些'窑子'，还能去哪里呢？"我走到讲台前，对大家说，我收到了一封信，我希望这位写信的同志和我们一起来回答这个问题：同志，那么，一个驼背的老寡妇，又怎会知道去哪里找一个英俊的年轻男子呢？对不起，同志们，谁告诉你们，女人就没有这方面的需求？这与我在众议院的演讲内容大致相同：如果你们认为这是一项社会服务，而男性公民有权享受这项社会服务，那么就应该为二十岁及以上的女性公民同样设置这一项服务。对女性公民来说，这是一种社会公平的体现。一些记者评论，我的逻辑是不体面的。的确是不体面，但我从没有说过一个粗俗的词，我总是用"那些不幸的人"来代替"妓女"这个词。而他们竟说我粗俗，我简直像伦敦的牧师一样说话了："不要称她们妓女，她们只是不会去爱、也没有被爱的可怜女人"。呵，法律！《梅林法案》现在又还有什么新鲜的呢？

梅林参议员，佛罗伦萨法院对卖淫的合法性进行了重新审判，法官接受了律师们提出的反对意见，即您的法案是违宪的，因为它没有考虑到宪法中关于国家承诺保护公民健康的条款。法官的命令目前正在接受最高法院审核，而且……
哦，是的。我早就料到，您是带着坏消息来惹我生气的。我重申：我的法案是最符合宪法的，如果最高法院只考虑法官的意志，那么一切都毫无意义了。如果是这样，那只能说明，我们国家不配得到任何东西，我们国家是野蛮的国家，我们国家的法官甚至不知道法律的精神和意义。但愿他们能稍微去读一下孟德斯鸠！我是参与制定意大利宪法的七十个人中的一个，您知道，我懂宪法，您也知道，我清楚其中关于公共卫生的条款，因为国民的健康正是我的诉求。这一条款是怎么规定的？"共和国有义务保护公民的健康，只要这不侵犯其他人的尊严。"只要不冒犯他人的人格尊严，明白吗？那么，允许那些可怜的女人被迫卖淫，难道就不是对她们人格的侮辱吗？尤其是，她们如今已经没有了合法的身份，那他们是怎么在人群中将她们识别出来的呢？他们在她们之间做选择的标准又是什么，就像他们以前选择那些非法的站街女一样？只要看到一个女人独自走在街上，也没有身份证，或者抽着烟，难道就可以确认了吗？您有没有在晚上一个人走在街上，抽着烟？

有的，有时候。
嗯。您知道，您的一个同行遇到过什么事吗？凌晨一点半，她从报社出来，一边点上一支烟，一边找出租车。她却被人拦住，说："您到警察局来一趟。""不可能，为什么？""因为您必须来警察局接受调查。请出示身份证。""我没带。但我在这里上班，那就是我工作的报社。""我们不管这个。刚刚看到您在街上抽烟。所以随我们去警察局吧。"但好在她运气不错，最终解除了误会，拦住她的只是一个死脑筋的警官，他自认为在以她们应得的方式对待她。但是，如果她真的倒霉，被嫖客硬牵着走，就像其他良家妇女行使她们独自在街上行走的权利时不幸被人拽走一样，那会发生什么？他们会把她关起来，第二天他们会强迫她发生关系。而我会在梅毒检验室里找到她，就像我发现那个没有证件、被迫穿着女仆装的可怜卖淫女，和骑在她的身上那个扮成士兵的嫖客一起被抓时那样，她会哭得很可怜，不得不在那里等上八天：等待答复。为什么要整整八天才能得到答复。我们继续看吧。以什么标准来拦住一个女行人：看她有没有挑逗的神情？嗯？今天有多少女人看起来不性感？这并不是说我想成为一个老巫婆，也不是因为女人化妆太浓、头发梳得太过精致让我感到震惊。相反，我认为这就是时尚，如果明天的时尚告诉她们要穿着"一战"时期的睡袋去海滩，而不是穿着比基尼，她们真的会这样做。但如今的事实仍然是，她们画着精致的妆容，看上去非常撩人。那我们该怎么办？警察会因此拦下她们吗？"您为什么要拦下我，警官？""因为您是个妓女。""您是怎么判断出来的，警官？""从您的外表看出来的。""啊，是吗？您，一名警察，就可以貌取人了吗？""你可能病了，亲爱的。""哦，是吗？警官，您难道是医生吗？用眼睛就能判断一个女人是否生病了吗？""不许说话，跟我们去医院。"到了医院，他们给她做了检查，也许会发现她真的病了。所以您说，她就一定是个妓女了吗？所以，当警察扮成医生的时候，医生就是警察？让我们继续看。还有什么标准可以拦下一个女人呢？他们说，那种家里有很多男人的女人就很可疑。二十年来，我家里接待了很多年轻男人：我以教意大利语和法语为生，法西斯夺走了我的终身教职。如果一个坏心眼的门房说，我上课只是个借口呢？我年轻的时候长得不算难看，您知道吗？我也有追求者，我丈夫在我很年轻的时候就去世了。如果我的门房真的举报呢？这种情况发生在许多独居女人身上，她们都是正经的良家妇女，但她们被起诉、被驱逐。我是个文明人，即便我尊重我的邻居和他们的自由，但我容忍不了这一点！

国家可以像接种天花疫苗一样，让每个人都接受检查，无论男女，无论健康还是疾病。警察可以从街边信得过的女性路人入手,从那些蹲点的女人开始调查……

您什么都不明白。让一切有相关疾病的公民,注意,是生病的、不健康的人都接受检查,是一项已经存在的法案,但尚未得到执行,我已经为这条法案的通过奔走呼吁多年,但尚未成功。至于对街边可疑女行人的调查,也行不通。如果没有证据,我们该怎么办?如果她们是非法站街,如果她们没有登记,我们该怎么办?我们再给她们登记一次,这可行吗?我们把被墨索里尼虚伪地称之为"健康证明"的卡颁给她们,那张比终身监禁更糟糕、比奴隶额头上的烙印更可怕的证明,可行吗?但是,您知道吗,当一个女人不想或不能再做妓女的那一天,她会去警察局,扔回那张卡片,说"这是你们颁给我的营业许可证",接着她会拿着通行证回到家乡,然后一直生活在当地警局的特别监视之下。嗯?她就这样恢复正常的生活吗?您知道吗,如果她有一个孩子,他这辈子都会是一个妓女的孩子。大多数不幸的女人都有孩子,即使这样,对于她们的孩子来说,她们仍然是世界上最好的母亲。即使她能够把小孩抚养得很好,让他学习,但总有一天,这个小孩会需要一张有身份证明的文件,或是填报参加比赛的信息。而因为他是一个有前科的女人的儿子,他将不可能成为一个外交官,甚至连警察都不能做。给她们登记,就是把妓女的身份还给她们。您想明白了吗?为什么只给那些因为贫困而成为妓女的女人登记,而不去登记那些住在高级公寓里的妓女、不去登记那些为了一件皮大衣或一件珠宝而出卖自己的妓女?有钱人的情妇不也是妓女吗?此外,不要忘记,意大利接受了联合国公约,在那条公约中明确规定了,禁止以任何理由,包括公共卫生为由进行任何合法的卖淫者身份登记。我们等了这么久才加入联合国,别让我们再被踢出局。

梅林议员,我完全同意您的观点,所以请不要生气。不过,从现在开始,我会表现得好像我不同意您的意见,请不要更生气,我会问您几个问题,其中总结了别人对您的指控。
指控?什么指控?我从没做错什么。我做了件好事。

我知道,梅林议员,但从来没有人为此感谢过您。他们侮辱您,嘲笑您,中伤您。我们都知道大恩即大仇的道理,人们有时会反过来憎恨恩人,没有一丝感恩之心。所以请您回答我的问题。第一个对您的指控是,自从你的法令实施以来,妓女的数量增加了一倍。
也许吧。数量可能会增加,不幸的女人也可能真的越来越多。那么,前后数量比较的依据是什么呢?有人真的去数过她们的数量吗?以前有人计算过吗?她们到底有多少人?她们让人看见了吗?她们以前没让人看见吗?还是说,之前她们让人看到的机会没那么多?拜托,您什么都不知道。她们不想见对方的时候,就不会让人看见。但我一直都看到她们出没。我记得当我十八岁的时候,纯洁得像个小天使,和我叔叔一起在柱廊下散步,她们会用自己的包拍一拍他的膝盖,或者拽着他的上衣。我会问:"叔叔,她们想要干什么?她们是谁?"他回答说:"施舍"。所以,在我的法案通过之前,又是什么样的状况呢?有一次在米兰,凌晨四点,我有意识地观察寻找着,果然,到处都能见到她们的身影。

第二个指控是梅毒病例的增加。不过，这一条是权威人士说的。这是他们给出的数据。

您太天真了。谁给出的数据？和什么时候相比？您知道1937年的时候就有几十万病例了吗？随着抗生素的发现，病例数急剧下降。但在1953年，当妓院合法开放的时候，数量又开始增长；1958年，妓院关闭。事实上，抗生素会在使用者身上产生抗药性，一旦开始大量地使用，就不再有同样的效果了，难道这也是因为法令？所有的疾病都有周期，难道这也是因为法令？这些年来，患小儿麻痹症和癌症的人数急剧增加，难道这也是梅林参议员的错吗？如果有什么不同的声音，是否提到过如何对抗这种疾病的死灰复燃呢？重新开放妓院，这些疾病盛行的场所吗？听我说，您之前对此一无所知，您知道那些可怜的女人在妓院里提供过多少次的性服务吗？一周两次难道就够了吗？每天都有几十个顾客！那么，放着外面超过五万名非法卖淫的妇女不做检查，仅仅对妓院里的两千五百个所谓合法卖淫的女性检查，又有什么意义呢？还有那些对医生说"医生，别说我们罗塞塔病了，她可是我们这里最积极工作的人"的女老鸨，医生是不是会让她们满意呢？所以请您闭嘴吧！

第三项指控，性犯罪、泰迪男孩、调戏妇女的案例增加。另外，我不是故意想要谈论军队的问题，因为这会让我有点想笑，在某些人看来，意大利人因此变成了精虫上脑的流氓，会对那些贤惠的少妇、毫无防备的阿姨、纯洁的处女下手。

您真的对此一无所知，您什么都相信。看那头飞驴，看：你看见它了吗？它就是性犯罪！就像它以前不存在一样！泰迪男孩！也许他们只有十四五岁，以前在那个年纪，他们都可以进入只有十八岁才能进入的场所里了！调戏妇女！就像它以前不存在一样！再说到军队的问题，如果她不想谈，我就谈。安静！不要说话，认真想一想：一个大城市里有多少军人？数以万计。一个大城市有多少妓院？最多十六个，总共有二百五十余名妓女。难道就够了吗？嗯？显然，我们的军队在别处找到了安乐窝，那就让他们继续"自力更生"吧。现在的非法妓女价格太贵了，您可能会说……

我什么都说不了。
安静！您会说，她们太贵了。怎么会不贵呢？欧芹都涨价了，以前不要钱的，而现在他们要收你一百里拉一包呢。我也关心军队问题，但我会以尽可能让他们避免上战场的方式表达关切，而不是通过给他们提供合法嫖娼的妓院。我想问问那些因为《梅林法案》废除妓院而抱怨的将军，难道不是因为士兵们流连花柳之地，才让这么多生命在战场上白白牺牲吗？我也想问那些母亲同样的问题。您知道谁最让我恶心吗？那些说"现在谁来对我的孩子进行性教育？"的母亲们。啊，是吧？她们该问问自己，难道不知道，以前为了国家统一，而后为了墨索里尼，今后还会为了抢夺石油，她们的孩子无一幸免会被送去战死沙场吗？那么，这些年轻人该是什么样的年轻人：为了得到一个女人，要把她放在盛放烤鸡的托盘上？！还不如让他们像那些大学生一样对我说："女士，对我们来说，这个问题不存在：我们男女同学之间相处得很好（有性生活）。"

我很想知道您对性自由的看法，梅林议员。我希望，您对此的态度是衷心的支持。

才怪！性自由一点也不好，我认为。我想起了列宁在革命后所说的话，当时性习俗放松了："你不能在每个人都喝过的杯子里喝酒，也不能在泥坑里解渴。"因为相爱而做爱是好的，但仅为了活动筋骨或者出于好奇，那么性爱就成了一种罪过，是不好的。我们所说的传统道德并不总是传统的，是一种文明的产物。别急着打断我。我是说……

第四条指控，卖淫根本没有被废除，它仍然像以前一样，在同样残酷的道德羞辱、同样的剥削和同样的混乱中继续下去。别生气，梅林参员，这是真的。我也是这么想的。

简直疯了！您真的什么都不懂！谁说过要废除卖淫？我吗?!? 我的法令只是为了阻止卖淫成为政权的帮凶。请重读标题：《废除打击利用他人卖淫的条例》。就这样。我还对此有所补充："……以及对抗性病的危险"，但这后面一部分从法案的题目中被删减，因为已经有了相关立法。我真的很惊讶您也说出这样的话。事实上，卖淫不是犯罪，而是一种不道德的行为。让我们承认吧，对一些人来说，这就是一种犯罪：就像非法入境者和受管制者之间的区别，就像被授权偷窃的小偷和在世界各地秘密行窃的小偷之间的区别一样。抱歉，所以您知不知道世界上有哪一个国家，一个就好，是完全没有卖淫行为的国家。

中国，据中国人说。在这一点上，我相信他们是诚实的。

有可能。在一些国家，这是可能的。卖淫者会被开枪打死。但我想生活在一个自由的国家：包括自由地卖淫。

您知道吗，她们并不会被开枪打死。他们对她们进行再教育，有时还让她们结婚。在任何意义上，我都不是中国人，但我知道在那里，这个问题已经解决了。娶妓女的人会成为英雄，国家颁给他一枚金质奖章。很可爱，不是吗？

呃！像诺亚一样古老的规矩。以前，在修女住的修道院里，也有类似的事情，然而，娶修女的人不会被颁发奖章，他们会得到一千里拉，相当于现在的一百万。农民们会用那些钱去买奶牛，说："我花一千里拉可以买两头牛，我家里还有了老婆。"至于再教育，我去过捷克斯洛伐克、波兰，以及妓女众多的天主教国家，他们执行俄罗斯的法律。她们被归入档案，接受再教育，但她们什么也学不到，充其量只能在火车和有轨电车上打票。在那里，一个非法妓女第一次被发现的时候会受到警告（和她一起被发现的男人一起），第二次就会被定罪（和她一起被发现的男人一起被定罪），第三次则会被送进劳改营（和她一起被发现的男人也是如此）。结果如何？有一天，在布拉迪斯拉发的一家旅馆里，我看到两位年轻的女士坐在一张桌子上。我拉着我的同伴的袖子说："先生，你看到了吗？""哦，是的，"他回答，"她们住在我附近，在家里接待私人客户。"所以，你打算怎么做？真的开枪打她们？我不相信惩罚有什么意义。难道小偷变少，是因为几千年来法律一直在惩罚偷窃吗？在阿拉伯国家，他们会砍断盗贼的手，但阿拉伯国家充满了盗贼。

告诉我，参议员，您认识什么妓女从良了吗？
如果您发誓不写出来，我就告诉您。例如……

真的吗？！
当然了。她们很多人都结婚了。在威尼斯有一个疗养院，我们在那里一个月内举行了三次婚礼。结婚了，她们都很好，您明白的：这是一个艰难的教训，她们会是忠实的妻子。

据您所知，她们中有没有人成为修女？
有的，但很少。她们中选择成为修女的，都去了科托伦戈，去照顾那些可怜的人。在我看来，她们是因为见识了社会的黑暗面而从良的，因此，她们准备接受光明。我这么说是没有恶意的。我不反对修女。我和我的母亲和祖母一样，在一所修女办的寄宿学校接受教育，我在那里度过了一段美好的时光。

参议员，您不喜欢妓女吗？
谈不上不喜欢。相反，我可以说，她们总是令我有一种悲哀的感觉。通常她们都不漂亮，通常也都不聪明，甚至可以说几乎都不太聪明……有时，这种悲哀几乎让人觉得恶心。您想一想，我曾经是一个丈夫的妻子，我是他的女人。我年轻的时候也很漂亮，您知道吗？我有很多追求者，有一次我遇到了一个美国亿万富翁。但我对他说："我不卖。"

您有没有受到她们的辱骂？我是说，您有没有在街上被人认出来，而发生什么意外？

她们经常都能认出我，并温柔地问候我，叫我梅林妈妈。我也有收到过辱骂、威胁，都是来自那些妓院老板的。我收到过将近七千封信，有时他们甚至给我写信说："你还记得你做妓女的时候吗？"然而，那些可怜的女人却对我充满了感激。我至少与她们中的两千个人交谈过，没有一个人反对我。我永远不会忘记那个炎热的七月，她们中的一小群人来到蒙特西托里奥，哭着说："夫人，在这么热的天气里，在一个房间里待了十四个小时，每天与一百二十个人性交……夫人，您能不能将那些妓院都给关了，您会是我们的圣人。"在监狱里时——我曾在七个监狱当过政治犯，她们也还是梦想着有人能把那些喝人血食人肉的妓院关掉。前几天晚上我发现了一个妓院，非法的！而她们告诉我，这仍然是一件很糟糕的事，但现在她们想和谁约会就和谁约会，也不允许每晚有两三个以上的顾客。真是如释重负。然后，因为她们已经不在档案里了，所以她们也能够全身而退。

所以您从来没有因为卷入这场混乱而感到愤怒、感到遗憾？参与这场乱局花费了您生命中至少十年的时光。
不，不，不！我并没有从那些贩卖皮肉的人那里得到过真正的痛苦，我只从那些贩卖良心的人那里得到过痛苦：真正的痛苦，我是从我们党内的一些同志那里得到的。您会明白的——当你在一个政党注册四十二年后，你却发现自己被送进审判所，就像那些在去大马士革的路上被处死的圣保罗，简而言之，他们简直就像是前法西斯主义者！我在1919年加入了社会党，这并不是出于特殊利益，我的家庭并不属于工人阶级，而是知识分子阶层。我那时很年轻，我反对战争，社会党的主张给了我反对战争的保证，起初我担心他们不会接受我，因为我家里有资产阶级爱国主义的血统：我的祖父是煤工的儿子，在弗拉塔·波列辛被枪杀，成为复兴运动的英雄；我的曾祖父是拿破仑的炮兵上尉；我的哥哥是奥运金牌获得者，1917年死在贝恩西扎；我的弟弟在战争结束的前两天因为肺部被窒息性气体烧坏死去，年仅二十岁。我那时候还没学会爱世界的前提之一就是要爱自己的国家，我差点为我家里的那点历史而道歉。相反，他们热情地接受了我；在那个时候，作为一个社会主义者，就像你所说的那样，意味着真正的绅士，也意味着聪明。我和他们相处得很好，因为他们之间从来没有叛徒。有些人是善良的，有些人带着心中的信念，讲着笑话乐观地继续前进：从来没有叛徒。然而，当像我这样的人，被监禁过，被禁闭过，秘密地斗争过，却发现自己在去大马士革的路上为被电死的前法西斯主义者殉道！战争结束后，我说：不要吸纳法西斯主义者，原谅他们是可以的，但接受他们是不行的。然后，我说：不要接纳斯大林主义者，他们打着现代生产力和政治发展的幌子，一点一点地夺取了党的权力，那些不是斯大林主义者的人就是被出卖的国王，那些不和他们站在统一战线的人就是没有读过马克思。我，作为马克思主义者，从1926年起就知道他是真理，并一直研究着他！

制度发生了变化，政治也发生了变化。老年人和年轻人之间的冲突是不可避免的，即使在当今政坛也是如此。今天对权力的征服是冷酷的、科学的，曾经的人道主义美德不再适用于今日。年轻人变得更加刻薄，这是真的，但是……今天的政治不再是一项使命，而是一项职业。

那不是真的，代际之间并没有如此大的区别，人们总是平等的，人类没有变，他们之间总是平等的。我一直深爱着年轻人，请别忘了，我曾经是一个非常认真的老师。对他们，我总是尝试着扮演母亲一样的角色，真心地对待他们。事实是他们的恶意不是针对老年人，而是针对他们自己：他们自己都不明白。另外，政治不是一种职业，而是一种使命。所有创建意大利社会党的伟人，都有另一份工作：图拉蒂是律师，我丈夫加拉尼是医生，我是老师，马特奥蒂是商人。所以他们并没有偏见，从政的人不能有偏见，但必须有想法，尊重别人的想法。例如，我从来没有反对过神职人员，从来没有允许自己违背群众的宗教意识，冒犯别人的思想和感情。我一直宣扬自由，反抗强加的纪律。

参议员，除了社会主义者的身份以外，我不知道您是无政府主义者，还是自由主义者。当然，在一个党派中，这一定很令人不舒服。

不舒服？简直太不舒服了！无政府主义者，你知道，我不认为这是在侮辱我，恰恰相反。自由主义者，嗯！也许吧。我是社会主义者，我真的是社会主义者。因此，他们命令我辞去国会议员的职务，但是他们没有成功，他们开始让我疲于奔命让我筋疲力尽。发生了洪水，他们派我去；堤坝倾泻了，他们派我去；不得不连续访问十二个村庄，他们仍然派我去：去吧，可怜的老妇人去淋湿生病了也没关系。直到我辞职并决定不再参加选举。

你不遗憾离开蒙特西托里奥吧？
遗憾？！我简直想吐！我没有野心，我有足够的钱来维持生活，我有我的教师养老金，一个月十八万里拉，这对我来说已经足够了。我不是来拿薪水的，就像有些人做的那样。

您会不会厌倦生活在这种无工作的状态中，您一生都在工作和冒险。您如今过得怎么样？
我从不觉得无聊，我现在过得很好。我每天八点起床，打扫房子，我从来没用过女佣，我会自己去买菜做饭，做些简单的菜肴：因为我得过结肠炎，所以我会做些黄油米饭、牛排或牛肝。饭后我自己洗碗，下午我读书写字，或整理我收藏的书籍。但我不去地窖，那里有很多书，因为我害怕老鼠。是的，我对老鼠有一种近乎疯狂的恐惧：正如堂·阿邦迪奥（don Abbondio）所说，当一个人害怕的时候，他就只能感受到恐惧。我一个人住。我丈夫1936年去世，我和他没有孩子。他有三个儿子：两个死于流亡，一个死于毛特豪森集中营。有时我的侄女会来看我，和我一起去海边，她还会带着她的儿子保利诺。孤独并不像苦涩那样困扰我。我已然适应了不幸，所以从不被压垮：带着超然的心态。

在这种孤独中，宗教对你没有帮助吗？
不，不。我是不可知论者。我学的是实证主义哲学。上帝，我既不能否认,也不能承认。然而,人世的感情对我很有帮助。保利诺,过来,让我看看你。保利诺六岁了,他很棒,会弹钢琴……他总是想让我给他讲童话故事……我给他讲《疯狂的罗兰》《神曲》《圣经》里的故事……他在学校得了一百分……我给您看他的成绩单……

比起去月球，我们不如留在这里跳一支双人舞

从各个方面来说，她都是一个令人困惑的女人，非常不寻常。例如，你看着她，会觉得她很丑陋：她那干枯又干瘪的脸上隐约可见地刻着早衰的皱纹；那红色的鬈发沿着肩膀散开，让人想起了二十年前的时尚；那肌肉发达的小腿，还有那不成比例的躯干，让人觉得这似乎是男人才会有的样子。然而，你再仔细端详她，就发现她真的很美：她那透明、天使般的脸；那火焰般的头发，让人想起十九世纪童话故事里的女主人公；和谐、活泼的双腿支撑着她那瘦弱而又柔韧的身体。你听她说两句话，你会认定，她是典型的苏联公民：像那些总是推崇职责，不脱离政党正统观念的无聊的人一样。但你再仔细地听听她的话，你又会觉得，她是一个精致的资产阶级，就像沙皇时代晚期的女人。简单地定义她，是一件不可能的事情。她爱俄罗斯，也喜欢美国。她全身心地投入到舞蹈中，她以一种近乎修女般的严谨来崇拜舞蹈艺术，然而又为那些浮华的轻歌曼舞辩护，也经常光顾演奏爵士乐的夜总会。了解她，就是了解一个你不习惯的苏联：一个不再拒绝西方异端邪说，从美国采购粮食，并逐渐确信那不会让人中毒的国家。在某种意义上，她象征着这个更善良、更资产阶级化的苏联。她就是玛雅·米哈伊洛

夫娜·普利塞茨卡娅（Maia Michailovna Plissetskaja），波斯奥大剧院的首席舞蹈家，或许也是全世界的首席舞蹈家：三十六年前出生于莫斯科，嫁给了音乐家斯德林。她来到了意大利，在这里她和舞伴尼古拉·法德利察夫（Nikolai Fadeiecev）为斯卡拉大剧院献上了两个晚上的舞蹈。下面的采访就是在这个机会下完成的。

我们的会面就发生在舞台边，当时她正在排练《天鹅湖》，就在她被授予列宁奖的那一天，列宁奖"对我们俄罗斯人来说，相当于诺贝尔奖和奥斯卡奖的总和"。无论我在这行里遇到了多少人，我都不会忘记这位既漂亮又丑陋的女士，她用机智、笑意盈盈的眼睛盯着我，自然地伸出她的手，给予怜悯，又寻求同情。对一个对自己的荣耀有着充分认识的天后来说，给予怜悯与寻求同情这两件事都不容易：但事情就是这样发生的，让相处变得容易的是赫鲁晓夫的一张照片，这张照片刊登在一期《欧洲人》杂志上，我正要给她看。这张照片是非常近距离的特写，这位苏联总理的丑陋因此被凸显，令人心惊胆战，就像是一只海豹被错误地剃掉了胡子的尴尬：任何其他的俄罗斯人都可能会被冒犯。但是普利塞茨卡娅发出了一声滑稽而欢乐的尖叫，叫来了她的舞伴，她的舞伴也高兴地咯咯笑了起来。一个小时后，我们一起吃饭：我、她、法德利察夫，还有舞台主管吉林盖利（Ghiringhelli）。玛雅不会说意大利语，也不会法语或英语，我同样不会说俄语。但在某些情况下，我们竟然不需要口译员：也许那天下午的相处比晚上的谈话更使我们能够理解对方。我们用手势和笑声交流着。在手势和笑声中，她吃光了自己眼前所能吞下的一切，食量完全不输给最健壮的那种女人：尽管她身高五英尺六英寸，但她的体重只有五十公斤，而且她不节食。饭后，她说她想去走走，用她那优雅、不可捉摸的步伐，那种只有舞者才有的步伐，穿过市中心的街道，把我们拖到大教堂前，在那里，她踮起脚尖，神情恍惚。

她会在每一个祭坛、每一尊雕像、每一扇彩色玻璃窗前停下来，嘴里经常重复"布拉格"和"华沙"这两个名字，也许她的意思是，她在布拉格和华沙也见过如此美丽的教堂：事实上，我后来才知道，参观教堂是她的爱好。在大教堂里，许多人转过身来看她：也许是被她火焰一般的长发所吸引，也许是被她不寻常的气质所吸引，就像不常闻到的香水一样。参观完大教堂后，她又开始行走：她跳了整整一个上午的舞，看起来却很精神，就像刚从床上爬起来一样；吉林盖利和我已经被累垮了，法德利察夫也听天由命地跟着她。她白皙的脸上带着微笑，重复着"像原来一样，像原来一样①"，这是她唯一知道的法语。她买了香水、肥皂，还有蜜饯，最后还说她打算买一些意大利唱片，那些在莫斯科找不到的唱片。于是我们走进一家唱片店，"这个行吗？"吉林盖利问她，拿了一张朱塞佩·迪·斯蒂法诺的唱片。"不错。没有。非常特别的漂亮。但不，不要。"玛雅一边说着含糊不清的意大利语，一边摇着头。"这个？"吉林盖利又问，这次拿了玛丽亚·卡拉斯（Maria Callas）的唱片。"不错。没有。非常漂亮。不，不要。"玛雅又一次摇头。威尔第？不，不要。普契尼？不，不要。马斯卡尼？不，不要。圣雷

---

① 原文是 Comme toujours, comme toujours。

莫？对啊！买它！莫杜尼奥？对啊！买它！米娜？对啊！买它！这时候我才意识到，玛雅所说的意大利唱片并不是指威尔第或普契尼，而是指米娜和莫杜尼奥。威尔第和普契尼的唱片已经把她莫斯科的公寓、乡村的别墅都塞满了，"世界上有伏特加，也有咖啡；有可口可乐，也有威士忌，我喜欢都尝试一遍"。那日与我们同行的斯卡拉剧院的舞台主管对此绝望不已，在感到文化受到玷污的同时，花白的头发也被风吹乱，他愤慨万分："你们让她买的这些玩意儿太可耻了"，"这让我们看起来多么愚蠢"，这位柴可夫斯基和普罗科菲耶夫的演奏者带着一身的雨水头也不回地离开了。

我们的采访在斯卡拉大剧院进行，在舞台布景导演尼古拉·贝诺瓦（Nicola Benois）的办公室里，他出生于俄罗斯，但是是米兰人，所以充当了我们的翻译。采访持续了将近两小时，尽管通过翻译进行交流带来了些许不便，但这场访谈是由她主导的，就像她在下午所表现出的那样随意、轻松。她的用词就像用她的腿一样：无所畏惧，毫不费力。也许这并不是一次耸人听闻的采访，在某些时刻听起来更像是两个朋友喝茶时的聊天。但这无疑是一幅真实的画像，一幅艺术家的肖像，她热爱自己的工作，就像热爱自己的生活一样，一幅最天真最坦率的女人的肖像。一个在各方面都令人困惑的女人，一位不寻常的女人。

奥里亚娜·法拉奇：这是我第一次采访一位伟大的舞蹈家，或者应该说是世界上最伟大的舞蹈家，普利塞茨卡娅女士。这也是我第一次采访一位苏联女性。首先，我们对您几乎一无所知：我们对您个人的了解如此之少，真是不可思议。另外,我可能像其他人一样,被许多陈词滥调所困扰。一想到这些,我觉得有点尴尬,普利塞茨卡娅夫人,所以……

玛雅·普利塞茨卡娅:然而,我非常开心,有这次机会与您交谈。你们意大利人对文艺界明星的想法如此特别,这样的好奇心有点让人愤慨。我的意思是,我们国家也存在一些明星崇拜:当你离开剧院时,他们会等在那里;在街上,他们也会认出你并拦住你;他们还会向你要签名、骚扰你,这些都是一样的。但他们从不问你与你个人直接相关的事情,而且……让我们举一个今天早上的例子。我正在睡觉,电话把我吵醒了。"普利塞茨卡娅夫人,"一个声音说,"我们有消息要告诉你。""嗯。"我回答。"好消息。""好的。"我回答。"您获得了列宁奖。""谢谢你。""您想说点什么吗,普利塞茨卡娅夫人?""谢谢你。"说着我便放下了听筒。也许他期待着我再做个演讲,再给他爆料一个独家秘密:但我只说了"谢谢",就是这样。然后我才想到了:天哪,你得奖了,玛雅,天哪。您知道吗?对我们俄罗斯人来说,列宁奖是一个非常大的荣誉,就像诺贝尔奖和奥斯卡奖加起来一样,而且也意味着七千五百卢布的奖金。以意大利里拉为单位,那是多少钱?

我想,大约有五百五十万里拉。
那诺贝尔奖有多少奖金呢?

这看情况:从两千五百万到三千万不等。
太多了。五百五十万已经是一个很大的数目了,不是吗?您想想看，如果我一个月赚五百卢布，换成意大利里拉是多少钱？

我想，大约三十五万里拉。不多。我认为您应该赚得更多，普利塞茨卡娅夫人。
为什么？艺术家在意大利的收入要高得多吗？

是的，普利塞茨卡娅夫人，比这高很多很多。令人难以置信的多，比方说，几百万里拉。
他们凭什么赚这么多!？哦，不：我不相信。我认为这很荒唐。你看：在我看来，五百卢布是一个艺术家能挣到的最多的钱，也是你在俄罗斯能得到的最高工资。这对我来说已经足够了。我不是一个很重视金钱的女人，我不沉迷于赚钱。您知道吗？在俄罗斯也有一些人痴迷于赚钱，哦，是的，有的！有这样的人存在。就像这里，差不多一样。但我不理解这件事，相信我：我跳舞不是为了钱。有了这么多钱，我还能做什么？如果我想买衣服，我买得起，如果我想买香水，我也买得起，再加上我在乡下拥有一栋房子，周围有一片漂亮的林地，我拥有一辆汽车，我在莫斯科市中心拥有一套公寓，现在我的存款差不多有七千五百卢布：我觉得自己是一个资本家。请注意，这套公寓并不大，只有三个房间带卫生间。卧室、我丈夫的书房、我的练功房。保姆一会儿就能把整个屋子打扫干净。但是，呃……

那您很幸运啊，您还有保姆。
当然啦。保姆和司机，没有他们，我怎么能生活下去？像我这样的职业女性不可能有时间去开车或打扫房子。在意大利难道没有保姆吗？或者，也许在意大利就像在美国一样？在美国时，我感到很惊讶：就算你哭着哀求，你都找不到一个保姆。或者你有幸找到一个，她会开着凯迪拉克来，充满了矫情和不屑，把你当敌人。如果你家没有自动洗衣机，如果你没有电视机，那就糟糕了，那么她就会直接转身离开。又坐上自己的凯迪拉克，开车离开。在意大利也是这样吗？

我们还是别聊这个话题了吧，普利塞茨卡娅夫人：否则读者们会觉得这个采访是我编的。这个话题就此打住，让我们来聊聊您吧：普利塞茨卡娅，世界上最伟大的舞蹈家，每月只赚取三十五万里拉。
但对于我来说，这已经足够了，我刚才跟您说过。

我明白，对您来说足够了。您一定不是为了赚这些钱才跳舞的。
对啊，当然不是了！我跳舞是因为……哦，说这些事情太尴尬了。说这种话会让人听起来很夸张，但是……你看……也许我应该从头开始说。可以吗？首先，我并不是出生在一个贫穷的家庭，比如说工人或农民家庭。我不知道为什么每次谈起苏联女性，人们都会想到一个出生在工人或农民家庭的女孩，好像每个俄罗斯人都是工人或农民。我出生在一个中产阶级的知识分子和艺术家的家庭，我的家人是资产阶级：如果我可以说这个词的话。

为什么不呢？这又不是什么脏话。

这当然不是脏话。之所以说资产阶级是因为：我的父亲是工程师，我的祖父是著名的牙医，其他家人都是演员，画家或舞蹈家。例如，我母亲是一位伟大的电影演员，我母亲的姐妹们也都是戏剧演员或大剧院的独唱演员，我叔叔是一位著名的舞蹈家和编舞家，我们从来不缺钱，也从来不缺舒适的生活，从来不缺一个好的居住环境。所以从我还是个孩子的时候起，就在那样一个环境中成长。我还不到八岁，就被波斯奥剧院的舞蹈学校录取了。舞蹈流淌在我的血液里。十六岁的时候，我在《天鹅湖》中首次亮相，毫不费力地就获得了成功。成功几乎立刻就向我袭来，它就像一种应得、正常的东西，我没有大费周折地去得到它，也没有过痛苦、挣扎。我为什么要挣扎，为什么要受苦？如果我做不到，我甚至都不用挨饿了。我会继续做普利塞茨卡娅小姐，我有自己想要的一切：舒适的居所、蔽体的衣服和能够养家糊口的工作。我甚至没有意识到自己拥有这样的成功，像我这一代的许多女性一样，我很晚才成熟。然后，有一天，我不记得是怎么做到的，也不记得是什么时候做到的，我只意识到，我得到了成功，就需要回馈给他人。这些话说起来有点浮夸：对我来说，跳舞已经成为一种为他人服务的方式。帮他们忘掉烦恼，少一点悲伤，在我看来是这样。我的意思是，如果我很伤心，或者遇到麻烦，我会听一张好唱片，看一场电影，我会感觉好些。所以我想，当我跳舞的时候，我可以帮助人们感觉好一点，让他们明白，除了他们的麻烦之外，还有一些美好的东西。也许我的这个想法，会被您嘲笑吧。

一点都不好笑。您让我满心钦佩。请继续。

我在美国的时候，他们总是给我合同让我签约——相信我，那是一大笔钱。但我总是拒绝。并不是因为我不喜欢美国，我真的很喜欢美国，当你看到了美国的时候，整个世界看起来都变得更小了；而当你见识了纽约，所有其他的城市看起来都像一个小镇。我拒绝（签约），因为在那里，我会让自己被卷入他人的节奏。我知道，我会被对金钱的追求所吸引；我会失去对别人的爱，而那是我内心的一部分。那种一个月挣五百卢布就能让你心甘情愿奉献自我的，对他人的爱。我在自己的祖国，也就是在俄罗斯，能够去精心地呵护这份爱，因为在那里我没有受到诱惑。

所以我想问您，您是如何评价您的同胞努里耶夫的，普利塞茨卡娅夫人。他似乎屈服于某些诱惑了。
我可以不回答这个问题吗？

您当然可以不用回答，或者，您可以像很多俄罗斯人一样，回答说，反正他也是个糟糕的舞者。
这不是真的。他是一个非常好的舞者。我只看他跳过一次舞，在列宁格勒，但我可以说，他是一个非常好的舞者。至于他做了什么选择……无可奉告，都是美国人的议论罢了。评判他人，了解一个人做了某种选择而非另一种选择的原因是十分困难的。总之，我永远不会离开俄罗斯，虽然每次离开莫斯科我都很开心，但每次回来我都会觉得更开心。他离开了俄罗斯，但这是他的事。

普利塞茨卡娅夫人，您是一个非常特别的苏联人。对了，您是党员吗?

不是,我对政治不感兴趣。一个舞者与政治的关系太小了。

加琳娜·乌兰诺娃①,苏联的传奇舞者乌兰诺娃,她的位置如今被您所取代。她就是一个党员。您与乌兰诺娃很像,不是吗。

我不像任何人。乌拉诺娃比我矮小得多,她的个头只到我的鼻子,而且她的腿更细。她有着与我截然不同的风格,也有着非常不同的性格。世界上最美丽的事物,您知道是什么吗?这世上最美的事物,就是那些不可以模仿、独一无二的个体。我们中没有任何一个人看上去像另一个人。而如果这个世界夺走了每个人独一无二的地方,与不可替代的地位,那么我们就真的什么都没有了,只会剩下无尽的无聊。

您刚才说这一席话的时候,心中应该是有具体的听者吧。如今,和而不同的权利已经变得如此难以实现。而且我想您也知道一些事情。

为什么这么说呢?

没什么。让我再问您一个问题,普利塞茨卡娅夫人:您是否信教?今天下午,我们去了大教堂,在我看来,您走在其中,带着与普通游客不同的尊重与敬意。

我唯一的信仰就是我的工作,而我唯一的宗教就是舞蹈。我带着尊重走进大教堂,我觉得当看着美丽的东西、艺术

---

① Galina Ulanova(1910—1998),苏联著名芭蕾舞演员,1923年因其在《天鹅湖》中的首演一举成名。

作品时，我必须要有这种尊重：仅此而已。我对艺术非常敏感。如果我不是这样，我为什么要在这样一个残酷的职业中消耗自己呢？我的工作是一个人只有在年轻力壮的时候才能做的工作，这很现实。肌肉能坚持多久，心脏能坚持多久，我的事业就能持续多久。当肌肉下垂，心脏松弛时，一切就会结束。如果你非常幸运或非常有名，你可以成为一名舞蹈编导，舞蹈学校的一名老师，但在大多数情况下，你别无选择，或许只能在剧院的衣帽间帮忙整理衣物。令人惊讶的是，剧院有许多管理衣物的人从前都是舞者。但你还有什么办法呢？除了舞蹈，你什么都没学过，除了跳舞，你什么都没做过；除了舞蹈，你什么都不知道，什么都不明白，你的大脑就像你的肌肉组织和你的心一样处于休眠状态。随着年龄的增长，一个作家的文字会越来越优美，一个鞋匠的手艺会越来越娴熟，一个律师的能力会越来越精湛，一个农民的收成会越来越丰硕；只有舞者，随着年龄的增长她的动作会越来越吃力。年龄于舞者而言只是一个累赘。我很早就意识到了这一点，也非常明白这一点。然而，在太阳升起的每个早晨，我都在练功房里、在镜子前不断练习，直至把自己弄得筋疲力尽。我已经跳了三十年的舞，从来没有一个早晨不做三个半小时的运动。从来没有间断。甚至在我度假的时候也没有，甚至在我生病的时候也没有。我已经为这份工作付出了一切。

至于儿女也是如此，我想。您好像还没有生孩子，对吧，普利塞茨卡娅夫人？
对，甚至是生孩子这件事，也为这份工作让步了。我已经结婚六年了，我认识我丈夫十一年了。我们本来可以有孩子，但我没有生。而我没有生小孩，是因为我不想放弃我的工作。您看，在这一点上，我似乎也是一个信徒。你要么是一个母亲，要么是一个舞者：你要么全心全意地去爱那些被称之为观众的陌生人，为他们跳舞；要么全心全意爱你的孩子。这两件事情不可能同时完成，如果是真正的爱，就是不能被分割的。我的丈夫是一位音乐家，他为电影和芭蕾舞剧创作音乐，我们的婚姻之所以持续，只是因为它没有分裂和削弱我的爱。我知道做一个像我这样的女人的丈夫并不容易：我要不断担心发胖的问题，睡眠不足，总是被绊倒，也不生孩子，一年中大部分时间不在家。这些我都明白：这就是为什么我这么爱我的丈夫。但如果他要求我放弃我现在的生活，我就不得不放弃他。这对你来说是不是很难想象？

不会。我认为这很不容易，普利塞茨卡娅夫人。也有一点英雄气概。但抱歉，除了跳舞之外，您难道什么都不感兴趣？

当然有：一切不妨碍跳舞的东西。例如，我喜欢去电影院，滑雪，旅行，读书，我又不是生活在波斯奥大剧院里面的修女。剧院的工作并非我生活中的全部内容。相反，我深信，人必须有许多兴趣，充满好奇心，才能通过舞蹈来表达生活。如果我告诉您我最喜欢的作家是谁，您会立即明白，对我来说，世界并非波斯奥大剧院的方寸之间。

所以您最喜欢的作家是谁呢？
海明威。

海明威？

没错，海明威。既不是托尔斯泰，也不是埃伦堡①，也不是契诃夫，也不是帕斯捷尔纳克。而是他，海明威。我还喜欢斯坦贝克和福克纳，我喜欢所有的美国文学，但我最喜欢海明威。如果您问我因为没有认识哪个人而感到遗憾，我不会说列宁或任何其他俄罗斯人。我会告诉您，我后悔没能认识海明威。

谁知道一些憎恨美国的意大利人会怎么想呢，他们为了见列宁，会不惜牺牲自己的生命。

他们如果真的渴望，那就让他们这么想吧。我非常喜欢美国。我去过美国两次，每次都在那里待上三个半月。我去过十二个美国城市，尽管我每天晚上都要跳舞，但我还是去深度探访了这些地方。结果是我喜欢这些美国人。我指的是美国人民，而不是那些到处都一样的政客。人民。您看，只有在纽约，我才能够赢得像在莫斯科时那么热烈的掌声。也许我在莫斯科所感受到的热情都赶不上纽约：一天晚上，他们不得不二十七次重新拉开帷幕。另一天晚上，我不得不再给他们返场两次：此前从未发生过这种事。他们尖叫着，呐喊着，近乎疯狂。我发现美国人很像俄罗斯人：同样的热情，同样的亲切，同样的对于精益求精之人的认可，同样的对工作的认真态度。他们甚至对登月也有着相同的狂热。

---

① Ilya Ehrenburg（1891—1967），苏联犹太作家，代表作有《解冻》等。

什么?! 难道您对于登月没有狂热吗？但在俄罗斯……
只有一点点吧。即使俄罗斯人已经将女性宇航员瓦伦蒂娜送上了太空，但这件事并没有对我带来太多的触动。是的，她是个女人，没错，但就像一部舞剧被搬上舞台，首演已经由尤里·加加林（Yuri Gagarin）完成，而在首演之后，所有的惊喜都消失了。至于加加林，我见过他：他如你们所想象的那样，英俊，勇敢，很有吸引力。但作为一个男人、作为个体，他其实并不那么令人印象深刻。但愿人们也能把奖章颁发给那些无人问津的科学家。倒是他们让我感兴趣，我想和他们谈谈。我想要问他们：先生们，真的值得为去月球做这些努力吗？我们已经知道，那里没有生命，而生活唯一的意义就是生命本身啊。与其去月球，我们为何不留在这熟悉的星球上，一起跳一支双人舞？

一起跳双人舞？您在开玩笑吗，夫人？
我没开玩笑啊：您不是看到我买的那些光盘了吗？

是的，我还以为那是给别人的礼物。
给俄罗斯朋友的礼物？在俄罗斯，谁会跳双人舞啊？不是说它被禁止，只是人们不喜欢它，它被认为是不体面的，俄罗斯人总是如此执着于保持严肃。不过，我非常喜欢双人舞。我没有保持严肃的执念。虽然，的确，我对工作很认真，而且我似乎表现得过于认真。然而，在那之后，有点轻浮的感觉也不错。看看美国人吧。我为什么要感到疲劳，为什么要在晚餐后就着急地上床睡觉，我为何不去夜总会呢？在美国的时候，我总是和我丈夫一起去。我还记得在芝加哥度过的那个难忘的夜晚……

我记得她在米兰首演《天鹅湖》的那个晚上，当时在场的人都会记得。掌声如雷鸣般响起，人们在热情和浓烈的爱意中，沉醉入迷。幕布降下来，又升上去，再一次降下来，又再一次升上去。她在台上谢幕，就像一个为别人完成了一件事而高兴的小女孩。能够有机会说"我亲眼见过普利塞茨卡娅跳舞"，是一件幸事。

苦涩的原子

当你在街上遇见她而不知道她的身份时,你也许会以为,这是一位一大早就去做弥撒的慈祥老太太,她的口袋里总是有一颗糖果,要送给碰见的小孩子。如果你跟她提起原子弹,她肯定会说:"耶稣!我还没弄清楚那是什么,我也不想知道。"她有一张非常甜美的脸,肤色浅白,胖乎乎的,架着一副近视眼镜,银色的发丝温柔地聚拢。她穿着老式的黑色衣服,闻起来有爽身粉的味道,总是弯着腰走路,表现得比她五十六岁的实际年龄要老得多,就像那些一大早就去做弥撒的老太太一样。人们会认为,让自己看上去更老是她的一种习惯,终究,她还是享受着变老的感觉。这样,你以为就可以轻松自信地面对她,和她交谈就很容易了。想想看,这是一个可以让你告诉她你的麻烦、征求她的意见的人。于是,你偷偷地坐在她面前,点上一支烟,甚至不用征求她的同意。然后,你会立刻感到尴尬,羞愧难当,特别是当你发现,其实她更像当年那位让你不及格的冷冰冰的希腊语老师,对你说着:"走开,小屁孩,你是个无知的人。"在近视镜片后面,她的眼神坚硬,严谨自持。细看之下,她的脸庞是那样的坚定,不会随便给人建议。她的确是个老太太,但绝不是口袋里有糖果的老太太。至于原子弹,她很清楚那是什么。她还写了三本书《原子在我家中：我与恩里科·费米的生活》《世界中的原子》《原子能史》。而她的丈夫，就是那个点燃火炬照亮前路的男人，他打开了我们生活的时代，推动着我们的进步，也带来了我们的恐惧。他是恩里科·费米（Enrico Fermi），而她是他的妻子劳拉·费米（Laura Fermi）——作家，演说家，学者。她来到意大利，发表一系列题为《美国文化生活中的欧洲学者们：欧罗巴独裁者给美利坚的无价礼物》的演讲。她已经远离意大利长达二十五年：也就是说，她早已离开了罗马，带着丈夫和孩子去了美国定居。美国现在是她的祖国。她住在芝加哥，在一所充满了她丈夫的记忆的房子里，如果有人问她为什么不回到她出生的地方，她会回答："我和我丈夫本来想着，在法西斯倒台后，我们就会回到那里。后来，我们改变了主意。我问他为什么，他告诉我，人不能从头再来太多次。这确实是不可能的，这就是为什么我在恩里科死后也留在美国。在意大利，我不确定，我觉得自己会像个游客。每次我来意大利，感觉所有事情都在向我招手，我的家也在向我招手。"事实上，他们的子女也都在美国：他们的儿子朱利奥是一个华盛顿的生物物理学家；他们的女儿内拉已经结婚，在芝加哥教艺术。对往事的回忆，以及他们的子女，让她变得坚强。

对劳拉·费米的采访是在都灵意大利文化协会总部进行的。约好的时间是四点钟，时间一到，她就带着不耐烦的神情准时抵达。五点半，她离开时，显得更加不耐烦。这是一次奇怪的采访：也许，由于我一开始提到的那个对她的误解，导致了这是一次非常困难的采访。例如，我一开始就告诉她，与费米的妻子谈话给我带来了多大的感动，而她相当干脆地说道："在我看来，您并不如自己所说的那样缺乏自信。"我接着向她解释说，我也是佛罗伦萨人，她也是佛罗伦萨人，她只说了一句"啊，是吗？"整个过程中，她经常看手表，责备我把她关得太久，说："我不明白这是什么意思，这个问题似乎不清楚。"我们的交谈从墨索里尼开始，她写过一本关于墨索里尼的书，之后我们就迷失在一段很长的交谈中，在此不一一赘述了。当然，在关于这本书的交谈最后，我们俩的意见终于达成了一致。接着，我们开始谈论她和她的丈夫，这个话题就像一颗原子弹，让我们之间好不容易达成的和谐瞬间破灭。因此，与其说这是一场对话，不如说这是一场争论：两代人之间的争论，彼此不理解，也无法建立任何联系。我不想谈论原子弹：因为我属于可能遭受炸弹毁灭的那一代，而她属于制造炸弹的那一代；我一直坚信我们不可能理解对方。但谈论这件事是不可避免的，我恭敬地提问，她礼貌地回答，但我们最后都说了些可怕的话。无论你属于年轻的一代或是年老的一代，都请将这篇访谈当作一篇悲伤的证词：见证着今天的人们在判断我们的过去和未来时，存在着多么大的偏差。也因此，这篇采访字里行间也许充满了彼此的痛苦和悲伤。

奥里亚娜·法拉奇：费米太太，我来到这里的时候，有个问题一直在我的脑海中：您到底是一个怎样的人？其实，直到您丈夫去世之后，您才开始为人所知。比如，您已经写了五六本书，都是在他去世之后写的。又比如，您这些主题演讲，也是在他去世之后才开始进行的。我知道，这是为了填补一个巨大的空虚，一个可怕的空虚，您需要做大量的工作：但这一切给我们描绘出一个无私奉献的女人的形象，她把自己的生命奉献给了一个男人，忘记了自己……

劳拉·费米：我做了一个妻子应该做的事。或者更确切地说，就像我那个时代的妻子所做的那样。我活在我的时代。三四十年前，没有人对这样的事情感到惊讶。遇见恩里科时，我正在大学里学习自然科学。我喜欢学习这件事，是的，但并不是说我对自然科学有着很大的兴趣。我上大学时的想法是在那里待上几年，等待结婚，所以当恩里科对我说"你不必一定要完成学业"时，我没有抗议。我只说，我还需要学习，但他回答说："你有什么需要学的，你需要它做什么？"我同意，好吧。那是我那个时代的心态：如果一个女孩能嫁出去，那她就不需要毕业。我从来都不是女权主义者。在意大利，我不知道具体是什么情况，但在美国，妇女总是抱怨她们没有与男性平等，她们的工资比男性的工资低，等等。我不确定她们的抱怨是否有道理。我们女性步入了职场，但雇用一个女人比雇用一个男人更有风险。一旦生了孩子，当她的孩子生病时，女人就只能待在家里。但她们想要带薪假期，带薪产假，还有这个和那个，直到她们关于平等的概念变成平等附加一些别的条件。但这是不对的，如果要实行平等，就必须取消附加条件。比如，取消吻手礼。还比如，不让男人给你开门，如果你想要平等，你必须自己打开这扇门。我……我……我不知道。我喜欢男人为我开门，亲吻我的手。告诉我他很高兴见到我。所以……

您的意思是，您从未后悔过，从来没有为自己放弃学业、一生都活在丈夫的阴影中而后悔过？
有过，这当然让我觉得很沉重。就像我们在洛斯阿拉莫斯的时候，那时候还在打仗，我丈夫在那里造原子弹。在洛斯阿拉莫斯，他们鼓励妻子们找工作，如果我有学位、文凭、专业，我可以做一些有趣的事情。相反，我不得不退而求其次，选择了一个人所能做的最可笑的工作，一个"搬砖"的工作。您想象一下，一个担任医生的秘书的助理的人，该做什么样的工作吧。我当时的工作就差不多这样：按字母顺序排列员工档案。您想象一下吧！现在我想来觉得好笑，但那时我真的笑不出来。另外，在那个地方，我总是最后一个得到消息的人，他们从不告诉我任何事情，从不。

在您的一本书中，关于这个问题，您记下了一段很生动的插曲：在一次聚会上，每个人都在祝贺恩里科·费米，而您当时却不知道为什么。他们祝贺他，是因为他发现了链式反应，但您甚至不知道他已经完成了这件事情，直到原子弹成功爆炸，您都一直不知道。您当时感觉被冒犯了吗，夫人？
我为什么要感觉被冒犯？当时战争正在进行着，这些按照规则都是需要保密的，阿拉莫斯堡的科学家们也都受到了保密规则的约束，所有人都与世隔绝，我们甚至不能有家庭电话。我可能觉得遗憾，恼火，却没有感觉被冒犯。嗯，恼怒，是这样的：我在自己的家里，我是女主人，但每个客人看起来都好像在参与着一个我不知道的重要秘密，而且……这当然不让人愉快。但这是规则。总之，我从未向我丈夫抱怨过，我从未告诉他我很恼火，从来没有。是的，我知道您在想什么。想象一下：费米的妻子不知道他在做什么。但您的判断是从一个后来人的角度，非常主观。

夫人，我并不是认为费米的妻子不知道费米在做什么。其实我想到的是另外一点。
您说吧，告诉我。

就是人们无数次地跟您说过的那一点，夫人，也许您的付出并不值得。
当然值得，您有话直说吧。

好吧。我想到的是您的感受，还有您丈夫的感受，在广岛原子弹爆炸的那一天。
首先，当炸弹爆炸时，我们甚至不知道它造成了多大的破坏。那天我们都在洛斯阿拉莫斯，我们的第一反应是感到非常兴奋，因为我们终于知道了秘密是什么。特别是妻子、孩子们。他们不知道自己的丈夫和父亲做了什么，为什么有这么多的神秘感，这么多年过去，他们终于知道了，所以非常兴奋。就这样。是的，很兴奋。然后他们开始知道有多少人因此而死亡，而且还有人不相信这个数字。但两天后，传来了战争结束的消息，这平息了任何疑虑。战争已经结束。

是的，但要付出代价。
什么代价不代价！像您这样的人总是会这样说。你们不考虑，如果没有这项成功，战争会持续不知多久，日本是否会入侵，谁也不知道，那样的后果又会带来多少人死亡：也就是说，比十万人多得多。所以代价是什么，您说。您不会说的是，这个代价换来的，是避免了至少会持续十二个月昂贵的战争，至少避免了另外十万人的死亡。

所以代价就是十万个人的生命，夫人。十万人葬身于一场大火中。我看不到这其中有任何仁慈。
但是，在那之前的东京，也是夜以继日的战火，早已经有不止十万的平民因为战争而失去生命，在德国汉堡也同样如此。但没有人继续说，没有人记得。他们只记得是那一次爆炸导致了十万人失去生命。您认为，如果战争继续下去，而人们得知了，只需要一枚炸弹就能够结束这场战争，只需要这一枚炸弹，就能结束，那么，批判是否会更加温和一些呢？您是以一种后来人的姿态在评判，非常主观。

也许我的确是以一个后来人的姿态，夫人，但这是我的权利，每个人都有这个权利。在评判时，我也不否认暴行不是用数字来衡量的，死亡不是用重量来衡量的。有时候，十万人的死亡比一百万人的死亡更加沉重。在这种情况下，重要的不是数量，而是制造和使用了一种可以导致人类灭亡的武器，夫人。这值得让人怀疑建造和使用它是不是错误的。
这只是你们年轻人的怀疑罢了。

不，费米夫人。这也是许多不年轻的人的疑问。例如，这也是对奥本海默的质疑。这是所有那些想弄明白科学是否与善恶相关的人的疑惑。

奥本海默……善与恶……请听我说。奥本海默、我丈夫、劳伦斯①与康普顿②组成了科学小组,也就是说,他们是研发原子弹的小组。他们是为了军队制造的,所以军队会使用它,毫无疑问;军队不可能花大力气建造了一种武器后就把它放在一边,不是吗?但当要使用炸弹的时候,他们四人也提出了应该如何使用它的问题,并建议在沙漠中进行演示:由所有国家的代表参加观摩,包括俄罗斯人、日本人等。但在沙漠中,效果将不会那么引人注目,他们打算在那里引爆的并不是一颗炸弹,而是混合爆炸物。这甚至不能用于证明炸弹是否会起作用。因此,也许他们会把这些人都叫出来看一件不会爆炸的事物,会让人们只是来见证一次他们的失败。所以,他们认为在沙漠中实验没有必要,他们进一步研究,康普顿为此写了一本书,最后得出结论:除了直接投放炸弹,没有其他选择。同时也考虑到战术保密的因素。大家得出了一致的结论。奥本海默也包括在内。奥本海默反对建造氢弹,而不是反对原子弹。而如今对他们的质疑,都是后来人的观点。

不是这样的,夫人,不是这样的。
没错,是的,就是这样的。奥本海默……哦,你们这些年轻

---

① 此处应指 Ernest O. Lawrence(1901—1958),美国核物理学家,以回旋加速器发明者的身份获 1939 年诺贝尔物理学奖。
② 此处应指 Arthur H. Compton(1892—1962),美国核物理学家,"康普顿效应"的发现者,1927 年获得诺贝尔物理学奖。

人！请继续听我说。氢弹在战争期间就已经在阿拉莫斯堡被讨论了：爱德华·泰勒①当时正在研发它。当战争结束时，俄罗斯也引爆了原子弹，而那时富克斯②的间谍活动问题也暴露了，而且富克斯也知道氢弹的事实，政府向科学家征求意见：是否应该研发这种新的毁灭性武器？像泰勒这些人认为一定要做。泰勒是匈牙利人，他们一直忌惮俄罗斯人，因为他说自己了解他们。但像奥本海默这样的人拒绝了。而并不只有奥本海默一个人拒绝，还有很多科学家和他一起。有很多科学家都和他抱有同样的态度，大部分的科学家，包括我丈夫也是。关于这一点，您可以在原子能总顾问委员会的报告中查证。我丈夫也是反对的，是的，但费曼③不听，坚持建造了氢弹。过了一段时间，俄罗斯人也建造了氢弹，我也想知道，到底是像泰勒这样的人是正确的，还是像我丈夫和奥本海默这样的人是正确的。

我不明白，夫人，我不知道。从政治角度来看，您很可能是对的。在科学上，也是如此。但这并不能弥补我所不理解的地方，也不能解答其他许多人的困惑。您难道不后悔，因为您丈夫的发现，导致了那颗炸弹的诞生吗！？

不，我不后悔。我为什么要后悔呢！？顺便说一下，自然地，也合理地，这颗炸弹带来了和平的发展。当然，费米他也没

---

① Edward Teller（1908—2003），被称为"氢弹之父"，匈牙利裔美国理论物理学家。
② Klaus Fuchs（1911—1988），德国理论物理学家，著名核武器间谍，曾为苏联搜集了8年英美核弹最高机密。
③ Richard P. Feynman（1918—1988），美国犹太裔理论物理学家，1965年诺贝尔物理奖得主。

有想到炸弹以这样的方式被投放。战争爆发了，军队决定将费米的发现用于炸弹的制作。而费米也成功了，和其他人一起。当时是战争年代，说到战争，您太年轻，您不懂任何关于战争的事情。您想知道什么？

算了吧，夫人：我见过战争，也近距离地见过战争。我对战争有很多了解。对于阿拉莫斯堡，我比您知道的更多。阿拉莫斯堡没有发生过战争，这里却有过。而炸弹会被用于另一场战争的想法，让我非常恼火，让我感到想要逃离。

这是什么话，我也反感再打仗，也反感使用炸弹。但您能做什么呢？的确，费米他当然对此要负很多责任。1939年我们移民美国时，美国政府对原子研究的结果还抱有很多怀疑，那时候的科学家们不认为自己能去找美国总统，给他讲一个连他们自己都觉得不可思议的故事，即原子能的释放与使用，而费米是第一个迈出这一步的人。在世界舞台上，原子能的释放导致了长达十九年的冷战，与第一次世界大战相比，今天的我们就像身处1938年——慕尼黑之年，德奥合并之年，《种族法》出台之年。但到今天，在1964年，我们比那时候平静多了，而我们的平静要归功于原子能。比起1938年，现在的我们离战争要远得多，这也要归功于原子能。每个人都害怕它，所以他们不使用它。哦，你们年轻人中存在着巨大的思想混乱。你们在抱怨什么？

听着，夫人，我们的抱怨是：如果炸弹爆炸，后果就得由我们这些年轻人来承担。你们这一代人那时候也许已经离世，所以你们是幸运的。但我们完全有可能去经历那一切，因此我们有权利责备你们这样的"赠予",有权利喊出我们内心的诉求,至少想活得像你们一样。

有意思,我发现在您身上存在着与美国年轻一代相同的情况,在美国,到处都是像您这样的人。比如前段时间,我受邀去芝加哥大学待了三天,与学生们见面,和他们交谈,就像我现在与您做的一样。我去了那里,开始时沟通非常困难:我问他们,你们是哪一年的,你们来自哪里,谈话没能继续下去。他们和我都因同样的尴尬而止步不前。但随后,话题不可避免地会转向了原子弹和科学家,我们之间的谈话就像春天的桃树一样绽放。于是我们开始讨论科学家是否有错,以及他们所做的是否使我们摆脱了困境,我与他们之间的讨论就会变成我和您现在正在进行着的讨论一样。他们会问我,成为一名科学家是道德的,还是不道德的,以及学习自然科学还是人文科学更好。有一次,一个女孩来到我们面前,几乎是在呐喊着问我:"费米夫人,您是和平主义者吗?"对于这样的问题,应该如何回答呢?我回答她说:我当然是和平主义者,但这是有条件的,如果有人要做篡权者,我不会不战而降。由此,引出了我丈夫释放原子能的做法是否正确的问题。我没有给出答案,也许是因为这个问题根本就不成立。

这个问题也许不成立,但对于它的质疑,却是成立的。
他们只是没想清楚罢了。

也许更准确的说法是,有大量的困惑,费米夫人,比你们年轻时的困惑要多得多。

毫无疑问，比我曾经拥有的困惑要多得多。我不能够评价他人，但我可以谈谈我自己的感受：我可以告诉您，我一点也不迷茫，也不困惑。在我们年轻的时候，我们的困惑不过在卡尔杜齐①和帕斯科里②之间做选择而已：我们所有的论战都是关于卡尔杜齐和帕斯科里，这两位诗人谁更胜一筹。而你们的争论，都是关于战争和炸弹；你们所做的一切都是在讨论政治，你们这些可怜的家伙。

我们是更悲伤、更不快乐的一代人。我不想听起来无礼或对您不礼貌，但是，确实是您和您那一代人为我们的悲伤创造了条件。夫人，让我们互相看着对方的眼睛：我们带着一种您没有的恐惧。对世界末日的恐惧。因此，我们可以允许自己保有小小的怨恨。
我不认同，我想不到何来的怨恨。

因为如今，对于我们一切都变得更加艰难。
在经济上，并非如此。

然而，抱有希望，相信未来，变得更加困难了。
也许，是这样。但是你们没有深入研究这个问题，你们只看到了问题的一部分，你们忘记了，原子能的释放标志着人类的新篇章的开启，它是可以被用来做好事的。当你们判断过

---

① Giosuè Carducci（1835—1907），意大利诗人，1906年获得诺贝尔文学奖，是首个获得该奖项的意大利人，诗歌持强烈的反宗教色彩，代表作有《撒旦颂》《野蛮颂歌》等。
② Giovanni Pascoli（1855—1912），意大利诗人，19世纪意大利颓废派诗歌代表人物。

去的时候，你们没有足够的判断力。这不是一种批评，而是一种事实陈述。你们没有合理地划分过去人们的责任与现在人们的责任，你们还没有建立这样的全局观。的确，从道德的角度来看，对你们来说这一切都要困难得多；但从物质的角度来看，一切却都要容易得多。对你们来说，面对未来确实需要更多的勇气，但对当时的我们来说，也需要勇气，即准备面对当下这个未来的勇气。因为我们别无选择。您主张，你们拥有怨恨的权利。我同意。但为什么要怨恨呢？您在抱怨什么，我再问您一遍。您抱怨现代武器的破坏性？我理解。它们的破坏力比人类历史上建造的所有武器都要大。原子弹和大炮之间的差别就像火药和弓箭之间的差别那么大：诺贝尔奖就因此而诞生。然而，人们却在抱怨我丈夫的理论带来了这些现代武器？这才是问题的重点。

这就是重点，但这无关抱怨。这样的抱怨包括责备，这样一说，事情就变得荒谬了。这成了一个白痴或一代白痴去指责恩里科·费米的成就。我们是在开玩笑吗，夫人？无论是我，我的同代人，还是您在芝加哥大学遇到的那些年轻人，都不是这样的白痴，绝不会因为费米的存在而责怪他。如果您仔细听，我们对费米这个名字的发音带有一种崇敬、一种钦佩、一种尊重，这是老年人口中所没有的。我感谢上帝，让人类拥有费米。当我想到费米先生的绝世才华为这个世界所做的贡献，尽管他并非刻意，但我认为人类已别无所求了……

所以我要告诉您：不止费米这一个人，泰勒，还有其他的科学家也同样如此。费米的作用是实现了一个飞跃。如果不是费米，那就是其他人了。改变世界的从来不是一个人，是世界本身在不断改变。当土地成熟时，当我们的研究达到一定程度时，事情就会向前发展，这就是大自然的本质。也许有时候进展缓慢，然后诞生了一个对这些细微的发展进行总结的人，于是就有了飞跃性的进展。也许那个人叫费米，但如果不是费米，那就是其他人了。他的名字也是爱因斯坦，但如果不是爱因斯坦，也还会有另外的人。自然在发展，前进的脚步在继续，而个人不过是这种发展的一个瞬间、这种进步的一个片段。前进的速度可能很慢，也可能很快，可能要多花一百年，也可能用不到一百年的时间就能到达需要抵达的地方，但迟早会到达。这并不是要贬低费米的重要性，一个人能够缩短到达的时间，已经是很了不起的作用了。但这就是费米所做的一切：他缩短了时间。也许没有费米，释放原子能会多花一百年的时间，但如果他没有出生，迟早也会有另外的人释放原子能。也许我说一百年是不严谨的。如今，成果的延迟到来不再是以世纪为单位，而是以年为单位，以五年、十年为单位。科学是如此超前，科学的工作是如此集体化，时间变得越来越短。请注意，我说的是时间正在缩短，而不是停止。

费米夫人，您难道没有想过要停下来吗？您丈夫给我们带来的这一飞跃，是不是让我们过早、过激地进入了一个我们还没有准备好的未来？换句话说，夫人，您喜欢您丈夫给我们带来的这个未来吗？不管他是作为一个人，还是作为一个进步的瞬间，这都不重要。
不，我不喜欢。这让我感到害怕。这个未来也让我担忧，因为它走得太远了：比炸弹远得多。例如，我不喜欢去月球，我没有这样的愿望。我甚至无法解释原因，我只能告诉您，这太过了。是的，这一步迈得太大。而且，像他们在佛罗伦萨所说的那样，太过度的事情是错误的。我见证了飞机、电视和我们今天所拥有的一切的出现，您看，一个跨越大西洋的电话仍然能给我留下深刻印象。当我想到从纽约飞到这里的七个小时，我觉得是一种烦恼，我不知道，我感到无聊，甚至没有时间去适应七个小时以内从纽约飞到米兰、身处另一个国家的感觉。而去月球，就更夸张了，太夸张了。您不这么认为吗？您会乐意去吗？

我会的，对我而言，去月球不仅正确，而且是梦寐以求的事情。
所以您实在是太矛盾了。去月球显然比炸弹走得更远。

但是去月球这件事情不会伤害到任何人。炸弹就不一样了。那你们就去月球吧，尽管去吧，我会这么说。这和以前的道理一样：事物不断发展，没有什么能阻止它们。去月球、去其他星球都是符合逻辑的，但就我个人而言，这个想法并不让我开心，甚至让我厌倦。对比有些人梦想着月球的想法，我觉得自己老了。我感觉自己是上一代的人了，这件事不适合我。我没有准备好，没有。如果我和我丈夫讨论过这个问题，也许会有可能，但是我们从来没有讨论过这个问题，十年前还没有人去谈论太空旅行的可能性。这一切都始于1957年第一颗人造卫星升空，而他在1951年就去世了。事实是，我不理解你们，这些想去月球的人。你们离我很远。

我们在许多事情上立场相差甚远，夫人，我不明白进入太空这件事情，怎么会被认为比制造炸弹更严重。

并不是更严重，而是更加……更……我说不清楚。哦，您总是想要做比较：意大利和美国，炸弹和太空，我不知道这之间如何比较，我也不想作比较。炸弹、太空……是两个根本不同的专业，是两个领域的成就。既然是这样，在同样的程度上，我们别无选择，只能去接受它们。我的意思是，有时家里有电话也是很烦人的，因为时不时地它会打断你，会攻击你，但你不能排斥在家安装电话。还有洗碗机，还有飞机，我每次来意大利都是坐飞机，从不坐蒸汽轮船，因为我觉得那是浪费时间。各种发明……炸弹、飞机、电话、洗碗机，这些是同一个问题的不同方面，您能理解吗？人类在一个时代必须到达的终点，而也是他们终将获得的一切：无论我丈夫那样的人存不存在……

那么，费米夫人，当您回到意大利时，您都有怎样的感受？
这个国家的美景、家人、老朋友，还有某种经久不衰的个人主义，以及其他地方所不能带给我的亲切感。只有一次，我觉得意大利很冷漠，但这是我的问题，因为当时我是来搜集关于墨索里尼那本书的资料，而这里的人们都不想谈论墨索里尼，谁知道呢，意大利人可能会认为这本书写出来是为了致歉吧，但这种想法相当可笑，不是吗？我有怎样的感受，我也不知道。这很奇怪：如果您问我这个问题，我只能说我感受到眼前这个非常美丽的国家，罗马比芝加哥更美丽，大自然的美丽在意大利是如此显而易见，还有……

您知道我说的不是作为游客的感受，夫人。
但我不能再给出其他答复了，因为我没有感受到任何其他的东西。我其实并不理解我在这里看到的一些事情：例如在医疗保健、原子能方面的丑闻。我问这是关于什么的，人们说：富人行窃。他们或许会说：过时的法律。谁说的有道理？我不知道，但我想知道这些事情不会发生在美国。还有就是，如今的世界各地的联系变得如此紧密。在意大利，我发现阶级差异令人吃惊：例如，看到这里一个女仆的生活与我们的生活截然不同，令人印象深刻。在美国，一个女仆拥有与我们一样的东西，一辆车，一个漂亮的公寓。毕竟，在美国也存在种族问题，在某种意义上与意大利的阶级差异相对应，不同的是，种族问题更加激烈。我的意思是，由穷变富是可能的，但由黑种人变成白种人是不可能的……我真的不知道，您在问我一些我无法回答的问题……看，我们已经谈了一个小时十五分钟了，或者说已经一个半小时了，我得走了，您知道，我在这里待得太久了，我真的得走了，我有很多事情要做，再见。

再见，费米夫人。

斯大林的女儿

这个女人是怎样的一个人？她背负着这样的重担，作为斯大林的女儿，或者更确切地说，作为斯大林唯一幸存的女儿。她在俄罗斯人和美国人开始和睦相处的时候，却有勇气或无意识地离开了俄罗斯，到美国去避难。这个女人也许是斯大林一生中唯一真正爱过的人，当然也是唯一见证过斯大林的温柔和软弱的人。她生长在对美国的仇恨中，是在那样的背景之下接受的教育。然而，在1967年4月的一天，她却跳着华尔兹来到了纽约，走到麦克风前用完美的英语喊道："大家好！大家好，伙计们！我很高兴来到这里！"在一片欢欣鼓舞中，华盛顿当局紧张地屏住呼吸。"当然，如果我们认为，我们的客人是冷战时期我们对手的弃子，旧时代意义上的逃兵，我们就不需要承担这样的责任。"前美国驻莫斯科大使、空降纽约事件的幕后推手乔治·凯南急忙说，"这种情况需要谨慎和克制。最重要的是，在我们历史的这一特定阶段，现实要求我们摆脱冷战的陈腐思想和概念，认识到一个新时代正在出现，在某些情况下，旧思维是不适用的。我们应该将这位女士看作一个独立的成人，而不是她父亲身份的延伸……"但与此同时，莫斯科和华盛顿之间的电话线路，像一盏过热的灯一样，忙碌着，燃烧着。在莫斯科，这位女士不仅抛下了她父亲、母亲和两个兄弟的坟墓，也抛弃了如今在那里被否定的马克思主义教育和道德观：她将自己的两个孩子也留在了那里。如今她的第一个儿子已经长大，他二十一岁了，还有一个妻子。她的第二个孩子是一个仍然需要母亲的小女孩，她只有十七岁，那些照片让她心烦意乱，她说："我不知道，我不明白，妈妈明明很爱我们。我不知道，我不明白，妈妈为何从未告诉我们她的意图。"所以，这个女人到底是什么样的人？

外形上，她没有什么特别之处。我仔细观察了她整整一个小时，感到有点无聊。她中等身材，不胖不瘦。有着结实的臀部，丰满的乳房和健壮的肩膀，像是一个来自弗留利的农妇或是一个德国主妇的身材。那张脸是在大街上随处可见的模样，有点硬朗，偏男性化。脸颊上的皮肤被许多红色的斑点遮盖，呈现出一种冻伤后的深紫色。毕竟，那种从来不涂面霜或粉底的皮肤，一吹风或者吃错东西，会立即暴露出各种问题。她的眉毛很粗，看上去她好像从来没有拔掉过一根多余的毛发。她的睫毛稀疏，上面应该从来没有涂过一滴睫毛膏。她的嘴上倒是潦草地涂了一点口红，但不太好看。我想说，这张脸是一个学校老师的脸，她既不沉溺于自己的外表，也不关注他人的浮华。你必须付出巨大的努力才能意识到，她的模样与她父亲的模样如出一辙：额头不高，塌鼻子，方脸长下巴，薄嘴唇，看上去有些刻薄的样子，但她的牙齿却很整齐很好看。然而，她与她父亲最不相似的地方，就是那双眼睛，她父亲的眼睛里是钢铁一样的坚定，而在她的眼里却只剩下悲伤。我从没见过像斯维特兰娜·哈利路耶娃①那样悲伤的眼睛。那种悲伤感染着她的微笑,融入了她的每一个手势;比如她把头靠在一只手上,像是在道歉的手势;这种微笑也融入了她走路的方式:她佝偻着背,双手叠放在胸前,就像那些老修女一样。

她岁数不大,才四十二岁,但这更能说明问题。如今,很难再想象出她年轻漂亮的时候在克里姆林宫过着公主般的生活,享受着奉承、特权和荣誉,在她父亲还当政的时候,无论他是国王还是共产主义者。想象她第一次结婚时婚礼的场景,她的新娘面纱是长二十米的银纱;招待会上,被选中的人用末代沙皇的金盘子吃饭;那时候,莫斯科市面上唯一的香水就用了她的名字,叫做"斯维特兰娜的呼吸";当她饱餐一顿、开着一辆豪华轿车兜风时,却有另外人被冻死、饿死。相反,如今就更容易想象她经历的一系列的痛苦。她母亲去世的那天,她八岁,他们告诉她,她死于阑尾炎,然后她明白他们骗了自己:她母亲是自杀。苦难接踵而至:她的兄弟雅各布在战争期间死于纳粹集中营的那天;他哥哥瓦西里酒后死于一场可能是谋杀的车祸的那天;他父亲去世的那天,在一片愤怒中,全世界都松了一口气,但她失去了父亲:该死!就在那一天,赫鲁晓夫冒了出来,谴责她父亲是一个暴君,一个卑鄙的杀人犯,并开始了一个被称为"去斯大林化"的过程;在她父亲的防腐尸体被从陵墓里移走,本来被摆在列宁的尸体旁边,但没过多久就被放进了一个棺材里,埋在克里姆林宫的墙下,和其他人一起腐烂的那一天;

---

① Svetlana Allelujeva(1926—2011),又名拉娜·彼得斯,约瑟夫·斯大林最小的孩子,也是他唯一的女儿,1967年叛逃至美国,1978年加入美国籍,2011年于美国威斯康星州里奇兰森特去世。

在她被拒绝嫁给她所爱的男人的那一天，那个男人是她在工作的出版社当英语翻译时认识的，那个叫做布里杰什·辛格（Brijesh Singh）的印度共产主义者；她手里拿着布里杰什的骨灰盒去印度，打算让他随风飘散在恒河上的那天；最后，还在她去新德里大使馆报到回国的那天，时任大使是贝内迪克托夫（Benediktov），他现在失去了工作，贝内迪克托夫虐待她，用粗俗的语言挖苦她的素食习惯，说她白痴，骂她愚蠢。经历了这一切，人是会变老的。在这种苦难中，一年相当于十年。她还会做出一些极端的决定，也许是自私的，因此是有矛盾的。比如，她抛弃了一个心碎的小女孩，后者哭着说："我不知道，我不明白，妈妈是爱我们的。"关于她父亲的记忆已然分崩离析，想想看，约瑟夫·斯大林并不是死在1953年，而是死在了1967年3月6日的那天上午，当他的女儿出现在美国驻新德里大使馆，对一名震惊的海军陆战队员说："我是斯大林的女儿。"

在心理上，她有一种压倒性的魅力。得回到几个世纪前瑞典克里斯蒂娜女王的时代，才能找到与她类似的人。当然，她很聪明。一个平庸的人不会做到她所做的事。同时，她也是一个上流社会的知识分子。在大学里，她很好地学习了马克思主义，但也很好地学习了意大利文艺复兴，她的学位论文不是关于黑格尔，而是关于马基雅维利。她学法语是为了读莫里哀，学德语是为了读歌德，学英语是为了读莎士比亚。她知道如何辨别乔托和契马布埃的作品，也知道原子的分解是什么。但比起她的智慧、她无可置疑的文化修养，她的性格更具有魅力，像一座在冰层之下沸腾着的火山。她看起来很有耐心，非常端庄。但请问意大利警方在罗马都干了些什么好事，他们让她错过了去日内瓦的飞机。为了驱散记者，警察将她的同伴——中央情报局那个叫做雷尔的人——藏在一个房间里，她则藏在另一个房间里。他们本应在最后一分钟分别登机，但意大利人是糟糕的组织者，最后雷尔登上飞机了，她却没有。旋梯已经放下，空姐正要关门，雷尔试图制止他们，但机长坚持要按时起飞，尽管飞机上根本没有斯维特拉娜的踪迹。他们还是回到了旋梯上，雷尔跑了下去，跑去找她，但四处找不到。最终，他在一个仓库里发现了她：一个端着步枪的士兵看守着她。她眼中疯狂的愤怒，不仅让士兵，甚至让他手中步枪都颤抖不停。而且他没有办法让她明白，这个错误是由于过度热心造成的，所以她不得不礼貌地等待下一班飞机。他们不得不为她腾出一架空飞机。这闹剧就在眼皮子底下发生，天呐。

她看起来很高冷，十分有自制力。但也请翻开她的情感传记：她有过三个丈夫，她爱过很多其他男人，其中包括阿列克·谢卡普勒（Alexi Kapler），这位著名编剧被斯大林送去西伯利亚流放十余年。她非常喜欢男人，相信爱情，有俄罗斯人那种肆无忌惮的浪漫主义，会一边听着小提琴、一边看着那不勒斯的风景而哭泣。她从政治界彻底退出，难道不是出于对他们阻止患病的布里杰什回他的祖国度过最后时光的憎恨吗？"我爱他，当他被剥夺这一权利时，我完全变了，我对在那之前我曾表现出极大宽容的事情，失去了所有的宽容。"而绝非因为宗教原因。在她男性化的面孔下面是一个家庭主妇的身体，燃烧着一种不被承认的性感，由一种非常微妙的女性气质支撑着。请注意,她是如何靠在一个男同伴的手臂上,如何把自己交到支持她的另一个男性手中。你看了可能说,她总是需要一个男人来保护她,来爱抚她。我打赌,如果她不以最快的速度在美国结婚,或马上卷入一些轰动性的爱情事件,我就割断自己的喉咙。

这听起来很合理,如此充满逻辑。也请试着想一想,她对上帝的迷茫寻找:在她身上有一种飞蛾扑火般的绝望感。神秘主义深深地影响着她,让她投身于东正教。1962年5月,莫斯科大教堂。正是在那里,尼古拉神父为她"按照她祖先的信仰"进行了洗礼。后来她遇到了布里杰什·辛格,离开了东正教,一头扎进拉玛克里希纳和维韦克南达的印度教中。1964年夏以及1967年春,她前前后后在印度待了四个月,她被卡玛·克里希纳和维韦克南达所熏陶,总是穿着那种寡妇穿戴的白色纱丽去寺庙祈祷。她脱下纱丽,来到瑞士,见到了修道院一位默默无名的修女,便开始参加弥撒。她发现自己非常喜欢天主教,事实上,比起其他所有宗教,她更喜欢天主教。她来到了美国,开始与基督教科学会的一些人交谈。突然间,修女对她的影响蒸发了,她又变成了对基督教科学会的信徒。简而言之,即使在信仰的问题上,她也会被激情冲昏头脑。众所周知,激情是一种不会持续的感觉。她的下一个选择将是什么?一个精于业务的牧师可能就能够成功诱导她吵着去见教皇。谁知道这是不是真的会发生。

她是一个会头脑发热的女人。冲动,不可预知。许多人仍会怀疑是美国人,也就是中情局,组织了她的叛逃。但最终,是她自己的决定就像她的一贯作风:源于一瞬间的冲动,在3月6日早上,也就是妇女节那天,苏联驻新德里大使馆突然出现了很多混乱,被指派监视她的员工都在忙于其他事情,她回到自己的房间,把书的手稿放在一个袋子里,叫了一辆出租车,几分钟后就到了美国大使馆。美国人非常惊讶,不知道该从何做起。他们立即打电话给国务院,只为说明自己与苏联当局从未有过联系,说自己与此无关,"要清楚,我们是无辜的!"而苏联当局的反应是愤怒,而不是宣战。

他们没有提出正式抗议或威胁。相反,他们的回答给人的感觉是"拿去吧",所以他们丝毫不介意把她交给美国人。由于她的姓氏、她的偏离,以及她的反叛,斯维特拉娜一直是一个令人尴尬的存在:对于极权主义政权,她这样一个苦难的角色是多余的。在那里,像她一样的人必须接受审判,被关进监狱,最后成为烈士,才可能获得认可:这才是那里应有的连锁效应。那么,如今就让可怜的斯维特拉娜带着她的恋父情结来到美国吧,毕竟美国人那么喜欢研究弗洛伊德。这就是事实,而且很容易理解。然而,不被理解的事实是,在美国,斯维特拉娜却深入了她的神学研究。也就是说,这是一个比任何其他社会都更像苏联社会的地方:唯物主义、集体主义,基本上是无神论的。"上帝已经死了吗?"的口号就起源于此。这条标语被写在墙上,写在周刊的封面上,写在会议的标题中,为了这些不存在的东西,宗教团体不得不花大价钱买下每天晚上电视台间隔的广告时间,加以宣传。一个又一个老年妇女勤奋地穿针引线,认真地缝制着手中的东西,而她们又在缝制着什么呢?旗帜,上面写着

"让上帝仍存在于世间的消息宣扬出去吧"。

而这就说到了逃亡到美国的斯维特拉娜。关于这一点，首先要说明的是，美国人已经疯狂地爱上了她。是出于政治原因吗？当然有。谁会愚昧无知到拒绝这样的礼物。另一边，政府也建议国会不要用不恰当的姿态去打扰她，比如叫她到反美活动委员会面前表态，这对任何想在这里居住并有共产主义背景的人来说，都是很残忍的。是出于历史原因吗？当然也有。因为这是一个非常慷慨的国家，它不顾一切地接纳每个人，共产主义者、法西斯主义者、佛教徒；也从未忘记自己是由难民、弃儿、移民组成的：除了原住民以外，每个人在美国都是外国人。然而，政治和历史原因是其次。在现实中，斯维特拉娜受到美国人的欢迎，是因为她和他们一样，是他们中的大多数。他们喜欢她，因为她不知道如何化妆，因为她穿得很不讲究，因为她不会让他们一看就有自卑感。基本上，美国人不会喜欢那些在肯尼迪机场从天而降的欧洲人，以及他们的批评，他们的审美，还有他们的不接地气。美国人是一个由农民组成的民族，善于与农民相处；也是一个由没有修养的冒险家组成的民族，善于与没有修养的冒险家相处。斯维特拉娜的世故，是深层次的，也是隐蔽的。因此，在斯维特拉娜身上，他们看到了一个可能出生在俄亥俄州的农家女孩，一个善良的冒险家。

毫不奇怪，纽约言辞最激烈的专栏作家，吉米·布雷斯林为她献上了一首挽歌，题为《斯维特拉娜，新鲜的空气》。歌词里唱道："哦，看看她吧，再看看那些在第五大道上挥金如土的瘦小女人，那些穿着皮草和钻石、戴着假发和假睫毛、太阳镜和迷你裙的女人,那些想看起来像崔姬① 的女人:她们的丈夫在摩天大楼里工作,每天五点才能离开那个玻璃大楼,跑回家看电视,她们像鹦鹉一样,给他们重复着在电视上听到的内容;再看看她吧,这两者之间的区别简直天上地下……"毫无疑问,所有的报纸都重复着肯南对她的赞美之辞:"一个具有伟大价值的女人,勇敢、真诚、有才华、淳朴,但孤独,被耸人听闻的家庭所累……"毫无疑问,每隔五分钟,就会有人来向你介绍,她可爱的名字是多么贴切:斯维特拉娜来自"斯维特",意思是"光明",与"阿勒鲁耶娃",意思是"赞美上帝"。然而,他们却从不提起,她把那个孤苦无依的女儿留在了莫斯科,还抛弃了自己的儿子,任由陷入困境的事实。当英格丽·褒曼离开好莱坞,与罗西里尼一起搬到意大利时,整个美国都炸开了锅,人们像乌鸦一样尖叫着质疑她、辱骂她。然而,对于斯维特拉娜却无任何质疑。相反,他们认为她是一个无法与自己的子女取得联系的可怜母亲,为她感到心碎,为她哭泣:俄罗斯人没有传给她女儿叶卡捷琳娜和儿子约瑟夫的电话号码。他们说,斯维特拉娜并不是像褒曼一样,为了罗西里尼而出走,她出走是为了拯救她的良心,为了写自己的书。毋庸置疑的是,这本书将为她带来至少一百万美元,折合六亿三千万里拉的稿费,不含税,也不包括国外销售:真是一个可怜的女人,斯维特拉娜。

让我们继续跟随着她的故事,来到 4 月 26 日,星期三,

---

① Twiggy(原名 Dame Lesley Lawson DBE,1949—),英国超模、歌手、演员,20 世纪 60 年代时尚界代表人物之一,改变女性审美标准、模特身材标准的关键人物。

纽约的皇冠假日酒店举行的新闻发布会上。下午两点，会场上有五百名记者、摄影师，带着他们的长枪短炮。每个人都要接受严格的身份审查，在入口处检查他们的所有文件，有时还要搜身，以防他们身上藏有炸弹、左轮手枪或刀子。所有记者的提问都需要事先提交书面的版本，前面写上姓名、报刊名称、国籍，然后交给会场的秘书，再由秘书们呈递给律师。在场的人中，有帮助她主持新书版权售卖会的爱德华·格林鲍姆（Edward Greenbaum），还有陪同斯维特拉娜从苏黎世到纽约的艾伦·施瓦茨（Alan Schwartz）。为什么他们都在？因为那场记者招待会将正好开一个小时，多一分钟也不行，少一分钟也不行，记者的提问也必须严格地限定在一个时间范围之内。但这与时间无关。他们只是希望避免人们表现出过度的、令人尴尬的好奇心。正如之前他们对两名苏联前雇员所做的那样。

　　斯维特拉娜到了，带着她那忧伤的笑容，穿着她那皱巴巴的蓝色绸子衣服，还带着那一脸的红色斑点。她身边的格林鲍姆，是个看起来很精明的老人，而一旁的施瓦茨，看起来是一个更精明的年轻人。她为摄影师摆出姿势，局促不安的样子；她坐在话筒前，看上去也忐忑不已。她做了一个简短的介绍性发言，有一瞬间，她看上去像是一个流亡的公主，尽管她说自己的感觉就像是女宇航员瓦伦蒂娜·泰瑞斯科娃的第一次飞行。与此同时，格林鲍姆挑选出了记者们可以问的问题：在三百个问题中，大约只有三十个。他把写好的问题转交给施瓦茨，施瓦茨读给斯维特拉娜听，她甚至不知道哪些问题被他们拒绝了。她只负责配合着回答，给出真诚而详尽的答案。然而，格林鲍姆不时地向施瓦茨耳语，后者又向斯维特拉娜耳语，告诉她没必要这么详尽，这么诚恳：如果人们想知道更多，就去读她的书。斯维特拉娜点点头，答案变得更短。因为这本书现在的版权在哈珀与罗出版社手中，也在《生活》杂志社和《纽约时报》的手中；这些报纸购买了连载权；也在处理这一交易的律师们手中。因为斯维特拉娜现在也是这个行业的一部分，她也成了待售的产品：就像这本书一样，就像报纸、杂志、广播、电视上向我们宣传的成千上万的东西一样。一旦这次会议结束，没有人能够采访到她，甚至没有人能够接近她，她只属于那些已经付费的人。

斯维特兰娜住在她的翻译普里西拉·麦克米伦（Priscilla MacMillan）的父亲位于长岛的家中，房子周围的树篱比克里姆林宫的城墙更高，环境非常私密。她的身影总是在私人保镖的视线之中，就像大通曼哈顿银行的保险箱一样。当她外出购物时，私人保镖们与麦克米伦家族的一名成员一起护送她。如果说在莫斯科，她的名字和她的身体属于国家，那么在纽约，她的名字和她的身体则属于那些买她书的人。如果在莫斯科，她的名字意味着一个政治资本；在纽约，就意味着商业价格。如果说，莫斯科没有教堂，但在纽约，所谓的教堂就是银行。斯维特拉娜明白这些道理吗？她当然明白。她绝不是吉米·布雷斯林（Jimmy Breslin）所认为的那样简单的女人。尽管她告诉我，她在乎变成有钱人，她打算把钱捐给瑞士和印度儿童。然而，一切都让我相信，她寻找上帝的旅程，完结在了华尔街的资本中。

这是一个多么悲惨的女人。她的过去、她的现在、她的未来都是悲剧性的。我们可以预见到她的未来。会有这本三年前写的书，它将像《圣经》一样畅销：讲述着她与她父亲的生活。人们会说，这本书很好看，她会是一位受欢迎的作家。然后会有下一本书，也就是她现在正在写的那本书。第一本书或者第二本书，也许两本都是，会被他们拍成电影。那种可以想象的，持续两三小时的大电影，在巨大的屏幕上上演的彩色片。而关于由她的书拍成的电影也会赚很多钱：因为从一开始，就包含着各种触动大众想象力的元素。第一个半小时：克里姆林宫的童年和青春期。第二个半小时：与法律教授格雷戈里·莫罗佐夫（Gregori Morozov）结婚和离婚，与斯大林的助手尤里·兹丹诺夫（Yuri Zdanov）又一次结婚和离婚。第三个半小时：她父亲的死亡，命运的改变，叛逃。第四个半小时：与那个印度人的恋情，他的逝世，她带着他的骨灰去印度。结局：带着对美好日子的向往，逃到美国，在皇冠假日酒店举行新闻发布会。至于主演，我想应该是英格丽·褒曼。褒曼看起来有点像她，尽管有的人认为黛博拉·科尔（Deborah Kerr）更合适。接着，在电影之后，他们会将她的故事排练成一部音乐剧。在百老汇，与芭芭拉·史翠珊（Barbra Streisand）合作。在此期间，斯维特拉娜将与美国人结婚，取得美国公民身份，也会学会如何穿衣、梳头和化妆，她会去拜访教皇，会在瑞士购买别墅，并居住在那里为了少交税，而幽默大师将在《纽约客》上用激烈的漫画攻击她。这是一条无人能逃脱的定律，一条比西伯利亚的劳动营更残酷的定律。但这不是斯维特拉娜的错，也不会是美国人的错，更不会是俄罗斯人的错。这场闹剧将会属于我们生活的这个时代，一个人们为电视上的各种商业广告付费的时代，而广告上还写着："让上帝仍存在于世间的消息宣扬出去吧"。在这个时代，作为一个个体生存于世，是不可能的，无论是出生在东方还是西方。因为一个个体不可能拥有真正的英雄主义，也不可能拥有那种叫做伟大的东西。

一种名曰"不顺从"的美好品德

对果尔达·梅厄和英迪拉·甘地的采访被作者收入其所著《风云人物采访记》一书,其中的受访者为20世纪创造历史的各国国家元首。

只有像奥里亚娜·法拉奇这样的作家,才能将这两个人物的复杂性如此生动地表现出来。其中最吸引人的也许是,所有的女性都拥有坦然承认自己的难处与弱点的勇气。

果尔达·梅厄

这次采访经历很不寻常,由于采访记录离奇被窃,以至于我们不得不重新进行一次采访。在采访记录失窃之前,我和果尔达·梅厄谈了两次,共三个多小时。失窃事件发生后,我又与她见了两次面,共进行了约两小时的谈话。因此,我相信自己应该是世界上唯一一个与这位非凡的女性见过四次面并进行了六小时谈话的女记者。对于她,人们可以赞美,也可以指责,却不能不用"非凡"这个词来形容她。我夸大其词吗?难道是我太过于乐观,或者说又是因为女性主义的加持吗?也许是的,我对果尔达·梅厄做不到完全客观。尽管我认为,对于一个风云人物的认识了解,需要像外科医生那样冷静地对其进行剖析,但是我明白自己做不到那样清醒,以理智的头脑来评价、剖析她。我认为,一个人即使完全与她合不来,不同意她的政策、她的意识形态,也不得不尊敬她,钦佩她,甚至喜欢她。我就是一下子喜欢上她的,尤其是因为她有些像我的母亲。她让我想起了我的母亲。我母亲的头发也是灰白卷曲的,带着倦意的脸颊也同样布满了皱纹,支撑着她那笨重的身躯的也是浮肿、站立不稳和沉重的双腿。我的母亲同样给人以刚强而又温柔的印象,但与此同时,又有着一位对家务一丝不苟的家庭妇女的形象,而她就代表着这一类女性:平易近人、谦虚谨慎,从自己充满痛苦、烦恼和辛劳的丰富阅历中汲取着智慧。但是,果尔达·梅厄还有她的独特之处:她有更多的特点:她掌握着千百万人的命运,她的决定能够使中东地区实现和平或陷入战争;她能够点燃或熄灭一场世界性冲突的导火线;而且,她也许还是遭到我们大家谴责或怀疑的犹太复国主义最有权威的代表人物。这些事情大家都知道。但是我并没有兴趣去谈这些大家都知道的关于果尔达·梅厄的事,我要谈的是大家也许都不知道的那些。而下面就是发生在这次采访中的故事,我与果尔达·梅厄的故事。

我们第一次会面是在十月初,在她耶路撒冷的公寓里。那天是星期一,她穿着一件黑衣服,就像我母亲接待客人时那样,脸颊上特意涂了点粉底,我母亲待客时也是如此。她坐在客厅里,面前放着一杯咖啡和一盒香烟。看来她那时所关心的只是尽量使我不感到拘束,还有尽量不显露她自己的权威。事前,我曾给她送去了一本我写的关于越南战争的书和一束玫瑰花。那天,她手里拿着那本书,那束玫瑰花插在花瓶里。在我向她提问之前,她先谈论起我对战争的看法,自然而然地,她对我阐述了她对于战争的看法:恐怖主义,巴勒斯坦人,被占领的土地,以及如果她与阿拉伯人谈判,她将向萨达特[①]和侯赛因[②]提出的条件。她的声音热情、洪亮。她笑容亲切,极具感染力,很快便吸引了我。在交谈了

---

① Mohamed Anwar al-Sadat(1918—1981),埃及前总统(1970—1981在任),1981年遇刺身亡。
② Hussein Ibn Talal(1935—1999),约旦哈希姆王国第三代国王、陆海空三军最高统帅。

一小时十五分钟后，我就完全被她征服了。她说她还会跟我进行下一次交谈。第二次访问将于三天后在她的总理办公室进行。那是令人十分难忘的两小时。在这次谈话中，她拒绝谈论一些我对之持保留态度的政治问题，而只谈和她自己有关的事：她的童年，她的家庭，她的私生活，还有她的朋友们，比如说，她向我聊起了彼得罗·南尼。她对南尼非常钦佩，他们之间有着令人动容的感情。告别时，我们已成了朋友，她送给我母亲一张她本人的照片，还在上面写上感人的话。她希望我过不久再去看她。"但是不要带那件东西，知道吗？我们只是在一起喝杯茶，聊聊天。"她所指的那件东西就是我用来记录她的每个回答、每一句话的录音机。她的助手们对我们这次访谈都感到十分惊讶，因为在她所谓的那件东西面前，她从来没有如此泰然自若。有一名助手要求我把这次谈话的录音带复制一份寄给他，他想赠送给一个专门珍藏果尔达·梅厄文献的机构。

对于我与她的这次会晤，录音磁带绝对是最珍贵的记录。任何速记、手稿和笔记都不可能代替一个人的真切的声音。为了记下整场访谈，我们一共用了三盒微型盒式磁带，前两盒都录满了九十分钟，第三盒又录了五六分钟。在抄录完第一盒磁带的谈话内容以后，我就像珍藏首饰一样，仔细地把这些录音带放进了手提包。第二天我动身回罗马，当天晚上八点三十分左右到达。九点三十分，我走进酒店，那是一家很大的酒店。一走进房间我就从手提包里将这三盒录音带取出来，装进一个信封，然后放在写字台上，信封上放着一副眼镜和一只很贵重的粉盒子，还有一些零星物品。然后我便外出了，像往常一样，我锁上了门，把钥匙交给了酒店前台。我离开了大约十五分钟,也就是穿过马路,吃了一个小面包那么一会儿。当我回来时,钥匙已经不见了。服务台的值班人到处寻找,但没有找到。我上楼一看,我的房门被打开了。一眼望去,仿佛只是门被打开了,房间里的一切似乎都保持原状:行李没有被打开,贵重的粉盒子和其他东西都仍在原来的地方放着,一切都好好的,仿佛没有人动过。但是几秒钟后我发现,装着录音带的信封是空的,记录果尔达·梅厄声音的磁带不知所终。一旁那台装着一盒空白磁带的录音机也不见了,这些东西都是他们从一只旅行袋里面拿走的,可是他们没有碰旅行袋中的首饰盒,虽然他们还仔细地重新整理了旅行袋中的其他东西。最后,我发现自己随手扔在桌子上的两串项链也被拿走了。据警方说,那是为了转移注意力的惯常手法。

警方很快来到现场,一直忙到天亮。秘密警察(特工)甚至也来了,他们是些脸色阴沉、看上去有些吓人的年轻男子。他们对盗窃不感兴趣,而是将注意力放在了更微妙的事情上。此外,还来了法医,他们带着查看谋杀案现场时使用的照相机和工具,不过他们只找到了我的指纹。所以,盗窃者戴着手套,下手干净利落。后来,那几个有点吓人、脸色阴沉的年轻人下结论说:这是一起政治盗窃案。这一点我也知道。我不明白的是为什么要这样干,是谁干的。是那些想要盗取新闻的阿拉伯人吗?是果尔达的仇人吗?还是出于嫉妒的记者同行呢?这件事干得这样精确、迅速、利落,仿佛出自詹姆斯·邦德之手。肯定有人跟踪过我,因为没有人知道我将在哪一天、什么时刻回到罗马,也没有人知道我将住在哪个酒店。还有我房间的钥匙,为什么存放在前台的钥匙也丢了呢？第二天还发生了一件奇怪的事。一个女人带了两只某航空公司的背包来到酒店，询问警察局的地址。据说背包是她从布尔乔亚别墅公园的灌木丛中发现的，她想把它们交给警方。背包里装的是什么？是二十几盒同我的磁带相同的微型盒式磁带，于是她立刻被抓走了。在警察局里，她包里的每盒磁带都被仔细检查，但发现上面只录制了一些小曲子。所以，这是警告，威胁，还是一场恶作剧？总之，那个女人也说不清她为什么要上那家酒店去找警察。

再说回果尔达·梅厄。第二天晚上，果尔达就得知了这个失窃事件。那时她正在家里向几位朋友讲述我们的采访："前天我经历了一件事，那是一次有趣的采访，我与……"她的话被助手打断了。助手把我的电报递给她。我的电报上说："一切都被偷走——一切——请求您再接见我一次。"后来有人告诉我，她看完电报后，一只手放在胸口上，沉默了好几分钟。然后她抬起那双痛苦而又果断的眼睛郑重地说："很明显，有人不希望公布这次采访的记录，因此得重新来。你们替我安排几小时的时间让我再接见她。"有人作证，她当时确是这么说的。我认为其他的政治家不会有这样的反应。我相信其他任何一个处在她那样地位的人都会耸耸肩膀说："她活该！我已经为她花了三个多小时。她记得什么就写什么，请她自己想办法去吧。"果尔达却不同。这是因为在成为政治家以前，果尔达是一个旧式妇女。对于再次接见我，她提出的唯一条件是要我等一个月。新的采访日期定在11月4日，星期二。到了那天，我按时赴约。当然，我并没有想到，再次与她见面时，我会发现她是个可爱的人。这个看法说出来的确让人觉得非同小可，所以我一定要讲述一下她最使我感动的那些事情。

果尔达独居。晚上如果她感到身体不舒服，身边连一条守护她的狗都没有，只在她的别墅门口有卫兵。白天，她请了一位帮佣来料理家务：铺床，扫地，熨衣服等。如果她请朋友来吃晚饭，她总是亲自下厨。并且，为了不让用人在第二天感到太脏乱，她最后还要自己洗刷餐具。在约见我的前一天，她就在家里请客人吃晚饭。客人到午夜两点才离去，家里杯盘狼藉，果尔达就从凌晨两点开始收拾：洗刷餐具，扫地，擦桌子，一直忙到三点半才上床。清晨七点，她照常起床，读报，听广播。八点，她同几位军队将领交换意见，九点又同一些部长商讨问题。到了十点……她果然感到身体不舒服了。对一个七十四岁的老年人来说，三个半小时的休息是不够的。所以，当我来到她办公室门口时，我迟疑了。我一再对她说："要不我们改期吧。没关系，我发誓，真的没有关系！"但是她要遵守自己的诺言，同时也是出于对我的同情：可怜的姑娘，又一次来到这里，这已经是第二次了，他们把她的录音带都偷走了。果尔达在她办公室的长沙发上休息了二十分钟，然后坐到了一张桌子后面。她脸色苍白，疲惫不堪，但仍然和蔼可亲。她让我不用担心时间，我需要多长时间她都会满足我。这次重新进行的采访和上次一样，而且比上一次更好。在十月份那次访问中，她没有同我谈起她的丈夫，而这次她谈到了，那是她生活中的悲剧。谈论这件事使她伤心。当她发现自己再也谈不下去时，她对我说："您放心，我们明天接着谈！"于是又约定了第四次会见的时间。那次会晤是难忘而美妙的一小时，我们谈论了人的晚年、青年和死亡。上帝呀，我简直被她迷住了。很多人认为果尔达长得很丑，给她画刻薄的讽刺画，为什么会有这样的事情呢？当然，每个人对美都有着自己的理解，但是我认为果尔达是个很美的老太太。很多人认为她像个男人，并且以传播关于她的庸俗笑话来取乐，为什么会有这样的事呢？当然，每个人对女性的看法也各不相同，但是我认为果尔达是百分之百的女性。她举止温柔得体，诚挚至极，让人难以置信；她在政治旋涡中则显得能干和精明。她被一个女人生了孩子却无法亲自抚养他们的痛苦所折磨，她具备一位母亲和祖母的慈祥。她不自觉地散发着女性的魅力。我最后一次见到她时，她穿着一件天蓝色的绉纱衬衫，戴着一条珍珠项链。指甲修剪得很短很整洁，涂着粉红色的指甲油。她用手指抚摸着项链，似乎在问："哎，我这样打扮不错吧？"我那时在想，可惜她手握大权，发号施令。对这样一个女人来说，权力与她并不对味。

她的生平已然不用我赘述，果尔达于1898年生于基辅，她的姓名叫果尔达·马鲍维奇（Golda Mabovitz）。她在美国的密尔沃基长大，1917年，她在那里与莫里斯·迈尔森（Morris Mayerson）结婚。1918年，他们移居巴勒斯坦。梅厄这个姓是本-古里安（Ben Gurion）强加于她的，让她听起来更像犹太人。她的仕途始于在斯大林时代担任以色列驻莫斯科大使。她每天至少要抽六十支烟，喝大量的咖啡。她每天工作十八小时，即使身为总理，她每月的收入也少得可怜，只有二十四万里拉。对这些事情我也不再加以评述，我并不打算去探究她为何成为如此的传奇人物。这份访谈我是按照同她几次会见的顺序写的，从英文翻译而来。也许英语是她最熟悉的语言，所以我们之间的交谈也是使用英语实现的。

似乎警方始终没能查明录音带失窃的秘密。或者他们已经查明，却小心翼翼地没告知我真相。但这件事情却带来了一个线索，并引出了一个比线索更重要的事实，在这里值得说说。这也是为了使人们对当权者有进一步的认识。

几乎在要求采访果尔达·梅厄的同时，我也向卡扎菲①提出了同样的采访邀请。他通过利比亚情报部的一位高级官员通知我，他准备接受我的邀请。但是在录音带失窃后几天，他突然见了《欧洲人》的一家竞刊的记者。那位记者便应约急急忙忙地赶到的黎波里。多么凑巧啊，卡扎菲对他说的话就像在回答梅厄对我的回答。不用说，我这位可怜的记者同行并不了解内幕，我心里却很明白。于是就产生了一个合乎逻辑的问题：卡扎菲先生为什么能够对从来没有公布过的，而且是除了我以外没有其他人知道的事情做出回答？是卡扎菲先生听过我的录音带了？或者，说明白点，正是他派人到我这里偷走录音带的？因此，我马上想到了一件事。失窃后的第二天，我曾进行过一次"侦察"，私底下跑去发生这件倒霉事的酒店的垃圾箱里搜寻。尽管酒店的人发誓说，那里已有好多天没住过阿拉伯人了，我却在垃圾箱里发现了一张用阿拉伯文写的纸条。我把纸条和我的疑问一起交给了特工。这就是事情的全部过程。后来，卡扎菲一直没接受我的采访邀请。他也没有召我去的黎波里，以消除令他名誉受

---

① Muammar Gaddafi（1942—2011），利比亚政治家、军事家，利比亚革命警卫队上校，利比亚九月革命的精神领袖，前任利比亚最高领导人。

损的怀疑,我至今仍觉得那些怀疑是合情合理的。卡扎菲既然可以对意大利新闻界如此关心,以至于厚颜无耻地要求解雇都灵的一位记者,那他为什么不可以如此撕破脸,派人去罗马的一家酒店偷窃我的录音带呢?

果尔达·梅厄:您好,亲爱的,早上好。我正在读您写的那本关于战争的书。我在想,女人对待战争的态度真的与男人不一样吗……我认为并非如此。近年来在战争与地区冲突中,我曾还有几次感受到,我是不得已作出一些重要的决定:比如,把我们的士兵派往那些会让他们一去即不复返的地方,或者让他们去参与那些需要双方付出生命的军事行动。为此,我很痛苦……很难受。但是我仍然像男人那样,发出了命令。而且,现在追溯往事,我甚至怀疑自己比男人忍受了更大的痛苦。只是,在我的男性同行中,有些人表现出他受的痛苦比我大得多。噢,这并不意味着我受的伤微乎其微!但是它对我没有产生影响,没有,痛苦并没有妨碍我作出决定……战争是一件愚蠢至极的事情。我相信,总有一天所有战争都会结束。我相信,总有一天孩子们在学校里读到人类战争的历史时,会感到荒唐,感到吃惊,会像我们今天对吃人肉的习惯感到反感一样。曾经在很长一段时期内,吃人肉的习惯也被人们视为正常的事情接受。而今天,真正吃人肉的事情再也没有了。

奥里亚娜·法拉奇:梅厄夫人,我很高兴您首先谈到了这个话题,因为我也计划从这里谈起。梅厄夫人,中东地区的和平什么时候才能实现?这样的和平在我们有生之年能见到吗？

我想也许……您能见到。我是肯定见不到了，我认为中东战争还要延续许多年。我来告诉您为什么：这是因为，阿拉伯领导人不在乎让自己的国民去送死，因为他们不把人的生命放在眼里；也是因为，阿拉伯人没有能力起来造反，没有能力说"我们已经忍受够了"。您记得赫鲁晓夫在苏共二十大上谴责斯大林的罪行时发生的事吗？大厅的后面发出了一个声音，问道："赫鲁晓夫同志，那个时候你在哪里？"赫鲁晓夫仔细地去寻找说话者的面孔，但是没找到。他问道："谁讲话了？"没有人回答。"谁讲话了？"赫鲁晓夫又问了一遍，还是没有人回答。于是赫鲁晓夫大声说道："同志，当时我就在你现在所在的地方。"是的，阿拉伯人就在赫鲁晓夫当时所在的地方，也就是在那个指责赫鲁晓夫但没有勇气露面的人，所在的地方。与阿拉伯人和解，只能通过他们自己内部的进步才能实现，这些进步包括实现民主的过程。但是在我的视线所及之处，却没有一点民主的影子。我见到的只是专制，独裁者不必向他的人民解释为什么没有为他们带来和平，甚至不必为士兵的牺牲作解释。有谁知道在最近两次战争中牺牲了多少埃及士兵？只有那些牺牲者的母亲、妻子、亲戚再也等不到他们的归来。领导者们甚至不愿意去知道那些人被埋葬在哪里，是否被埋葬。而我们……

那你们呢？

请看看，这五本厚厚的册子，里面收集了在战争中牺牲的每一名士兵的照片和传记，他们中有男性，也有女性。每死一个人，对我们来说都是悲剧。我们不喜欢战争，即使我们最终获得了胜利。最后一次战争结束时，在我们街道上看不到欢乐，没有人载歌载舞欢度节日的画面。您应该看看，我们那些凯旋的士兵，他们中没有一个人面露喜色。这不只是因为他们见到自己的战友阵亡了，而且也因为他们不得不去屠杀自己的敌人。很多士兵回来后，把自己关在屋子里不再说话，或者一开口就重复这句话："我不得不开枪，我杀了人。"而阿拉伯人正好相反。战争结束后，我们与埃及人交换战俘。七十个埃及人换我们十个以色列人。他们回答说："你们被俘的人都是军官，而我们的人只是农民！怎么可能呢。"Fellahin①，农民。我担心……

您担心以色列和阿拉伯人之间的战争还会爆发吗？
没错。有可能，是的。很多人说，阿拉伯人准备与我们签订停战协议。但是，在这种专制政权下，谁能保证这类协议将会生效？如果萨达特在同我们签约后被谋杀了，或者干脆说被灭口了，谁能对我们说萨达特的继承人会遵守萨达特签署的协议？所有阿拉伯国家同我们签订的停战协定得到遵守了吗？尽管有停战协定，在我们的边境从来没有太平过。因此今天我们仍然随时准备着去对付可能向我们发动的袭击。

但是，梅厄夫人，如今大家都在讨论这个停战协议，萨达特也在谈论。同萨达特谈判，是否要比同纳赛尔②谈判容

---

① Fellahin，Fellah 的复数形式，埃及等阿拉伯国家的"农民"。
② Gamal Abdel Nasser（1918—1970），埃及政治家，第二任总统（1958年2月22日—1970年9月28日），也是阿拉伯联合共和国的首任总统（1958—1970年），埃及历史上最重要的领导人之一。

易些？

一点也不会，跟他们谈判，完全是一样的事情。理由很简单，萨达特不愿意同我们谈判，但是我早已准备好同他谈。多年来我一直对他说："萨达特，让我们坐下来，一起解决一些问题吧。"而他十分固执，根本不打算跟我坐在同一张桌旁。他重复地说着，协议和条约是不同的。他说，协议可以签，但不能签订和平条约，因为签订和平条约意味着承认以色列，意味着与以色列有外交关系。我讲清楚了吗？萨达特要的不是永远结束战争，而只是停火。而且他拒绝直接同我们谈判，他要通过中间人同我们间接谈判。我们不能通过中间人同他谈话！这是毫无意义的，没有实际作用！1949年独立战争以后，我们同埃及人、约旦人、叙利亚人和黎巴嫩人都在罗得岛签了协议。但那些协议是通过中间人邦奇博士达成的。邦奇博士当时代表联合国，他今天同这些人谈，明天又跟那些人谈……结果可真是太好了。

侯赛因也参与了和谈，这难道不是件好事吗？

最近我讲了一些侯赛因的好话。我之所以说好话，是因为他公开地谈论了和平的可能性。我还有一些话要讲：我相信侯赛因，我深信他已经认识到参与另一场战争对自己是不利的。我也相信他已经明白了，1967年他选择参与那场反对我们的战争，而不去理会艾希科尔①发给他的电报是犯了一个

---

① Levi Eshkol（1895—1969），出生于俄国，以色列政治家，曾担任以色列总理，是第一位在白宫与美国总统会谈的以色列总理，开创了美以关系的新纪元。

大错误，当时的那封电报是这样说的："不要参与战争，这对您不会有任何损失。"他也已经明白听信纳赛尔关于特拉维夫遭到轰炸的谎言是可悲的蠢事。如今他要和平，但是他有他的条件。他要约旦河左岸，也就是西岸①；他要耶路撒冷，要求实施联合国决议……我们曾经接受过联合国的决议，当时要求我们分割耶路撒冷，虽然这严重地刺伤了我们的心灵，但我们还是接受了。最后的结果如何众所周知。难道是我们进攻了约旦军队吗？不，是约旦军队开进了耶路撒冷！阿拉伯人真是奇怪，吃了败仗还想从我们这里得到好处。那么，在"六日战争"②中我们打了胜仗没有？我们有没有提出条件的权利？历史上有没有这样的先例：一个战败国享有向战胜国发号施令的权利？他们顽固地对我们说：把这个还给他们，把那个还给他们，放弃这个，放弃那个……

梅厄夫人，你们会放弃耶路撒冷吗？
不，绝对不会，不可能。我们不会放弃耶路撒冷，永远不会。那是绝不能妥协的事。关于耶路撒冷，没有任何讨论的余地，我们甚至不会同意讨论放弃耶路撒冷。

---

① 约旦河西岸地区，位于约旦河以西，以色列以东，1948年第一次中东战争后，西岸地区被约旦吞并。至1967年第三次中东战争，该地区被以色列军占领。现在，该地区仍处在领土争议中，大部分由以色列管辖，其余部分由巴勒斯坦进行有限管理。
② 第三次中东战争，发生在1967年6月初，以色列方面称六日战争，阿拉伯国家方面称"六月战争"，等等。战争共持续了6天，以色列占领了埃及的西奈半岛、叙利亚的戈兰高地、约旦河西岸、耶路撒冷，以及约旦所管辖的地区及加沙地带。大批巴勒斯坦难民被赶出家园。

你们会放弃约旦河西岸吗？

关于这一点，我们这边有不同的意见。有可能进行关于西岸的谈判。进一步解释，我相信大部分的以色列人的态度都是永远不会要求政府完全放弃西岸。但是，如果我们能同侯赛因谈判，大部分的以色列人都做好了心理准备，能够交出西岸的一部分。要说清楚，我说的是"一部分"。目前，政府没有做出肯定或否定的决策，我也没有做出决定。我们为什么要在某个阿拉伯国家元首宣布要同我们谈判之前自己就先争吵起来呢？我个人认为，如果侯赛因决定同我们谈判，我们可以在政府或议会通过决定或全民公决之后，再把西岸的一部分交还给他。当然，我们可以为此举行一次全民公投。

那加沙①呢？梅厄夫人，你们会放弃加沙吗？

我认为，加沙应该是、也必须是以色列的一部分。是的，这就是我的意见，应该说是我们以色列人的意见。但是为了谈判求和，我不要求侯赛因或萨达特在任何一点上与我持相同的看法。我会说："我的看法，我们的看法是加沙应该留给以色列。我知道你们有不同的看法。那好吧，我们就坐下来谈判。"清楚了吗？不一定要在看法一致的情况下才能谈判，谈判就是为了寻找共同点。当我说耶路撒冷永远不能分割、耶路撒冷将永远属于以色列时，我并不要求侯赛因和萨达特

---

① 巴勒斯坦国加沙地区最大城市，1967年以色列占领加沙地带，2005年以色列军队实行单边撤离计划，当年全部撤离加沙地区，2007年哈马斯和巴勒斯坦民族权力机构部队在加沙地区交战，哈马斯获胜并完全控制加沙地区。

不提耶路撒冷。我也没有要求他们不提加沙。他们在谈判中愿意提什么就可以提什么。

那么戈兰高地①呢?
差不多是同样的情况。叙利亚人让我们退出戈兰高地,这样他们就能像过去那样,对我们发起攻击。不用说,他们的要求我们根本不予考虑,我们不会从高地上下来,但是我们也准备同叙利亚人谈判,不过我们有我们的条件。我们的条件就是:在叙利亚和以色列之间划一条边界线,以此来确定我们对于戈兰高地的占有权。换句话说,叙利亚如今正好处在应该划线的地方。关于这一点,我们不会让步,我认为绝不会让步。因为他们只有停留在今天所处的边界线,才能停下对我们的袭击,而我们已经连续十九年承受着他们的袭击了。

还有西奈②半岛呢?
我们从来没有说过要整个西奈,或者要西奈的大部分。我们不要整个西奈,我们要控制沙姆沙伊赫③和一部分沙漠。我们指的是连接以色列和沙姆沙伊赫的沙漠地带。清楚了吗?还需要重复一遍吗?我们并不要求占有西奈的大部分地区,我们所要求的甚至不到西奈的一半。因为对于是否

---

① 位于叙利亚西南部,约旦河谷地东侧。1967年第三次中东战争期间被以色列占领,联合国在边界设置缓冲区。
② 连接非洲及亚洲的三角形半岛,1967年阿以战争期间曾被以色列军队占领,但1982年依据1979年的和平条约归还给埃及。
③ 位于西奈半岛南端的沙漠城市,濒临埃及西奈半岛东南端小海湾红海亚喀巴湾。

占领苏伊士运河，我们并不在乎。因为在我们看来，苏伊士运河对埃及人来说太重要了，对他们来说，运河关乎尊严。我们也知道苏伊士运河对我们的防卫并不是必要的，我们表示今天就准备放弃。但是我们不放弃沙姆沙伊赫和通向沙姆沙伊赫的沙漠地带。但是因为我们的船只要从沙姆沙伊赫出入；也因为我们不希望重新处在过去我们放弃沙姆沙伊赫时所处的境地；还因为我们不希望某一天早晨，当我们醒来时，西奈半岛上到处都是埃及军队。出于这些原因，只有在这个基础上，我们同意与埃及人谈判。我认为这是合情合理的。

那么显然你们不会再退回到原来的边界线了。
绝对不会。而我之所以说"绝对"，不是因为我们还要去并吞新的土地，而是因为我们要保证我们的防卫，我们的生存。如果说，有可能实现您一开始时所讲的和平，这就是唯一的办法。如果叙利亚人回到戈兰高地，如果埃及人重新得到整个西奈，如果我们与侯赛因重新划定1967年设立的边界，那么和平就永远无法实现。1967年，纳塔尼亚①和大海之间的距离只有十英里，也就是十五公里。如果我们给侯赛因再越过十五公里的可能性，以色列就有被切成两半的危险……人们指责我们旨在继续扩张国土，但是请相信，我们对扩张不感兴趣，我们感兴趣的是新的边界线。您听我说：这些阿拉伯人要求我们回到1967年的边界线，如果那些边界线是合理的，那么他们自己为什么要破坏它？

---

① 以色列城市名。

梅厄夫人，到现在为止，我们一直在谈论协议、谈判、条约。但是，从1967年停战以来，中东战争似乎出现了新的形式，也就是恐怖主义和恐怖袭击。您怎样看待这样的战争和参与这些活动的恐怖分子？比如说您对阿拉法特①、哈巴什②和"黑九月"③的领袖们是怎么看的？

我的看法很简单明了，我认为他们不配为人。我甚至不把他们当作人类，要说一个人的坏话，莫过于说他不是人了，那就等于说他是畜生。不是吗？怎么能把他们干的事说成是"战争"呢？您记得当哈巴什炸毁一辆满载着以色列儿童的大巴车时所说的话吗？他说："最好的方法，就是当以色列人还是小孩儿的时候，就把他杀掉。"得了吧。他们干的事不是战争，也不是革命运动，因为杀人不等于革命。本世纪初，在俄国为推翻沙皇而兴起的革命运动中，曾经有一个政党把恐怖活动当作唯一的斗争手段。一天，这个政党的成员被派到某条街的拐角处，去炸毁一辆要从那里经过的沙皇高级军官的马车。这辆马车果然在预定的时间来到那里，但是坐在马车里的不只是那个军官自己，还有他的妻子和孩子们。那个真正的革命者怎么办呢？他并没有把炸弹投向马车，而让炸

---

① Muhammad Yasser Abd al-Rahman Abd al-Raouf Arafat al-Kidwa al-Husayni（1929—2004），曾任巴勒斯坦解放组织主席及巴解组织最大派别法塔赫的领导人，1994年获诺贝尔和平奖。
② George Habash（1926—2008），巴勒斯坦前领导人之一，长期担任解放巴勒斯坦人民阵线（巴解组织第二大派别）的总书记，于2000年辞去人阵总书记职务。
③ "黑九月"事件，又称为"约旦战争"或"约旦内战"，是1970年9月到1971年7月约旦军队与巴勒斯坦解放组织游击队在约旦首都安曼及北部地区发生的大规模军事冲突，起因是巴解组织企图刺杀约旦国王候赛因未遂。整个冲突过程中，巴解组织一半以上成员死亡。

弹在自己手中爆炸，他自己被炸得粉碎。事实上，在独立战争时期，我们也有恐怖主义小组：斯特恩①和伊尔贡②。我反对他们，我一直反对恐怖主义，但是他们中间没有一个人干过像阿拉伯人对我们干的那种坏事。他们从来没有在超市里投放炸弹，也没有把炸药放在装满儿童的大巴车上，他们从来没有制造过像慕尼黑和吕大③那样的惨案。

梅厄夫人，那么怎样同恐怖主义作斗争呢？您真的认为轰炸黎巴嫩的村庄能起作用吗？

对，在某种程度上能起作用。因为在那些村庄里有巴勒斯坦游击队。黎巴嫩人自己说有一些地区成了法塔赫④的领土，所以，有些地区需要得到清理。这件事本来应该由黎巴嫩人去做，但黎巴嫩人说他们无能为力。当巴勒斯坦游击队驻扎在约旦时，侯赛因也是这样说的。甚至我的美国朋友们也说："不是侯赛因不想把他们赶走，而是他没有足够的力量把他们赶走。"但到了1970年9月，当安曼⑤处在危急之中，他的皇宫面临危险、他的人身安全也受到威胁时，侯赛

---

① 第二次世界大战结束不久，在巴勒斯坦有3个犹太复国主义的准军事恐怖组织，其行动矛头针对阿拉伯人，其目的就是把阿拉伯人从巴勒斯坦赶出去。这些组织是哈加纳（Haganah）、伊尔贡（Irgun Zvai Leumi）和斯特恩帮（Stern bang）。
② 伊尔贡（Irgun），全称伊尔贡·茨瓦伊·柳米，意为"民族军事组织"，犹太复国主义组织，是从"哈加纳"极端分子中分离出来的一支秘密恐怖主义武装，存在于1931至1948年间的巴勒斯坦地区。
③ Lydda，吕大，以色列城市名，意语中拼作 Lidda。
④ 曾用名巴勒斯坦民族解放运动（Palestine National Liberation Movement），简称"法塔赫"（Fateh），是巴勒斯坦解放组织（PLO）8个成员派别中实力最强、影响最大、人数最多的主流派别。
⑤ 约旦首都。

因发现他还是可以做一些事情的，于是他采取了行动将其消灭。如果黎巴嫩一直不做出反应的话，我们将回答说："很好，我们能体谅你们的困难。你们不能做出反应，我们能。我们轰炸驻有巴勒斯坦游击队的地区，是为了给你们看的。"也许黎巴嫩是阿拉伯国家中接纳恐怖主义分子最多的国家，在莱达进行大屠杀的日本人来自黎巴嫩，企图在特拉维夫炸毁比利时航空飞机的女兵们是在黎巴嫩受训的，练兵场也设在黎巴嫩。难道我们对此可以等闲视之，而去祈求众神，默默祷告"希望不要发生什么事"吗？祈祷没有用，反攻才有用。要用一切可能的方法，包括我们不喜欢的方法，来进行反攻。当然我们更愿意同他们在战场上搏斗。然而，事实上我们做不到……

梅厄夫人，您准备同阿拉法特或哈巴什对话吗？
绝对不会。我们永远不会与他们对话！永远不会！和这种贪生怕死、将炸弹交给别人来引爆的人，有什么可谈的？他们就像那两个在罗马的阿拉伯人，那两个人把装有炸弹的唱机交给两个懵懂的英国姑娘。您听我说：我们要同阿拉伯国家谋求和平，同阿拉伯国家负责任的政府谋求和平，不管它们是什么样的政权，因为这与我们无关。但是同哈巴什、阿拉法特和"黑九月"的那些人是没有什么可谈的，愿意同他们对话的人绝对不会是我，而是别的人。

梅厄夫人，您指的是我们欧洲人吗？
没错，就是欧洲人，不仅仅因为，欧洲人必须下决心制止您一开始时所说的那场战争，迄今为止，你们过于容忍了。这种容忍的根本原因，恕我直言，就在于那从未熄灭的反犹太主义。但是反犹主义绝不会仅仅使犹太人受苦。历史已经证明，世界上的反犹主义总是预示着大灾难的降临。从折磨犹太人开始，终点是所有人的困难。举一个例子，最不难想到的，就是第一架被劫持的飞机，您记得吗？那架飞机被迫在阿尔及利亚降落，有人对此表示遗憾，有人兴高采烈，但就是没有任何一个飞行员想到发表声明："我再也不飞往阿尔及利亚了。"如果有人这样声明，如果有很多人这样声明，那么今天就不会存在空中劫持的噩梦。可是，没有一个人采取行动，于是空中劫持就成了我们这个时代的恶习。任何一个疯子都可以为了满足自己疯狂的念头而让飞机改变航向，任何一个罪犯都可以为了榨取钱财而让飞机改变航向，他们这样做不一定出于政治原因。让我们说回欧洲与恐怖主义的关系，如今恐怖主义的中心就在欧洲。在欧洲每一个国家的首都，都有所谓的解放运动办事处。你们很清楚，这些办事处不是无害的。但是你们没有反对他们的行动，但你们终将后悔。由于你们的麻木不仁和无底线容忍，恐怖主义将会愈演愈烈，你们将为此付出代价。德国人不是已经付出了代价吗？

是的，当德国人释放三名阿拉伯人以后，您对他们很强硬。啊，您应该懂得慕尼黑惨案① 对我们意味着什么！这件事发生在德国，我指的是战后的德国而不是纳粹德国，这个事实

---

① 指1972年慕尼黑奥运会上，11名以色列运动员被恐怖分子杀害的严重政治恐怖事件。

本身……我认识维利·勃兰特①。我经常在社会党的会议上碰到他,他任柏林市长时还到这里来过。我很清楚他与纳粹分子进行过斗争。我绝不相信他是自愿释放这些阿拉伯人的。但是德国……您看,我从没有踏上过德国的国土。我去过奥地利,但是从没有去德国……对我们犹太人来说,与德国人的关系是理智与感情的冲突……所以别让我谈论这些。我是总理,我有责任……总之,我的强硬态度是合情合理的。德国人的声明对我们来说是旧伤上的新疤,是又一次的凌辱。总之,他们这些阿拉伯人就是参与屠杀十一名手无寸铁的以色列人的凶手,现在他们还企图去谋杀更多的人。

梅厄夫人,您了解大多数人的看法吗?他们认为,只要存在巴勒斯坦难民,阿拉伯恐怖主义就会存在,而且会永远存在。

其实并非如此,因为恐怖主义已经成为一种国际性的勾当,是与巴勒斯坦难民毫无关系的人也可能会遭遇的一种魔咒。试想日本人在卢德②搞的大屠杀,难道以色列人占领了日本的土地吗?至于难民,您听我说,哪里爆发战争,哪里就有难民。世界上不仅有巴勒斯坦难民,还有巴基斯坦难民、印度难民、土耳其难民、德国难民。天哪,在过去的波兰边境,今天的波兰境内有几百万德国难民。德国对这些过去

---

① Willy Brandt(1913—1992),1969 年至 1974 年任西德总理。早年相继加入社会民主党、社会主义工人党。希特勒上台后,被迫转入地下工作。后在异国坚持反法西斯斗争,1971 年获诺贝尔和平奖。
② 指 1972 年 5 月 30 日所发生的一起由解放巴勒斯坦人民阵线和 3 名日本赤军成员策划,在卢德国际机场(现改名为本-古里安国际机场)执行的恐怖袭击事件,恐怖袭击的结果是 26 人罹难、80 人受伤。

是德国人的人负有责任。还有苏台德①人，没有人认为这些苏台德人应该回到捷克去，他们也知道自己永远回不去。我在联合国的十年里，从来没有听到谁谈论过从捷克被赶出来的苏台德人的问题。那么，为什么人们只为巴勒斯坦人抱不平？

梅厄夫人，这跟巴勒斯坦人的情况是不同的，因为……
当然是不同的。您知道为什么吗？因为一旦战争爆发，人们就会选择逃难，而且一般都会逃到一个语言不同、宗教信仰也不同的国家去。而巴勒斯坦人却逃到与他们讲同一种语言、信奉同一种宗教的国家里。他们逃到了叙利亚、黎巴嫩、约旦，但那里没有任何人帮助他们。至于埃及，那些夺走了加沙的埃及人，甚至没有让逃去那里的巴勒斯坦人自力更生，而是让他们永远穷困，以此利用他们作为反对我们的武器。把难民当作反对我们的武器，这是阿拉伯国家的一贯政策。哈马舍尔德②曾经提出一个发展中东的计划，而这个计划首先提出的是要安置巴勒斯坦难民，但阿拉伯国家不接受。

梅厄夫人，您对巴勒斯坦难民就一点也不感到难过吗？
我当然会为他们感到难过。但是感到难过不等于负有责任：对巴勒斯坦人的责任并不在我们身上，而是在阿拉伯人身上。在以色列，我们接纳了约一百四十万阿拉伯国家的犹太

---

① 两次世界大战期间，捷克斯洛伐克境内邻近德国讲德语的居民所居住的地区。
② Dag Hammarskjöld（1905—1961），瑞典政治家，第二任联合国秘书长。

人，他们是从伊拉克、也门、埃及、叙利亚以及摩洛哥等北非国家来的。那些人来到这里时，大多数都身患疾病，缺乏谋生技能。比如说，从也门来到这里的七万犹太人中，没有任何一名医生，也没有护士，几乎所有的人都患有肺病。尽管如此，我们还是收留了他们，专门为他们修建了医院，给他们治病，让他们受教育，为他们提供清洁的住房，使他们成为农民、工人、医生、工程师、教师……从伊拉克来的十五万犹太人中，只有小部分是受过教育的人，而今天，他们的子女都进了大学。当然，我们与他们之间也存在问题，因为不是一切发光的东西都是金子。但是我们接受并帮助他们，这是事实。而阿拉伯人从来不为自己的人提供任何帮助，只是利用他们。

梅厄夫人，如果以色列同意巴勒斯坦难民回到这里来呢？
不可能。这二十年来，他们一直仇视我们，所以他们不可能再回到我们中间来了。他们的孩子没有在这片土地上出生，而是出生在难民营里。他们只知道，必须杀死以色列人，消灭以色列这个国家。我们在加沙的学校里看到的数学课本上，有这样的题目："共有五个以色列人，杀掉了三个，还剩多少个要去杀死？"看到他们给七八岁的儿童进行这样的教育，一切希望都化为泡影。哎，如果除了他们回到这片土地上，没有其他的方法解决问题，那就麻烦了！解决问题的办法是有的。当时约旦给他们公民权，并号召他们建设一个名叫约旦的国家时，就证明了这一点。是的，阿卜杜拉[①]

[①] Abdullah bin Abdul Aziz Al Saud（1924—2015），沙特阿拉伯前任国王、武装部队最高司令、政府首相兼国民卫队司令。

和侯赛因的做法要比埃及人的做法好得多。您知道吗？在约旦，曾经是由巴勒斯坦人来担任总理和外交部长。1922年巴以分治后，在约旦只有三十万贝都因人①，而巴勒斯坦难民却占多数。为什么他们不把约旦当做自己的国家呢，或许是因为……

梅厄夫人，因为他们不承认自己是约旦人。他们说他们是巴勒斯坦人，他们的家园在巴勒斯坦，而不在约旦。
　那么就必须明确"巴勒斯坦"这个词的含义。您应该记得，当巴勒斯坦是英国的托管地时，巴勒斯坦的国土是从地中海到伊拉克边境的这片土地。当时的巴勒斯坦包括约旦河两岸，甚至统治两岸的英联邦高级专员也是同一个人。后来，到了1922年，丘吉尔以约旦河为界，把巴勒斯坦分成东西两部分，东部叫外约旦，西部仍称巴勒斯坦。同一种人有了两个名字。侯赛因的祖父阿卜杜拉先得到了巴勒斯坦，后来又把外约旦拿到手中。我再重复一遍，他们始终是同一个民族，同一个巴勒斯坦。阿拉法特在消灭以色列以前，本应先消灭侯赛因。但是阿拉法特非常愚蠢，他甚至不知道在第一次世界大战结束时，如今的以色列并不是巴勒斯坦，而叫南叙利亚。后来……就演变成了如今的局势！如果要谈难民，我想指明一点，几个世纪以来，犹太人一直是承受最多苦难的难民！他们分散在不讲他们的语言、不信奉他们的宗教和不了解他们的风俗习惯的各个国家里……俄国、捷克、波

---

① 属于闪含语系民族，阿拉伯人的一支，是以氏族部落为基本单位在沙漠旷野过游牧生活的阿拉伯人。主要分布在西亚和北非广阔的沙漠和荒原地带。

兰、德国、法国、意大利、英国、阿拉伯和非洲……他们被圈在犹太人居住区，惨遭迫害和残杀。但是他们活下来了，作为一个民族，他们始终存在着，并且为建立一个国家又重新聚集在一起……

梅厄夫人，这正好是巴勒斯坦人所要求的，建立一个自己的国家。正因为如此，有些人说，他们应该在西岸建国。
其实我刚才已经向您解释过，居住在约旦河东西两岸的是同一个民族。我也已经向您解释过，他们以前叫巴勒斯坦人，后来叫约旦人。如今他们愿意叫巴勒斯坦人还是叫约旦人，跟我们毫无关系，这不是我需要操心的事情。我关心的是，在以色列同今天被称为约旦的那个地方之间，不会再出现另一个阿拉伯国家。在地中海和伊拉克边境之间，只能有两个国家：一个阿拉伯国家，一个犹太国家。如果我们同侯赛因签订了协议，同约旦划定了边界线，那么在边界线另一侧发生的事情就同以色列无关了。巴勒斯坦人与侯赛因之间，他们愿意怎样安排就怎样安排。他们愿意叫这个国家什么名字就叫什么名字，乐意建立什么样的政权就建立什么样的政权。重要的是，不要在我们和约旦之间诞生第三个阿拉伯国家。我们不愿意，也不能允许这样的事情诞生，因为一旦这样的国家被建立，将是用来对付我们的一把刀子。

梅厄夫人，我还想谈谈另一个话题。众所周知，人的理想总会有乌托邦的成分，在为理想而奋斗时，人会逐渐意识到这些脱离现实的东西。所以，您对如今的以色列感到满意吗？
我一直是一个讲真话的女人，所以我将诚实地回答您的问题。作为一个社会主义者，我对现状并不满意。我不能说如今的以色列就是我梦想中的以色列。我是一个信仰社会主义的犹太人，我很重视社会主义中的犹太成分。就这一点而言，以色列比我梦想的要好。为什么？对我来说，因为我意识到犹太复国主义是社会主义的一部分。我知道在这一点上，其他社会主义者会不同意我的观点，但我坚持这个观点。在这个问题上，我并不客观。我始终坚信，世界上存在两个巨大的不公正，一个是对非洲黑人的压迫，另一个是对犹太人的压迫。我认为，只有社会主义原则才能纠正这两种不公正现象。为犹太人建立一个公正的国家而奋斗是我的人生目标。简而言之，四五十年前，我根本不指望为犹太人建立主权国家。现在我们有了这样一个国家，我认为我们不应该过多地担心它的缺陷和不足。我们现在有了一个实现社会主义理想的立足点，这在过去只不过是一种幻想。这已经很不错了。当然，如果……

您不满意如今以色列的哪些问题？有哪些事情让您失望呢？
噢……我不认为，我们这些做梦的人，在开始时都预见到了自己将会遇到的困难。例如，我们没有预见到把那些在不同国家长大、几个世纪以来一直相互隔离的犹太人聚集在一起会产生的种种问题。他们是来自世界各地的犹太人，这正是我们想要的。但是，每个群体都有自己的语言，自己的文化，要把他们作为一个整体聚集起来，比人们在理论上想象的要困难得多。要把不同的人结合成一个人并不容易……冲突是不可避免的。这让我感到遗憾和失望。另外……您可能认为这很傻很天真。我曾以为，在一个犹太国家里，不会有其他社会罪恶，例如盗窃、谋杀和卖淫……我这么想是因为我认为我们的出发点是好的。在十五年前的以色列，几乎没有任何盗窃、谋杀或卖淫，而现在什么都有，所有罪行都……这让我很难过，它让我觉得更深切地渴望公正和平等，也让我发现一个更平等的社会仍然没有实现，这让我更加痛苦。

梅厄夫人，那您如今还像四十年前那样信仰社会主义吗？
基本上，还是没有改变的。我仍然坚持着我原来的政治信念。但说实话，人们应该从现实的角度来看待问题。人必须认识到，理想中的社会主义和实践中的社会主义是有很大区别的。所有参与组阁或独立执政的社会主义政党都不得不做出妥协。不仅如此，即使社会主义者在一些国家上台执政，国际社会主义也被削弱了。当我还是个小女孩的时候，当社会主义者还没有在任何国家执政的时候，国际社会主义是一回事，而现在却是另一回事。我的梦想，一个公正统一的社会主义世界的梦想，早已被打破了。国家利益高于国际利益，瑞典社会主义者以瑞典为先，英国社会主义者以英国为先，犹太社会主义者以犹太人为先……我在西班牙内战期间开始理解这一点。当时，许多国家都有社会主义者在执政，但他们都没有给西班牙社会主义者带来任何好处。

梅厄夫人，您讲的是哪一种社会主义？南尼说他更欣赏瑞典的社会主义，我想问您也如此吗？
当然了！一个人可以梦见任何事情，但只有在睡着的时候才

有可能做梦，但从梦中醒来时，就会发现梦和现实的共同点其实很少。对一个人来说，能够自由地生活和表达是不可或缺的……苏维埃俄国并不缺乏物质条件，也不无知，但那里的人却不敢表达，因为存在着特权阶层……在联合国，我也从来没有感觉到，社会主义国家的外交部长和反动国家的外交部长之间有什么区别。一年前，联合国通过了一项决议，指责我们是战争罪犯，因为当时许多国家在投票中弃权。而当我在维也纳会议上遇到我的社会主义同志时，我告诉他们："你们国家在投票中投了弃权票呢，但是，好吧！我将成为一名战犯。"你引用了彼特罗·南尼的话……南尼是另一回事。他是世界社会主义历史上的一个特殊篇章。也是当今世界上最了不起的人物之一。因为他是如此诚实，如此正派，充满了正义和爱心，如此勇敢地坚持着自己的信念！他是如此的诚实，是我最钦佩的人。我为有他这样的朋友感到骄傲。至于……当然，我对社会主义也有同样的感觉。

梅厄夫人，您知道我在听您讲话的过程中，产生了什么想法吗？我在问自己，这么多的苦难有没有使您变得愤世嫉俗，或者至少让您丧失了热情？
噢，不！我一点也没变得愤世嫉俗。我所经历的苦难，只是让我丢掉了幻想。例如，四五十年前，我曾经认为一个社会主义者应该是一个诚实的人，不会撒谎，而现在我知道，社会主义者和其他人一样是人，和其他人一样会撒谎，和其他人一样会做不诚实的事。当然，这很可悲，但绝不能导致对人的信任的丧失！它绝不能导致人们本质上是坏的结论。不，不会的！每当我初遇一个人时，我总是会把他看作是一个好人，而且我总是这样看他，直到得到相反的证据。即使我有相反的证据，我也不会断定这个人就是坏的，我只是说他对我不利。总之，我不怀疑人，我从不恶意揣测他们……我也不知道这是否说明我是一个乐观主义者。但在我这个年龄，做一个乐观的人真的很不容易。在我漫长的一生中，我确实见过很多坏事，也见过很多好事，很多很多……如果我仔细回顾我所遇到的许许多多的人，相信我，只有很少一部分人，会被我一票否决。

梅厄夫人，您有宗教信仰吗？

不，哦不！我从来没有信仰过宗教。我从小就没有宗教信仰。事实上，我待人的态度并不是来自宗教信仰，而是来自我对人的信任的本能，来自我对人类的不灭之爱。宗教……您知道吗，我的家庭是非常传统的，但并不信奉任何宗教。我家人里只有我的祖父有宗教信仰，那是很久以前，我们还住在俄国时候的事了。在美国……我们讲希伯来语，庆祝我们的节日，但我们很少去犹太会堂，只有在新年的时候陪我母亲去，而且只是去会堂里找个地方陪她坐坐。我只在犹太会堂做过一次祷告，那是在莫斯科。其实您知道我特别想让您意识到的是什么吗？那就是如果我一直待在俄国，也许我会成为一个信徒。

为什么？

因为在俄国，犹太教堂是犹太人唯一可以交谈的地方，而当我在1948年被任命为传教团团长去莫斯科时，您知道当时我是怎么做的吗？在我离开之前，我召集了和我一起的人，对他们说:"你们都拿着祈祷书,还有你们的方披肩和圆帽子,带着所有的东西。我可以肯定的是,我们只会在犹太教会中遇到犹太人"。真的,的确就是这样。当然,在第一个星期六,当地犹太社区的人都不知道我要去犹太会堂,所以那里只有大约两百人,也许更多一点。但在犹太新年和赎罪日,有成千上万的人。我从早到晚都在犹太会堂,当牧师读到赎罪日祷告的最后一句话"明年,在耶路撒冷"时,整个会堂都震动了。我是一个情绪冲动的女人,所以立刻跟着一起祈祷。事实上,在莫斯科说"明年,在耶路撒冷"这句话,与在布宜诺斯艾利斯或纽约说这些话的意义是不同的。从布宜诺斯艾利斯,或从纽约,人们可以简单地乘坐飞机前往那里。而在莫斯科,祈祷有特殊的意义。我祈祷:"上帝,让它发生吧!如果不是明年,那就再等几年。"是否有上帝,他是否听到我的祈祷?事情真的就这么发生了。

梅厄夫人,那您有没有感到您与俄国在感情上有什么联系吗?
不,一点也没有。我的许多成年后才离开俄罗斯的朋友,都觉得自己与俄罗斯,与这个国家的山和水,与它的文字和音乐有某种联系。但我没有时间和机会去接触和欣赏这些东西,因为我在八岁,很小的时候就离开了俄罗斯。我对俄罗斯只有一些不愉快的记忆。是的,可以说我在俄罗斯没有感受到任何一丝欢乐。我记得八岁之前的一切都很悲惨。屠杀犹太人的噩梦,哥萨克人[①]残酷地惩罚年轻的社会主义者,恐惧,

---

[①] 生活在东欧大草原(乌克兰、俄罗斯南部)的游牧社群,是俄罗斯和乌克兰民族内部具有独特历史和文化的一个地方性集团。

尖叫，这就是我从俄国带到美国的全部。你知道我生命中的第一个记忆是什么吗？我父亲曾经用钉子封住门窗，这样哥萨克人就不会进入我们的房子并屠杀我们……啊，锤子敲击木板上的钉子的声音！还有哥萨克人在街上的马蹄声！

梅厄夫人，您那时几岁？
我当时大约五六岁，但我对这一切都很清楚。我们住在基辅，有一天，我父亲离开基辅去了美国……我们当时非常穷，甚至不能填饱肚子。我父亲以为他会去美国待上一两年，攒点钱，然后再回来。因为对犹太人来说，20世纪初的美国是一个银行，遍地黄金，能够去那里是一个重大的机遇。正是带着这种对未来的憧憬，我父亲离开了基辅。由于没有工作的犹太人不能在基辅生活，所以当我父亲离开时，我们也不得不和他一起离开。于是我和母亲、一个姐姐和一个妹妹搬到了平斯克①。我们在那里一直待到1905年，当时沙皇的残酷行为达到了顶点。事实上，1905年的宪法是一个肮脏的谎言，是围捕、逮捕社会主义者的伎俩。我的姐姐比我大九岁，她加入了社会主义运动。由于她的政治活动，她经常很晚才回家。我母亲对此非常担心。在我们家附近有一个警察局，被捕的社会主义青年……经常受到折磨，每天晚上都能听到他们的惨叫声！妈妈总是说："是她！是她！"她似乎也听到了我姐姐的声音。啊，当我父亲来信要求我们去美国时，我们是多么高兴啊！我的父亲在信中要求我们去美国。因为在美国生活会非常好。

---

① 位于白俄罗斯西南布列斯特州普里皮亚季河畔。是一个小型的工业中心，也是当地重要的河港。

那您对美国很有感情，是吗？
没错，这不仅是因为我在美国长大，在美国生活到将近二十岁，在美国受了教育，而且也因为……我在美国才消除了在平斯克和基辅的恐惧心理。对我来说，美国和俄国有什么不同呢？当我们移居美国时，我才八岁多一点，姐姐十七岁，妹妹四岁半。我父亲找到了工作，加入了工会。他为参加工会感到自豪。两个月后，劳动节到了，他对我母亲说："今天将举行游行。如果你们去某条街，就能在队伍中看到我和我们工会的朋友们。"母亲带我们去了。当我们在那里等待游行队伍时，骑警也来了。他们为游行队伍开道。我说清楚了吗？但是我四岁半的小妹妹不明白这一点，当她看见骑警时，她颤抖了，喊道："哥萨克人！哥萨克人！"我们只好把她带走了。父亲本来希望我们能亲眼看见他同他的工会朋友一起游行的情景，我们终于没能满足他的愿望。回来以后，我妹妹生病了，接连几天发高烧，并且不断地惊叫着："哥萨克人！哥萨克人！"总而言之，据我所知，在美国，骑在马上的人保护劳动者的队伍；而在俄国，骑在马上的人却屠杀年轻的社会主义者和犹太人。

梅厄夫人，也不完全是这样，总之……
啊，听我说。美国是一个很大的国家，那里确实存在着许多恶行，许多不平等。五十年前，或者说一百年前，黑人的问题没有得到解决，这是一个巨大的悲剧。但美国仍然是一个伟大的国家，一个充满机会和自由的国家！人们可以说他们想说的，写他们想写的，反对政府和掌权者。你认为这不算

什么吗？也许我并不客观。但我对美国心存感激！我对美国有很多的爱，这样可以吗？

可以的。现在，让我们来聊聊果尔达·梅厄本人吧。让我们来谈谈这位被本-古里安称为"政府中唯一的男人"的女人，好吗？

这是关于我的种种传说之一。尽管说这种话的人是为了恭维我，但它使我感到恼火。这是恭维吗？我认为不是。这到底是什么意思呢？就是说男人要比女人强，而我根本不同意这种观点。我想这样反问那些恭维我的人：如果本-古里安说"我的政府里的男人像女人那样能干"呢？男人们总是自认为胜过女人。我永远不会忘记1930年代，我们在纽约召开党代会时发生的一件事情。当时我在会上讲了话。会场上有一位作家，是我的朋友，他是一个善良的人，很有教养，很有学问。在我讲完话后，他走到我面前，对我说："好极了！你的讲话真了不起！何况你还是一个女人！"他就是这么说的，说得这样自然和不加思考。好在对这些事情我只是一笑了之……

梅厄夫人，妇女解放运动的女士们会对您的回答感到欣慰。

您指的是那些烧掉胸罩，把衣服穿得乱七八糟，厌恶男性的疯子吗？那些人都是疯子，她们疯了。她们怎么能接受"怀孕是一件坏事、生孩子是一场灾难"这样的观念呢？特别是，当我们了解到，那是我们女性比男性更享受的特权之一时，还怎么能接受她们的观点呢？！女权主义……我想说：我在第一次世界大战期间，开始了我的政治生涯，当时我只有十六七岁，我从来没有成为任何妇女组织的成员。当我加入犹太民族复兴主义劳动组织时，里面只有两名妇女。我的战友中百分之九十以上是男性。我一生都在男人中间生活和工作。但是，我是一个女人的事实从未——我是说从未——成为我的障碍，它从未让我感到不舒服，从未让我感到自卑。男人总是对我很好。

您的意思是，与女人比，您更喜欢男人？
不是的，我想说的是，我并没有因为身为女人而受男人的气。我想说的是，男人们虽没有优待我，但也没给我制造困难。但我是幸运的，不是所有的女人都具有与我同样的经历。但无论如何，我个人的经历不能证明那些疯女人是有道理的。我只同意她们的一个观点：女人必须比男人能干得多才有可能取得成功，无论是从事某一种职业，还是献身于政治，都是如此。在我们的议会里，女性很少，这点使我很不安。但我可以向您保证，这些女人一点都不比男人差，相反，她们常常比他们能干得多。因此，这个社会对女性还有这么多限制和不公正，是不可思议的。比如说，在准备候选人名单时，只限于考虑男人。但这都是男性的过错吗？难道女性自己对此一点责任也没有吗？

梅厄夫人，您刚才说一个女人要取得成功，就必须比男人能干得多。这是否意味着，做女人要比做男人更难？
是的，当然是这样。做女人更困难，更累，要求更高。这不一定是男人的错，我认为这是出于生理原因。事实是，生孩子是女人的工作，养育孩子也是女人的工作。做女人，不仅要生孩子，养孩子……还要工作，做一些……唉，这很难。的确很难。在这方面，我有很多个人经验。当我在外面工作时，经常要考虑留在家里的孩子，而当我在家里时，则要考虑我在家里负责的工作。这不可避免地增加了精神负担，使人坐立不安。除非，一个女性生活在一个集体农场，那里的生活是围绕着同时工作和生孩子的需要来安排的。但如果不是生活在这样的农场里，那就不得不努力工作，把自己一分为二，忍受苦难……所有这些都将不可避免地反映在家庭的结构中。特别是当你的丈夫与你非常不同，不是同一种"社会动物"时，一个到处活动、不满足于只当一个家庭主妇的妻子会让他感到不满……随之，冲突必将发生，甚至可能导致家庭的解体，就像我那样。是的，我为了获得今天的成就付出了代价。

梅厄夫人，具体是哪些代价呢？
具体的代价就是……痛苦！我的孩子的童年因为我而充满痛苦。我经常扔下他们，无法给他们应有的陪伴，尽管我知道作为母亲，我应当在他们的成长过程中给予他们应有的陪伴，我也希望自己那样做。每次当我头痛难忍，没办法去上班时，我的孩子们是那样高兴，他们高兴得手舞足蹈，欢呼着："妈妈待在家里啦！妈妈头痛啦！"如今，萨拉和梅纳希姆已经长大成人，他们自己也有了子女，我仍然感到很对不起他们。但是，我得老老实实地说，我曾问自己："果尔达，你不为自己这样对待他们感到内疚吗？"不，因为我虽然给他们带来了痛苦，但也使他们的生活更有意义，而不像一般人的生活那样平庸。我的意思是，他们不仅是在家庭这个小空间中长大的，他们也认识到了重要的人物，参与了重大问题的讨论，参加重要的活动。如果您跟他们谈话，他们也会肯定这个事实。他们会对您说："是的，妈妈太不关心我们了。她经常不在家，她的那些政治活动、她对我们漫不经心的态度，都使我们感到痛苦。但是我们并不抱怨她，因为她也给了我们许多别人的妈妈不能给的东西！"您知道吗，有一件事使我感到非常自豪……那是在1948年我们抗击英国人期间，参加抗英团体的年轻人晚上到街上去张贴传单，我女儿也一起去了，但她不知道传单是我写的。一天，她对我说："妈妈，今天晚上我要晚一点回来，也许不回来。""为什么？"我吃了一惊，问道。"妈妈，我不能告诉你。"说着，她夹了一包东西走了。没有任何人比我更清楚那包东西是什么，晚上出去张贴传单意味着什么。为了等萨拉，也由于担心她会出事，我一夜没有合眼，但同时我为她的行动而感到自豪！

梅厄夫人，对您的丈夫，您是否也像对孩子们那样感到内疚呢？
我们不谈这个……我不想谈他……我从来不谈他……好吧，让我试着谈谈吧。我的丈夫是一个非常正派的人。他有学问、性情温存、善良。他各方面都很好，但他只关心家庭、音乐和书籍。虽然也关注社会问题，但他对家庭的关心超过了对社会问题的兴趣。我与他截然相反：只有家庭的幸福，对我来说是不够的，我必须要有事业！否则我会觉得感到不安，会陷入忧郁和苦闷之中……我十五岁时认识我的丈夫，我们很快就结了婚。从他那里我学到了很多好的东西，音乐和诗歌。但是,我天生不是只满足于音乐、诗歌和……他要求我待在家里,放弃政治生活。而我总是不在家,总是在外面搞政治。当然我对他也感到内疚……我也使他忍受了很多痛苦。他到以色列来,是因为我要来。他到农庄去,是因为我要去。他过着一种他难以适应的生活,是因为我需要这种生活……这是一场悲剧,一场大悲剧。因为,他是一个非常好的人,如果他同一个与我不同的女人结合一定会很幸福。

您是否曾为了满足他的需求,为了让他幸福,而作过努力呢?

为了他,我做出了我一生中最大的牺牲,我为他放弃了农庄生活。要知道,以色列的农庄是我最爱的事物。我喜欢农庄里的一切:体力劳动,同志间的感情,艰苦的生活。我们居住的农庄在杰斯黎尔山谷,起初那里只有沼泽和沙子,但是很快就变成了种满橘子树和各种果树的花园。只要看看这些,我就高兴,想要在那里生活一辈子,可是他无法忍受。无论是思想上还是体力上,他都无法适应。他不习惯与别人在同一张桌子上吃饭,他的身体无法适应沉重的劳动和那里的气候,他也不愿意作为集体中的一分子。他的个性太强、太内向、太脆弱。他病了……我们不得不离开那里,回到城市,回到特拉维夫。直到今天,这件事还像针一样刺痛着我。对我来说,牺牲太大了。但是我忍受了,因为我以为回到城里,我们的家庭会变得平静和融洽些,但结果不是这样。1938年,我们分居了。他于1951年去世。

他不为您感到骄傲吗?至少在最后几年里。

我不知道……我想不会吧。我没有去注意他最后几年里在想些什么。他总是沉默寡言,所以没有人知道他的想法。总之,他的悲剧并不在于不了解我(他非常了解我),而在于他太了解我,以至于认识到自己无法改变我。他知道我没有别的选择,我必然会成为这样一个人,但是他不愿意面对,就是这么回事。谁知道呢,或许他是对的。

梅厄夫人,那您没有考虑过离婚吗?在他去世后,您也没有考虑过再结婚?
噢,没有过!从来没有!我从没有过这种念头。从来没有过!我始终认为,我仍然是他的妻子!我们分居后仍然会保持联系。他有时会来办公室看我……也许您不明白一个重要的东西,那就是尽管我和他是如此不同,不能在一起生活,可是我们之间一直存在着爱情。我们的爱情是伟大的,它从我们相识的第一天开始,一直延续到他逝世。这样的爱情是不能代替的。

那您是否很讲贞节?就是人们所说的……是清教徒式的,讲究伦理道德?
就像我前面说过的那样,我一直生活在男人中间。但是我从来不允许任何男人在我面前谈论淫秽的事情或表现轻佻。您知道这是为什么吗?因为我坚持这样的信条:如果他们给我一杯水,那么水必须是干净的,否则我就不喝。我喜欢干净的东西,这是我的天性。我的一个好朋友曾对我说:"果尔达,不要这样严厉。不存在道德上的区别,而只有美和丑的不同。"我想这位朋友也许是对的。而且,不仅如此,我还认为，同一种事物，可能是美的，也可以是丑的，因人而异。但是……我不知道如何解释……但也许这可以作为佐证：爱情永远是美好的，而与妓女做爱却是丑恶的。

大家还认为您很强硬，不让步……
我强硬吗？我不这么认为。对待某些政治问题，我的确是强硬的，我不打算让步，这一点我坚定不移。我对以色列有信心，在以色列问题上我不让步，的确是这样。是的，就这个含义来说，决不让步这个词是适用于我的。但是在其他方面，在私人生活中，也就是在待人接物方面……明眼人都不会认为我是一个强硬的人。我或许会是您见到的最通情达理的人。因而还有很多人指责我用感情而不是用理智来搞政治，这并非偶然。但是如果这是事实，那将会怎么样？我想不会有什么坏处，相反会有好处。我一向为那些害怕流露感情、隐瞒自己的想法和不懂得哭的人感到难过。因为不会失声痛哭的人，也不会纵情欢笑。

那您哭过吗？
我哭过吗！怎么会没哭过呢！如果您问我："果尔达，您一生中的笑和哭，哪样更多些？"我会回答您说："我相信，我笑的时候比哭的时候多。"除了我家庭的不幸外，我的一生是很幸运的。我认识了很多很好的人，特别是在以色列度过的五十年中，我结交了这么多有趣的朋友，我的身边一直不乏那些具有极高思想高度的高尚之辈，同时我也一直得到人们的器重和爱戴。除了幸运以外，我还能要求什么呢？如果我不会笑的话，那我就是一个真正的不知足的人。

对一位被誉为以色列的象征的女人，这不是件坏事。

以色列的象征？什么象征呀！您是和我开玩笑吧？您难道不认识那些真正象征以色列的伟大人物吗？他们才是以色列的缔造者，是他们影响了我。在他们当中，现在只有本-古里安还在世。我以我的儿孙的名义起誓，我从未认为我可跻身于本-古里安和卡茨纳尔逊①等伟人之列。我又没有失去理智！是的，我做了我所能做的一切。但这不等于说，如果没有我所做的事情，以色列就不会有今天。

那么人们为什么说，只有您才能使这个国家团结起来？
胡说八道！告诉您一个事实，您就会相信我的话。1969年艾希科尔去世后，为了了解他的可能的继承人为公众接受的程度，曾进行过一次民意调查。您知道有多少人表示支持我？只有百分之一，或者说是百分之一点五。没错，这个数据与当时我们的党处在危机中，我作为外交部长受到危机波及不无关系。但是，仅仅百分之一、百分之一点五啊！一个三年前还那样不得人心的女人，今天会成为一个使国家团结起来的人吗？请相信我，国家是靠它自己团结起来的，它并不一定需要一个叫果尔达·梅厄的总理。如果这个国家的年轻人说："别再战斗了，别再打仗了，我们投降吧。"那么，任何一个果尔达·梅厄是不能有所作为的。如果贝特谢安集体农庄的人们说："别再在巴勒斯坦游击队的枪口下生活

---

① 此处应指 Berl Katzenelson（1887—1944），劳工锡安主义（Labor Zionism）的提出者之一，也是最早的劳工报纸《文字报》（*Davar*）的编辑。

了,别再睡在隐蔽所里了,我们走吧。"那么,任何一个果尔达·梅厄同样也不能有所作为。何况,果尔达·梅厄掌握国家大权只是一个偶然事件。艾希科尔逝世了,需要有人接替他。党认为她有可能胜任,因为她被各派力量所接受……没有任何其他原因。事实上,我根本不愿接受,我宁愿退出政坛,我感到疲惫不堪。您可以去问我的儿孙们。

梅厄夫人,请您别对我说,您从未意识到自己的成就!
我意识到了这一点!所以我并不会疯狂地想要出人头地,也不为自卑的煎熬而折磨。当我否认自己是以色列的象征和民族团结的保障者时,我并不认为自己是一个失败者!当然,我不可能一直完美,但我也不认为,我的政治生涯是失败的,无论是作为劳工部长、外交部长、党委书记还是政府首脑。我承认,我认为女性可以成为非常好的行政长官,非常好的国家元首。不过上帝啊,我要是一个男人,我一定也可以做得很好……我也不知道,我也无法证明这一点。因为我从来没有当过男人……不过在我看来,女人其实比男人更有条件从事这个职业。男人善于看清事物的本质,并抓住问题的核心。而女人更实际,更现实,不像男人那样只说不做,不切实际。

但是,您的话使人隐约地感到,您对自己并不满意。所以您对自己满意吗,梅厄夫人?
哪一个有自知之明的人会对自己特别满意呢?我不满意我自己,是因为我对自己太了解了。我非常明白,我没有成为我所希望成为的那种人。这么解释吧,要了解我所希望成为的人，我告诉您我最喜欢的人是谁，那就是我的女儿，萨拉。她是那样的善良、聪明、正直。她敢于坚持自己的信念，也勇于表明自己的观点。她从来不屈服，不屈服于多数。但我不能用同样的语言来形容我自己。一个人要是从事我这种职业，就不得不经常妥协，就无法百分之百地忠于自己的理想。当然，妥协是有限度的，我也不能说自己一直在作妥协，但是我所作的妥协是够多的了。这让人很不满，也因为这一点，我总是渴望退休。

您真的要退休？
我可以向您保证。到明年的五月份，我就七十五岁了，我老了，常常感到精疲力竭。我的身体状况基本上还不错，我的心脏还很好，但是我不能永远这样发疯似的工作下去。我不知道对自己说过多少次了：让这一切见鬼去吧，让一切的一切都见鬼去吧，我已经尽了我的责任，现在轮到其他人了。够了，够了，真的够了！总有一天，我会拂袖而去，不通知任何人就这么转身走掉。我之所以至今仍坚守在这里，没有其他原因，完全是出于责任。而且我也不能把一切置之度外！是的，很多人不相信我会退休。他们应该相信的。我还可以宣布我将退休的日期：1973年10月。1973年10月将要举行选举。等选举一结束，就再见了。

我不相信，大家都说您会改变主意的，因为您不是一个能让自己闲着的人。
这样说吧，人们其实忽略了我身上的另一个特点，我生来是个懒女人。我不是那种每一分钟都需要安排工作的女人，那样我也会生病。我喜欢坐在那里什么也不做，坐在扶手椅上，或者做一些无关紧要的事情来取乐，比如整理房间，熨烫衣服，准备一些吃的……我很擅长做饭，我是个相当能干的家庭主妇。我母亲常说："你为什么要去上学呢？你做家庭主妇最合适了！"我也喜欢睡觉。啊，我可太喜欢睡觉了！我喜欢和人们在一起聊天，让演讲和政治演说见鬼去吧！我喜欢去剧院，我喜欢去电影院，没有警卫跟着我，自己一个人。当我想去电影院的时候，派一整队以色列士兵跟着我去，有什么意义呢？这叫生活吗？多年来，我不能做我想做的事，无论是睡觉、说话还是无所事事地坐着！我总是被束缚在工作中，每半小时告诉我必须做什么，说什么。啊！还有我的家人。我不喜欢我的孙子们说："我的祖母对她的孩子不好，不关心他们；现在她对我们也不好，不关心我们。"现在我是一位祖母，但我的寿命已经不长了。我计划在接下来的几年里与我的孩子和孙子们在一起。我还计划在书中度过我的余生。我的图书馆里有很多我以前从未读过的书。每天凌晨两点当我上床睡觉时，我总是拿起一本书，试着读上一会儿。但不到两分钟我就睡着了，书掉在了地上。最后，我希望能随时去莎拉的农场。去一个星期，去一个月，而不是在星期五匆匆赶去，星期六再赶回来。我应该成为时间的主人，而不是时间的奴隶。

所以说，您不畏惧衰老。
是的，我从不害怕变老。当我知道我可以改变一些事情时，我就会像旋风一样积极，而且我几乎总是能达到目的。但是，当我知道我对某件事情无能为力时，我就任由它发生。

我永远不会忘记我第一次坐飞机的情景。那是1929年，我正从洛杉矶飞往西雅图。当然，是为了工作，而不是为了去游玩。我上了飞机，起飞时，我想："胡闹，我怎么在天上飞呢！"但我很快就平静下来了。害怕有什么用？还有一次，我和一个朋友在从纽约到旧金山的飞机上，有一场可怕的风暴即将来临。飞机颠簸得厉害，我的朋友哭得像个孩子。我告诉他："别哭了，你为什么要哭，哭有什么用？"所以亲爱的，衰老就像飞机在暴雨中颠簸。既然你已经遇到了，就没有别的办法了。你不能避免坐飞机，你不能阻止风暴，所以你也不能阻止时间的流逝。既然你不能阻止风暴，不能阻止时间的流逝，所以你最好是明智地对待它。

这种对待时间的理智，会让您对年轻人更加苛刻吗？
听我说，如果你意识不到，年轻一代的思维方式与老一代不同，也意识不到这才是正确的发展规律，那么你就是不理智的。如果每一代人都是上一代人的翻版，那将是多么无聊，世界将无法向前发展。我欣然接受年轻一代与我们不同。我谴责他们自以为是的说法，说什么"你们做的一切都是错的，我们必须重新开始"。好吧，如果他们比我们做得更好，我很高兴，而事实上，他们可能比我们的老一辈做得更好，也可能更差。时间和年岁不是衡量善恶的标准！我认识反动、自私的年轻人，我也认识是慷慨的、进步的老年人。另一方面，我想要批判青年人的是他们对外国事物的模仿倾向。他们时髦的服装让我眼花缭乱。为什么要听那些不是音乐、只能让你偏头痛的声音？为什么留长发穿短裙？我讨厌时尚，我一直都不喜欢它。时尚是强加在人们身上的东西，剥夺了他们的自由。巴黎有人莫名其妙地决定，所有女人都要穿超短裙，所以她们都穿超短裙，不管是长腿、短腿、细腿、粗腿、丑腿……如果他们是年轻人，那还好说，但即使是那些五十岁的人也会这样做，这让我很生气。你见过那些留着长鬈发的老人吗？

事实上，您那一代人是英勇的人，而今天这一代人……
如今的这一代人也是英勇的一代，就像我的孩子们一样。当我见到如今这些四十五到五十岁的人的时候，他们也已经打了二三十年的仗了……所以您知道吗？如今的年轻人也是勇敢的一代。至少在以色列是这样。当我想到，他们十八岁就当兵了，在这里当兵不仅仅是演习，还要上战场，想到这里我的心都碎了……当我见到那些高中生，想到他们会因为萨达特之辈的肆意妄为就要离开学校、上前线杀敌，心里有说不出的难受。但每到那个时候，我都会显得对他们失去耐心，甚至和他们争论起来。但五分钟后，我对自己说："果尔达，一个月后，他们可能就在前线了。不要对他们不耐烦。就由着他们这般狂妄自大吧。让他们有着自己的心意，留长发、穿短裙吧。"上周我去了北方的一个农场，办公室里闹哄哄的，大家对我说："这么大老远跑过来？这也太累了吧，你疯了吗？"但是，您知道我为什么去吗？因为我的一个老战友的孙女要在那儿结婚了，而他的另外两个孙子在六日战争中牺牲了。

梅厄夫人，您杀过人吗？
没有……当然我学过开枪，但我从来没有打死过人。我这样说心里并不轻松,因为杀人与作出派人去杀人的决定,这两件事没有任何区别,完全是一回事,也许更糟。

您怎么看待死亡?
我可以直接回答您:我唯一害怕的是活得太长。您知道吗,老年既不是一种遗憾,也不是一种乐趣。作为老年人有许多不便之处,如不能跑上楼梯,不能跑不能跳……当然,其中一些不便比较容易让人适应,因为只是身体的不便。最可怕的是头脑变得不清楚,这让你意识到自己的衰老。我知道,有的人死得太早,这让我很难过;我也知道有的人死得太晚,这也让我很难过。对我来说,看到一个人的智力逐渐消失,是对他尊严的伤害。我希望这不会发生在我身上,我希望我死的时候头脑仍然清醒。是的,我唯一担心的是活得太长。

英迪拉·甘地

这是一位不可思议的女性：她统治着近五亿人口，在一场美国和中国反对的战争中[①]取得了胜利；她以民主方式当选总理一职，据说没有人能够将她赶下台；她有望继续担任印度总理二十年，甚至终身如此，因为她刚满五十岁。她是我们这个时代，唯一真正的女王，或者是否可以说她是这个缺乏女王的时代里，为数不多的伟大女性之一？仔细看看那些掌握着世界命运的领导人，除了两三个人之外，都是不光彩的平庸之辈。相比之下，英迪拉·甘地[②]像是一匹战无不胜的骏马，她已经习惯了这种顺境。难道她从来没有经历过挫折吗？

完全了解她是一项艰巨的任务。试图用单一的颜色或外表来描绘她的性格也是不太可能会实现的事情，因为构成她

[①] 此处指1971年（第三次）印巴战争，印度成功地支持东巴基斯坦人的独立诉求，战争的结果是巴基斯坦在战争中失去了一半的人口、三分之一的陆军，且印度成功地在外交上孤立了巴基斯坦，在联合国阻止了有利于巴基斯坦的停火提案。英迪拉·甘地还强硬地拒绝了尼克松总统要求双方停火、撤军的建议。

[②] Indira Priyadarshini Gandhi（1917—1984），原名英迪拉·普里雅达希尼·尼赫鲁，印度政治家，两届印度总理，印度首任总理贾瓦哈拉尔·尼赫鲁的女儿。1984年10月31日遇刺身亡。印度政府武装镇压锡克教极端分子是其被杀害的直接原因。

性格的元素太多、太杂。许多人鄙视她，称她傲慢、愤世嫉俗、野心勃勃、冷酷无情，指责她思想姿态暧昧、两面三刀、煽风点火。但也有很多人喜欢她，甚至爱她，说她坚强、勇敢、慷慨、有天赋，并称赞她敏感、公正、诚实。男人往往不喜欢她，而喜欢她的主要是女人。事实上，在印度男人很难接受"她穿长裤特别好看"的这种说法，然而女人不可能不为她的伟大胜利感到欣慰和赞叹，她的存在否定了每一个为父权制和男性统治辩护的陈词滥调。谁是正确的，谁是错误的？也许双方都是对的。正如历史上的一些伟大人物一样，即使在他们死后，人们仍然以非常不同的方式对他们进行评价。无论如何，统治一个国家，特别是像印度这样斗争激烈而复杂的国家，并不需要一个圣人。无论亨利·基辛格（Henry Kissinger）说什么（智力不足以使一个人成为国家元首，国家元首需要的是胆识、勇气和狡猾），要统治像印度这样的国家，你必须有智慧。她确实不是一个圣人，因为她知道如何享受生活中的所有乐趣。但她是个聪明人，例如我采访她时她就证明了这一点，采访她比见她要容易得多。这并不是说见到她很容易，而是因为一旦她同意与你见面，她就能令人难以置信地表现出平易近人的姿态。无需别人的恳求，她便滔滔不绝地说起来。她甚至回答了那些她本来不可能回答或不应该回答的问题。在实在无法正面回答的情况下，为了回避问题，她只简单地对问题给予肯定或否定，就像一个神圣的使者在传递一个深刻而神圣的信息。我指的是政治话题，但她在个人问题上完全不设防，没有任何隐瞒。她通过她那深情、抑扬、悦耳的声音把自己和盘托出。她的相貌也是动人的。她有一双淡褐色略带忧伤的美丽眼睛，脸上挂着一丝奇妙的高深莫测的、能引起人们好奇的微笑。她那鬈曲的黑发左侧夹着一绺奇特的灰发，犹如一支银色的光束闪闪发亮。就是这一点，她也不与任何人相像。她身材苗条又矮小。她只穿印度妇女穿的纱丽，外面套着一件西式小毛衣。她身上有很多西方的影子，虽然有时她似乎在遵循古代的教义，让她突然就变成了一个现代的思想家。注意她如何回答我关于宗教的问题。作为世界上最虔诚的民族之一的领导人，说自己不相信上帝，而是相信人，这需要很大的勇气。

在听她说话时，必须牢记她不是一个普通的女人，她是贾瓦哈拉尔·尼赫鲁（Jawaharlal Nehru）①的女儿，后来又是圣雄甘地的信徒。这是两位敢于向英帝国挑战并使它开始衰落的传奇人物。她在他们的影响下成长起来，得到锤炼，并不断成熟。如果说如今尼赫鲁作为英迪拉的父亲被提及，那么，过去英迪拉则是作为尼赫鲁的女儿为人所知。如果说今天甘地的名字与英迪拉的姓混淆不清（她使用的是丈夫的姓，而她的丈夫并不是甘地的亲戚），那么过去英迪拉的名望还应归功于她姓甘地。无论昨天还是今天，她都是属于特殊条件下的特殊人物，她所在的尼赫鲁家族已有几代人都在政坛上活跃。她的祖父是她所属的国大党的创建人之一，父母亲是该党执委会成员，还有她的姑妈拉克希米·维贾雅·潘迪特（Vijaya Lakshmi Pandit）②，是唯一曾应邀主持联合国会议的女人。英迪拉童年时不仅捋过圣雄的胡须，还

---

① Jawaharlal Nehru（1889—1964），印度开国总理。
② Vijaya Lakshmi Pandit（1900—1990），尼赫鲁总理的妹妹、印度外交家，1940年到1942年任印度妇女协会主席和国际妇女联盟副主席。

有所有创建印度的重要人物的胡须。争取独立的斗争是她亲眼目睹的，警察深夜叩门逮捕人是生活的第一课。之后再有客人来访，就由她打开门对他们说："很抱歉，家里没有人。爸爸、妈妈、爷爷、奶奶、姑姑都在监狱里。"也正因为如此，八岁时，她被送往瑞士读书。十三岁那年她重返印度，接着建立了一个小游击队员的组织，取名"猴子大队"。六千多个小朋友们在她的领导下当传令兵，有时还袭击英国军营。下面是当年尼赫鲁从监狱中给她的信："我的月亮，你还记得你曾深深地被圣女贞德所吸引，并希望自己能像她那样吗？在印度，我们正在创造圣女贞德时代的历史。我和你能生活在这个时代是很幸运的……"如今这些信已经被编入了教科书。

她也曾在监狱中服刑，在那里度过了十三个月，而根据特别法庭的判决，她本应在那里服刑七年。跟她一起进监狱的还有她的丈夫：在牛津大学萨默维尔学院上学时，她加入了工党，结识了一位孟买的年轻律师，名叫费罗兹·甘地（Ferozi Gandhi），他也是一个热衷于搞政治的人。1942年2月，他们在德里举行了婚礼。六个月后，英国当局以颠覆罪的罪名逮捕了他们。这是他们婚姻出现问题的开始，当然也是厄运的开始。1947年尼赫鲁当上了总理，英迪拉基本上和她的父亲生活在一起，她的父亲已经失去了配偶，但需要一个女人在他身边。费罗兹·甘地始终没有接受她的选择，直到1960年因心肌梗塞而死去。但是他没有能说服她，有人说，这其中的原因还有费罗兹对别的女人过分献殷勤，让英迪拉感到不满。十七年中，英迪拉更多地跟父亲在一起，并没有怎么与她的丈夫相处。人们称她为"印度第一夫人""民族的女儿"。她和她的父亲一起外出访问，接见国家元首，召集会议。1956年她进入了国大党的执委会，1958年成为该党的主席。这以后，她把那些她自幼年起就尊敬的人物从党内清洗出去。1964年当尼赫鲁去世时，出现了不可避免地由她接替总理职务的局面。1964年选举时，她以355票赞成169票反对的票数获胜。1970年选举时，她取得了更大的胜利。她的政治经历与果尔达·梅厄的政治经历有不少共同点，和梅厄一样，她也是通过参加政党活动上台执政的。但果尔达与英迪拉的共同点还不止这些：果尔达的婚姻也是不美满的，果尔达也为了政治生活牺牲了自己所爱的许多事物，也曾结过婚，生过两个孩子。她们的生活恰恰证明，一个有才能的女性既要实现事业上的抱负，又要保住家庭生活的美满，是多么的艰难，不仅是艰难，甚至到了非此即彼的地步。荒谬的是，女性所遭受的这种不如意和不公正，在这两位身处金字塔尖的女性身上一览无余。男性在不放弃家庭和爱情的情况下可以发挥自己的才能，而女性却不能，这是很可悲和痛苦的。对女性来说，这两者仿佛鱼与熊掌，不可兼得。

英迪拉·甘地的办公室位于政府大厦，我在那里同她会面。这也是当年她父亲的办公室：一间宽敞朴素、光线不太充足的屋子。她身材娇小，坐在一张陈设简单的写字台后面。我进去时，她迎着我站了起来，跟我握手，然后又坐下，没有任何开场白，只是凝视着我，她的眼神仿佛是在对我说："快提第一个问题，别浪费时间，我可不能浪费时间。"开始时，她仔仔细细地回答着问题，过了不久，她就像打开话匣子似的，谈话在互有好感的气氛中进行得很顺利。我们在一起谈了两个多小时。采访结束时，她和我一起走出办公室，她一直把我送上了出租车。经过走廊和走下楼梯时,她一直挽着我的手臂,好像我是她的老相识似的。她一面跟我说这说那,一面漫不经心地回答着官员们对她的致意。那天她似乎有点累了,我突然冒出一句:"说到底,我并不羡慕你,我并不想坐到你的位置上。"她对我说:"问题并不在于我有哪些问题,而是在我的周围有哪些白痴。"过了两天,我发现采访还有些遗漏,希望再见她一面。没有经过任何繁文缛节,我就到了她的家里。她的家是一栋简朴的小别墅,她与儿子拉吉夫和桑贾伊一起住在这里。在家时,她比谁都平易近人。通过她早晨接见那些找她请愿、抗议和向她献花的人这件事能看出这一点。我按了门铃,她的秘书出来开门。我问她,总理能否再给我半小时的时间,秘书回答说:"我们试试看。"于是转身就进去了。当她出来时,英迪拉也一起走出来了。"请进,请坐。咱们喝杯茶吧!"就这样,我们坐在面朝花园的客厅里又谈了一小时。除了回答我的问题外,她还告诉我,她的大儿子拉吉夫跟一个意大利女人结了婚,在印度航空公司当飞行员。二儿子桑贾伊是汽车设计师,还是个单身汉。最后她又叫来了正在草坪上玩耍的皮肤黝黑的漂亮小男孩。她一边温柔地拥抱他,一边低声地说:"他是我的孙子,是这个世界上我最爱的人。"看着这样一位强有力的女人拥抱一个小男孩,会让人产生一种奇特的感觉,让人更加深切地感到刚才讨论过的,女性事业与家庭难以两全的矛盾。

我对英迪拉的报道引起了巨大反响。听说布托[①]读了我

---

① Zulfikar Ali Bhutto(1928—1979),巴基斯坦人民党创始人,曾先后担任过巴基斯坦总统(1971年12月—1973年8月)、巴基斯坦总理(1973年8月—1977年7月)。

们的访谈之后很生气，出于妒忌，他让我也到他那里去采访他。我后来的确去了，所以之后在关于布托的访谈中再细细道来。那只是历史中的一个小插曲，事实上，最重要的情节是英迪拉的下台。这来得很突然，正当这位不可思议的女性深信自己在当今这个个体已起不了决定作用的时代仍能发号施令的时候，她突然就垮台了。像踩到香蕉皮滑倒一样，不可避免地倒下。

奥里亚娜·法拉奇：甘地夫人，我有许多问题想要问您，有涉及您个人的，也有关于政治的。关于您个人的问题我后面再提，等我弄明白了为什么许多人害怕您，说您对人冷淡，甚至冷酷、难相处后，再来问您。

英迪拉·甘地：他们这样说是因为我很直率，过分的直率。因为我不会在闲聊上浪费时间，不像印度人通常那样，让碰面的头半个小时在问候声中白白流逝：你好吗？孩子们怎么样了？孙子们怎么样了？诸如此类。我不想说这些亲昵的话语，但即使我们互相问候，也应该是在我们工作结束之后。但是在印度，我的这种做法总是行不通的。我说"咱们来谈实质性的问题吧，快！"他们就不乐意，于是就认为我冷淡，甚至冷酷和难相处。还有个原因，这也与我的坦率有关。我从不演戏，我不会演戏。我总是表里如一，有什么样的情绪就表现什么样的情绪。要是我高兴，就表现得高兴；要是我在生气，表现出来的就是生气，从不顾虑别人会有什么反应。只有那些与我有过类似的艰难人生经历的人，才能理解我对他人的态度观感不屑一顾的态度。所以现在您放马过来吧！您可以向我提出您想要知道的任何问题。

好极了。我想从最困难的问题开始。您打赢了一场战争，而且可以说是大获全胜。但是我们认为那是一次危险的胜利，而且持有这种看法的人并不少。您认为孟加拉真能成为您所希望的盟友吗？

要知道，生活总是充满着危险，我不认为危险必须避免。我认为只要看来是正确的事情就应该去做。要是在看来是正确的事情里包含着危险……那么，就应该去冒险。我一贯遵循的哲学是：如果一件事情必须完成，那么就不要去顾虑它会带来的后果，对于不得不做的事情，我只会在事后去衡量它的后果。要是有了新的问题，那就去解决新的问题，仅此而已。所以，您说这次胜利是危险的，但我认为，如今谁也不能再说这是危险的了，我也看不到您所指的危险。要是这些担忧真的变成事实的话……我就会根据新的问题来制定下一步的解决方案。我希望这番话听起来是积极的，我愿意从积极乐观的方面来回答您的问题。我可以乐观而且肯定地告诉您，在孟加拉和我们之间存在着友谊。然而友谊不是单方面的，谁也不会一无所获，双方都会有所得失。要是我们给了孟加拉什么东西，他们显然也要给我们一些东西。为什么孟加拉不需要兑现自己的承诺呢？经济上，孟加拉国资源丰富，可以重整旗鼓；政治上，我认为他们的领导人是训练有素的人，去那里避难的难民也正在重返家园。

他们真的正在重返家园吗？

是的。两百万人都已经。

一千万中的两百万，不算多。

不要着急。他们回去的速度算是很快的了，我对此很满意了，比我所期待的要快得多。

甘地夫人，我说您的胜利中包含着危险，不仅指的是孟加拉，而且还指印度的西孟加拉邦，现在他们吵吵嚷嚷地要闹独立。我听说在加尔各答发生了农民武装斗争。列宁曾说过，"世界革命将席卷上海和加尔各答"。

不，这是不可能的。您知道为什么？因为印度正在发生革命。这里，事情正在和平、民主地进行着。共产主义的危险是不存在的。如果不是我这个政府，而是右派政府的话，那就的确存在危险。事实上在印度，当人民认为我的党向右转的时候，共产党人才会增加。人民是对的，因为面对向右转的威胁，他们没有别的选择，只能投靠左翼的力量。但是目前人民看到了我们的努力，看到问题正在解决，共产党人使不上力。至于西孟加拉的农民武装问题，已完全控制住了。我确信，就是孟加拉的农民武装也会被控制的。不，我估计不会发生什么令人遗憾的事。

令人遗憾的事在孟加拉已经发生了一些。在达卡解放后，我在那里看到了可怕的私刑。

这发生在头五天，与其他的屠杀相比，与数百万人被杀相比，这仍然是一个小数字。当然，这是一个不幸的事件，我们尽了一切努力来阻止它的发生。您应该知道我们救下了多少人！但我们不可能走遍所有地方，看遍所有东西，个别疏忽是不可避免的。每个社会都有行为不端的人，我们也应该理解这些人。当他们无法忍受的时候，出于愤慨，他们可能会变得不可理喻。为了正确全面理解这个问题，人们不应该仅仅考虑在几天内看到的东西，而应该联想到在一段时间内看到和遭受的东西。

您知道吗？人们指责你们印度人挑起了这场战争，认为是你们首先发起的进攻。您对这个问题如何作答？

我现在就回答这个问题。如果追溯到很久之前，我们曾经协助过孟加拉解放军。如果您认为这一切都从那次协助孟加拉开始，从那个时刻开始，那么我承认，这场战争是由我们开始的。但我们当时不得不这样做。我们不能在我们的土地上接纳一千万难民，我们不能容忍国家无限期的不稳定下去。难民的拥入不会停止，将继续下去，而且将是爆炸性的拥入。我们再也无法控制难民潮，为了我们自己的利益，必须阻止这一切。我访问尼克松先生和其他国家元首时，也是这样告诉他们的：我们的目的是避免战争。但如果您看看一场真正的战争是何时开始的，就不难意识到，是巴基斯坦人首先发动了攻击，是他们派飞机来攻击我们。当天下午五点，第一枚炸弹落在了阿格拉市。我可以证明，这是出乎意料的战而不宣。周末是我们这些政府人员唯一可能离开德里的时间，而恰好那个周末几乎没有人在德里。我去了加尔各答；国防部长在去南方的班加罗尔之前去了巴特那；财政部长去了孟买，正要去浦那；武装部队的指挥官也去了外地，我现在不记得了。我们所有人当天都不得不回到德里，所以我们的部队不是在几个小时内开始反攻，而是在第二天开始反攻。也正因为如此，巴基斯坦人占领了一些地区。我们当然有准备，我们知道可能发生什么。但只有在空袭时，我们才真正准备好了。要是没有这些准备，我们就只能留在德里之外了。

甘地夫人，您谈到了为避免冲突，而出访欧洲和美国的往事。今天您能谈谈那次出访的真实情况吗？跟尼克松谈得怎么样？

决定出访时，其实我认为我是不会成功的，那种感觉就好像一个小孩子企图用手指去堵住堤坝的决口一样。有些事……我不知道……不可能……但成功了。我跟尼克松先生谈得一清二楚。我跟他谈了我跟希斯①先生、蓬皮杜②先生、勃兰特先生谈的所有情况。我毫不含糊地对他说，我们不能负担一千万难民，也不能再忍受这种一触即发的局面。对于这些，希斯首相、蓬皮杜总统、勃兰特总理都很理解，而尼克松却不理解。事实上是其他人所理解的事情，被尼克松理解成另一回事。我怀疑他非常亲巴基斯坦，而且我知道美国人向来偏袒巴基斯坦。我持这种看法不仅是因为他们偏袒巴基斯坦，而且是因为他们反对印度。后来我曾感到他们似乎正在改变，但不是改变了亲巴基斯坦的立场，而是缓和了反印度的态度。也许我的印象是错误的，我对尼克松的访问并未能避免战争，但对我有用，因为经验告诉我，有时候当别人干一些反对你的事情的时候，这些事情最终总是对你有利，

---

① Sir Edward Richard George Heath（1916—2005），英国军人和政治家，1965年至1975年英国保守党党魁，1970年至1974年任英国首相。
② Georges Pompidou（1911—1974），又译庞毕度，曾担任法国总理（1962—1968）和总统（1969—1974），于总统任上去世。

至少你可以利用它使自己从中得利。这是生活中的一条规律。请检验一下，您就会发现。这是生活中随处都可以看到的规律。您知道为什么我在最近的选举中能获胜吗？因为人民热爱我，这是对的；因为我辛勤地工作，这也是对的。但也因为反对派对我的态度不好。您知道我为什么能打赢这场战争吗？因为我的军队会打仗，这是肯定的；但也因为美国人站在巴基斯坦一边。

我不明白。
让我解释一下，美国总是认为自己在帮巴基斯坦的忙，但其实如果美国不这样做，巴基斯坦反而会成为一个更强大的国家。支持一个连一点民主的因素都没有的军事政权，并不是在帮助这个国家。正是由美国人支持的军事政权在巴基斯坦失败了。有时候，朋友的好意也是危险的，帮助朋友也需要三思后行。

那么中国人呢？当时中国人也站在巴基斯坦方面。要是我没有说错的话，中国是印度最强大的敌人。
此言差矣。其实，我并不理解为什么我们和中国人必须互为敌人，我们不愿意做他们的敌人。但如果他们有意与我们为敌，那我们没有办法。但是我不认为他们真的愿意成为我们的敌人，因为我不认为这样的结果会对他们有什么好处。至于在这场战争中他们所持的态度……怎么说呢？我认为他们比美国人高明。肯定地说，他们是比较温和的。要是愿意的话，他们本来可以为巴基斯坦做更多的事，对不对？把第七舰队开进孟加拉湾的是美国人而不是中国人。保险起见，当时我没有撤走驻扎在与中国交界处的军队。但是我从来不相信中国人会采取任何激进的手段进行干涉。换句话说，我从来不认为存在第三次世界大战爆发的危险。当然，要是美国人开了枪，要是第七舰队不仅停留在孟加拉湾而且还实施了进一步的措施……是的，那就会爆发第三次世界大战。但是坦率地说，我从未有过这样的担心。

甘地夫人，说实话跟您这样一位受过非暴力教育的人谈论战争，我感觉有些不适应。我在想，在发生冲突的那些日子里，不知道您有什么感受。
您要知道，这并不是我第一次面对战争，我还处理过其他战争。既然谈到非暴力，我来给您讲个小故事：1947年，印度独立不久，巴基斯坦入侵了当时受印度土邦主①掌管的克什米尔。土邦主逃跑后，克什米尔人民在酋长阿卜杜拉②领导下请求印度援助。当时的印度总督蒙巴顿勋爵回答说，要是巴基斯坦不向克什米尔宣战，印度就不能向克什米尔提供援助。他似乎对巴基斯坦屠杀人民这一事实毫不关心。在这种情况下，我们的领导人决定签署一项保证与巴基斯坦战斗的文件。圣雄甘地虽然一向崇尚非暴力，但是也在上面签上了名字。是的，他选择了战争，他说他没有别的办法。在有必要保卫别人和自己的情况下，战争是不可避免的。

---

① 土邦主，又称王侯领，是受控于英国殖民当局的政治实体。土邦是英国殖民统治时期，一部分土邦未被纳入英国直接统治的英属印度范围之内，但臣属英国，与之签订各种条约，大权在英国驻扎官手中，王公仅名义上保持统治，对外无权与其他土邦或外国发生联系，对内享有很大的自治权。
② Abdullah Sheik Muhammad（1905—1982），印度政治家，人称"克什米尔之狮"，在1948年的一次政变之后，成为克什米尔首相。

问题是我坚持认为这场战争是兄弟之间的战争。我对奥罗拉将军和尼亚齐将军也都是这样讲的。他们都回答说："归根结底是兄弟。"

不是归根结底,而是从头至尾:印度人和巴基斯坦人本来就是兄弟。占领达卡后,巴基斯坦的军官和印度军官在一起握手,我知道您对此会感到惊讶。但是您明白吗? 1965年以前,在我们的军队和巴基斯坦的军队里,您很可能会遇到两个身为兄弟、国籍不同的将军,他们真的有可能会来自同一个家庭,同父同母;或者一边是叔父,另一边是侄子;或者一方是表哥,而另一方就是表弟,目前的状况就是这样。我再告诉您,有那么一段时间,巴基斯坦和印度驻瑞士的两位大使真的是亲兄弟。唉,英国人强加于我们的分治是多么不近人情!这样的决定使得无数家庭四分五裂、无法团聚。令人悲痛的情景我还历历在目:当时被迫移居他乡的人并不愿意离去……许多伊斯兰教徒,不愿意从印度迁徙到巴基斯坦去。于是他们就宣传说,到了那边将有更多的机会,所以他们才迁过去。还有许多印度人不愿意留在巴基斯坦,但是那边有他们的亲人和财产,也就留在那里了。要他们成为我们的敌人,太荒唐了。特别是想到,伊斯兰教徒和印度教徒之间争取独立的历史时,现状就显得更加荒谬,甚至愚蠢。是的,在英国人的统治下,存在着敌对的团体,而且彼此之间有交锋。但很明显,这是被那些分裂我们、不在乎我们之间是否和睦的人挑起的。外国人一直想分裂我们,甚至在印度和巴基斯坦分治之后也是如此。如果印度人和巴基斯坦人能够团结起来,那么就是最好的局面……我说的不是什么联邦，而是比如像意大利和法国这样的两个友好邻邦，那么双方的进步都会更快。但是，我们的进步似乎不是某些人所关心的。这些人所关心的是使我们一直处于战争状态，我们一直互相折磨。所以我愿意原谅巴基斯坦人，他们还能怎么办呢？那些不怀好意的人唆使他们攻击我们，给他们递武器，于是他们就攻击了我们。

布托说愿意与印度建立联邦，您认为怎么样？
但是……布托并不是一个很全面的人。每当他说话时，人们总是弄不清他究竟想说什么。关于这点，他到底想说什么呢？想说他愿意成为我们的朋友吗？很久以来，我们就想要与他们建立友好关系，我一直愿意成为他的朋友。这一点其实西方世界并没有关注到：西方报刊一直强调，印度是巴基斯坦的敌人，巴基斯坦也是印度的敌人；他们强调印度教教徒反对伊斯兰教徒，同时伊斯兰教徒也敌视印度教教徒。然而，他们从来没有说过自从印巴被肢解成两个国家以来，我的党一直在与这种局面作斗争，从那时起我们就认为，因双方宗教信仰不同而产生敌意是错误的、荒唐的。少数民族不可能被一个国家消灭，信奉不同宗教的人也有可能和睦共处。在当今世界，人们怎么可能由于宗教信仰不同而互相残杀呢？每天有这么多其他问题需要我们去处理！我们真正需要去关心、去解决的问题是如何消灭贫穷、实现个人的权利、推动技术的发展。这些才是重要的问题，这些问题远比宗教更重要！因为它们是一些普遍性的问题，既是巴基斯坦人面临的问题，同样也是我们印度人的问题。对于那些头脑发热到叫嚷宗教危机或说类似蠢话的人，我不予理睬。糟糕的是，在印度也有人说这样的话。他们说什么"我们本不应该接受巴基斯坦这个国家的存在。如今这个国家就在那里，所以我们要去摧毁它"。但是，这些人只是少数几个疯子，群众并不跟他们走。在印度，不存在大规模的反巴基斯坦的宣传。当然，在战争期间有过少量这样的宣传，但即使在战时，我们也能控制这样的情绪。事实上，巴基斯坦人对此也感到惊讶。在野战医院里，巴基斯坦俘虏感叹地说："怎么？您是信奉印度教的大夫，也愿意医治我的病？"请注意，对于布托这个人，我只能回答说，要是他明白他说这话的意思，那么他讲了他唯一该说的话。要是他不这样讲，他的命运将会如何呢？但是据说布托是有野心的。我希望他是一个野心很大的人，因为野心能使他看清现实。

甘地夫人，您不是教徒，对吗？
怎么说呢……这取决于对"宗教"这个词的解释。我不去庙里，也不拜佛，我不干诸如此类的事。但是如果把宗教理解成信仰人而不信仰神，理解为努力使人变得好些，使人生活得更幸福，那么我是教徒，是一个很虔诚的教徒。

希望刚才不是一个使您为难的问题，甘地夫人。
我不为难。为什么这么说？

那么下面一个问题可能会让您为难。您一直宣称执行不结盟政策，可是去年8月，您签署了《印苏友好条约》。这两者难道不矛盾吗？
不，我认为不矛盾。不结盟意味着什么？不结盟意味着，我

们不属于任何一个军事集团，不受任何别国的影响，保留与所有国家友好的权利。签订了印苏条约后，这一切并没有改变。别人愿意怎么说怎么想都可以，我们的政策不会由于同苏联的关系而发生变化。我们清楚地知道，印度的命运是与人类的和平联系在一起的。您会说，不管怎样条约已经存在，这个条约使得我们对苏联的态度不同于对其他的国家的态度。是的，条约是存在的，但并不是单方面存在。请思考一下，鉴于我们所处的地理位置，您将看到对苏联来说，印度是非常重要的。可是，在国际事务中，条约并不会改变任何事情，也就是说，不会阻挠我们成为其他国家的朋友，就像我们现在实际上是他们的朋友那样。条约也不会禁止我们去发挥不结盟的作用，就像我们现在实际上正在发挥的作用那样。我向您保证，不管苏联、中国、美国、法国或其他国家是怎样的态度，我们将继续做出自己的决定。您还想知道更多的情况吗？签订这项条约之后一个月，有人问周恩来，对这件事有什么看法。周恩来回答说："现在和过去没有什么不同，我看不出为什么一定会有不同。"

印度即将在河内开设大使馆，到那个时候，情况就不同了。事实上，您是越南问题的国际监督委员会主席。在河内建立使馆意味着什么呢？意味着您将退出这个委员会，不主持委员会的工作了吗？
我目前也不知道……确实有这么一个问题，这是显而易见的……但我还没有相处解决方案。说到这一点……那我们就好好地来讨论一下吧！请注意，国际监督委员会做不了什么事情，也从来没有做成什么事情。留不留在那个委员会里有什么关系呢？决定在河内开设大使馆以前，我曾考虑了很久，但是做出这个决定时确实我觉得坦然。美国对越南的政策，如我们所见，在西贡的情况完全失控。所以，我对自己所做的决定感到很满意。

所以，那些认为您比您的父亲更左一点的人是有道理的？
我并不愿意把世界分成右和左。我不在乎谁是右派、左派或中间派。即使我们使用这些术语，而且我自己也这么说，但它们已失去了原有的含义。我对这样或那样的标题或者界定并不感兴趣，我感兴趣的只是解决问题的方法，以求达到我要达到的目标。我是有一些目标，这也是我父亲的目标：让人民拥有更高的生活水平，消除贫困，消灭经济落后带来的后果。我要达到这些目标，我要以最好的方式来实现这些追求，不管人们把我的行为说成是左派或右派。我们在银行国有化时就有过这样一段经历：我并不赞成国有化，不赞成华而不实的国有化，或者把国有化视为医治一切不公平弊端的灵丹妙药。我只赞成必要时实行国有化。当我第一次谈到国有化改革时，我所在的党派由于一部分人赞成一部分人反对，被搞得不知所措。为了不使党分裂，我当时建议暂时妥协，给银行一年的时间，让他们自己看看国有化是否有必要。一年过去了，我们发现他们一点办法也没有，钱源源不断地流入富有的实业家和银行家手中。这样，我下了银行必须国有化的结论。所以我们把银行国有化了，考虑的根本不是这样的行为是社会主义还是反社会主义，而只认为这是必要的措施。谁要是仅仅为了表现自己是一个左派，而去搞国有化改革，我认为这样的人是非常不理智的。

可是，您刚才说了好多遍"社会主义"这个词。
是的，因为"社会主义"最接近我想要实现的状态，因为在所有拥有社会主义制度的国家，都实现了一定程度的社会和经济平等。但就"社会主义"一词而言，现在有着各种含义和解读。俄国人自称是社会主义者，瑞典人也自称是社会主义者，每个人都自称是社会主义者，但我们不要忘记，在德国也有民族社会主义。

甘地夫人，对您来说，"社会主义"这个词的含义是什么？
公正。没错，这个词意味着公正，意味着试图去实现一个更加平等的社会。

可是，这只是从实际的层面上，和这个词属于哪种意识形态无关。
是的。不过，与某一种并不能给人们带来任何实际作用的意识形态联系在一起，又有什么用呢？我也是有理想的，人的工作不可能毫无目的，总会有某种信念。正如我父亲所说，一个人的头脑应该是开放的，但必须灌输某种信念进去，不然的话，思想会变得空虚的。可是，持有某种信念，并不意味着我要去信奉某种教条。如今，人们不会再信教条了，因为世界的变化是如此迅速！也许二十年前你想干的事，今天已毫无意义了，过时了。您要知道，对我来说，多年来唯一没有变化的是，在印度，仍然存在着极大的贫困。很大一部分人仍然没有从独立中得到应得的好处。在这种情况下，自由有什么用呢？我们当年为什么到处要求自由？绝不只是为了把英国人赶走。对于这一点我们一直是很明确的，我们一直说，我们的斗争不仅是反对代表殖民主义的英国人，而且是反对印度存在的一切余孽：封建制度的余孽，等级制度的余孽，经济不公的余孽。可是，这些余孽今天并没有根除。我们取得政治上的独立已经二十五年了，但距离我们预期要达到的目标还很远。

那么，现在你们达到了哪一步呢？
这个很难界定，因为我们所到达的地方是在不断变化的。您爬过山吗？没错，当你爬到山顶的时候，感觉你已经到达了最高点。但随后却意识到，你脚下的山只是最低的山峰之一。那是一座群山，必须爬上许多许多的山峰……尽管已经很累，但是你越爬越想爬。所以我的意思是，在印度，贫穷体现在社会的方方面面，不仅有人们在城市里看到的穷人，还有部落里的穷人，生活在森林里的穷人，生活在山区的穷人。难道就因为城市里的穷人生活有所改善，我们就可以不管其他的穷人吗？已经得到的改善又是什么呢？这难道就是我们在十年前的诉求吗？这在当时说来确实是很丰富的，但在十年后的今天就不能算丰富了。因此您看，在管理一个国家，特别是像印度这样一个幅员辽阔、情况复杂的国家时，人总是会感到不满足。在你认为自己已达到某个目标的时候，却发现什么也没有达到，还须继续往前走，为实现遥远的理想继续往前走，尽管前路漫漫了无尽头。

那么您认为，在这条道路上您走到哪里了？
哪里也没有走到。不过，我们的确到达了一个重要的里程

碑，那就是使印度人民相信他们将有所作为。从前人们问我们："你能做到吗？"我们默不作声，因为我们不信任自己，不相信自己能做出什么成绩。如今，人们再也不这样问我们"你能吗？"，而会问我们"什么时候能做到？"因为印度人终于有了信心，相信自己能有所作为。啊，"什么时候"这个词，对一个民族，对每一个人是多么的重要！要是一个人认为自己干不了一件事，那么那件事是永远也干不成的，就算他聪明绝顶，才华横溢。要成为能干的人，首先必须有信心。我认为，作为一个民族，我们已树立了这种自信心。想到这一点我感到很是欣慰，这个自信心是我给他们的。我也很乐意这样想：在给他们自信心的同时，我也激发了他们的自豪感。之所以说激发，因为自豪感是不能由别人赐予的。这种自豪感也不是突然爆发出来的，因为那是一种滋长得十分缓慢、同时又十分复杂的感情。我们的自豪感是在最近二十五年中滋长起来的，尽管其他国家的人不理解这种感情、低估这种感情。你们西方人对我们印度人从来都不够大度，你们应该看到，事情在变化，虽然比较缓慢；你们应该看到，一些变化的确在发生着，虽然不多，但确实存在。

甘地夫人，难道不是您给了您的人民自豪感吗？您是那么的高傲。
不，我并不高傲，一点也不。

我认为是的。1966年发生饥荒时，您拒绝了国际社会对你们的援助，难道这不是高傲的表现吗？我还记得一艘装满面粉和食品的船只始终没有离开那不勒斯的港口。印度人在饿

死，大家都难受。

事实上我从未被告知过这些事情。不，我不知道有载满了食品的船只在等待出港这类事情，不然的话，我不会拒绝接受的。然而，我们拒绝外国的援助是真的，的确是这样。但这不是我个人的决定，全国异口同声地说"不"。相信我，这是民众间自发的拒绝。是的，一夜间大街小巷的墙上出现了告示，出现了标语，在整个印度爆发出这个"不"字来。这种自豪的行为，让我也感到惊讶。当时，所有的政党、议会的议员都说"不"，表示宁愿饿死也不当乞丐国。您应该记住我给您说的这个"不"，而且将我的讲述转告给那些愿意帮助我们的人。对你们来说也许是难以接受的，我理解这一点。我相信你们会因此受到伤害。的确有时，我们在不知不觉中互相伤害。

我们并不愿伤害你们。

我明白。我再重复一遍，我理解的。但是你们也应该理解我们，这些一直被低估、不受尊重、不被信任的人。即使我们相信你们时，你们也不相信我们。你们曾经说"进行战斗时怎么可能不使用暴力？"但是，我们的确没有使用暴力，而取得了自由。你们还说过："对于目不识丁、常常死于饥饿的人民来说，怎么可能在他们当中发挥民主的作用？"但是我们就是在这样的民众中，发挥了民主的作用。你们还说过："计划经济是社会主义国家搞的，民主和计划经济是不相容的！"但是，尽管我们犯过这样那样的错误，我们实现了计划经济。还有，当我们宣布在印度将不存在饿殍时，你们说："不可能，你们永远也实现不了。"可是我们实现了。

如今在印度再也没有人死于饥饿，食品生产远远超过了人们的需要。最后，我们计划搞生育节制。对于这一点，你们也是完全不相信我们的，还讥笑我们。可是这项工作也进行得不错。在近十年间，我们增加了七千多万人口，这是真的；但我们人口增长比许多国家，包括一些欧洲国家在内更少，这也是真的。

常常，你们会采用残暴的手段实现目的，例如，对男性施行绝育手术。甘地夫人，您赞成这样做吗？

那是在遥远的过去，当时印度人口稀少，人们对女性的祝福是："祝愿你多子多孙。"在我们古代的很多诗篇和文学作品中，这些祝愿总是被大加渲染，因此认为女性就应该多生子女，这种传统思想至今仍然存在。我内心也认为，应该让人们愿意要多少孩子就生多少孩子。但这个观念和其他许多追溯到几千年前的观念一样，是错误的，必须消除掉。我们应该保护家庭、保护子女。他们有不可剥夺的权利，他们应受到爱护，身心都应该受到关怀，不能将他们带来这个世界，就放任他们不管。您知道，过去穷人生孩子的唯一目的，就是希望从子女身上获得好处。这种沿袭了几千年的传统观念，怎么可能使用武力立即加以改变呢？唯一的途径是采用各种方法来计划生育。男性绝育是计划生育的一种方法，是一个最彻底、最保险的方法。您认为残暴，但我认为，如果使用得好，这一点也不残暴。在我看来，对一个生了八个或十个孩子的男人来说，做绝育手术没有什么坏处。尤其是如果能使这已经降生的八个十个孩子生活得更好些，那就更没有坏处。

甘地夫人，您是女权主义者吗？

不是，我从来不是。我从来没有这个必要，因为我作为一个女人，想干什么就可以干什么。我的母亲倒是一个女权主义者。她觉得，生为女人，是她自己的一个很不利的条件。她有她的道理。在她那个时代，妇女是与世隔绝的。在印度几乎所有的邦，妇女都不能在街上露面。信奉伊斯兰教的女人出门时，必须用"面纱"把自己蒙起来，这块沉沉的被单布把眼睛也遮住。信仰印度教的妇女出门时得坐"多利"，这是一种关得严严实实的、像灵车似的几乎密封的轿子。妈妈经常带着痛苦和愤怒的表情跟我谈这些事。她是大姐，有两个妹妹和两个弟弟。她是与年龄跟她相仿的弟弟一起长大的。但是，和兄弟一起像野马一样自由自在的生活，在她十岁以后一下子结束了。他们让她屈服于"妇女的命运"，告诉她"这不能干，这样不好，这不配当一个夫人"。后来她家又搬到了斋浦尔，在那里，几乎没有一个女人能逃脱"多利"和"面纱"。从早到晚，她都只能待在家里做饭。但是我母亲讨厌无所事事的生活，讨厌做饭。就这样，她变得面色苍白、身体不适。但我外祖父根本不关心她的健康，只会问她："你准备嫁给谁？"外祖母趁外祖父外出时，把妈妈乔装成男人，让她与弟弟们骑马逃跑了。外祖父始终不知道这件事。妈妈向我叙述这个故事时，脸上没有一丝笑容。这种不平等的记忆一直留在她的脑海里。妈妈为争取妇女的权利一直战斗，直到她生命的最后一刻。她参加了当时所有的妇女运动，发动过许多次抗议。她是一位伟大的女性，伟大的人物。如今的女性一定会非常爱戴她。

甘地夫人，您怎样评价她们，怎么评价她们的妇女解放运动？

我认为是好的，是好的。因为在过去，人们对权利的要求只能够通过少数人以群众的名义提出来的，而如今，人们不愿意再让别人代表自己，更愿意由自己来发表意见，愿意直接参加活动。黑人、犹太人、妇女都是如此。无论是黑人、犹太人还是妇女，都有权去参加社会活动来发出自己的声音。诚然，妇女在说话时，时常会夸张，可是只有"夸张"才能使别人重视我们的呼声。这一点我也深有体会。不投我们的票，难道是因为我们"夸张"吗？是的，在西方世界，妇女除了"夸张"，没有别的选择，但在印度不是。其中的原因也可以解释我的情况。在印度，妇女从来没有站在与男人敌对竞争的地位。即使在古代，每当出现一个妇女领袖或者女性统治者，人们对她们也是可以坦然接受的。请不要忘了，在印度，力量的象征是萨克蒂①。不仅如此，在这里为了争取独立的斗争中，男性和女性曾并肩作战。在获得独立后，谁也没有忘记这一点。但在西方世界没有出现过类似的情况。妇女的确会参与社会活动，革命者却一向都是男性。

甘地夫人，我们想该谈谈个人的话题了。我已做好提问的准备。第一个问题是，像您这样一个女人，是跟男人在一起更自在些，还是跟女人在一起自在些？

对我来说没有什么区别，不管是男人还是女人，我都同样对

---

① 萨克蒂是印度神话中最强的女神，是宇宙之母。

待。首先他们在我眼中都是同等的人，我不会首先去考虑是男人还是女人。但这是因为我接受的教育非常特殊，我有一个非常不寻常的父亲，我也有一个非常不寻常的母亲，而我是他们的女儿。我像男孩子一样长大，因为到我家拜访的人的大部分都是男孩子。我和男孩们一起爬树、赛跑、摔跤。在男孩们面前，我没有羡慕他们，没有自卑感。可是，我同时也喜欢洋娃娃。我有许多洋娃娃。您知道我是怎么玩洋娃娃的？我会组织它们起义、召集它们集会、给它们模拟逮人的场面。我的洋娃娃从来不是需要抱在怀里的婴儿，而是袭击兵营和被捕入狱的男男女女。现在我这样解释，不仅我父母亲，而且我的整个家庭，包括祖父、祖母、叔叔、姑妈、堂兄弟、堂姐妹都参加了抵抗运动。因此，每隔不多久，警察就要光临我们家，不分青红皂白把我的家人带走。他们曾经抓走了我的父亲，也抓走了我的母亲，抓走了祖父，也抓走了祖母，抓走了叔叔，也抓走了姑妈。我习惯于用同样的眼光看待男人和女人，把他们放在绝对平等的地位。

还有那个关于圣女贞德的故事，对吗？
是的，那是一件真事，成为圣女贞德那样的人，是我童年时的梦想。十岁十二岁左右的时候，我在法国知道了她的故事。我记不得是在哪里读过有关她的事迹，但是我记得，她很快就对我起了决定性的影响。那时候，我就确定了愿意为我的国家献出生命。好像是天方夜谭，可是……幼年时发生的事确实会对我们的一生产生影响。

甘地夫人，我想知道，是谁使您成为如今这样一个人的？

我经历过的生活，我从幼年起就遭受的困难、艰辛和痛苦，造就了如今的我。历经磨难其实是生命的一种馈赠，我们这代人中的许多人其实都经历过这些苦难。有时我会自问，如果说当今的青年人，也经历了和我们所经历的一切相当的苦难，那会怎么样呢……曾经警察会冲进我的家里，把我的家洗劫一空。您可知道这段经历是怎样造就我的？的确，我没有一个幸福的童年。那时我是一个瘦弱、多病、敏感的女孩子。警察闯进我们家以后，好几个星期，甚至好几个月我都是一个人生活。我很快学会了独自度过困境。八岁时，我开始独自去欧洲旅行。那个时候，我往返于印度和瑞士、瑞士和法国、法国和英国。我像个大人似的支配自己的开销。人们经常问我，谁对您影响最大？是您的父亲还是圣雄甘地？是的，从根本上来说，我的选择多多少少受了他们的影响，受了他们灌输给我的平等精神的影响。因为我对正义的渴望来自我的父亲，而他又是从圣雄甘地那里接受这种信念的。可是，说我的父亲比其他人对我影响更大也不完全正确。我说不清楚自己性格的形成主要是由于我的父亲，还是由于我的母亲，或者由于圣雄，或由于我的朋友们。是所有的人，是大家，造就了如今的我。事实上没有人把任何事情强加于我，没有人企图凌驾于别人之上，也从来没有人向我灌输教条。所有事都是我自己在完全自由的情况下进行的选择。例如，我的父亲很重视勇气和毅力，他蔑视那些没有勇气的人，但是，他从不对我说："我要求你成为一个勇敢的人。"只是每当我迎接挑战，或在赛跑时赢了男孩子，他会自豪地微笑。

您一定非常爱您的父亲！

噢，是的！我的父亲是一个圣人。他是最接近于现实中的圣人的存在。因为他是如此的正直，以至于使人难以置信，难以忍受。我从小就维护他，相信现在还在维护他，至少是维护他的政策。噢，从"政治"这个词的含义来说，他根本不是一个搞政治的人。唯一支持他从事这份职业的，是他对于印度这个国家无条件的信任，因为他发疯似的关心着印度的前途。在这一点上，我与他互相理解。

那么圣雄甘地呢？
自他去世后，出现了许多神话。但实际上，他是一个非同寻常的人，他极其聪明，具有惊人的洞察力和是非感。他曾经说，印度的第一任总统应该是一个达利特[①]女子。他竭力反对种姓制度以及对妇女的压迫，在他眼里，一位达利特女子就是纯洁的至高无上的代表。自从他经常与我们家来往，我开始对他有更多的了解，当时他同我的父母都是领导机构的成员。独立后，我和他在一起工作的机会很多，特别在印度教徒和伊斯兰教徒之间发生摩擦、我负责做伊斯兰教徒工作的那段时间里，我当时的工作是维护伊斯兰教徒。啊，是的，他的确是一个伟人。可是……在我和甘地之间，从来没有像我和我的父亲之间的那种融洽关系。他经常谈论宗教……他认为这样做是必要的……总之，我与他之间因为年龄的差距有很多的不同。

[①] 印度还遗留有种姓制度，其中最底层的人被传统的上等种姓叫做"不可接触者"，即贱民，他们自己自称为"被压迫的人"，即达利特（Dalit）。

那我们继续来聊聊您吧，甘地夫人。您是如此的非同寻常。所以您不愿意结婚这件事，是真的吗？

是的，直到我十八岁左右，我都从未有过结婚的念头。然而这不是由于我是一个倡导女性从政的女人，而是因为我更希望把毕生的精力贡献给解放印度的斗争。所以那时候我觉得结婚会分散我的精力，但是我逐渐地改变了看法。十八岁左右，我开始考虑结婚的可能性，但并不是为了找到一个男人一起生活，而是为了孩子。我一直想要孩子：如果遂我的心愿，我也许会生十一个小孩吧，而我丈夫只愿生两个。其实吧，让我来跟您说最真实的情况：最初医生劝我连一个孩子也不要生。我的身体一直不好，他们说怀孕对我会是致命的。如果他们不这样跟我说，也许我真的不结婚了。但是他们的诊断刺激了我，让我很生气。我回答说："为什么你们就没想过，我结婚的目的也许就是为了孩子呢？我不愿意听到你们说'你生不了孩子'，我愿意你们告诉我，怎么做才会生孩子！"他们耸耸肩无奈地说，要是你长胖点，也许有点用处，你这么瘦是不能怀孕的。我说，行吧，我会长胖的。于是我请人给我做按摩，喝鱼肝油，饮食增加一倍。可是体重连一克也没有增加。后来我就想，到订婚的那一天，我也许会胖些的，结果还是一克体重也没有增加。于是我到穆索里去疗养，那是一个有益于健康的地方。我并没有遵循他们的嘱咐，而是自己摸索出一套养生法，人也胖起来了。现在想来，当时的手段完全是与我现在相反的。现在要保持苗条还成了问题，但我还能勉强保持。我不知道您是否理解了，我就是这么一个果断的女人。

是的，没错，我是这么理解的。要是我没有记错的话，在婚姻问题上也表现出您的果断。

是的。起初没有人赞成那桩婚事，没有任何人。甚至连圣雄甘地也不同意。至于我的父亲，像人们常说的那种反对倒也不是真的，但他的确很不满意。我猜想是因为独生女儿的爸爸更希望自己的女儿晚一些结婚，越晚越好。不管怎样，我愿意理解为我父亲的反对是出于这个原因。您要知道，我的未婚夫信奉另一个宗教，他是个袄教徒。对于这一点谁也接受不了，整个印度似乎都在反对我们，没错，整个印度。他们给甘地、给我的父亲、给我写信，污辱我们，以死威胁我们。每天邮递员都送来一大口袋的信，全部倒在地上。这些信我们从未读过。我们倒是请了一些朋友来看这些信。后来他们对我说："有人说，要把你们切成碎块；有人说，虽然自己已经娶妻，但还是愿意跟你结婚，因为至少他是印度教教徒。"后来圣雄也参与了论战，我最近才从他的一篇文章中读到。他恳求人们不要再纠缠他，希望人们放弃狭隘的思想。不管怎样，我最终与费罗兹·甘地先生结了婚。当我决定了某件事情，世界上便没有任何人能够改变。

但愿您的儿子拉吉夫与一个意大利女人结婚时，没有类似的事情。

时代变了，我的儿子们不应该再经历我所经历过的苦恼了。1965年的一天，拉吉夫从伦敦给我写信——当时他在那里学习——他在信中告诉我："你总是问我关于女孩子的事，问我是不是碰到了特别的女孩子等等。好吧！现在我遇到了一个特别的女孩子。我还没有向她表白，但是，她是我愿意跟她结婚的女孩子。"一年后，我去英国，认识了这个女孩。拉吉夫回印度后，我问他："你对她的看法始终如一吗？"他回答说，是的。可是这个女孩子要到二十一岁，要等到她确信自己愿意生活在印度才能结婚。就这样，我们等到她二十一岁，她来到印度，而且说她喜欢印度，我们才宣布了他们的订婚。两个月后他们成了夫妻。索尼娅几乎完全成了印度人，尽管她不经常穿纱丽。其实我当年在伦敦求学的时候，也常常穿西方人的衣服。的确，我是一个最传统的印度女人，您可知道我当祖母时，是多么的开心！您知道吗，我已经是两个小朋友的祖母了。拉吉夫和索尼娅生了一儿一女，小女孩刚出生不久。

甘地夫人，您的丈夫已去世多年，您从来没有想过再结婚吗？
没有，还没有。要是我遇到了我希望与他生活在一起的人，也许我会有这个想法。但是，我还没有遇到过这样的人……不，即使我遇到了这样的人，我也不大可能再去结婚了。我的生活是如此充实，为什么要再结婚呢？不，没有过，这是毫无疑问的。

我很难想象您能做一个家庭主妇。
您错了，噢！这一点您说得不对。我会是一个完美的家庭主妇，因为当母亲一直是我最喜爱的职业。在做母亲和当家庭主妇这个方面，我从来没有被要求过做出牺牲。在那些投身家庭的日子里，我感到每一分钟都充满乐趣。我的儿子们……我用尽所有心血尽心抚养了我的两个儿子，我把养育他们看成是一件最重要的工作。事实上，如今他们已长成了两个正直勇敢的男子汉。所以，不，我从来理解不了那些女人，她们会认为自己生了小孩，就是做出了多大的牺牲，不去参加其他社会活动。如果善于安排时间，那么处理好家庭事业两者的关系并不困难。在我的孩子们还小的时候，我照常担负我的工作。当时，我是儿童福利印度委员会的社会委员。我可以给您讲个故事：那时拉吉夫四岁，还在上幼儿园。一天，他的一个朋友的妈妈来我们家，带着温柔而关切的口吻对我说："噢！您是不是都没什么时间花在孩子身上，您一定很难过！"结果，拉吉夫像一只小狮子一样的吼叫起来："我妈妈跟我在一起的时间比你和你孩子在一起的时间更多，你懂吗？你儿子经常跟我说，你把他独自留在家里，自己出去打牌。"所以，我讨厌那些无所事事，整天只知道打牌的女人。

在您的一生中，曾经有很长一段时间远离了政治，那时候您不相信政治了吗？
政治……这要看什么样的政治。对于我父亲那一代人来说，搞政治是一种责任。他们眼中的政治理想十分美好，因为它的目的是争取自由。而现在我们搞的政治是……您别认为我会对这样的政治狂热，我千方百计地让我的儿子远离政治，并不是偶然，而且至今我算是成功的。（印度）独立以后，我立刻远离了政坛。我的儿子们需要我，我又喜欢社会委员的工作。所以我当时说："我做了我该做的那部分工作，其余的让别人去考虑吧。"直到我发现，在我的党内，一切都不能正常运转的时候，我才重返政界。当时我经常跟人吵架，跟所有的人吵，包括我父亲和我从小就认识的领导人长辈们……记得那是1955年的一天，党内有个人对我大叫大嚷："你只知道批评。要是你有能力去纠正去改善，那么你来啊。来吧，为什么你不试一试？"好吧！我一贯经不住别人的挑战，于是我就上了。但是当时我认为，那会是暂时的，我父亲也这样认为，他从来不试图把我卷入他的活动。有人说："她总理的位子，都是她父亲替她准备好的"，"是她的父亲为她铺的路"，这样说是不对的。当我父亲让我辅佐他时，他确实没有考虑到这个后果。

不过，一切都是由您父亲而开始的。
这是显而易见的。他是总理，所以我来照顾整个家庭，于是我成为了我们家的女主人，这就意味着，我也陷入了政治，因为我需要经常与政界人物来往，了解其中的计谋和秘密。这也意味着，我迟早要面临这样的挑战。那是1957年的一个周末，我父亲要去北方出席一个集会，我就像往常那样陪他同往。当我们到达昌巴后，发现那位负责替他安排活动的太太为他在另一个城市也组织了一个集会。要是我父亲放弃参加昌巴的集会，我们会在昌巴的选举中失败；要是我们放弃另一个城市的集会——这个城市在帕坦科特附近——那么，我们的选举同样会在那里遭到失败。"要是我去呢？"我跃跃欲试地说，"要是我去讲话，我去替你解释，告诉民众你在同一时间参加不了两个集会，这样是否可以呢？"我父亲回答我说不行，所以，当时我不得不走了三百英里崎岖的山路，而那时已是星期一的凌晨两点。我只好向他道了晚安，但嘴里咕哝着："多么可惜，我觉得是个好主意。"当我第二天五点半醒来时，我在房门底下找到了一张字条，是我父亲留下的。上面写着："有一架飞机送你去帕坦科特。到那里乘汽车只需要三小时，你还赶得及。祝你好运。"我及时地赶到了那里，主持了集会。集会进行得很成功，之后我还被邀请参加了其他的集会。这是一切的开始。

那时候您还在与丈夫一起生活，还是已经和他分居了？
我和我的丈夫一直保持着夫妻关系，一直到他去世。说我们分居是假的！请注意，实际情况并非大家所认为的那样……为什么我不彻底说说真实情况呢？我丈夫住在勒克瑙，我父亲当然住在德里。因此我常常往返于德里和勒克瑙之间……当然，当我住在德里而我的丈夫需要我时，我就赶往勒克瑙。同样，当我住在勒克瑙，而我的父亲需要我时，我就赶往德里。不，这种情况并不方便。在德里和勒克瑙之间，毕竟是有段距离的……是的，我的丈夫生过气，吵过架。我们吵架，吵得很厉害，这是真的。我们是两个同样强硬和固执的人，谁也不愿让步……我愿意认为，这样的争吵使我们关系更好，使我们的生活更有活力。因为要是没有争吵，我们过的虽然是正常的生活，却太过平淡，会使人厌烦。我们不是那种会过一种正常的、平淡的、使人厌烦的生活的人。我们的婚姻毕竟不是强迫的，是他选中我的……我更愿意说是他选中我，而不是我选中他……我不知道当我们订婚时我爱他的程度是否达到他爱我的程度，但是……后来，在我看来，我们之间的爱情也不断发展，变得很伟大……总之，这一点我有必要澄清！对他来说，当我父亲的女婿是多么不容易，对谁来说也不容易。别忘了他也是议会的议员！他曾经作了让步,决定离开勒克瑙,到德里我父亲的家里,与我父亲还有我生活在一起。但是,作为议会的议员,他怎么能在总理家里接待客人呢?他很快发现了这一问题,于是为自己另找了一个小住宅。这样安排也并不方便。他需要时常往返,有时跟我们在一起,有时独自生活……不,对他来说,生活也并不容易。

甘地夫人,您从来也没有感到过遗憾吗?您从来也不担心自己会屈服吗?
不,从来没有。任何忧虑都是浪费时间,遗憾也一样。我做的一切都是我自己选择去做的。一旦干什么事,我就一头扎进去,而且始终如一,坚定不移。无论是童年时在小游击队员组织"猴子大队"里与英国人作斗争,或是年少时希望成为一个母亲,或是成年后把全部精力花在父亲身上而使丈夫不满,每次我对自己的决定都是坚持到底,并承担一切后果。即便有些事情与印度无关,但是我也会一头扎进去。唉,我还记得日本侵略中国时我对中国是多么的关心!我立刻加入了一个募集捐款和药品的委员会,还参加了国际纵队。我热心地投身于反对日本的宣传中去……像我这样的人,首先不会忧虑,其次不考虑遗憾。

另外,您也没有犯过错误。有人说,打赢了这场战争后,没有人再能撼动您的地位,您至少可以再掌权二十年。
关于我能在台上待多久,我自己倒一点想法也没有,而且我也不在乎,因为我对是否继续当总理这件事情并没有太过于上心。我关心的只是做好我的工作,直到我累了,做不动了。准确地说，不是累，工作不会让人累，无所事事，才使人疲劳。但是，任何事物都不是永存的。没有人能预言，在不久的将来或遥远的将来我会怎么样。我不是野心勃勃的人，一点也不。我知道我这样说会使大家吃惊，但这是千真万确的。我从不关心荣誉名声，我也从来没有去追求过荣誉。我喜欢总理的工作，这是事实。但担任总理这个工作，也没有比我成人后干的其他工作更使我开心。刚才我跟您说，我的父亲不是搞政治的人，而我认为自己反而是的。这并不意味着我对政治这个行当感兴趣，而是我认为自己有必要致力于建设一个我理想中的印度。我不厌其烦地重复说，我所希望的印度是一个更加公平、不再贫困、更加独立的印度。当我认为国家已朝着这个目标前进的时候，我就可以马上离开政坛，不当总理。

那您会去干什么呢？
任何事情都可以。我已经说过，我热爱我做的一切工作，而且总是尽量去做到最好。如果不当总理，那有什么关系？世界上又不是只有总理这个职业！对我来说，我完全可以去到一个村庄里生活，我都会感到很满意。当我不再管理国家，我就回家照料孩子们。或者我去学习人类学，一门我一直十分感兴趣的学问，而且与贫困问题有联系。或者我再去学习历史，因为我是牛津大学历史系毕业的，也许……部落公社对我会有吸引力，我也可以去研究一下。肯定地说，我的生活绝对不会无聊！未来不会使我产生恐惧，即使未来不可知。我是经受过苦难，痛苦与困境不可能从生活中勾销。个人永远会有困难，国家也永远会有困难……唯一的办法是承认它，可能的话，去战胜它，要不就向苦难妥协。跟它作斗争是好的，但是只能在可能的情况下。如果不可能，还是妥协为好，既不要抵制也不要抱怨。抱怨的人是自私的。年轻时我很自私，现在不再自私了。不愉快的事也不会使我心烦意乱，我也不摆出受害者的样子。我随时做好准备向生活妥协。

甘地夫人，您是一个幸福的女人吗？
我也不知道。幸福是一种短暂的感觉，因为不存在持续的幸福，只存在一时的幸福，包括满意和狂喜。如果幸福指的是狂喜，是的，我知道狂喜的滋味。能这样说是一件幸事，因为没有几个人能这样说。但是狂喜的感觉持续的时间很短，而且很少再现，有时永远也不再现。要是幸福指的仅仅是满意，那么，是的，我是够满意的。不是满足，而是满意。满足，是我用来谈论我的国家的一个词，对于我的国家，我永远也不会满足。为此，我将继续在漫漫长路上求索，在宽阔的柏油路和攀登高山的小径之间，我总会选择小径。不过这让我的保镖们很恼火。

谢谢，甘地夫人。
谢谢您。向您致以良好的祝愿。正如我常说的那样，我不祝愿您一帆风顺，但祝愿您能战胜生活可能带给您的各种困难。